德国笔记

松江先生西行论衡

罗云锋 著

上海三联书店

An meinen lieben deutschen Freund
Herrn Professor Dr. Tilman Gramms,
vielen Dank für seine Ermutigung, Hilfe und Freundschaft!

献给我亲爱的德国朋友 Tilman Gramms 教授，
感谢您的鼓励、帮助和友情。

目 录

宇宙的秩序；初达汉堡 …………………… 1
自我负责的小孩；孤独的飞行员 …………… 9
足球文化；日常礼仪训练 …………………… 20
城市家园与"林中路" ………………………… 29
明天会更好；冬天就要来了 ………………… 39
典型德语发音 ………………………………… 49
平铺与内聚 …………………………………… 54
现代礼仪与自由主义道德 …………………… 59
汉语乃具象化语言 …………………………… 63
德国夫如何？城乡青未了 …………………… 72
日耳曼语音韵学 ……………………………… 75
诺贝尔奖；人的打扮与书的打扮 …………… 83
立志与"齐治平" ……………………………… 90

误会与传奇	95
内隐文化学习；取名字的中德文化差异	99
最好的心学；亲疏远近：家国与国家	107
Great books 与西学经典书目	113
市政建设立法与平权	119
再说"齐治平"	124
学说的理论形态与实际形态；新经学	128
公开知识网站	141
Laterne 与诗意	145
男人的细腻	151
人权与纷争	159
词汇量与文明水平	168
札记体	176
法教、法治与德治	183
现代汉语的进化	187
科举制与选任制度	192
独自写小诗	196
知识的正当性	215
接受理论视角下的儒学；中国人的逻辑	220
词语的浓淡轻重	233
儒家文化的主体；文明的高度	242

教义与组织	259
"治"、劳心与劳力	268
制度设计与人权尊严	274
论"徙戎论"	293
论"四职分立"	301
奴隶制与优胜劣汰	314
政治理想与政治制度的适配性	327
严密制度设计	336
体育上的享乐主义,饮食上的实用主义,感知上的审美主义	343
人类的魔性与权能;优势与均势	356
时间观念与文化道场	368
理性、逻辑、科学方法、自由讨论;新经学的师资问题	376
治事之法,组织之学;文化多元与共识	389
新经学的述创思路	395
东亚的天下秩序扩展	401
"二人为仁"与写作的意义	406
哲学往事	414
人类的原始内伤;精神资源	419
德国哲学往事	428

组织资源；论《天朝田亩制度》 ………… 431
再论《天朝田亩制度》 ……………………… 443
论"传道" ……………………………………… 450
无为而治，大道至简；文明爱国 …………… 464
气节 …………………………………………… 470
东亚的文明扩展与融合 ……………………… 477
《孟子》的英译 ……………………………… 481
依附理论、世界共同富裕与人类文明风景 …… 484
人与小动物的相处模式；人际关系模式 ……… 496
中西常识教育书目及图书馆建设 …………… 501
异国的文明风景 ……………………………… 505
德国宪法基本法 ……………………………… 511
义气、团结与人权界限 ……………………… 519
宗教与宗族；政教关系；应酬与义气 ……… 531
儒学与人权；教义体系与组织形式 ………… 547
社会文化建设；宽容 ………………………… 558
日常生活中的德国文化 ……………………… 566

后记 …………………………………………… 576

宇宙的秩序；初达汉堡

一、凌晨进入停机坪登机时，正好有一架飞机在附近降落，巨大的轰鸣声令人精神振奋，竟想象如置身于战场，现代化的战场。男人之往往有金戈铁马、冲锋驰骋沙场之情怀，或许便在于此种刺激与振奋吧，倒未必是要去杀敌杀伐。

二、宇宙中如此多元之星球或恒星，竟然各安其位而维持一种至少是"暂时的"稳定，乃至恒定的关系和状态，既不会"掉下去"，亦不会"掉上来"，真是一个匪夷所思的奇迹。宇宙物理学对此当然有其"科学"解释。但有些有着虔诚宗教信仰的西方人觉得无以解释，乃归之于上帝的安排和力量。然则或可有一想象或论题：寻找最关键的那颗星球或宇宙机括,宇宙的秩序就将面临威胁,或重构。这完全可以作为科幻小说或电影的题材:各路人马去追寻那颗作为宇宙机括的星球,或掌握那颗星球的秘密乃至宇宙总秘密的人,或者,追寻乃至绑架所谓的"造物主……

三、当地时间早上六点二十分,飞机到达慕尼黑机场,七点十分即通过安检进入候机区,将再转机到汉堡。出行的欧洲人打扮颇讲究,男子每每西装革履、衬衣皮带,一个兼有小手提箱功能的拉杆箱上加一个黑色小包;女子则往往是身披黑色风衣。

四、入境检查时,本来工作人员颇认真,要按手印,但轮到我时,正好边上工作人员已经检查完,乃让我过去,很快搞定,大章一敲。

五、候机时,从慕尼黑到汉堡的航班候机位似已改变,上海所购机票上显示为 G38,慕尼黑候机楼内的告示牌乃为 G20,差点误机。此时手机自动转为国际漫游模式,国内短信亦可收到,然或不能回复。

六、坐国航班机还差将近三四个小时到慕尼黑时,无意中从飞机上看下去,发现地面是一个灯火通明的大城市,规划有序,不知是否是莫斯科。从慕尼黑坐汉莎航空班机到汉堡时,正好又坐在靠窗户处,于是饱览德国风光。这一段的德国地形虽可称为平原,然严格讲来,乃介于平原与丘陵之间,亦即轻度丘陵地貌。小村落或小镇散落在树木茂盛的森林之间,而定居区每皆有序,并不零散杂乱。当时我便在想两个论题:第一,为何德国农村的森林并无胡乱砍伐、到处开荒或地表裸露等问题,而保护得那么好?这究竟是居民环保意识强所致,还是国家土地政策、环保政策或私有财产观念等因素所致?而民居建筑等所显现出之错落有序,是否和政府之宏观规划控制,或地方之特别法律规定等有关?比如对于房屋之建筑类型、风格、涂料颜色、地理位置等的基本规定或要求等。抑或也与德国之经济发展和国民收入相对比较均等、均衡等因素有关?

第二个问题是:各村落、城镇之间是否会发生利益纠纷,乃至械斗?——当然,后者我指的是历史上或古代欧洲时期。如果有此情形的话,如何处理?我的猜想是,德国村落、城镇大概是以宗教,即以地方教堂为中心组织起来的,而并非中国的血缘同姓宗族。宗教或有全国性(后来发现这个判断有误,德国不同地方亦有不同宗教)和普遍性,故即或有地方利益分歧或冲突纷争,但因为法治体系的逐渐相对成熟,这些日常生活中的利益关系或利益纠纷自有普遍法律体系和法治体系来调节,故不需要通过械斗的方式来解决;因为普遍宗教的关系,则不同村落城镇亦可皆是上帝选民而互为兄弟姐妹,故不必兵戎相见(当然,仍然存在不同宗教或教派的因素)。我颇怀疑德国是否有必要有村落一词,因为这和古代中国村落——主要指宗族——的含义是完全不同的。一为宗族,一为以宗教组织起来的定居点——这当然也包括古代的封建制度、封建主与农民或农奴的关系等论题。但西方虽无中国式宗法宗族,却有不同宗教或宗教的不同教派,互相竞争乃至冲突,故西方每多宗教冲突或教派冲突,中国古代则每多宗族冲突。

七、坐汉莎航班时,亦有意观察乘务人员和乘客,联想当年希特勒对所谓典型雅利安人的外貌等的描述,颇多感慨。希特勒的种族主义意识形态或许不过是一个创造出来的神话或意识形态宣传而已,正如和其他许多民族的"纯种民族"的妄想一样。事实上,从历史上看,所有民族的种族构成都是多元化的,种族区分亦只是大体上的,并非泾渭分明。这种多元化和种族融合的趋势从古至今都是如此。关键是这一融合过程的和平性以及平等性和公平性是否得以保证。

八、十点四十三分左右到达汉堡机场。领取行李后,在机场服务处购买从机场到住地的单程火车票(其实是地铁票,但工作人员似乎称为 train ticket)一张,3.7 欧。工作人员提醒我可以买日票,又在机场提供的中文汉堡地图上指示所去地方的大体位置。末了还加上一句中文"你好"或"再见"。我直接上了地铁。地铁车厢里人不甚多,但位置设置不同于国内,车厢内乃长沙发椅两两相对之形式,乘客或站或坐,比较安静。到某车站下车,出来便是一个站前小广场,或准确地说,是商店和车站建筑所自然围成的一处相对较大的站前开阔地而已,通向一条较为热闹的商业街道。站前空地上颇多土耳其人或库尔德老人在闲坐——这是后来才意识到的。稍问路。差不多到达目的地时,乃拿出地图来对照,正好路过的一位年轻德国女孩看见了,问我是否需要帮助,我乃告知之,对方一指,说就在对面,"you are almost there"。拿出房门钥匙,进入大门和宿舍。进入大门后,起初在 ground floor 亦即中国所称的一层的那间房子试钥匙,一位德国中青年男性正上楼,我乃问其何处为一楼,彼乃告知,遂上行而至中国所谓的二楼即德国人所谓的一楼。德国人看我箱子重,还友好地帮助提上来,我婉谢之,说自己能行。彼答曰:你当然能行,但我帮你搭下手。12 点 35 分进入宿舍。我的房间临街,十几平米,一床一桌两沙发两窗一书架,还不错;卫生间较小,厨房亦不大,另有一房间。总体还可以。

九、从车站来宿舍的那条商业街道上,竟碰到两位中年女性乞讨者,说要我给她们 money,因初来乍到,不明情况,乃告之无 money 而走开。又有坐在地上之似为残疾者之中青年男性乞讨者,又有三两似为嬉皮士之青年男性乞讨者,避开后彼似尚有喋喋不休之嘲讽——反正我听不懂;亦有青年男性于路上拦截女性,似为推销或其他广告等活动,女性多走避之。颇觉意外,亦告诫自己当小心从事——但后来发现,其实治安很不错。

十、汉堡国际化程度或较高,各色人种都有。我完全分不清不同国家的欧洲人,此外还有黑人、亚洲人等。不知当地德国人能区分不同国家的欧洲人否?或欧洲人之间能互相辨别区分否?另外,很奇怪,我不十分懂德语,却完全无异乡的感觉。也就是说,当我真正置身欧陆建筑风格之街道上,却并无特别的异国之感,而完全可以将其视为不过上海某条西洋化风情街道而已。当然,两者仍然有本质区别,比如此间西方人多,且体现了切切实实的西方生活方式,比如常见当地人坐在店门口或路边的椅子上,悠闲自然地喝咖啡聊天等。于是我便在心中想着该如何更有意义、更有收获地度过在德这一年的问题,即不能仅仅简单注意到外在器物或环境上的表象上的相似,还应真正了解德国或欧洲或西方的特异之处。

十一、回宿舍后稍作整理,乃出来往易北河边走——这是在到达德国之前就关注到的,也是非常令我兴奋期待的一处所在,甚至根据之前看的一部德国电影,想象出郁郁葱葱绿树簇拥围绕的碧绿幽静的河道上,快艇或小船时或划过碧波的场景。步行走去稍有点远。河岸较高,开辟成公园形式,颇多人来遛狗,故稍有气味。随即下到河边,得以近距离打量易北河。易北河似乎比黄浦江略窄,然港口、巨轮皆有之,河道颇为繁忙。接着步行而至河边一巨大观光建筑,登上其屋顶俯瞰远眺……后乃步行以还。此地之街道七弯八拐,建筑风格等又皆颇类似,名字我暂时亦记不住,故不久便迷路,许久才摸索到车站。乃逛车站内某商场,里面多为电子产品,日韩产品或有,中国产品则似乎不大见到。价格与国内差不多。又转到楼下买比萨烤饼一张,店员特别强调乃有沙拉者,2.7欧。食之,酥软热脆,乃觉味道甚美。此为吾到汉堡后第一次饮食。又逛附近一商场 mall,里面各种商店皆有,先逛日用品商场,买牛奶、红酒、面包、啤酒等,皆颇便宜——之前在国航班机上,曾喝一杯红酒,竟睡得特别沉实,乃为近几日睡得最好之一次。本来刚上飞机时,坐在狭窄之窗户边,稍觉压抑乃至有短暂之恐慌感;而飞行刚开始时,甚觉腰酸背疼,怎么坐都不舒服。睡了一个好觉之后,这一切尽皆消失,可见,身体状态、情感情绪状态乃至于神情气质等,皆与睡眠有莫大之干系也。此是我买红酒之原由。买啤酒则纯为慕名与好奇。后来结账时问店员有无面条,可能我发音不大好,彼起初倒还告诉我店中这里或那里有货,指示方位,然皆不然。后来我特别强调 noodles,并用食指和中指比划吃面条样子,他反而茫然,一度拿出香烟给我,一时哑然失笑,双方皆笑,只得作罢。此是语言问题。

十二、晚上回来,洗热水澡,但并无洗衣机,颇觉不便,后乃知要拿到洗衣店去洗,在德国,家里一般无洗衣机。吃面包、喝红酒、牛奶,一会便困倦,九点不到即睡着,暂时没有被子,乃多穿衣服外套御寒。但并无厚裤子,半夜冷时,乃将沙发垫盖之,稍好点,然仍冷。今日当买被子、被单。

十三、早上四点四十分左右醒来。准备写朋友约稿。

十四、德国人体格特征:颇高大,男女性皆然,神情稍严肃、冷峻,或长脸长腿瘦削,或者很胖的也有。

十五、欧洲的建筑样式很适合建设城镇街道等,中国传统建筑形式则适合山林和大户,自成一体而封闭的多,不像欧洲的城镇可以自由组合,四通八达。

自我负责的小孩;孤独的飞行员

一、德国车站中每见小孩三五七八地成群出行,似乎无大人带队,未知是何活动,或可咨询德国教授。然吾可视之为德国人自小组织训练和组织资源之一部分,且为自我组织和自我决断。中国人则几乎无一例外全部是由大人、教师来组织的,重视安全,但似乎稍不利于发挥小孩的独立自主行动精神和能力①。组织资源是很重要的

---

① 当然,我后来亦意识到,德国的治安环境和社会秩序甚好,比如交通安全、人身安全、公民文明素质、友好程度等方面,皆颇有法度秩序,故家长不必太过担心。但在现代社会,人们往往被各种可怕之社会新闻弄得十分紧张,比如拐卖小孩、交通事故、社会乱象等,故不敢让小孩自行到处"乱"跑。

一个论题,在历史上,如果社会缺乏必要组织资源,或几乎全部操纵于权力之手,普通民众既未被鼓励和教育养成自我组织之方法能力,亦相应地没有什么组织资源,一切都以权力为中心,或简单复制官僚组织结构形式,那也不利于培养和发展国民的自我组织能力,在参与公共事务乃至进行国际竞争等各方面,就可能出现一定问题。质言之,揆诸中外历史经验教训,则应当注意避免形成仅仅建立在等级制权力结构乃至权术基础上的单一的专断组织方式,而应该建立和发展更多平等性、社会性的组织形式和组织资源,并审慎考虑组织形式和组织资源的多元化与统一性之间的关系。当然,无论哪种组织形式,互相之间都并非冲突性的,且都受国家宪法和法律的节制。

二、德国的地铁很方便,常见学生或市民将偌大的自行车带上地铁——站台都是开放性的,并无特别的验票式安检关口,许多亦无楼梯,平地进出,全凭自觉和文明素质。之前看到的柏林公交宣传片亦强调了这一点,甚至通过地铁搬家都可以。

三、清晨开窗看到小孩上学一幕,稍有感触。四五六七岁的小孩,每每都骑着小自行车,戴着头盔,或者冲在前面,或者跟在后面,父母则另骑一辆自行车,一同出行。骑行过程中,父母亦并非"小心紧张,关怀备至",而是任由小孩或前或后地骑行,有的小孩骑行速度甚至还比较快,完全不像国内父母对子女婴幼儿那样关怀备至、小心紧张的样子,甚至少爷小姐式的照看模式。这实在有利于培养小孩子的独立性和自我行为能力。竟然还看到过一个四五岁的小孩,一个人骑着小自行车,在自行车小道上猛冲,没有父母跟着,不知是去上学还是做什么,这在国内更是不可想象的①。我感觉,在德国做父母也许会相对轻松一些。②

---

① 当然,这显然跟德国的居住区的道路设施等的布局结构和人性化安排有关。这在下文亦有提及,此处简言之:德国的居民区颇有田园的感觉,绿树掩映,静谧安定,安全有序,真正做到"城市让生活更美好",但这样的城市(其实此处主要指城市居住区),其实却是田园化的,跟工业城市和商业城市,或城市中的工业区或商业区的结构形式都不太一样。但现代社会中,有的城市却不能将这三者,即商业区、工业区和生活区很好地区分开来,在功能安排和美学意味上呈现出混淆的问题。居民区或生活区的美学需求、精神需求、安定生活需求未被很好地给予注意和满足。甚至包括生活便利的需求,德国居民区在这方面也做得比较好,比如单位面积内的诸如学校、医院或医疗所、生活商店或便利店等相关公共设施的均衡布置安排等。但中国城市的居住小区制亦有其特点,在商业区、闹市乃至工业区就地点缀半开放、半封闭的自成一体的居住小区,亦便于既缩短上班路程与上下班时间,又可提供安全静谧的居家生活环境。

② 确实,在德国,我感觉做父母都相对轻松一些,道路交通、公共场所的便利设施,都颇为人性化,比如道路规范有序,汽车、自行车、行人各行其道,而婴儿车完全可以无障碍推行,居民区的人行道往往(转下页)

德国的自行车颇高,极少看到后座带大人的(其实现在国内也很少后座带人的)——这或许说明了德国人或西方人的个人主义的独立关系模式、友谊模式,与中国人稍不一样(当然,这显然有过度解读的嫌疑,严格地说,只是和八九十年代的中国人不一样,现在的情形亦有所不同——当然,我指的是骑车带人的情形),而维持友谊另有其他方式:比如一起喝咖啡、共同行动等——一般都是在后座安放一小篮筐,以便放东西。偶有后座带小孩的,但更多的是用前置小推车带小孩,有的母亲还在小推车上面竖一三角小红旗,既醒目,又颇有趣,从窗口望去,亦是一景。可惜若干典型母子合骑自行车出行之盛况场景未能抓拍下来,下次再补充之。

四、絮语:开飞机的飞行员之飞行模式选择,亦有特别行为情感因素在内,比如,尤其是在夜间长途飞行时,

(接上页)和汽车道分隔较开,且往往被路边停放有序的一排汽车分隔开,不用担心交通安全问题;商场等公共场所中皆可方便推车(比如婴儿车入内,以摇篮式小推车将小孩放置入内,小孩在里面或睡觉或睁眼看周边,比较安静,不大有大吵大闹的情形,等等。往往看到许多德国人,一个人推着或骑着婴儿车——我不能确定他们是单亲父母抑或是因工作、生活等原因而必须单人照顾小孩——,购物、办事、出行,似乎皆能应付得来。想来,这样的情形下,人们是敢于生小孩的,对比听闻的国内的某些育儿经,颇为羡慕。

有的飞行员喜欢沿着大城市开,因为天气条件好的话,可以看到城市灯光而稍觉慰藉;有的则喜欢高空飞行,体会那种远离人类世界、离群索"居"的自由感。当然,客机飞行员较少这种飞行孤独感,因为毕竟有两位飞行员,以及有乘务人员陪伴嘛——并且客机也不允许随意选择飞行路线,一般都是早已设定好的。战斗机、私人飞机飞行员等,当其单独驾机出行或执行任务时,便有许多特别之情感。一般飞行当然轻松惬意,事实上,条件允许的话,每当难以忍受地上世界人类生活的喧嚣嘈杂,与各种情感情绪的挤压碰撞时,"我"就驾机出去溜达一会,放空自己,正如"横向的"——对比于飞机的"纵向的"直刺蓝天——独自骑马上空旷的草原,重获空灵阔敞之情意精神状态一样①。但如果长时间在人迹罕见、荒无人烟的地区飞行(比如海上、沙漠上、无人区等),亦或有恐慌感或孤独感,而如果直刺高空,乃至远超云层的几万米高空飞行,更有面对无穷无限宇宙的恐惧感——这尤其容易发生在火箭飞行员身上——而且也可能发生方向感或空间感失控的情形,因为在高旷之空间飞行久了,周围一无参

---

① 这跟我喜欢登山,以及倾向于住高楼而不是低矮的房子的心理,有相似之处。当然,我后来发现,有的居民区内的低矮的房子,也有安静的优点。

照物,就会出现空间幻觉,所以飞行员一般不愿在这种地方停留太久。此外,执行任务的飞行员尤其是战斗机飞行员亦十分紧张疲累,因为要全神贯注,时刻作出判断,还需要不断左旋右旋,以观察地面情形,太过紧张……但我还是羡慕飞行员,和在高空展翅翱翔、俯瞰大地长空的雄鹰。

五、从理论上说,只要建立和开放某些较为成熟的知识型、信息型、科技型等网站,以及开放言论思想和各种社会事业,人民智识便会有大幅度的增长——但垄断则不然,比如当下讨论较多的工业互联网或物联网,以及一切科学知识和技术之类,从推进人类福祉的角度来看,都应该是开放的,但现在往往因为或借由保护知识产权、激励创新等等理由而存在着相当的垄断情形,这就造成了一个悖论,一方面,就促进国内科技、文化、学术事业而言,对知识产权的保护是鼓励和促进创新的前提,但另一方面,从世界范围看,由于马太效应的作用,也使得科技先进国家与发展中国家的差距越来越大,并因为先进技术的垄断而不断造成富国与穷国、发达国家与欠发达国家之间的鸿沟,导致越来越严重的问题。事实上,工业革命和科技革命以来,科技先进国或发达富裕国家都是以这种方式来维持其优势地位的。这种影响学习或内隐学习乃是全方位的、全覆盖的,全体人群皆可有不同收获,比起在教育理念、教育政策上的空泛务虚的或削足适履的改革或改革讨论有效得多。思想言论自由(包括想象自由)和社会事业创办自由等,对于解放和发挥全体国民的聪明才智具有重要作用。故或曰:国内亦可建设和完善自己的开放型知识网站,以此平台等而创造出人民、国家乃至人类文明发展的巨大机会与力量。网络监管有其一定必要性,但简单化或过度的控制,并不能造成此种智识扩展的效果,亦且可能适得其反。所以,亦有论者认为应可探索更好之方法,避免由西方国家所垄断的此类物事科技,所确实可能产生的一些负面问题与影响,这也包括某些确实存在的国家利益问题①。

---

① 在世界范围内,有些国家对此颇为警惕。因为各自的国内情势或事实,主要是基于政治治理或"统治"、政治稳定、政治利益以及国家利益、国家安全等的双重考虑,以及担心可能的外部政治干预或经济操控——因为这些公司的创办者和掌握者是外国人或外国企业,核心技术、资本、管理权和经营权、法律监管等都掌握在外国、外国人、外国公司或所谓"外国势力"之手。即使其或有跨国公司的身份或名义,并且吾人当然也知道,按照现在所营造出来的某种所谓的"常识"或意见,大家往往认为,跨国公司早就打破了既有的民族国家的权力疆界,而会追求自己的利益,故不可按照以往基于对民族国家内的公司的狭隘理解来思考问题。但事情往往并非如此简单,以上想象亦有天真处,而事实上,这些跨国企业要么仍有其国家属性,要么掌握在某些利益集团手里,要么追求自身的利益,所以仍将不遗余力地追求自己的利益,乃至为(转下页)

六、对于中国人俗言之所谓"一人是龙,三人成虫"这样的说法,亦当警醒,不可流于自我贴金或自我吹嘘。实际上,此语或亦有其不明事理处,因为在有些人的口里,

---

(接上页)此通过种种精巧的方式,比如买办阶层以及巧妙的宣传等,来控制别的国家,攫取权力和利益;何况在非常形势下,为了经济竞争和利益攫取等,更可能通过"合法""非法"的方式,瞬间改变面目和手段。那么,当其他国家在使用这些公司所提供的技术、服务或产品时,就存在着某种风险。比如,有些互联网公司因此可以掌握和控制其他国家的极其关键的数据和信息等,其控制力几乎深入一切层面,在非正常状态或其他故意或无意的风险状态下,这些数据就可能被某些势力所利用,从而给其他国家的政治安全和国家安全造成某种巨大风险。所以,权衡利弊,有些国家或掌权者便采取控制或干脆抵制的态度,而进行自己的独立建设,尤其是具有雄心的大国。但如果完全外在于世界信息系统之外,那么这也是一柄双刃剑,因为这可能使得这些国家及其民众失去了获取政治领域之外的有效信息和知识的机会,从而损失巨大。在德国生活时,我发现许多德国人,同美国人一样,在日常生活中大量寻求 google 的帮助,甚至整个社会都对此形成某种依赖,以至于一旦 google 出现问题,社会生活都可能突然失序。当然,这也可理解为,像 google 这样的大的互联网公司,已经为德国人乃至世界范围的许多人提供了极大的生活便利,做出了积极贡献。但反过来,这也意味着,如其认为有"必要",这种大公司可以轻而易举地控制这个或那个国家的社会生活乃至其他各种领域的许多方面。所以,对于我这种特别注重自由与自主、安全感、确定感、独立性、主体性和自我控制感的人来说,对德国人那样不假思索地依赖 google,也隐隐地替他们觉得有一点不安或担心,这种不安和担心有时是出于对技术或科学主义对人类生活的可能的控制乃至破坏有关,是出于对科学主义的普遍论题的一般性反思,有时,却又是出于国家安全、国家竞争、外部力量控制等方面的考虑。如果没有替代性的公司的竞争和制衡,又没有对于这种巨大的跨国公司的有(转下页)

"一人是龙"乃包含了许多对权谋手段之崇拜,这就有问题了,而哪里可称得上人中龙凤呢,甚至乃为"三人成虫,一人犹是"也。一人是龙,应更多关注其道德领导力、智力、组织能力、独立性等方面,而不是人事权谋。古代中国在科学技术方面,长期有较为杰出的表现,但在十六、十七世纪以来却落后了,而在同一时期,西方在启蒙运动、工业革命、科学革命等的推动下,科学技术迅猛发展,涌现了一大批世界级的科学家,提出了许多开创性的科学理论和科学发现等,建立起各门现代科学领域,大大推进了人类科学技术文明发展的进程。而明清时期的中国却实行闭关锁国的政策!可见,禁锢大脑、思想与手脚("片帆不准下海"、社会事业官办,或由权力垄断等)的文化、国家、民族是没有希望的,当奋起直追。当然,我也认同"没有稳定与和平,没有对于自由概念的正确理解(群

(接上页)效监管制衡,这其中便可能蕴含着许多风险。出于这种考虑,许多国家会采取双轨制,即同时建设自己国家内的替代性公司及其服务,甚至未雨绸缪地进行危机管理预案,一旦出现问题,可以很快地进行产品或服务替代。但德国似乎并没有这样做,这也许跟德国仍然是二战战败国而在军事、政治等领域受到更多国际管控有关;但也许亦有其他商业逻辑和技术逻辑或其他考量。那么,其他欧洲国家诸如法国、英国等的情形呢?或许,超级大国或跨国公司的力量或影响力,让一般国家很难抵御。然而这是有潜在风险的。

己权界),而去追求那种不尊重别人的同等权利乃至完全独立个体必须的责任、义务的所谓绝对自由或极端个人主义思想等,亦可能带来更大的问题"的说法的部分意义,但稳定与和平需要探索更先进的思想文化和政治文明,这同样须以思想自由为前提。抛开配套条件暂不谈,中国之大一统亦为中国力量来源之一,不必于此自乱阵脚、自毁长城。当然,于此亦当有许多适配的制度安排和制衡。兹不赘述。

七、德国人每每长身玉立,而西方食物谱系中每多麦制品、牛奶、牛肉等,其身形之高大壮实或与此有关。先秦及秦汉之中国人似乎身材亦高大,其时之食谱中亦多野生动物制品,从《仪礼》《礼记》中之描述可见,或与此有关——此或与其时中国华夏民族仍处于亦耕亦牧的状态有关。而体质会影响人的意志、情感、勇气乃至智慧等,虽然吾于此并不赞成早被现代科学证伪而嗤之以鼻的优生学或种族主义。

八、德国街区道路,以不同图形或图案的铺路石铺就,而用以区分主干道、自行车道与人行道,亦为细心有序,而有创意。

九、看美国民主党、共和党两党总统候选人之辩论全程。民主国家因有公开的制度化程序进行政治斗争、当面辩论等,故政治辩论、斗争虽然激烈、直截、公开,毕竟有限度底线(虽然其背后或亦有《纸牌屋》式的政治斗争情形或想象)。

足球文化；日常礼仪训练

昨天上午和中午皆在家写稿,然三心二意而已。下午乃出去胡乱逛附近各种超市,看看产品物类,了解价格而已,亦多见西人。当时想到一则冷幽默,准备用"外国人"来称呼他们,后来转念一想,我自己才是外国人也。在商店里面逛,观察各色人等。德国人神情稍有点严肃、沉默,少有美国人那样嘻嘻哈哈的热情,当然也少有有些中国人那样的大大咧咧、旁若无人的大嗓门。德国人只是在结账时才和售货员聊两句。小物件中颇多中国制造者,价格亦稍便宜些。大物件比如电视仍是日韩的多。又去某超市买了盐、面条等过来,其中盐找了半天,因为包装不同于国内,又不知盐的德语拼法,最后仍是询问售货员了事。为御寒故,临时随便买了一件外套,但不知到底合身否,乃问售货员到时可换货否。另一懂英语的售货员答曰可以。又买面包。总体而言,物价较国内贵一倍左右,但牛奶有颇便宜者。天色已晚,手上东西太多,竟不克去车站买好吃的烟熏味比萨。晚上做面条,加入国内带来的一瓶辣酱,味道甚满意。

今早六点醒来。写朋友约稿,后亦三心二意。一天未出,后查询德国著名电影,乃看电影《浪潮》,因与教育有关也。此片涉及对纳粹主义(或独裁体制)之反思,亦涉及吾近日关注之礼仪与纪律。另可写影评。傍晚乃换运动短裤在附近跑步,看到一片篮球场,有几个人分别打篮球、踢足球,欣喜将来有活动消遣也。又跑到另一运动场地边——此路线乃有意为之,以观察运动场情形也——,乃为青少年活动场所,有不同年龄层次之青少年在踢足球。九、十岁组正在打比赛,技术、拼劲、章法皆甚好,有条不紊,甚有法度;又有教练及裁判等,都显得颇为专业化,而并无单逞个人英雄主义而一味盘带过人者,亦无乱踢或粗野踢法。甚为慨叹:德国足球之强大,于此青少年之训练可见一斑。周围有家长观看,然并无大呼小叫者……跑了整一圈而回家。

一、体育训练于培养国民素质或国民精神,极有裨益功效。喜好体育者,精神振奋,身体结实有活力,意志坚强,注重团结协作、纪律、规则(公平竞争)、热爱生活、自信勇敢……此关乎教育理念,中国人俗称曰"德智体美劳全面发展",而不可仅仅死读书,当以体育训练来强健其体魄,坚强其意志,培养其遵守规则、公平游戏的精神,以及组织纪律性,等等。质言之,体育也不是将孩子变成粗野孩子,或散漫无制,而仍当有高水平运动合作技艺之训练也。

二、儒家政治文化教化具有许多优点。但或许亦容易助长高人一等的精英心态,乃至容易走向独裁人格,或为专制独裁服务——亦因两者具有内在之契合处。修身齐家,修身则可,但"齐家"一说,听其语气,就是要为一家之主,要来领导妻子儿女了;治国平天下,更是浩大的口气与抱负,此则或皆可议。在此种文化熏陶下,中国士人从来不满足于单纯的修身和平凡生活本身,不将修身和日常生活本身作为目的——而在现代民主化社会,如果要借鉴或挖掘儒家文化资源,或更准确地说,儒家文化资源如果想在现代社会发挥正向的作用,就必须于此有所重新解读和调整,即必须使人们认识到,修身本身亦是自足的,亦可以单独成为目的——而不是将之功利化,作为齐家治国平天下的手段。虽然后者的逆向推理并没有错,即齐家治国平天下,确乎和必然,需要修身,然而再度逆向推论而得出修身的唯一目的就是齐家治国平天下,就未必对。质言之,修身、修养、读书不应该是为了作人上人,也根本不能有必须作人上人的观念,甚至也不必将出仕行道作为唯一的人生追求目标,或将其作为"为仁的唯一方式,更不可因此而有俾睨天下万众、不可一世的态度情绪。事实上,在公民社会,修身本身就是目的,不是一定要同"齐治平"挂钩。单是成为一个人,一个公民,成就个人或私人生活,或成就两两的、家庭的或各种群体的、组织的共同生活,便须修身。中国人应当知道成就普通人及普通人的生活,亦可以是人生的最终目的或最好目标之一种,亦应尊重这样的普通人和这样的人生理想。反之,如果一味追求出仕,乃至本末倒置地追求权势和成功,或在权势和成功人物面前自惭形秽,抬不起头,而在普通人面前则趾高气扬,得意忘形,那就违反最基本的现代价值观念。质言之,修身并非一定是为了出仕行道,当然更不是为了自鸣高贵或高人一等,而乃亦可是为了更好地生活和共同生活,仍应建立在平等和好意的思想地基上。儒家之修身一条,当于此作其新解释,而可与现代公民精神和公民教育接榫。不要弄得所有人一旦不能出将入相就好像是人生的巨大失败似的,从而自怨自艾,萎靡消沉,落落寡欢,悲伤忧郁离世——此旧时文人之通病,而皆拜此种文化价值观念之所赐也。普通人的平凡美好的生活亦是有价值的,亦是有尊严的,亦是人生幸福的最大源泉之一;而保护所有人的平凡生活理想的落实,也是所有由国民授权管理并赋予其职责的政府或政权的最重要目的或职责之一。

三、传统文化中虽亦讲敬业乐群,往往通过敬事父兄、洒扫应对等来培养之,亦是修身法门之一;此外亦有投壶射箭之礼乐游戏之训练,然皆形式大于内容,仪式大于实质。先秦尚有尚武精神培养之骑射或射御,真正培养体魄、力量、勇气、协作、行伍、军法部勒、组织等之技艺(当然,在军事上,这主要指向或针对贵族统治者,一般军士则由农民训练而成,主要强调纪律和勇力等,未必有武士精神之深入熏陶,或至少应和贵族士人区分开来),可收现代体育训练之同等功效。其后则无,而完全文人化、文弱化。君子动口而不能动手动脚动身也。故于今之计,欲培养文武双全之国民精神与人才,当大力讲究普遍学校体育训练也。

四、读了几本文学之书便想治国平天下,则治国平天下何草率易易也。治国平天下当有更广泛之能力素质、知识理论之讲求也,不独在读书一面,尤不独在读文学、经学之一面也。辩论、修辞、演讲、写作;身体、意志、灵敏;法学、经济学、政治学、社会学乃至管理学等社会科学;哲学、逻辑学、历史学、文学、地理学、古典学术等等,何可忽视哉。

五、德国人无论小孩大人,每每长身玉立。德国人神情稍冷峻而平和自在,目不斜视,不问身外之事。然此亦是大体的印象,也许是刻板印象。当代德国人给人的感觉是比较沉静自制甚至本分的民族,虽然并不是害羞;亦不张扬,或不像美国人,真诚热情中有时带点咋咋呼呼、大惊小怪的成分。

六、汉堡的街区乃是真正适合居住的,街区或有小封闭,然更是大开放。小封闭是指房屋结构每每围成一个几何图形,自然形成一个内部空间——我目前尚不清楚其内部空间之功能,是绿化呢,还是提供内部公共活动空间——后来发现有的情形是用树木围成一个小院落,中间布置有水泥乒乓球桌、长椅、花圃等物事。可以说是一个小型的公共休闲空间。大开放是指街区与街道是完全开放的,没有围栏和围墙,没有中国城市里居民小区式的内部封闭居住区。有的街道还比较宽敞,但宽敞是用来供居民生活的,并不全是用来修马路的。相反,街区马路所占地方并不宽阔,绿化以及双向的人行道和自行车道倒是占了更大的地方。街道和街区的绿化甚好,房顶又每多瓦式,故从空中——比如从 google 地图上——看来,简直像是置身于公园或森林似的,以至于我来德国之前从 google 地图上观看住的地方时,竟以为这里人口甚为稀少安静,甚至完全没想到热闹两个字,而欣喜异常,以为要过上西方式的乡间田园般的生活。及至走过车站前的道路,看到那么多人,多到甚至有点嘈杂,乃觉得简直和上海闹市没有两样,而虽有"宾至如归"的感觉,却稍稍有点失望了——我是个不很喜欢热闹尤其是嘈杂的人,而更喜欢简单而安静的生活。但那究竟是靠近地铁站的中心闹市区,今天跑步所经过的街区才是真正的居民区,还是相对安静得多。在人行道或自行车道上行走,不过分的嬉戏着的或骑自行车的小孩接二连三,跑步的人一个一个地偶尔出现,拿着足球去公园踢球的中年男人,走路或骑车赶路回家的成人,相互之间很少冒昧或一惊一乍地打招呼,都有一种安静的生活气息。关于德国的建筑,除了上述规整(适合建造自然街区)、内部几何形半封闭、盖瓦屋顶、周边绿化好等特点之外,还有一些特点,比如砖墙涂成橙色或暗红色,亦增添了一份沉稳感和安静感;此外,几何式整齐中又有一种调剂,比如每栋建筑的统一形制的窗户和不同建筑的不同形制的窗户的结合，各种门禁式大门，等等，颇具美感。

七、德国人很沉稳安静，鲜有大呼小叫、一惊一乍的，甚至，相比于国人的闹腾气质，有一点非同寻常的安静与沉稳，不知这是内在的民族气质，还是多少有一点被压抑掉的东西。作为内在气质，这也是极好的素质。如果是被压抑的，或许正如电影《浪潮》中所展示出来的，有时便需要找到一个宣泄和振奋的出口，碰到特具煽动性的人物如希特勒之流，就容易被激发出某种疯狂的行为来。不过我远不愿将此与当代德国人联系起来，德国人如今天所是，就很好了。以沉静、理性内敛来和世界和谐相处，潜移默化，甚乃领导世界文明潮流。德国人的眼神虽或没有张扬外露的热情，也并不是情意外露的温柔，而是一种内敛、自制和沉静，没有咄咄逼人的攻击性，慢慢人们也就安心下来了。当然，到目前为止，我尚未感受过德国人对啤酒的热爱与对足球的狂热。而其内在之德国精神，或许在音乐上体现得最明显吧。

八、在从慕尼黑到汉堡的航班上，除了乘务员，并无人与我主动搭话，完全不同于在美国所可能遭逢到的情形。这次跑步也是这样。可是我觉得这样也好，我很快就会习惯和喜欢上这种状态，因为我多少是不大喜欢说话的人——至少是有选择性的,对于性情志趣相投的,或自己感兴趣的论题,也是很愿意畅意交谈的——,这样的话,我就不用理会别人,没有必须说话、打招呼的压力,自己自由自在,旁若无人,感觉也很好。真要说起来,对比于美国人的自来熟、人来疯的模式,虽觉其热情,而每有交流的压力,故还是更喜欢德国人的这种互不相扰或慢热的状态。当然,这么早对德国人下整体的判断是不对的。

城市家园与"林中路"

昨天照例起得较早,白天除了早上拍了几张德国人带小孩上学的照片之外,其余时间都在写稿。傍晚出去跑步,找到行前从 google 地图上看到的网球场。场上正有人在训练,问一个正在打球的女青年,告知此球场乃是俱乐部制,另一网球教练亦详细告知相关情形,并让我可以打其电话。后继续一直跑到较远处一个体育场,正在维修,乃摸索着跑回来——晚上天气已有点冷了。白天往往在电脑上开着英语在线电视,有一句没一句地随便听着。

傍晚去找另一家网球场,往场内照相时,几个正在练球的七八岁的小姑娘注意到了我,嘻嘻哈哈想和我聊天,我表示不太懂德语,一个小姑娘则试着用英语问我来自哪里,又嘻嘻哈哈地跑去找其女教练兴奋地说着……看了一会,乃问边上的中年德国人相关情况,被告知此处仍旧是俱乐部制,亦说冬天无法打球。昨天听到这点时,我一时没反应过来,心想冬天可以多穿一点打呀,后来才意识到这里的冬天也许完全不同于上海的冬天,而或许更为寒冷,乃至积雪覆盖……跑回来,又看了一会小孩子的足球训练。甚至七八岁的小孩足球训练,亦讲战术训练,小孩也并不胡乱踢。德国小孩虽亦有顽皮者,然并非野性,非桀骜不驯……

一、林中路与街区制。今天又观察了一下德国的建筑与民居建设。前文曾述及其建筑之长方形形制便于建造街道,然其在长方形形制之外又甚多丰富性,比如阳台,或有内嵌式阳台,又或有外展式阳台,一幢之内皆整齐;有的建筑屋前有一大片空地,而为草坪或篱笆灌木,大门则被草木围成一甬道,筑以小石板路或水泥路,辅之以半身或及膝高之小围墙,颇有窄巷甬道而幽然静谧之意味。然德国人民居前的草坪似乎与美国人别墅门前的私家草坪不一样,并不属于私人,或有打理者,然并非作为私人花园。建筑物围成的内部空间亦别有天地,或绿化而绿树成荫,盎然成趣,或安置长椅、乒乓球台、小空地、步道等,而可作小小休憩之地。街区间之街道,除正式马路之外,亦丰富多样,草坪地、步道、自(行车)道占了很大比例(无草坪的街道上,这些往往占据三分之二,有草坪的则占五分之四),而汽车道只占了很小一部分。大致从中间到两边可分双向汽车道、停车道(街道两边可停车,且非常整齐,竖向停车不占车道)、树木绿化带(道)、自行车道、人行道、草坪、房屋建筑,其中汽车道与停车道为一部分,汽车道中间以竖排石头作分界线,汽车道与停车道则以石板或铺路石之不同铺排方向或铺排图案作为区分;绿化道将汽车道、停车道与步行道、人行车道隔开;步自道则为一部分,自行车道往往是红色地砖铺就,人行道则以水泥地砖铺就(过马路时,人行道占中间,自行车道相对窄一些而在两边[①])——我最初未分清二者区别,往往一不小心就走到自行车道上;此后是草坪区,往往以齐膝高之水泥砖墙砌围而成。此是大体形制,但有的地方没有专门的自行车道,或无草坪,或在车道中间辟一小道,两旁分别为一排林木,中间乃为自行车细砂石路或人

---

① 国内在十字路口则暂无自行车道,只有行人斑马线,对自行车或电动车并无明显道路指示安排,而往往或和汽车或行人争道,或混杂行之。

行路,而别有"林中趣"也("林中路"之趣味)。铺路材料多为长方形平石(磨平而稍有凹凸点而增加摩擦力)、水泥石、小砂石等,然皆极少扬尘。我住的地方,临窗外面即是一条街道,乃是以大体的长方形石头自然铺就,久而磨平,而石头与石头之间渐稍有不规则空隙,然并无松动或泥土,故无灰尘。我的宿舍用的又是隔音窗玻璃,往往车子行过时,传上来的便并非汽车轧过青石的清脆的沙沙声,而乃是一阵微细的嗡嗡的声浪透过窗户玻璃而渗透传上来,时刻像有一波波气浪袭来。我一度颇为习惯乃至沉醉于那样的由远及近而又一闪而过的声浪,仿佛不规则的潮汐,在心头一时一时地偶尔抚摩揉荡。

在现代大城市中而有田园和小镇的意趣感觉,这是我对汉堡居民区的总体感觉。有时我想,在现代城市,只有这样的居住区才会有真正的童年与家园的感觉(可对照中国的城市小区或城市居民区),正如以往的乡村一样。尤其是某些别墅区或纯粹的居民区(不是繁华之商业街道),更是一派安静田园风情——有许多小园子,内种各种花草(植物或作物等),幽静的小道,茂盛之草木,生活之气息,可以散步、跑步、遛狗等,令人羡慕不已。在这样的条件下,家庭生活就是最好的生活内容了。夫妻相处、生养小孩、工作娱乐休闲,一切都变得简单起来,生活单纯、安定而有味,在这样的环境下,我也愿意娶妻生儿育女,安静简单而自足地生活的。

居民各自独立,之间没有争这抢那、勾心斗角(因为这些都已经通过私有财产保护等民法规则条例条文体系安排好了),没有利益勾连、攀比算计,清清爽爽,安安静静,简简单单,井水不犯河水,邻里相交淡如水,甚至不用认识,不用相互打招呼——其实打招呼的机会也少,因为除了教堂,一般都是以家庭为单位进行活动,或带孩子参加足球训练,其他时间都在家里,安心于家庭生活,邻里见面共处的机会并不多,更没有种种牵缠不清、界限不明的关系。这让我想起英国学者麦克法兰对英国人生活的描述(《现代世界的诞生》、《英国个人主义的起源》):以兴趣社交,而非以利益、亲疏远近等来社交①。德国的居民区才是真正理想的街区制,中国的上海这两年一度谈论所谓的街区制改造,以现有之局面,是很难发挥街区制的优长的(其实中国的住宅小区里也是很安静的,只是由于土地资源紧张,每或向高空发展,而人均公共活动空间或绿化面积一时或稍有不足)。奇怪的是,我对美国的街区制似乎也并无特别印象,没有感到像德国的居民区的这

---

① 在德国和英国,这便是俱乐部文化。兹不赘述。

种亲切有味。

二、足球训练时,五六岁、七八岁的小孩亦甚讲法度,没有那种随心所欲的疯疯癫癫、撒野撒泼的情形……最后由孩子们自己共同将球门搬回原处,而有自我负责之意识习惯……

三、一个有趣的命题:在德国,人们更容易找到爱情?——因为共享基本的价值观、生活方式和生活水平,简单纯粹(诸如金钱、家庭关系问题已皆有法律安排安顿好,不会产生像在别的社会中所可能产生的那样巨大的麻烦和牵缠),不牵涉所谓"合两家两姓之好"等中国式复杂问题。所以我初步预设德国人似无晚婚晚育之问题,并且确实常常见到青年妇女便拖儿携女,亦并未觉得他们会有太多室家之累。我的感觉是德国女人似乎比较温柔贤惠,是好母亲和好妻子——看上去似乎甚有爱心,颇能照顾子女,任劳能干,用中国人的话来说,是"顾家型的"。德国女人往往有沉静温婉的气质,而又稳重保守[①],有好妻子和好母亲的自然气质——我这样说,也许德国的年轻人或女性主义者、女权主义者并不领情,一笑。

---

① 但亦不乏英气干练、孔武有力者,颇有当下中国年轻人喜欢以之自我调侃的并无恶意的"女汉子"的意味。

四、德国人在街区街道上的停车状况颇令人感叹,一排过来,整齐得不得了,长龙蜿蜒,绝无乱停乱放之现象。这应该是国民素质高与社会管理水平高的表现。

五、读书处世,有心志、有理想、有雄心,固然是好事,然不可躐等,不可眼高手低,要务实,要扎扎实实一步一步来,先从小事做起,慢慢或可谈论国家、天下。有"以天下为己任"之心志固好,条件允许的话,欲知彼知己知天下,则当亲身视察亲证之。

六、从长远看,不需要额外的礼仪和组织,自由人过自由的生活就可以了,一切礼仪和组织都可能潜在地具有排他性或潜在攻击性的一面(潜在攻击对象)。世界大同,则基于居心叵测的目的之上的一切僵化的、封闭的乃至等级制的、专制的礼仪与组织形式都不合时宜。但可以有基于自由、平等、基本人权和最基本伦理共识基础上的礼仪,以及相应的自由和开放性的组织形式。

七、德国马路上和街道上车虽多,然并无汽油味,也许德国汽油质量较好,或较为环保,对空气之污染较小,也许只是一种由于环境亲切而带来的心理感觉。环境的友好会带给心理上的安适放松,和言行等方面的亲善友好的想象与表现。当初在美国所住的地方,感觉空气中到处弥漫着一股汽油味。现在想来,在美国时,步行出去甚少,似乎亦没有在德国这样的亲切感和安全感,尤其是晚上。德国的居民区和街道更亲民,更有生活气息——尽管在有的地方,街道上的人也并不多。比如骑行上下学的小孩、上下班的居民、在街道或其他活动场所走动的家庭成员或玩耍的小孩,等等。德国很安全,虽然居民间并不像美国人一样的大惊小怪地打招呼,德国人甚至有点回避在道上和陌生人进行眼神交流,故偶尔亦显示出类似于冷漠的态度来,但这并非冷漠与高傲,而只是矜持而已。因为一旦问起来,其人还是有一种沉稳的热情和友好的。

八、絮语:

等待的人迟迟不来,既可能让人对生活存有最后一丝期待和希望,亦可能让人绝望,两者都给人以赋予人生意义的机会与理由。前者以希望和期待为动力,后者以对抗绝望为生命主线。绝望的人从不声张,却在绝望与险境中从事与己无关而于某项正向事业有关的有意义的事情,以拯救可能的后来人的绝望。然而虽说对世界有意义,从某种意义上来说,却终究对自己无甚意义①,绝望

---

① 这当然更可能是一种情绪化的表达。理性或理想主义地表述应该是,这样的行动选择本身,也会赋予人生以某种意义,乃至带来爱的体认、自足与拯救。

者安然接受这一点,带着对生命悲剧的体认——这就是绝望者的人生苦旅,即便其做出了人间标准的巨大成就。

先生云:纯粹的叙述缺乏情感的力度,缺乏拯救的力量,难以令我满意或获得一种成就感,或获得情绪能量的释放。只有饱含激情或强烈主观情绪的诗性的情感表达和思想表达,才能稍稍安置我那颗敏感而躁动难安的心。真正的体现我之写作风格的句子都具有一种内在的情感或情绪的力量,透出词语本身。虽然这些年我有意压制这种热烈的激情的情感和情绪表达,而写下了许多理性的句子。

我应该去找几本德国的诗歌集子来读,来自具有悠久抒情传统的诗的国度(中国)的写诗者的"我",在德国,在深夜,读着德国人的诗歌。

九、絮语:

(一)我们想找人说话,但不知那个人是否愿意听,于是就沉默了。

(二)我们想找人说话,但不知那个人是否值得相信,于是就放弃了说话的念头,或者,谈谈天气。

(三)我情愿不去了解真实的德国与德国人,而停留在目前的想象的水平,因为我怕深入了解德国及德国人之后,发现其可能存在着同样的人类困惑,而让自己失望不已。

(四)此生(一生)无足述,来去如蝼蚁。千般苦思虑,于汝何有矣!

千般思路,万般作为,无改此生苦!

孤独尝尽,无滋味,哪来空欢喜。笑亦无关春秋。

(五)昨夜又来千般愁,万种心绪言语,炼得诗句三两阙。因怕长夜难眠,未敢开灯展素笺。当时牢记于心,无奈梦醒归杳杳。不知为何愁,仍是愁。

明天会更好；冬天就要来了

先生云：人们常常以"明天会更好"来自我安慰和打气，但有时人们心里也明白：明天未必会更好，甚至更糟糕；世界也未必就会更好。另外，是的，也许对这个世界上的某些人或某些个体而言，明天确实可能会更好，但对另一些人或个体，世界或明天未必会更好，甚至永远都不会好。然而还是要努力活着。

德国人的国民性文化来源及其演变之设想：基督教，骑士精神，早期或原始森林战士精神，其他日耳曼传统文化，自由主义教育或公民教育（大中小学）……

中国在教育方面亦有许多进展和改进：之前的中小学往往更注重知识教育，基础知识掌握较为扎实——虽然也存在应试教育的问题——，现在又开始注重现代思想文化、传统思想文化和理性主义之教育；在教育方法上，摒弃以往的机械背诵记忆，而逐渐增加了批判性思考、开放式讨论、辩论和质疑等方面的教学方法；在课程体系和具体课程教学方面，以往的语文课主要是语言文字教育，并蕴含语法教学而承担起一些思维和逻辑方面的训练，同时亦强调在语文课中蕴含思想品德教育，与此同时，中学语文教育还会鼓励学生进行课外阅读，现在不仅有文学作品，甚至亦鼓励和推荐学生进行哲学、思想史、科学著作等方面的课外阅读；英语课同样如此（包括大学和中学），以往更多注重单纯之工具化的语言技能教育，现在亦开始意识到和注重对于西方思想文化、哲学、历史、文学等的教育或课外原典阅读；历史地理课也不再仅仅被处理成干巴巴的知识点而要求学生机械记忆背诵之，而是增加相对更为广泛的内容，并运用更多的直观教具来让学生获得更具体的知识和更多的理解运用，甚至还有地缘政治学方面的普及教育；思想品德教育或道德教育或社会常识课等，亦逐渐注重系统化，力图创造系统化的德育教育内容体系，避免以往曾经存在的形式化、务虚化、零散化、知其然不知其所以然（正当性思考）等的问题……此外，许多有条件的学校还逐渐增加哲学、伦理学、思想史、逻辑学、修辞学、辩论等课程或课程内容；体育课则不仅注重培养学生的体育技术、运动能力、体育规则和纪律等，还逐渐重视对于体育训练或运动训练过程中礼仪及精神维度——比如公平竞争、团队意识等——的关注、强调与化育。大学阶段，外语课或外语系的学习教育也逐渐从主要着眼于语言文字教育，进入到兼顾思想文化方面的教育，让学生能够深入进入到思想文化的深层次；大学通识教育亦在不断探索，虽然仍然存在一些问题，但力图加强当代大学生在现代思想文化、社会科学、自然科学、世界历史文化等方面的整体常识的目标是明确的。在价值观念方面，中国亦存在着某种多元化情形，比如理想信念教育，比如优秀传统文化教育，比如受过高等人文教育者或稍能接受现代观念，受过中文、中哲等传统文化教育者或稍能继承传统思想价值观念中的优秀有价值的部分，比如乡土中国或民间中国则有根深蒂固之各种民间文化观念，其他又有理性主义者、人文主义者、功利主义者、利己主义者等。

上午准备见面的讨论内容（英语）。中午坐地铁去汉堡大学(买了6.2元的日票,九点以后可以乘坐),因为正好来了S31路,怕错过这一趟后,下一趟可能要等很久,乃抱着此亦可至汉堡大学的侥倖心理上车,然而坐反了方向,问一德国人,告知坐21路到Tantor。此皆因当时未注意到地铁站台上有路线图,亦颇不明行车规律所致。辗转而提前一二十分钟到达汉堡大学,学生颇多,散漫悠惰,或坐或立或走动,看书聊天晒太阳。中间甚至有一小高台,若干学生闲坐其上晒太阳。14点准时到办公室①。我的德国教授朋友乃有中国士君子的"宾至如惊"之待人接物之风度,早就准备好茶叶杯子,而泡茶招呼之。聊一个小时左右。谈毕教授又领我略在楼内参观介绍一会。出来后我乃在校园内胡乱逛,后到一高楼楼顶打量风景,视野甚阔远,远方房屋建筑每多彩色斑斓,错落有致,又或有白云悠悠,云下片湖粼粼(或为阿尔斯特湖);又在高楼上看到某教堂式风格的校园建筑,青苔攀援墙壁而上,

---

① 之前通过阅读一些有关德国文化方面的书籍,以及网上材料,而稍了解德国生活习俗,尤其是对准时的有点严格的要求。不准时、不守时或不守约,在德国人看来是很严重的事情,守时是对他人和他人的时间的尊重,也是提高效率和秩序的一种安排,所以在德国一切都要预约,一切都要守时。比如既不能迟到,也不能提早。所以当参加别人婚礼而稍早到时,便绕着对方房子或教堂散步,直到时间正好再进去。这就是德国人的时间观念。

甚美。继续闲步而到附近看一教堂,教堂附近又有一体育场,乃在体育场边看十几个年轻人踢足球,甚有章法,没有乱踢者,或但逗个人英雄主义者。逛回校园,不能连上校园WIFI,问某在楼前台阶上闲坐交谈的两位学生,答曰需先注册。步行偶然发现亚非学院,见到图书馆,不用卡亦可进。初进主房间藏室,见许多日文书,左边大房间则为藏文图书,甚丰富,稍觉惊讶,看来藏学研究乃为其特色之一。藏文图书室中中文书倒不多,甚至有一些港台杂志期刊,不甚感兴趣,稍失望。后乃发现中文图书馆应从另一边进入右边大房间,而藏书甚丰富,乃欢喜起来。至此乃弄清亚非学院图书馆之馆藏分布:进门处之藏室为日泰图书资料,右边藏室为中韩图书资料,左边藏室则为港台藏文图书资料,另或有阿拉伯文等图书资料。逛完亚非学院,走回车站,乃步行看两湖,湖边有人骑车、跑步、散步,湖中有人玩帆船、划小艇等;两条马路与一条地铁分隔两湖,下可通过。小湖四周围绕欧式建筑,教堂尖顶点缀其间,湖中有喷泉、天鹅、水鸟等,红墙夕阳,掩映生色,风景甚好。步行回车站,乃有意利用日票多坐几站,了解地铁运行情况……

整理房间,东西放上架子,算是正式安顿下来。吃饭后出去逛商店,列了一些要买的东西的清单,包括日常外套、包、鞋子等。因为想尽早将日常生活安顿下来,所以来汉堡前几天尽逛超市商店了,简直有点不务正业。买了一件夹克外套,一件毛衣,一个小包。后又去其他商店买了两本笔记本,一个耳机、调羹等,以及肥皂、洗洁精——洗洁精好不容易才买到,因为德语不甚熟练,于是在超市里买东西有时就只能凭感觉——前面刚出来时还逛了Rewe。回家。写英文邮件等,很晚才安定下来。我其实本不想在德国的生活节奏也那么快,但竟然亦有快起来的趋势,看来我得权衡决定到底是快还是慢。

昨晚回来后特意找海涅的《德国——一个冬天的童话》,以前读过,现在早忘记了。发现竟是讽刺政治诗,稍不合期待。

先生云:人生是需要爱的。

先生云:没有爱,人生就没有了方向,漫无目的。一切都可有可无,自由随意。

先生云:我看到许多没有爱的人正在枯萎,包括日渐枯萎的心。没有爱的人生正像是蒙着眼睛在悬崖峭壁或高原沙漠上乱跑乱撞,无所依止,远近皆不是……

先生云:全世界的人都在畅饮鸡汤,或者,偷偷地服用兴奋剂,幻想先跑到终点就会寻找到快乐与幸福。当然,这是一种文学表达。

先生云:天神在人身上预先安放设置了膜拜天神的程序和伏笔。造物主有点狠毒甚至阴险,让人除了膜拜皈依于绝对之天神律令外,别无出路。造物主或造人之天神没有给人第二条生路,但古往今来多少人勇往直前地挑战天神之权威,寻找其他出路,却不知究竟有多少人真正成功出走。谁也无法天生或一生下来就预知哪条路是生路,哪条路是死路,哪条路是不归路。天神或自然赋予人的智慧或多或少,却都是有限的,无法突破最后的界限。天边(或宇宙的边缘)遥遥难及。

先生云:地球千万物类的进化尚无伏兵或援军,人类的智慧有限,注定还要吃尽苦头——至少我的智慧有限,准确地讲。

先生云:造物主给人类预设了许多悖论和难题,每个人都面临着这种难以解脱的悖论,在人世间挣扎。

先生云:冬天就要来了,冬天(季)是诗的季节。人类的冬季涌现过多少令人心旌摇荡的心灵之歌,在半夜响起,召唤亡灵或迷失的灵魂,或者,安慰了孤独的人间沉沦。

先生云:冬天不能太忙,(冬天如果)太忙就辜负了冬天。冬天是灵魂沉思与休憩的季节,是在夜里听雪、在白天饮酒和吟咏的季节。冬天是小孩子的另一个节日季——孩童的每一天都是节日——他们聚在火炉边听妈妈讲述冬天里的童话:墨西拿海峡的女妖(塞壬)与北欧的海盗,歌声、海浪与灯塔,帆船与黑夜,船长与水手,海鸥与海燕,暴雨与闪电……自从长大成人,我就再不敢关灯睡觉,因为透过窗户,远方已没有灯塔的微光……

先生云:爱有两种:爱别人,被别人爱;至少要有一种。但只有一种也无济于事……

先生云:还没下雪呢,你的思绪就已经在静寂的夜里纷纷扬扬,等到下雪的时候,你怕是反而要在子夜结冰入定了吧。可是,不要来解冻我!(这几句乃是诗的逻辑,而非常规逻辑,按后者,只应是更为激动扰攘。注:我在后一句里加了"反而"一词,逻辑上更顺一点了。)

先生云:不管你是否畅饮过人生的美酒,你都会对其念念不忘。这就是天神或造物主的杰作,或者,人类的原始记忆。从你一出生就已经被植入,或者,人类从未出走!

先生云:解决现实问题没有意思,因为一个问题的解决会引发另一个或更多的问题,问题永远层出不穷。问题是人生的意义和本质所在,或曰:既然如此,何必去解决问题！问题总会有，且让其慢慢自生自灭，生生灭灭，消消涨涨，人或人生与之相与沉浮即可。还是读诗写诗好，诗歌不试图解决问题，诗歌亦是问题的产物，是拥抱问题的结果。诗歌只须安慰人心。问题？问题是诗歌的养料。但诗歌的花草树木上，长的是另一种花果。

先生云：多少人雄心勃勃、殚精竭虑、苦心孤诣、形销骨立，要解决人类（社会）的问题，以至于忘记问题是造物主在人类身上的杰作（或阴谋）。这些人在与天神为敌，他们是人间的哲学王（哲人），试图反抗造物主与天尊——有什么好反对的，你甚至过上一二十个小时就困得几乎睁不开眼睛，你想想，这样的你有多少能耐，竟想反抗造物主或天尊？！还是"洗洗睡吧"（二十一世纪初中国网络流行语）。

先生云：再苦再累，咬碎了牙齿也要往肚子里吞，坚强或许无关幸福与快乐，但没有了坚强，你连尊严都没有。坚强未必能带来幸福，因为幸福是柔软的东西，能让自己的心柔软下来的，才可能是幸福的来源。我们只向爱自己的人，或爱人，展现自己柔软脆弱的一面，没有嘲讽与幸灾乐祸，只有柔软的爱与安慰。有人终其一生都从未向任何个人展露柔弱的心灵……

一、欧洲人或德国人有一种与生俱来的沉静闲散的气质,路边、小店前、酒吧里……举手投足,此种气质便自然流露,未出过国的人也许将之看成个人修养,殊不知大多数德国人本来如此。

二、德国人一到了公共场合,自然就会压低声音而轻声细语地说话,是一种内化的自我意识,不需要外在的提醒。前者是修养,是普遍公民教育的结果,是内化的德性与习惯。后者(外在的提醒)则是纪律,是外在的压力与监视。

三、但中国人对外界事物有一种热情和好奇,德国人则似乎不苟言笑,很少去关注身外的人事,除了一些小孩,偶尔会有洋溢的情绪。或是在啤酒节上,稍有奔放情绪的释放。日耳曼民族与拉丁民族在气质上或许本来就有较大差异,英国人似亦不苟言笑(显然,上述论述过于将个案普遍化了,因为你根本就没真正深入接触过多少德国人,也没有去过德国其他地方)。东亚小孩的热情外向世人共见,也很觉可爱美好。

典型德语发音

一、初学德语,看到名词的三种性、四种格,此外还带上单复数的变化,然后是冠词(定冠词与不定冠词)、代词(人称、物主、反身、指示、疑问、关系、不定代词等)、形容词在不同性与格中的变化,一下子就觉得"头大"了,感觉像是学逻辑学、数学或电脑编程。这样的语言可以很精确地表达,然而亦繁琐和复杂。

对于现在的我来说,除了主要兴趣关注或心志上非做不可的事情,其他任何太过繁琐复杂或需要费太多脑力的事物,我都很难下定决心去做。现在不想花那么多时间,那么费力地去做一件崭新的事务了,没有动力——因为本来就有目标,或本来就有许多正在做和想做的有意义的事情。也不想再度绷紧弦,鼓起斗志,凝聚意志去做此新事,太累了,跑不动了。或许,人到四五十岁的时候,只想过得清闲些,节奏慢一些。可能确实是身体机能下降,而影响到意志动力的缘故,另外亦可能是较为优裕悠闲的生活现状,亦让人觉得,既然正在做有意义的事情,那么那样额外而旁逸斜出地拼搏或拼命工作做事,是没有必要的缘故吧。现在的生活节奏刚刚正好。让五十几岁的人下岗或失业,并让他们在市场上"再就业",确实是一件颇为残忍的事情,有时简直是如临深渊,难怪几乎所有的政府都会对失业问题极为关注,因为没有工作、没有米面油盐牛奶面包等生活必需品,就会造就一群不惜亦不得不铤而走险的人……也难怪人们接受不了失业,而甚至有多种过激的行动。而对于那种振振有词的所谓公平的市场法则、"失业是自己能力不济而被市场自然淘汰"等言论,岂止是冷冰冰,有时简直是残暴,后期发达资本主义社会普遍抛弃了此种不人道的做法,而对失业等情形辅之以一定程度的社会保障制度。

年轻人之所以有拼劲,不过是因为体力精力处于人生中的最好状态而已,从小到大几乎就是永动机,最多睡一觉便可"满血复活",所以如果要拼搏和学习复杂困难的事物,也确就是这时才是最好的阶段了。这个阶段没有奋斗,此期一过,也便难有大的作为了,所以古人说"四十五十而无闻焉,斯亦不足畏也已"——当然,这主要是从进德修业的角度来说的。所谓大器晚成,并不意味着青年时期不拼搏就可获得。

我猜想德国小孩初学德语时亦是十分头疼吧。不过一旦掌握之,确实可让人变得头脑清晰,讲究规则与(词语或语言)秩序,表达准确乃至精确,可谓是获益甚大。对于自小学习中文的我而言,还是想偷偷懒,在中文汉语的含蓄多义、想象丰富、自由随意、诗性模糊的意蕴里陶醉此生吧。年轻人可以学德文、说德语,至于年岁渐大,心灵与步伐都开始变得闲适或迟缓起来的时候,更注重语言的意象想象力和美感的时候,中文更能让人休憩和安适,语词、意象、心神相通契合,而愀然若忘。

二、我觉得德语里最有特色、最能将其和英语区别开来、有时也是最好听的音,一个是ʃ,我指的是s在t和p前发的那个ʃ,跟英语的区别甚为明显。发ʃ音显然更为柔婉浑然(厚)圆润一点,发音时,或听上去,都很有感觉,尤其会使人(初学者)产生一种"瞧,我在说(不同于英语的)德语呢"的"傲娇"感("傲娇"为网络用语);与ʃ相比,s音更尖锐刺硬。另一个音是ain(单词ein及类似音节的发音),尤其是在长单词或句子中时,很有点咬牙切齿或用力强调的那种感觉,便很有点"德国味道",因而感觉很"德语"或很"德国"。德语之所以让人感觉"硬"甚至带点顽固顽强的感觉(坳折感),即在于这个音,因为一旦说这个音,德语的语言感觉便呼之欲出了。这个音说出来有一点执着和强调的感觉,就像韩语特有的委屈的撒娇语调一样特点鲜明。第三个是 r,但这个音我很难发得标准,然而听这个音时,却颇为羡慕而神往——俄语和东欧许多国家的语言里似乎亦有这个音,不知是不是斯拉夫语的特点并影响到了德语,还是其他原因。有一次在汉堡大学问一个路过的女孩子怎么上校园网的时候,也许因为她不会英语和德语,略感抱歉地笑着说出一长串的语言,语速飞快,里面便似乎夹杂着不少舌颤音 r,听上去颇为悦耳,非常有特色——让我简直还想下次再听听。反而是德语特有的几个字母如 Ä ä, Ö ö, Ü ü, ß 等,我倒并不觉得能代表德语的独特发音——这当然是我个人的语音偏好,不是语言学上的严格判断。

三、在语气上,韩语有点像撒娇与委屈式的强调,德语则是执着、坚定或固执式的强调。不过德国人一般说德语时声音比较小,故听上去便有理性的执着的味道,而韩国人往往嗓门大,故有时便感觉有情绪情感上的说服,甚至压服强调的味道。汉语的音韵铿锵婉转(四声以及古汉语的更多的声调)和元音饱满悠长轻柔,也都是极美的①。但一旦中国人急了,就是直接吼(的语调)——其实,急了的话,哪个国家的人、哪种语言不是这样的呢,一笑。

四、非理性的人才好斗,看看世界范围里的国家、民族与人群,便不难对此有直感的印象。

---

① 我觉得年轻美丽的女孩子讲起浙江话来,轻柔婉转,也是极为动听悦耳的,简直是陶醉其中。越剧之能吸引我,除了唱腔婉转多姿、柔美曲幽之外,或许跟其语言的这种特点亦有关系——虽然我之前并未特别将之归因于浙江话的柔婉,倒是偶尔听到上海话的妩媚——这也是新近对比之后才想到的。

平铺与内聚

一、德国或欧洲（或西方）——准确地说，是根据我这几天对汉堡市内自己所居住的小范围居民区的观察而来的推测——的城市居民区的结构布局，是平铺的和扩展的：均衡式的平铺和水平扩展。中国则似乎是内聚的和累加的，采取建高楼的方式，向上垂直争取空间（所以在中国有的城市或地方，往往不断爆破拆除还算完好的高楼，重建更高的楼盘来节省用地空间），一拨拨新来的人群竭力要进入到城市的中心地带，因为发展阶段的差异，导致中心地带吸引和聚集了相对更多的人才、资源、财富和机会等。而随着经济的不断发展，以及政治上的相应进展，比如公共行政的法治化和民主化等，在城市治理方面,政府和市民也越来越注重城市公共服务和公共设施的均等化或均衡化,从而使得城市公共设施和资源的分布(比如公共财政与资源的投入与分布)是——和必须是——均衡平铺、扩展分布的,所以当人口增加,便不断扩展城市的外缘就可以了,边缘和中心在生活便利、公共设施建设等方面,并没有明显的或悬殊的差异,而未必一定要一窝蜂地挤进城市中心。甚至连乡村生活也并不比城市生活差,而成为对应于城市生活的另一种生活方式选择之一……尤其是政治经济发展势头良好的现代发达国家,更是如此。

先生云:我早就知道,(残酷的)冬天肯定会到来,大雪会封冻所有的出路和思想(想法),但趁着严寒未至,红叶尚能暖眼暖心的季节,让我们跳上秋天的列车,一起去看湛蓝的北海吧。(对比雪莱的乐观主义的诗句:冬天来了,春天还会远吗?)

二、秦汉以后的古代中国,因为专制皇权的存在,许多资源往往是集聚的、内聚的,围绕着一个中心(皇权与首都),中心积聚了不成比例的巨大财富、资源、权力和人才,故往往是繁华的、奢靡的,但同时也是拥挤的、紧张的、勾心斗角的、争夺激烈的……社会主义中国则强调均衡发展和共同富裕。现代西方,在经历了旨在强调平等自由、人权民主的政治和社会的民主化变革或演进之后,从此便确定或开始了城市建设和社会建设的均衡平铺和水平扩展的战略或习惯,在城市的有关居民生活的公共设施建设方面,较能注意均衡化,故就一般市民生活而言,不必过于争夺中心,而是形成无中心或多中心的整体社会格局,以及相应的城市格局(片状平铺分布)、权力格局(分权)、政治格局(地方自治)等,所以能形成相对较为疏朗、平等、均衡的社会结构或民主结构(许多西方发达国家并无城乡经济发展水平悬殊的问题,城乡之间并无那么大的生活水平差异,甚至许多乡村或小镇还更富裕些。当代中国亦正在努力慢慢消除城乡差异,从总体趋势上看,乡村生活将会变得更美好)[①]。我注意到,甚至连所谓的难民营都是平铺的、开放的、平等的,有相当的公共生活设施的配套建设或投入……

---

① 当然,这并不是说西方发达民主国家没有中心城市或大城市,或城市没有商业中心等情形,或城市与城市之间就完全没有经济发展水平的差异,而是说,从公共行政或一般居民生活条件而言,城市建设或城市发展的格局是均衡平铺扩展的,城市中心和城市边缘或外缘并无太大区别,而都有相对较为均衡的公共财政投入和公共设施建设。

中国的城市尤其是大城市,常见极大的购物中心,以满足城市或城市区域内大量人口的商品需求或日常生活需求[①];德国的方式似乎稍不同,而更多为广泛而均衡分布于社区之中的中小超市和购物中心——尤其是那些精心规划、均衡分布的便民平价超市,比如 penny 便利店——,公共资源和公共设施相对比较均衡地分布,这也包括中小学、医院或医疗所、居民公共体育运动场所或设施、公园等的均衡布局和投入等……(此处亦可对比费孝通所谓的"团体格局"等的说法。)

三、德语中的 ein 有一种执拗感或坳折感,听到的频率极高。后来我才意识到,不定冠词的四个格里基本都有 ein 这个发音,怪不得常在德语中听到。

先生云:"更寒冷的冬天一定会到来。"

先生云:强悍的人生,悲剧的底子。

先生云:看清了这个(世界与)时代,与世少瓜葛,互

---

① 中国的城市或大城市,因为采取垂直发展的格局,人口密度大,生活需求多而人均公共服务资源较少,故每多拥挤,又因为争抢有限公共资源,往往可能导致人际关系紧张。和西方相比,中国每多大城市,这固然和中国绝对人口数量大而相对生存空间少有关(美国当年有所谓的西进运动,向西部争抢生存空间),但亦和中国的财政政策、资源分配或经济发展战略或特点等因素有关。兹未详述。

不相扰。无意沾惹尘杂。

先生云：我不是跟这个时代若即若离，而是根本就离得远远的，不想沾惹。

现代礼仪与自由主义道德

先生云：无涉尘缘自得趣，雨中信步看归人。稚子稚女喜相逐，黄酒饮罢冬夜温。

一、当代德国思想文化界对于纳粹德国时期的礼仪文化的反思。关于礼仪，须警惕以下情形：以礼仪之名，行干涉控制之实；无良善情意和真心真意，而以不合理之礼仪强行将不相干之人捏合在一起，或强行干预他人的独立自由生活。同样，谈"组织能力"与"组织资源"时，亦当特别警醒此点：以组织国家、组织社会或民族组织资源等之名义，强行干预个人自由权利。

二、我觉得，当代德国社会虽然没有东亚社会的那种所谓礼仪系统,但照样运行得很好,人们的表情虽然未必热情洋溢,至少不紧张惶恐。许多礼仪往往和等级(制)、身份制度、强制与纪律等因素联系在一起。其实,只要各人自己行为举止得体,平等尊重自己与一切人,自我负责,不干扰麻烦别人,不干涉侵犯他人自由与权利,就是现代社会的基本礼仪了。古代东亚社会的基于等级、身份与地位的礼仪,对维持人际温情、社会秩序和结构性稳定,也发挥了重要的作用,但也导致一些负面问题或负功能,比如有些并无必要的繁文缛节,有些显得虚伪、做作的仪节情形,尤其是不平等的身份等级制观念的流行(其实,古代中国的礼仪在不同时期亦有其一定程度的对等性,讲究对等而非平等,所以并非简单化、绝对化的等级制人伦秩序)。长大成人后,人必须为自己的一切行为负责,而不是以基于身份地位上的礼仪,来掩饰或掩护自己行为举止上的对平等、自由、人权、尊严等现代价值的漠视与僭越。

三、或曰:有自由主义道德就很好了,一切道德,必须以自由主义道德为前提与基础,即自我负责,行为举止得体,尊重他人的自由、平等、人权与尊严,这是基本的要求;至于其他的额外的道德,愿者自律,而不是作为一种强制的道德义务去律他,比如以此种额外之道德去要挟人、攻击人、贬斥人,等等。故亦不可以此种额外的道德作为强制的道德义务,而要求所有人必须无条件地遵守,当然也不可简单化地仅仅以此为道德教育的基本原则或所有内容,来在课堂中进行教育或宣导。即或教育或宣导,亦当以自愿律己为原则,且当以人道主义或自由主义道德与权利为前提。不讲人道主义或自由主义权利与道德原则的无条件的额外道德原则教育,是许多宗教道德教育的特色,固然有其正向意义乃至伟大善意,但仍须有强调各人自由权利的前提原则(或正义原则),以应对或避免不管出于什么原因(比如人性的弱点、人性恶、一时的犯错等)而可能出现的对他人自由权利的冒犯的情形。人道主义或自由主义道德却是一项道德义务。所以道德未必意味着必须一切无私,或完全不顾或牺牲自己的权利和利益地去帮助别人,而首先是自我负责和不冒犯他人之意。

先生云:心中有好意,难以诗(尽)言之。以此稍怅然,更敬慈悲人①。

先生云:何以敬(报)情义,且以情义归。

---

① 最后一句或可为:(尚欠,未能)恐欠思无邪。

先生云：思无邪即是(有)好诗，平常语亦见真心。何事雕琢！吾见其语，而知(见)其心。因其语而识其心，因其心而喜其语，何事绮丽！

四、在有些社会中，人们专讲成功，此外一切抛弃，扰攘纷争不休，岂若相伴稚子！法治以安人安家，则此间能见平静生活，各自相伴稚子稚女，各不相干相犯，而不别具只眼于他人生活。

五、受到良好国民文明素质教育、现代价值观念教育或现代礼仪教育的人，便无意去关注(注目)他人之生活。因为过分的注目于他人乃形成一种无形之冒犯，乃至侵犯。故吾每见德国人行路做事皆不左顾右盼，尤不(无礼地)打量他人(随便打量他人亦是一种无礼之行为)，要么行路时根本不看(陌生)人，要么稍偶有眼神接触即移开，以防有冒昧、冒犯或无礼之嫌疑。

汉语乃具象化语言

先生云:生活可以没有意义;生活可以没有目的。没有目标,能吃饱穿暖,自由行走,看看想想,无疾而终,亦是矣!"自此既洒脱,超迹绝尘网"。道家稍类此。

一、初到外国,第一周或第一个十天的见闻文字都是为国内(人)而想而写——也就是说,一种对照的写法;第二周或第二个十天或许才能进入到客观打量的地步,而或可以为对象国而想而写了——也就是一种针对对象本身的客观分析的写法。质言之,可以开始真正地了解对象国了。

先生云：古代汉语本身就是诗性的、形象化的语言，故只要采用其词汇、语法及表达法（包括四言、五言、七言、骈四俪六、四声八病、格律等音韵形式整饬的表现），写出来的东西就别具诗性味道。古代汉语的词汇本身往往就蕴含了高度的形象性和诗性，现代汉语的词汇经由日本化汉字词汇或西化词汇一化，就变得苍白直截得多了——也就是所谓的"抽象"（概念化），是"象"的弱化乃至干脆抽离与抛弃——，在形象性或具象性方面减损不少，而在抽象性、指事性方面有所增加，故在描述形象、景象或具象方面，天生就较少诗性，只能以增加字数、详述说明、逻辑与抽象性来补拙。古代汉语具象性的词汇多，和自然物象与生活物象有亲密的联系，字词与字词之间天然形成一种意象关联或意象空间，或意象的想象空间、空白结构和召唤结构，可以入画、心构（以心构造图象图画）或联想（"脑补"具象画面）、异想时空景物……换言之，古代汉语，其语言、词汇与形象、具象、物象、景象本身就紧密联涉、高度相关乃至浑然一体——这不仅体现在象形字词多、表象字词多这些因素上，而是天人合一、观象取意、敬畏天道自然的农业文明的一种天然的特点……读其诗当然便能想象其画面，声象宛然，如在目前耳下。故古代中国艺术中，语言、诗、画、音乐、器物、雕塑等俱可一体同化,互相转换,并无太大畛域区判,而皆为具象艺术也。

甚至汉字的构造也是具象的,象形字不用说,指事、形声、会意等,皆有浓厚之具象性。因为汉语或古代中华之文物艺术皆有高度之具象性与诗性,所以各朝各代迭出几个大诗人毫不奇怪,倒是近现代的白话诗人,失却了这一天然具象化的诗性之语言,如果诗人作者在思想上或在想象力方面又狭隘贫乏,格局深广远度上不去,那就难得有真正的大诗人了。用现代词汇去写古诗,就绝对写不出诗的味道(韵律节奏上先不讲),平板、苍白,思之无象,吟之无韵,嚼之无味。譬如所谓的当代打油诗,虽亦用以抒发情意,但因其古汉语意象词汇不丰富,而多用现代词汇,便很难有真正古诗的具象性、诗性和含蕴不尽的意象想象空间了。因为许多作诗的人因为种种原因——其中之一,是整个教育制度尤其是文史教育制度与内容的"现代"转换——往往对古代汉语、汉字或古代词汇掌握得非常不够,几乎可以说是非常贫乏,更不用说对那浩如烟海的典籍文史知识尤其是含蕴丰富的典故的充分掌握了。古代汉诗写作,心志、(诗文)才华固然重要,才学也是作诗之重要凭藉,在这些方面,现代人往往都难以企及万一。当代有些人所作的所谓的打油诗,说得刻薄点是才认得几千个常用字词和相应词汇就来作诗,掌握的汉字与词汇量少得可怜,典籍文史知识和典故的修养更是贫乏得无以复加,失却了这些文学、文化、才学资源,怎么可能做得好古诗,所以只不过是自娱自乐,一笑而过就可以了。我作仿古诗亦不过如此耳。从语言层面看,先不论其具象、诗性性质的比较,单论其量,古汉语汉字数量有多少?现代日常所用汉字数量有多少?仅此一项,就可想见两者之间的极大差异了。并且,古代汉语又经过几千年诗人、文人、士人、学者等的千锤百炼,反复试验,在诗性表达上可谓达到一个很高的高度……当然,这主要是从诗性、文学性尤其是意象性方面的谈论或评估,如果从表达的逻辑性、抽象性等其他方面或角度来评估,则现代汉语亦有其优势和特点。

二、我想了想,忽然有点好奇:德语在进行哲学思考时,或可以发挥其表达精确等之特点,但在诗歌创作方面,有何语言上的特点或优势呢?表达的逻辑性和精确性会否与诗性尤其是意象性相矛盾乃至冲突?下回且找本里尔克的德文诗歌来研读分析下。也可以请教下德语语言文学的学者们。

先生云:最后人们才知道,远离尘世,无关无涉、无牵无挂、无染无事最好。现在的许多人拼命想做事,拼命要弄出点动静来,拼命想出名,想成功,折腾扰攘,既折腾自己,也连带着折腾别人,让别人跟其一起闹腾……老子则是高人,是道人(得道之人),其智、其愚俱不可及也。无名,安静,隐处,无涉,来去空空,最是近于人生实相,此类即虚也。虚之虚之,不知我之有无来去;云雾聚散,不知吾之来去有无也。所谓"纵浪大化中,无喜亦无惧",餐云饮露,逍遥无为而已。

先生云:在有的时世,不要幻想互相拥抱着取暖,抱着自己取暖就好了,抱着自己也感觉不到温暖时,就是该独自离去的时候了——你的气息体温已无法支撑你的生命和机体了,此即无疾而老终也。

一、德国道路的特点是界限分明,各不相妨,汽车道、自行车道、人行道,在制度与设施上先有明确之区分与安排,大家各遵其则、各行其道就可以了,一般不会互相妨碍,即使在某些重合地段或小小地借用一下(这种情形也很少),亦可以宽容待之(此则其国现代文明素养教育、公民教育之结果),而反而不必动辄以权利说事,夸大其事其辞,剑拔弩张也。

二、教育要塑造自食其力而从事和胜任各行业工作的人,而不是培养抱持"不劳而获"、"做人上人"、"游手好闲"、"歧视劳动和各行各业工作"、"只能动口不能动手"、"只想着当官或做管理者"、"官本位"等观念的人,教育思想或教育理念,以及教育体制都应该注重和支撑这一要求。反之,如果学生在读书之初或在学校时便一心只想着争权力、做大官,毕业时争着从政、做公务员或从事管理工作,心思全在权力仕途与管理岗位上,而不想从事必须努力付出、实实在在而一步一个脚印、更具创造性乃至更其辛苦的科技工作,同时歧视其他一般职业工作和一般劳动者或诚实劳动者,等等,那就有问题了,也会造成相应的社会问题,乃至影响到文明进展或国家战略等宏观目标的实现。或许其原因之一便在于某些错误观念(比如不劳而获)与机制(比如权力本位与赢家通吃)之流行与实施,当然也包括有些工作、职业、职位的不合理的低收入水平等……一种文化或制度,如果既能够激励人们创造性地工作,而不断提升文明进展的水平——当然,激励机制并非完全不谈合理收入差距或投入产出相应原则,但也并非只有"以利号召"这一单一思路——,又能保证大致均衡的全民收入水平,不至于贫富悬殊,那就是比较理想的状态。据说德国的收入水平较为均衡,这是值得赞许的。

先生云：赌了一辈子的气，成就一个传奇。或者：以整个人生为代价，去跟时代、跟自己赌气，成就一个悲怆的传奇。

先生云：在中国古代，善良或不善良，诚朴或不诚朴的中国人，都在自己私己的天地里拼命奋斗，以为凭着自己的辛勤劳动和拼命努力，就可以换来小康和幸福的生活。结果，他们都错了，因为各种各样的强盗，或做着强盗的（春秋大）梦的人太多了。强盗多，要么强抢民财、民物、民人，要么强盗打架，天下迄无宁日，哪里会有幸福、富裕与安宁。随着历史的发展，将会有一些新的思考和选择，这在十九世纪末二十世纪初而出现某些新的契机。而二千年帝制遂于此终结。

先生云：孤身一人，（坚执地）与时代冷战。或者，赤手空拳，与整个时代对峙。

先生云：或曰，在古代中国，唐宋以来士人的文人化（魏晋开其先机），是中国精英群体精神萎靡衰弱的"第一步"——此乃大体粗浅言之，非历史析论，乃表达一种思路和关切。

先生云：有德国朋友笑言，在现代社会，让自己心不扰动的方法有三，第一，隔绝一切媒体新闻信息；第二，隔绝绝大多数人事与信息；第三，幽然独往来。当然，前提是有一份能提供保证基本生活条件的工资的工作。

先生云：关于人生，有时是来易去难，是渐行渐难，每老愈艰，弥老愈艰也。

先生云：在古代世界，在极度专制、极度黑暗的古代社会，人们或则典身为权力之近侍、仆从、倡优，或则直接为奴，谈不上什么自由或独立人格。马克思说：在资本主义原始积累时期，所谓"自由人"，只有贱卖自己的劳动力的自由罢了。事实上，在奴隶制社会乃至资本主义社会，奴隶（古代奴隶与现代奴隶）只能贱卖自己的一切，才华、智力、能力、科技发明、劳力、身体、心灵，全部都贱卖给各色奴隶主了（当然，在生产力未得到极大提升、物质文明并未臻于极大丰裕状态之前，人人都必须工作和自食其力，这也是生活的责任义务和常态，不可与前者混为一谈）。至于权力近侍、宠幸、倡优的倚门卖笑、羊犬伴虎（或虎狼暂时虚假一家），也未必就好到哪里去。权力强盗呢，也就是天天打架，天天挑唆挑拨，疑神疑鬼，提心吊胆地生活——虽则可以暂时地骄奢淫逸、声色犬马、骄横跋扈。所以近现代以来，当人们觉醒后，便开始推翻各种殖民统治、封建统治、奴隶制度、资本强权专制等，而开始了一轮现代国家建设的潮流，世界历史遂进入新的历史发展阶段。

先生云：大概不会有人因为我的作品没得"诺奖"而鸣其不平的吧。我自己也不会的，一笑。

先生云：语词平易殊为难，情意自然尽如诗。闲闲此心步履安，细雨红叶归更迟。

德国夫如何？ 城乡青未了

一、十月十四日网上预约某事,而竟要等到十二月十三日才有时间办理,于此第一次可见德国 beaurocracy 之一斑了①。

二、德国或汉堡：德国(汉堡)夫如何？城乡青未了。高树绕彩屋(郭),四合成小园。稚亲各相嬉,微雨清静归。判然(幽然)分三道,人车无相扰。夜窗传辙声,磣磣石路幽②。千户聚一井,点缀公沙场。团契神意堂,相逢

---

① 亦可见德国预约文化之一斑了。
② 以上主要描述城市生活,中间若干句则城乡生活皆有之,"一村"云云,当然就是乡村生活了。

无牵缠。酉时人已定,一村若无声。观之令人喜,素生亦悠悠。惹得异乡客,禅心忽动摇。①

初识汉堡(二稿):德国(汉堡)夫如何?城乡青未了。高树绕彩屋,四合成小园。幽然分三道,人事(千里)无相扰。千户聚一井(井田),点缀共(公)沙场。亲稚各相嬉(自在嬉),微雨未遽归。相逢少虚礼,自行不牵酬。夜窗车辙声,碜碜石路幽。惹得异乡客,禅心忽动摇。②

先生云:古代是纵向亲缘,父子兄弟相亲,父子固勿论,便是兄弟,有时亦强调其情高于夫妇,所谓"兄弟婚姻,无胥远矣。尔之远矣,民胥然矣。"(《诗-小雅-角分》)现代则是横向情缘,故讲究儿女情长和夫妇核心小家庭。古代重义,现代重情……然此乃笼统之论也。

先生云:消极的叛逆。西方文化讲究积极的叛逆而有积极之反抗,而有悲剧。中国文化中先秦儒家有积极

---

① 首句乃戏仿杜甫《望岳》诗。
② 尚可选择其他不同结尾:睹斯人斯景,禅心每动摇。或:每睹斯人景,禅心常动摇。此外,"常"又可换为:偶、几、每、或、竟、微等字,而各有意味。

叛逆、决绝反抗之精神，而亦有消极的叛逆之传统，老庄乃至其后传入之佛教即是如此，此点西方人或难以理解与欣赏，然基督教亦有与此类似者。

先生云：伪学术甚多，有意真学术者，当擦亮眼睛，无须跟风起哄，虚掷浪抛了精力智慧。

日耳曼语音韵学

德语发音与英语发音的区别,简直有点类似于先秦汉语与唐宋汉语发音的区别,后者在中国便被归入音韵学,其实前者即德语和英语亦可视为日耳曼语系的音韵学研究范围,或许亦可将其他日耳曼语系的国别语言譬如瑞典语、挪威语、丹麦语等纳入进来。同理,亦可有相应的训诂学乃至文字学(当然,西方拼音文字的文字学和音韵学是合二为一的)。但相比于汉语不同时代(历时)或不同地域(方言;共时)的语言(包括音韵、训诂、字形)不同的情形,汉语语族与日耳曼语族的最大的差异之处在于:西方日耳曼语系分化之后,连语法都不一样了(比如英语和德语),而各有发展,遂乃可说是变成两种或多种不同性质的语言了,于是亦分为不同语言、文化、民族和国家,隔阂亦越来越大。所以西方的发展是分化。但中国汉语尽管音韵、训诂、字形或有变化,语法却都是基本一样的(变化不是那么大),字形在同一时代也是一致的(大一统)——虽然在西夏、辽、金、元的时候,少数民族政权地区曾程度不一地效仿汉字,创造有不同字形,比如西夏文字,契丹大字小字乃至女真大字小字等——,连训诂在同一时代亦大体全国一致一统(说是"大体",则知同中有异、大同小异,观扬雄之《方言》亦可窥见一斑),除了音韵稍有区别——这既是拜大一统所赐,亦是大一统之原因,两者相互促进,所以中国的历史发展始终会进入到大一统的统一格局。当然,如果将日本、朝鲜乃至越南等纳入汉字甚至汉语文化圈,情形则正如西欧。此亦可见,英德语言上的区别,确亦有种族上的区别的因素在内,英国人虽有日耳曼人的成分(盎格鲁-萨克逊人等),但终究亦有其他种族成分(凯尔特人等),渐次发展而成为英吉利民族、苏格兰民族、爱尔兰民族等,不同于原始的日耳曼人,其语言亦受拉丁语等其他种族之语言之影响,而融合成不同于德语的"英语"——其实德国人与德语同样如此,同样不同于早先的原始日耳曼人和日耳曼语,而成为新的民族和语言。当然,从另一方面看,日语、韩语、越语在词汇、语言乃至字形方面借用汉语甚多,故其语言不仅仅是一种文化与文明的影响,当初亦有种族交流融合的成分或情形在内,程度大小不一而已——事实上,如果不是因为近几百年来西方殖民势力逐步侵入东亚而中断了东亚的文明交流融合的过程,东亚仍将持续其文明融合趋同的过程,正如几千年以来东亚所发生的漫长过程一样(东亚乃至亚洲的"天下"或天下观)。此外,当然亦存在单纯的语言影响的情形,比如当代俄化蒙古文,古代南印度婆罗米文字(Brahmī)对中南半岛语言文字的影响,等等。

先生云:正确的思想和见地,也必须由有能力(能量、力量)的人说出来,因为只有伊才能应付说出正确的思想见地以后的后果、纷扰乃至威胁。而由能力与智力不相称的人说出来,就可能会带来祸患。读书人有见识,但有时缺乏相应的人事能力,故往往成为受害者。但在有的时世,有其人事能力的混世魔王,大多数没有什么真正的理想与见识,所以社会进步往往无望。或者,社会进化的节奏就极为缓慢。

先生云:人类必须面对一些内在的悲剧。单是生老病死、生离死别、永远暌隔阴阳,已往往让人痛不欲生,永世创痛。孤独如斯,沉痛如斯,然而,不好的文化安排或社会风气,却还可能进一步让在世的人,人心隔绝,各相猜忌提防,互相争斗残害,无法相依慰藉人世之永伤与深创剧痛,则人生之苦尤深切难度也。人类还要多久,才能进化出更加高明的智慧与身心素质?或者,进化到更高级的文明形态?谁在人身与人心上植入了无法破解、概难摆脱的正邪善恶、情欲奇正的种子,让他们永远自我争斗挣扎,以及互相争斗和挣扎?谁掌握那唯一的钥匙或密码?悲观者乃曰:强弱皆无用,此身原预定。但其实也不必如此悲观,通过更好的文化安排,可以相对减轻这些内在悲剧对人类心理和情感的打击,比如爱的承传与永不缺位、以爱来拯救悲伤等,这是人类的理想,也是人类的努力方向。

先生云:靖节先生有诗言:"望云惭高鸟,临水愧游鱼。"吾亦当以此自警,而以云水为自由至乐也。抛却鸿鹄志,愿作平凡人。

先生云:凡人难做,故而弃却凡俗生活,矢志独行传奇。或曰:凡人不可为(凡人难为,小民难存),决而造传奇。或曰:传奇非我志,凡人因难为。或曰:少有奇志中年悟,欲成平凡亦难为。自此抛却期待心,决然踏上不归路。

一、不会作词(作曲)的歌手都不是真正的歌手,至少不是一流的歌手,其演唱、歌曲的感染力亦终究会差一些。

二、要唱自己的歌。不说别人的话(叙述)。但这也是很难的。

三、任何可能造成大规模流民、游民的政策或制度,都是危险的。为避免此种情形,首先要从教育着手,不让每一个小孩子落下或掉队,比如设立多元化教育体制,让不同兴趣爱好、气质、性情、特长者,都能在这个教育体制中找到一席之地,在此基础上实行强制义务教育,且强调一定程度之学习纪律,尽量鼓励和鞭策所有学生都要基于兴趣和劳逸结合而付出一定的努力来认真学习,掌握基本常识或技能。其次,教育体制要有对接性,即此种多元化教育体制要和相应的社会分工、职业体系或就业体系以及相应的经济体制等进行衔接配合,在最大程度上使得或保证,在这个多元化教育体制中接受不同形式的教育培训后的毕业生,能够找到相应的工作,获得有所差异然亦不过分悬殊的工资收入。质言之,无论是通过自由市场体制还是一定程度上的政府宏观统制,都要能够创造出促进就业稳定增长的科技创造体系和职业体系或就业体系等,以使得人人皆有工作可做,而获得必要之工资收入和生活水平等。这又涉及第三点,即制定出相应的科技政策(包括专利、知识产权政策法规、创新扩散等方面),以制造更为丰富多元的产品,创造出更多的工作机会,并形成良性互动,互相促进。其实德国就是这样,即德国教育制度上的学术教育与职业技术教育并立,而两者的工资水平亦不至于相差太过悬殊,加上民主制度下,又不会有身份歧视等问题,故而能促进社会和谐与稳定)。第四,还要提倡劳动光荣、自食其力、职业平等、科技创造致富等的现代观念——这又和基本人权、自由、平等、民主等观念联系在一起(比如中国政府所倡导的"社会主义核心价值观")——,而杜绝官本位、剥削寄生阶级、不劳而获、赢家通吃乃至抢偷骗盗等之思想行为。

人皆须有正业可务。人人皆务正业,且消除剥削、不劳而获、依赖救济等观念,然后此人类世界才会有转机。游士,倘是无业之人,亦可能是流氓,或变成流氓阶级,故亦会造成危险,除非其勉力于学问,即有学问正业可务,而变成士人阶层,或纳入技术人才阶层,消除社会隐患。

四、要唱自己的歌(自己作的词),不然就沉默(不然宁愿沉默)。表达自己的心声,和自己对事物的中正、理性、客观的分析和判断。

　　五、什么是文化产业和创意产业？思想言论自由、想象自由、创造自由就是最大的文化产业或创意产业的保证（简单来说，就是自由无羁地思考、想象、表达和创造）。如何改变当下文化入超而文化出口乏力的状况？那就是开放、解放（放开或打开）思想、言论和创造力的自由市场就可以了，同时，在牢固维护国家主权，政治稳定性和正大文化主体性的前提下，稳健谨慎地向全世界开放，面对全世界的优秀思想文化和科技资源开放，学习、借鉴、内化和创造，而避免"只能引进别人的，难以推出自己的"这样一种尴尬的情形——同时也避免教育科技领域内的简单化的"买买买"模式、"山寨"模式或"永远的小学生或留学生"模式（而更应该建立起自己的创新机制、人才培养机制、科技教育和创造机制）。外部开放、学习交流和内部合理创造机制的建立，须齐头并行。虽然开放之初，肯定会暂时地经历一个更多文化入超的过程，但随着引进消化吸纳，思想和学术的自由自主的研究创造的展开，以及开放之深入进展，以中国学者和中国人之勤奋与聪慧——当然应该是正确方向上的勤奋与聪慧——，自然会慢慢在思想文化、科学技术等的世界自由市场上占据一席之地，为人类思想文化、文明之进展作出中国学者和中国人自己的贡献。

先生云：

一、某种思路或意义上，我最应该抛弃的乃是在学术、思想(史)乃至(由此而来的)在事功上作出一番大事业、大业绩的执着，而纵心自由游历、观察天下世界，同时，倾心力于三尺讲台或其他读书会等，以此平凡度日度此生，便好。至于儿女情长或平常人间生活，我或亦可稍易释然放下矣。

二、人心终难收，何论身外事。几年一飘游，淡然(无为)酬此生。"且各得其栖宿而已，天下非所保也"(襄阳庞公语，见《后汉书·逸民传》)。

三、某君言："做点有意义的平凡的小事就好了，这也适合匹配自己并无特出才华能力禀赋的平凡资质"。先生对云："即事欣然行，不必量岁功"——化用靖节先生"虽未量岁功，即事多所欣"。

四、不问此世成何功，每日欣然徐行之。天下大事非我及，看取眼前真心人。又：虽有儒志力不及(赡)，退而自尚平凡事。摒去大言惭难符，乐见英雄奏其功。又：吾愿此生一凡夫，乐见天下多英才(英雄)。共襄人类智慧民，一时臻于大乐世。

诺贝尔奖；人的打扮与书的打扮

先生云：我现在不需要你的奖金了，得奖的荣誉现在对我也毫无意义。我为什么要去接受你授予的奖项呢！不管是好意还是恶意，我现在都不需要，不接受，不在乎。没人能对我授奖，因为没人能评判我，也没有那么能让我在乎、尊敬的人与事了。不要打扰我。——以上模拟 Bob Dylan 的内心独白，即使他后来去领奖了也没关系。我并非是在谈论他这个人本身，对他也没有什么兴趣或情绪，而只不过是拿他来说事罢了。

先生云：我在做自己喜欢做的事情的时候，就已经得到了即时的回报和内心的满足——无论是平静、激情、悲怆、沉痛、快乐还是悔恨交织，都是当时给我的即时的酬报,所以不需要额外的奖赏。真的,如果钱已经是够花的话——对我自己来说,生活必需品的水平可以很低,于生活我是很素简的,素简令我轻松安宁——,何必去凑那个空洞的热闹呢!那对心灵的孤独或心灵的慰藉,并无任何稍能持久一点的作用。何况,我又从来不是没有自己的事情可做,或空虚得要借着得奖和名誉去凑那些看似崭新实则重复的无聊的热闹。人如果自信和自安的话,就不需要外在的东西来证明自己了。

先生云:偶亦想倾情,未知(真心人)孰可亲。下笔意万端,念念若无尽。初或期唱和,诗成转慎矜(踌躇)。人生各有志,只恐扰静清。倔犟合扉页,尘封存此心。

先生云:诗成踌躇孰与寄?合页喟叹封此心。坐起窗外枫叶红,秋意浓郁动游兴(逸志兴)。

先生云:偶欲诉衷情,未知孰可亲。下笔意万千,念念若无尽。初亦期唱应,诗成转慎矜。人生各有志,只恐扰静清。倔犟合扉页,尘封空此心(二稿)。

先生云:书斋坐冷无聊时,何人细语话平生……

某君言:人生万事皆可有可无,婚姻功名,锦衣玉食,有而不以伤生害性,固然亦好;纵无之,忍耐持守之,一生同样转瞬而过,有无岂有差异哉。其实礼义同样是一种忍耐和持守,即使付出人生故事空空的代价。说是代价,乃以"有"之眼光看之论之;而倘以"无"(为本然,而以"无")之眼光看之论之,何来代价之说,亦只是平凡度日。有之未必不苦,无之未必更苦,识得此点,有无皆无碍于身心也。

先生云:人死万事空,没有感叹地自然平静地死去,是最大的福报——这样一种心灵状态或境界,其实在其未死之时,业已含容于心。有之不悔不念,无之亦不悔不念,如此乃好。有不以加重执念,如贪恋恐惧、惧死恋生等;无不以生出怨尤、悔吝,如此便好。荣启期所谓"处常得终,当何忧哉?!"(《列子·天瑞》)

先生云:如何穿衣打扮是一种自由,但合理而富有美感地穿衣打扮,也是一种责任和修养,或者,一种美德。具有良好审美涵养的穿衣打扮,亦是对他人与社会的一种尊重。《孟子》有言:"子服尧之服,诵尧之言,行尧之行"——此则固是从德性修养的角度来谈的,并非审美的角度,此处引用不过是引申借用耳。今则何来尧之服、言、行?无论国民普通教育、人文主义教育或理性主义教育、儒家传统文化教育乃至思想理论教育,于此(生活审美教育)似皆稍有所不及也。西方男女于此似皆有自觉意识,当代中国,则女子日益有此修养意识,男子则于此似犹有所不及不足不愿也(然据说亦渐有所谓带点贬义的"娘娘腔"或男子女性化之表现者)——比如怕麻烦如我者。

先生云:典籍或著述作品,若编排得当,则读者愿读、易读,而无形中为读者读书增一助力,若夫书商为节约成本、偷工减料或偷懒不负责任等原因,文字排印得密密麻麻,细如蝇头米粒,或是油墨太浅或粗泛,或是结构上不美观,往往睹之即天旋地转,眼昏难定,陡生厌憎,则哪有读书的乐趣和意志!读这样的书,首先就要费眼力、意志力、心力去辨认字迹,和对抗生理痛苦与情绪上的厌烦,哪还有心思余力于读书思考本身。甚至本来是好书、好内容,亦因此读不下去,而被误视为坏书或平庸之作。而排版设计比较好的书则不然,清清爽爽,层次分明,留白合理,美观大方,捧读之,至少在排版设计上不会给读者增加额外的负担和厌烦,因之读书思考都事半功倍,乃至深入愉悦得多。我读古籍时,每有此感此痛。比如一部好书,因为排版之差,一时竟无法卒读,而深觉懊恼也。故现在买书时除了看价钱外,还须看排版等方面,如果是需要细读的书,排版却差到影响阅读,最好不买,除非别无选择。当然,买回来装装样子而不读书的人除外——这种人当然很少,当代人是连装装样子都不愿意费力费时的。吾尝看古代善本珍本,字体大,字迹清晰而疏朗,读之心旷神怡,喜不自胜,乃知古人读书之乐,是真乐也,于此一点,或过于今日读书人读书之乐。其实古人信笺书法之美,亦可说是一种注意日常生活审美之精神之体现。而外文图书亦复如是,比如有些外文书,用其非常典雅或古代传统的字体来印刷,颇难辨认,我读的时候,便觉烦恼,而无形中生出一股排拒之心,意兴萧索而弃之不顾了。

先生云:诺贝尔文学奖有时是非常无谓的事,尤其是对于年事已高的作者而言——其实对那些功成名就的作家同样是多此一举。他们要这些荣誉和奖金何用呢?在他们年轻的时候,最浪漫,最富于激情和理想,最富于创造性,最富于时间与精力,和最需要金钱的时候,奖金和荣誉也许对他们还有点用,包括赡养父母子女、改善自身生活条件和创作条件等;等到他们年事已高,甚至风烛残年的时候,要这些荣誉与奖金何用呢?创造力高峰已过,周游世界也游不动了,买书、看书、思考也都看不动、想不动了,写作也写不动了。至于说改善生活条件,那些能引起诺奖委员会关注的作家,谁需要这些奖金来改善生活和创作条件呢?当然,获奖者将奖金赠诸子孙固然亦可。至于荣誉,只是徒增扰攘。真正伟大的作家,以其自信和固执自在,又怎么会在乎这些呢。所以只能是多此一举。

换了是我,七老八十的时候得奖,也是未必就会去凑那份无聊的热闹,而欣欣然去接受奖项的。但对于年轻的科学家、学者、作家还是有其意义的,因为仍有丰富的创造空间和行动空间。至于有的作家天天盯着诺奖,为此心神不定,乃至迎合或"猜题"创作,那只能说格局太小,甚至根本不能称之为作家。作家的心灵必须是自由自我和独立不羁的。

某君言:将来倘有悲从中来,谁愿让我在伊的怀里哭一会?

先生云:此意可用文言表出之,意味不同:异日倘有悲意生,谁肯借怀哭半顷?

昨日白天则写英文论题也。前天傍晚亦散步至易北河边之沙滩,观德国人携儿带女在河边游玩,孩童戏水,大人交谈;又或有夫妻或青年男女之人,携手散步;亦有群相两两相坐于沙滩边之凉棚里,饮酒交谈看河景者。前看帆船,颇有出海之想象。又看易北河上之游船,载去Blanknese\Wedel等处,看秋景正好也。

先生云:此次可惜未带《李白选集》,但于性情气质上言,则吾乃尤其欣赏陶渊明。读其诗,常得我心。但陶渊明能入于平世生活而得其机趣谐和,故隐于田园家居小天地而自得其乐,吾则于静、逸之外,更有动之意兴,与超拔外向之志趣追求也。故隐逸于天下,东西南北独行其动静张驰,观察天下风物,而自得其乐其思其悟。若夫小地静处而耐寂寞,自为其事而心无所动,吾亦能之。然倘有机缘,终究亦喜审察天下一时之大势运会也。吾固亦不喜乱世,然好观天下风云,而心有治平之志意。至于平世之生活,吾虽亦能欣赏领略赞叹,然自则恐或有所未能,此亦无可如何矣。故乃愈发肆行己志而已。其实渊明又有何乐,诗中纯是苦衷愁肠也。

先生云:平山溪泉,小桥流水,吾亦能欣赏,而得一陶冶怡然;而名山巨川,辽阔之戈壁草原,尤能激荡心胸,心神壮阔也。此则或又近于昆山先生。

先生云:身后名非我意欲而知必有,当时名难堪扰攘故常力避。志则常在矣!

先生云:为国观天下,为民精著述。

先生云:碌碌非我志,自行看天下。得失无悔吝,归去亦淡然①。

---

① 或:淡然悄悄去;淡淡悄然去。

立志与"齐治平"

先生云：中国历史上，中华文化里面不乏一些好的理念和理想（亦多可议之处），但在将理想和理念付诸实现的制度设计或制度建设方面，每不精密，多所欠缺（其实理与理想本身亦多含糊笼统之处）①，在思维、组织、制度的精确性、严密性或逻辑自洽性（即经得起逻辑推敲）等方面存在许多问题。（故）因制度不严密不严格，反而让坏人容易上下其手，钻制度空子，获得权力进行操控；而那些由传统文化中的优秀的部分所培养出来的志诚良善的好人，反而每每不得其位——即得其位亦将被制度所

---

① 其实尤在于历史上的掌权者之私心昭著也。

控制、挟持，乃至变成坏人——命运坎坷多舛，造成一代又一代仁人志士的悲剧。今日固可谈传统文化复兴，然当特别警醒其中所可能存在的问题与思想陷阱，故须全面审视、理性分析、批判、条理、新创。此中须有大愿力、大见识、大魄力、大学力之现代"师儒"（仅就其大仁大爱、为国为民为天下之心志而言）……而尤其当同时阅读西方哲学、思想、文化之经典著作，以资借鉴，或以补中国文化中之不足或问题（比如空疏、笼统、制度不严密等）。

先生云：制度不严密，存在漏洞，经不起逻辑推敲，或经不起合理性、合法性、合逻辑性等的逻辑推敲时，这样的制度环境就会导致许多负功能，或负面问题与后果，乃至一反制度设立之初衷，甚至有可能成为坏人、恶人、小人的天堂，而成为善人、义人、正直人、诚朴人、平民百姓的炼狱。中国古代制度固然有许多优点，造就中华文明的辉煌及其不绝如缕之发展，然而亦不必讳言和回避一些时代中，其中所同时存在的专制主义因素，有时甚至导致非常严重之问题与后果。历代有些仁人志士义人之所以命运坎坷悲惨，往往而坐此也，而并非是以往吾人所以为的也存在着性格等方面的原因。虽然亦有后者的因素，但前者才是根本因素和决定因素，后者则为偶然因素而已。然而，亦须对制度之功能进行区分，即制度之主要功能与次要功能,根据不同的形势和战略而设计不同的制度,实现其在此情势下必须的主要功能,同时不得不忍受其在此一制度下的某些次要负面后果,而随着情势的变化或原有战略的完成,则进行新的战略与制度设计,逐步发展进步。

先生云:格物致知、正心诚意、修身齐家治国平天下之八纲目,前四点暂不论(吾以前对此亦有论说),齐家一说似纯就男性立论,未涉及女性,即或可解为不带男权、夫权之责任义务伦理,亦是有所欠缺,比如,不用"齐家"("齐家"乃有"以礼整齐一家"之意,今或可曰"以正道、正礼、亲情和齐一家")一说,而用"安家"、"成家"可否?

另外,"齐家"之后,或应增加立业或力任治生、务业一条,此乃一般民众(公民、国民)之个人生活形式或生活责任义务也,直接由齐家说到治平之宏大目标上,未免悬的过高,而将政治精英生活形式视为人生最高乃至最普遍之目的,未为个人平常普通生活、劳动技术生活和社会生活留有一席之地,或未能肯定个人之正常普通生活、劳动技术生活和社会生活。这样一种思路,则可能在培养以天下国家为己任的国士俊杰的同时,也可能造成一大批好高骛远的人,以及官本位、政本位之精英心态,乃至不劳而获、权力本位、做人上人的剥削压迫阶级意识(及相关人性观念,比如"劳心者治人,劳力者治于人"、"性三品"或"人分三五九等"等)。力任务业则要求每个人都必须自食其力,以工作劳动为本分,有一技之长,以此为家庭、自己和社会作贡献,且以此肯定个人生活追求与正常普通生活之价值,在此基础上,行有余力,乃可言及治平之志。

同时,谈及治平之志前,尤须增加一条:立制、严制(法治),即建立严密、严格、经得起逻辑推敲(逻辑自洽——当然,基础与前提是道义自洽)之制度;不如此,或不以公正严密之制度法律来治理,仅凭一己之能力与好恶,谈何治国平天下!吾上文已言之,没有正当合理、严密严格之制度、组织,则其制度可能恰成小人、恶人、坏人肆虐之天堂,而又恰成为善人、义人、正直人、平民之地狱也。制度的合理性或正当性审查、合法性审查(包括程序审查等)与逻辑自洽性审查,乃为政之要务之一。其实正当性或合理性审查、合法性审查、程序审查、逻辑审查等之关系,本身亦相互关联,而有重合交叉之处,此处仅为提出注意,更细致详细之辨析,吾人当另有文章论之。

当然,立制、严制的又一伴随要求或前提是制度、法律、规则、程序、政策等的公开(比如政务公开),以及人民的自由讨论和批评——亦即建立在相当程度的国民共识的基础之上,否则,即便制度不精确,不严密,或少数人知之,或全民皆知之,或尽皆心知肚明,而以权力防民之口,那立制与制度审查,以及相应的制度完善(此亦是立制)乃至相应的问责等,亦都是一句空话。此又不可不察也。

先生云:不立严密、精确之制度,不以之对权力进行严密监督、督责与问责、制衡等,则传统文化虽确能培养一些正直善良之国民义人,实则其中之专制制度乃亦可能是为恶人坏人培养了大批受苦受难的、被侮辱被损害的蚁民,人为刀俎我为鱼肉,从而供恶人、坏人、权势等压迫、剥削、欺侮,乃至被奴役也。1949年中华人民共和国成立,乃明确声言"人民当家作主",从政治哲学或政治理念上抛弃一切剥削压迫制度。

先生云:大致而言,1840年以来,西方文化(之引进与)中国化,乃是这一时期中国文化发展之基本脉络。

先生云:关于德国建筑、街道之美学分析,前几日散步时即有如下想法,如颜色、搭配、层次性、树木、空间、人车分类、平面扩展与复制、均衡疏朗等——对照中国的辐辏、集聚、拥挤(但现在已有很大改观而今非昔比了)、内迁、内聚结构等。

误会与传奇

先生云：虽曰亦有天道不彰时，而每与恶人及混世魔王，乃至自己亦多悔吝之事，但在情感上，我永远爱那正直和正气凛然的人。又或有羡慕之意，羡慕刚毅坚执、内化安定之修行境界，而稍恨自己修行未至，每多悭吝眚过，而仍时有克戒对治之彷徨犹豫。

先生云：或曰：一误误半生，再误误余生。虽知有误会，誓（仍）将误到底。因为别无更好选择。对你而言，"误会"之路是一条相对最好的道路。勇敢者的人生，必须毅然将"误会"坚决地进行到底。我来，我去，都是一场误会，本来都没必要的，都是一场空，但不知怎的阴差阳错，竟然来到这个世上，那就肯定是因缘业力未了，必须走这一遭,必须将这一误会完成。付出误会一生的代价,才能将此因缘业力全部消去,此后便空空如也,不再会有无量世间的流转误会了——或存留一些更好的因缘道力。有的人的误会只是一生一世,有的人的误会却是生生世世都消不了。念兹在兹,那还有什么忍耐不了的呢。人类的误会,生生世世,千年万年,我仔细研究了下,迄未消除,或许永难消除,来不来,去不去,都是如此。

先生云:你不想以此种生活形式误会一生,然而选择另一种生活形式,未必不是更大的或更辛苦的误会,并且可能非止一生一世,相较之下,且安心误会此生去也。如此,则误乃是悟,误乃不误,误会乃是悟会,则又有何误会?你只是在与你本身的因缘业力在相应而已。

先生云:虽曰按佛家观念,正直善良的人生同样是一场误会,但我仍然爱这些人,即或瞻之在前,忽焉在后,若似力不能至,而心向往之,挣扎着,总是愿意往那个方向走的。

先生云:倘能抛虚志,自当结素缘。素世安在哉?天下未靖宁。//世人心未宁,一再越初衷(藩篱)。//越过万水千山仍未休,及见海天空明悟(知)难求。求也无处求,仰天归地朽。空空一劫矣,无色亦无臭。

先生云:有人自以为现在的生活是一个误会,于是改弦更张,结果陷入更大的误会之中,再也爬不出来。人们或人类从童年走向成年,结果误会越来越深,再也找不到童年时毫无顾忌的痛快的哭哭笑笑,相反,哭和笑都得小心翼翼,忍着,藏着,放低声音,或者,干脆就失去了直截了当地痛哭与大笑的本能和机缘了——对,机缘,那些个人,那些个情境,那些个契机,都很少很少。从人或人类的童年走向成年,是文明的进步吗?有多少文化或文明体系仍能让人在成长过程之中保持赤子之心?这样的文化才是人类真正需要的,也是解决人类文明难题或悖论的真正方向,而未必是理性。返璞归真,葆其孩童赤子之心……童心国或赤子的世界,哪一天会到来呢?赤子之国(或曰赤子的统治,但统治一词不好)才是真正的天国呀!

先生云:以一生执着的失败和小小的传奇,去反证一些寻常(素常)的道理,以及寻常(素常)的真实,及其价值。

先生云:不寻常(传奇)的人生道路固然艰辛,但素常的生活道路又谈何容易。想来想去,还是坚决地乃至决绝地选择了一条不寻常的最艰难的道路。虽曰万事皆空,人机(算)未如天机(算),但这就是吾人的命运和因缘业力吧,也是吾人所能及的人生意义所在吧。吾人并不否认,别的人生道路也有意义,但那并非吾人(因缘业)力所能及,非是此世因缘,亦只淡然洒脱待之。

先生云:偶有颓唐时,转头仍奋起。冥冥有神力,此皆命关矣。顺应且无违,推我传此奇。念兹心安定,幽然归静宁。又曰:有时亦有颓唐倦然,然转瞬仍归故态,意气风发,强毅振作,抖擞有力,乃知冥冥中有一无形力量始终在推动着你向前,欲颓废松弛、萎靡闲散而不得也。乃知此皆是命,素人谓之劳碌命,奇人乃知是天命奋发,以成此世传奇。念及此处,乃稍觉心安,行之若素也。

先生云:是写作让我活下来。写作就是不断地与自己对话,无时无刻——我的真实写作状态,往往就是如此。

内隐文化学习：取名字的中德文化差异

先生云：倘有好的制度、社会（软硬件）环境①、良好修养之群体个体、惯例、习俗等，则此一社会中的个体即使不去专门学习，而仅仅通过耳濡目染、交谈、每日的身体力行与实际生活等，也能习得基本的生活常识、社会常识和客观世界的常识，仍能成为此一社会中如鱼得水、融洽无间的良好成员、国民或公民，此既可视为社会常识与个体修行的内隐学习，亦可视为社会常识与惯例等的实践性获得。其实，"学习"这一概念，本来就包含知识性的

---

① 硬件环境如组织设施制度；软件环境包括社会关系模式、习俗、传统、惯例、行为方式或文化模式等。

学与实践性的习两方面，又同样可再分为外显性的学与习，以及内隐性的学与习（或主动与被动、积极与消极、自主与自为的学与习），但研究者一般只关注、重视和承认外显性的学习或知识性的学，而忽略、轻视和不承认内隐性的学习或实践性的修习。历史上或现当代，在政治与文化发展方面走上正轨或比较正常的社会与国家，其良好的国民素养、民族文化素养或公民素养等，往往也同时是通过这种方式传递、获得和继承的，倒未必仅仅是专门的学校教育之功效，或至少非此一途。说某个民族或国家的人的文化素养或文明素质高，许多时候未必一定意味着他们的制度化教育水平高，却和民族文化传统与社会生活传统或社会环境（的选择、性质、水平等）有更大关系，这也可以说是一种非制度化或非正式的教育形式。

所以如果仅仅是在学校里致力于知识形态的常识教育、普通教育、国民教育或公民教育，而在当下社会日常生活方面，却任由选择继承而来的民族文化传统、社会生活传统或惯习等的部分负面内容，与学校教育理念和内容背道而驰，不能很好地支撑此种学校常识教育或国民教育的内容，那后者即学校教育的教育效果就要大打折扣,或根本无法成功(反之亦然)①。因为如果没有或很难有"行动"或实践上的落实,很难有社会环境、民族文化传统、社会生活传统的支撑、相应与巩固强化,其结果就是相互冲突,或者形式主义、言奉行违、课内校内暂奉之而课外校外师生皆违之的虚伪之状态。或者,如我们在中国的某些领域或现象中所看到的,最终的结果是,庸俗乃至劣质的社会文化惯习(比如庸俗人情关系文化),俘获和同化了学校教育出来的学生国民个体,导致其逐渐被某些领域的庸俗文化裹挟而去。这是因为,有些人当时在学校或其他制度化教育环节里,仅仅是表面化、浅层化地接受某些正向价值观念,而未深入其心,故而立足不稳,稍纵即驰。反之,在社会生活传统和民族文化传统中

---

① 当然,这仍然要看哪一方的力量或影响力更大。并且,这种影响力并不是简单地以人口数量为唯一判断标准,还包括经济、文化尤其是权力或政治力量的支持等因素,当然,也包括总体教育内容是否符合人心,是否符合当下国际国内形势等多重因素。当总体因素支持制度化教育理念、内容或学校教育时,即使接受教育的人的数量处于劣势,却仍能在此总体因素的支持下,而起到移风易俗的作用。反之,当总体因素支持因袭的负面传统思想文化,则这种基于新理念或内容的制度化教育就有可能被既有社会风俗所改变和同化,乃至慢慢沦为既有社会风俗的一部分,根本起不到实现起初有志设立新教育制度的人的初衷的作用,而后退到落后因素的一部分。教育成为既有社会文化和社会关系的再生产,其推动社会进步的初衷和作用就不能显现出来。所以,教育领域历来是争斗非常激烈的一个领域。

尚多正向社会文化常识的时候,那些曾接受学校教育而抱持改造社会的学生,和这种优秀传统文化相互支持,往往还有转移社会风气的作用。这倒并不完全是学校教育与新学生国民个体、新价值观的力量,而同时亦在于社会本身仍未彻底沉沦腐烂,仍存在着与学校正向教育相应和的正面积极的东西,即正面或优秀文化传统未断,故还能提供或多或少的相应的支持。倘若文化沉沦、社会腐烂,对学校教育的反向腐蚀、同化作用更强,那学校教育的力量就愈发势单力薄了。因为学校组织及其成员(以及成员的价值观念等)、学校文化等,亦在相当程度上是此一总体社会文化环境的一部分,在总体社会影响因素的强力作用下,必然表现出未必完全相同但至少有所同步的社会文化价值和风气状况,甚至在某些更加强大的影响因素的支持下,而表现得更加突出,这也是可能的,从而掣肘制度化的教育过程本身。

就此而言,如果笼罩性的总体文化、政经制度、社会环境与文化惯例存在根本问题,教育净化就非常艰难,故必先改变整体社会、文化、制度状况,方可期待教育(文化)状况得一转机。而影响或改变整体文化环境状况的关键,除了教育本身之外,其实还有政治或政治文化。或曰教育"入人也深",然而坏的教育(以及坏的文化或有问题的文化)同样"入人也深",让人不仅难以自拔,亦且难以自觉,陷入"坏的文化"的无意识和无知无觉的状态,整个社会或所有群体、个体都空虚、苦闷、沉沦、腐烂、迷茫、绝望,却完全未知其根本原因。故越挣扎越是深深陷入,越是拼命追求成功就越是遭遇彻底的失败,或最终的心灵、精神上的惨淡黯然(无关外在权力、钱财与一时享受),越努力越是欲益反损,南辕北辙,越用力越是沉沦得更深而已。旁观的人洞若观火,然亦束手无策,因为那些人往泥潭里赶路的步伐、意志或欲望都极其强烈,别说苦口婆心的劝导,就是九条牛也拉不回来,故只能眼睁睁地看着整整一代人乃至几代人或整个民族在痛苦与腐烂中生死流转而已。

质言之,教育就其一部分功能而言,是改变人心的事业,但教育也分好的教育与坏的教育。而政治(文化)(力量)是快速改变社会文化的最关键力量之一,或政治权力在掌握和操纵文化教育方面具有极大力量。故有心志或有想法的政治上强有力的人或政治强人,往往能在很短的时间内,通过种种雷厉风行的政治手段或政策,极大且极快地改变一个国家、民族、社会的整体文化状态,至少在表层或短期内是如此。这当然有待于政治人物或政治群体的眼光、胸怀、善意、魄力、能力、意志等。而如果权力一直稳固，或政治强人不断涌现，持续操控，就会让其塑造下的整体文化彻底改变其治下的国家、民族、社会文化，以至于似乎完全变成了另一种文化或民族性格特征。当然，与教育一样，这种影响与塑造作用同样有好有坏。总结之，教育可以深入人心，政治却是快速改变人心，两者却都有好有坏。孙中山的知难行易、王阳明的知行合一，如果从内隐学习的作用的角度去解释，亦是很自然的事情。

一、其实中德之间所谓平面均衡（扩展）格局（或结构）与内聚格局之区分，是许多方面的共同表现。中德邮件的地址标注方式亦可为一有趣对比。德国只要写出市名和街道名及门牌号即可，中国则基本上是国、省（或直辖市）、市、区或县、街道、楼及门牌号（农村则在县下尚有乡或镇、村、户主名），一层扣一层的垂直上下管理格局。我当时看到大多数德国朋友的通信地址，都只须写出简单的街道名即可标注出来时（除了市名之外），颇觉惊讶，现在乃意识到这或许是和其地方自治或联邦制的政治社会结构有关。当然，这或许也跟德国面积比较小有关。中国国土面积大，市县众多，仅标县市肯定和势必无法让那些缺乏全面中国地理知识概念的中国人（遑论外国人）

有清晰之理解,而会影响准确标示或投递……①

二、德国的姓名标注法与中国人的姓名标注法的不同,亦可见出两国文化、社会结构的巨大区别。古代中国重宗族、宗法,以此组织社会、国家,故有氏姓与族名,重族名或谱名,即纳入族谱中的正式名字②;德国则重教名,偶有贵族家族名徽如 Van 等,其他人的姓与名则或纪念祖先,或纪念朋友、恩人、大历史人物等,远没有中国人宗族观念之强烈和严格。由此可见,西方大体是以宗教组

---

① 简言之,就是没有那么多行政管理层级。另外,德国历史上有自治城市(比如有名的汉萨同盟)、自治镇的传统,乃至独立公国或诸侯国等,这也是当代德国地方自治的历史渊源所在。当然,我现在觉得,这也和如下因素相关,即:跟中国的城镇人口众多的情形不同,德国的绝大多数市镇都不是太大,最大的也不过几百万人口,小的几千或几万人口,其他的都不过十几万或几十万人口,故一个城市内的地名的标识,不大会出现重复或误解的情形,故对此一现象亦不必太过大惊小怪,夸饰其事。然而,这些都是猜想,并未有深入的调研。

② 质言之,所有姓氏宗族都有其继承下来的祖先制定的取名字库——往往是一首带有浓厚儒家道德训诫意味的诗歌,或将一些带有道德训诫意味的好的字词编成诗歌,依齿序或辈分排列,每个辈分共用同一个族名或谱名,另可自由增加一字以示区别不同个体——,在为新生儿(往往是男性,女性因将来出嫁,出嫁从夫,则不取族名,一般不入宗谱,而是将来以媳妇的身份写入夫家之族谱)正式取名(即族名,而非刚出生时的乳名)时,则其族名之构成是,(除了复姓外,汉人姓名往往是三个字,即姓加二字名),名字中之前一字,必须依序齿排行取上述族名或谱名,然后再另加一字而成为全名。

织社会,古代中国则是以宗族组织社会;西方乃宗教成国或宗教冲突(两种政教关系:政教合一;或政教分离,然宗教塑造心灵),古代中国乃宗法制国家与宗族冲突。以宗族组织社会,则成为大宗统小宗、强宗制弱宗,而为垂直集权结构,或为不同大宗互相争斗(割据混战),必然要吃掉其他宗而建立一宗(皇族)统治下的大一统。西方则同一宗教之下而教徒皆平等兄弟,故能形成普遍平等、人权、民主之社会与国家,但不同宗教或同一宗教下的不同教派之间又往往产生纷争,故每因宗教冲突而分裂分化,而历史上一神教宗教则每多宗教圣战等事,如历史上的十字军东征和伊斯兰教扩张等……

最好的心学；亲疏远近：家国与国家

先生云：我仍然持这样的观点，中国儒家学说中（也包括佛学乃至道家学说中的某些积极成分）有最好的心学（心性之学），修心安心定心之学问，正向积极、刚毅强立而又有张有弛，刚柔并济，读懂了，并服膺力行儒家学说（佛学、道教学说）中的这一部分内容，就一定会成为一个真正心力强大、意志刚毅的人。西方心理学虽讲"心"理，即使抛开将人作为客观"物体"来研究的自然科学意义上的心理学不论，人本主义或人文主义取向的心理学，以前多就负面诊断立说，今则稍有积极心理学之说；但从某种意义上讲，在西方社会生活中最广泛地发挥作用的心理学或心学，乃在宗教层面；他们认为，此是从初始处和终极处入手,彻始彻终,是根本拯救之门径,离此而谈心"理",皆离乎人心本身,至少是远离了当下之人类的身心存在状况(肉身人类形态而非机械人类形态)——此一"当下",未必是以几十年几百年为期,乃以此种人类身心形态之万年几十万年计也。从西方人的观念看来,基督教是西方人最大的心灵拯救的渊薮,自古以来度人无数,是西方文化最重要的心学;而从古代中国人的观念看来,儒学、佛学(与佛教)、道教等,则是古代中国文化乃至东方文化最大的心灵拯救之渊薮,同样度人无算。中国心学与西方心学有共通共存之处,以心学融通而文化融通,而制度融通,而社会人际融通,打成一片,混同寰宇,天下和平大同也。天下无心学,则将天下大乱,人心苦闷,彷徨无依,悲哀相循(物理物质世界)……但亦有坏的心学,坏的心学亦将毁人之身心幸福安宁也。

中国的心学是豫备强立,西方的现代心理学是破,或心灵破碎沉沦后的解释补救……中国心学讲究未雨绸缪,未破先立,立而修持之,讲究远离异端、非正、非礼之事,所谓远离颠倒梦想;西方的现代心理学则是破之后的修补和事后矫治。

先生云:当然,儒家等古代中国心学亦是多元歧异的,甚至亦有幼稚不通处,或在理解、解读上有异同出入,故一般人未必能得其心学的论,则反而误入歧途,世间亦因之而多纷争辛苦,故仍须有整理阐扬之力之功。甚而言之,亦可思议创立人间更好更高心学体系之可能性,促进人类智慧,推进人类文明及其身心福祉。创立更高更好之心学,如能成功,本身就是人类智慧进化的表现,而免人类文明之种种弊端,与人类之种种痛苦悲哀也。

先生云:古代中国之强调亲疏远近之文化特点,和贫富分化等现象,两者之间亦可有关联。质言之,这种文化特点导致古代中国往往是连带性的"一人得道,鸡犬升天"、"近水楼台先得月"、"一荣俱荣,一损俱损",权势富贵带动其亲朋侧近,如此而形成一个贫富分化和权力、身份、地位分布的等级链条。当然,从社会学的角度来分析,亦可谓是形成一种颇为复杂而特殊之多中心、多元化繁复层级社会结构,一种并非完全的均等的连续性层级均衡稳定状态。

古代一般中国人或地方绅士亦做慈善(这里暂时撇开具有普遍主义色彩的佛教道教不谈),但除了特殊时期,比如国家危急存亡时期,却往往并非是普遍主义的慈善事业,也许是因为在心理上觉得那些人太遥远了,跟自己没有亲友近邻等关系。在古代,一般中国人即使有钱了,想做慈善,亦往往更愿意或先周济亲友街邻与地方乡里,而较少在全国范围内施行慈善(这当然和交通条件、宗法封建体制、小农宗法社会等因素有密切之关系)。当然,这个论断只是在抛除某些特别情形后的大体言之,一者此或中西皆然,二则中国亦有全国范围之同胞情意的慈善举动,比如历史上的"河东河西相互赈济"(《孟子》)、此省接济外省、东南亚华侨捐款抗日以及现当代的许多全国范围的捐赠慈善义举等。只是一般而言,中国人更愿意接济亲友熟人,或有所情意关联或关系关联的人,越熟悉或越了解相关情形就相对越有相关意愿,而对有困难的陌生人稍有区别对待也,此点或与受基督教普世观念影响的西方不同,但却并无高下优劣之分,而可谓是各有特点、与优势。但现代情形已有所改变,真正的公共慈善事业亦将迅速发展,然慈善事业的规范化和监督机制仍有待进一步完善。

先生云:古代政治文化也受基于三纲五常封建伦理之上的亲疏远近的原则的影响。在古代,一个人一旦高中科举,掌握权力,按照儒家的正统观念,乃是从此可以行道为仁,治国平天下了。但同样存在另外的一种对待权力的态度,而在其职权范围内,往往利用手中权力,大行不正之风,大肆安插党羽,子侄亲朋、同年门生、乡里故旧遍其公门,既便于巩固其权力基础,行权弄权,或满足个人权欲感觉,亦便于自己公权私用,徇私舞弊、攻讦异己、抑塞正道,乃至试图致仕后仍然藉此而垂帘干政,做山中宰相,发挥政治影响力。所以也会形成一种环环交叉的多层次扩展的圈层。秉承此种文化价值观念的古代中国人,永远是按亲疏远近的关系模式来行事,而对一切人事皆不同程度地区别对待,造成严重负面后果,尤其是在公共权力领域或政治领域,以及(公共)道德领域。当然,如果不涉及公共权力或公共领域层面,私人层面的此种情形,如果能遵守基本人权平等原则,局限在纯粹的私人情谊层面,倒还有其一定合理性,或多少情有可原一些。

先生云:古代中国总是把国当家来治理,或把国最终变成了家(当然是中国式的家或大家族,家长制的家,此外则三纲五常,各分等级地位、亲疏远近、内外有别……);现代西方则总是把家当成国来运行,或最终家复制了国的结构,家中人人平等,皆有基本权利,不可侵犯(比如父母管教儿童不当或过度,乃至违法,则警察或公权力就将介入干预),表决亦是双方或多方(孩子长大而尚未离家时)民主表决(比如关于家庭出游地点的选择)——当然这只是从最低标准之个人权利层面而言,从亲情方面言,西方人的家仍是亲情之家,并不是冷冰冰的抽象公正关系法则。古代中国家庭虽则往往也考虑和尊重对方或子女之想法，但做决定的往往就是大家长。如果是核心小家庭，如此行事还问题不大，毕竟亲情在焉，而掌握权力的家长一般都是真心关爱有着血缘亲情的家人子女的，不会有太大的亲疏远近的分别。但古代大家庭或大家族就不同了；国则尤其不同，国之大家长虽曰家长，与国民终究无直接血缘亲情关系，故在那种文化下，自有亲友熟近与远陌无涉之分别，如果这时仍然按照亲疏远近这一原则来行事，则在做决策时就未必会考虑照顾那遥远的、未曾谋面或未曾衔杯酒的普通人、外人或外部陌生人了……

先生云：《大学》、《中庸》、《论语》、《孟子》等书，自可取其精华，去其糟粕，而对其中所体现出来的好意，仍需虚心涵咏、切己体察、博观约取、应事体物，而真得其觉悟利益也。

Great books 与西学经典书目

一、西方现代亦有 Great Books 等之说、之做法,早则 1909 年,中则 1952 年,当代亦有类似作为。然自文艺复兴以来,西方之经典创新出奇,代有其人其书,非昔日圣典所可尽行牢笼限制,故文化、思想、社会各方面多有进步(即或有动荡)。中国意义上之儒家经典(经书、经学)则不同,谨守圣典,恪持中庸(或中道),不言异端(鸣鼓以攻之),崇古而不敢越雷池一步,始终在前人、先哲、圣贤立下的思想文化框架里经营,总是以老智慧来处理一切新问题,而将新问题处理成了旧惯习(实际上就可能是扼杀了一切新思想、文化、事物等),故而形成了一种超稳态结构。所以中国千年以来仍可主要尊崇一种思想体系,而有所谓"经学"之体制,经学书目甚少而号称包罗一切学问(吾人以前亦如此说过,当时乃在强调相关之书目学问及个人之领悟拓展。实则一般经学主要为人生伦理、政治学问——当然,史学则包括许多具体领域之知识理论等),而其他思想体系则在此过程中逐渐被边缘化,或处于潜隐状态。西方古代亦如是,其文化来源主要为古希腊、古罗马思想文化、古希伯来文化与基督教文化①,中世纪则基督教文化笼罩一切,文艺复兴以来,情形则日新月异,知识横向分化分科、拓展创新,纵向深入精细,而表现出越来越广博精深发展之趋势与格局,非十来本经书所可范围。古代中国自西汉汉武帝独尊儒术以后,虽言每多阳儒阴法、儒释道三教合一,而儒家思想究竟成为主要思想底子,故古代中国人讲究中庸之常,守其中道,不深究(异端与极端),适可而止,随其庸常、此正而安之——某种意义上,这未尝不是好的人生观中的一种:安然止步于难以深究和不必深究的论题事物,同样能获得超然之潇洒风度与人生幸福(虽然这并不能反推出"深究"就一定不好,或"深究"就不能获得幸福的结论,故吾

---

① 当然,这里所说的"西方",乃是一般意义上的西方,主要指西欧。如果将西方作进一步扩大化理解,则古希伯来文化、伊斯兰教文化、印度文化等亦可阑入。

乃曰"之一"）——也确实是古代中国人的一种智慧。其实现代亦有懒的智慧和哲学。

西方人的著述固然亦多传注疏解者，尤以《圣经》圣典为然，对古典学问亦多此种虔敬、精审之态度做法（如西方语文学，稍同于中国之汉学或朴学等），然于文艺复兴和启蒙主义运动以来，尤多卓然不羁者，以独立之个性而作真理之推究，敢于创新立说，超迈前人之域限，别开生面，自成一家之学说学派，故其书其说，便非前此之思想学说所可囊括，而有其独立之价值地位。如此继长增高，超越创新，则西方自然难以像古代中国一样，可以只列举出十来本经典来包括所有的西方学问了——当然，现代中国同样如是，思想、学术文化快速发展。或可言：古代中国学术文化纯粹，柔和内敛，现代西方思想文化深博、尖锐、外向……

先生云：是的，那是个错误，你看着它，心里非常明白，可是没法改过来，这就是（国家、社会、个体、一切事物的）命运（人生），所以看上去，这些主体都走得非常坚决、决绝。此亦可谓社会学意义上的宿命或哲学意义上的必然，当然，亦可能是统计学上的"大概率"或逻辑学意义上的"高或然性"。

先生云：是的,那是个错误,可是注定要发生,或迟或早——当已经到临界点。当知道已经走错了的时候(也就是说,绝对清醒前面的结局),我很少见到沿着人生的轨迹,一步步摸索着返回的人。

先生云：人或人们是在哪个路口走错了?

先生云：人生的过程是怎样的? 人生是脚步、眼光不断向前,期待指向未来,而心灵却不断往回追溯的过程。众人是从哪一个路口开始迷路了? 于是人们互相安慰,我们这么多人呢,怕什么,迷路了也没关系……

先生云：有人,在一起,要什么路? 或者,怕什么迷路! 我们只是要有个人或有许多人一起说话生活就好,有没有路,有什么干系。有人就有家,就有路,那路、那家就是两个人一起向前的脚步,或者,准确地说,两个人一起向前的脚步,就是路,就是家。

先生云：是的,那是个错误,一个无法扭转的错误,所以你坚决地沿着人生的悲剧之途,决绝前行。孤独是个错误,但人类都执拗地往那条路上走。

先生云：黄叶纷纷扬扬地洒落飞舞时,人们只觉热闹,甚至有一种热烈的美感,而当整棵大树枝干只剩下寒星点缀的几片稀疏的叶子时,在静静的深夜,无声地飘落,就有一种寂寥的感觉,而寂寥中又有一种黯然神伤,或是惊心动魄的心理震动……这是归去的过程,但有时,却让人想起动物的生与死……

俳句:1.大雪未至,此心已静。2.闪念自灭,此心常安。3.思绪已乱,雪花未来(不来)。

晚用google翻译各国文字,并听其发音,颇激动:有此工具,便没人能阻止人类走到一起了(前提是先要会写本国文字),巴别塔在google上消解了。

先生云:大雪将至,此心未定。
先生云:有不如无,无不如有。
先生云:百年一瞬一呼吸(瑜伽)(印度文化)。
先生云:人类从远古初始到今天有许多好的心灵文化。

先生云:夜里消极,白天积极,这都是人类可以自动自发调整转换的情绪(意)模式。夜里的消极,恰恰是为了或保证或平衡了白天的积极进取,这亦是一种阴阳转换平衡的人(类)身心安置的方式和特点。多少人在夜里痛不欲生,痛哭失声或饮泣吞声,可一早醒来,又不自禁地像早起的小鸟一样,哼起了愉快的小调。此乃是应气应息(夜气、平旦之气、天地之气息)而生的,譬如潮汐一样,是人之身心所不由己的,故便不必抗它,与之相应即可。悲愁的时候便悲愁,欢喜激越的时候便欢喜激越(《庄子·逍遥游》中所谓"生物之以息相吹也")。其实,这也是对自身生存状态的一种解释,以此求得释然心安而已。即使未必是人类普遍情形,若你能从此种解释中获得解脱,则此种解释对你便是有意义的,管其是不是普遍情形或人类本质呢。解释与自我理解,许多时候就具有一种心灵救赎的作用,让你心安、淡然、随顺,不再挣扎抗衡,而随其声息波浪宛转上下也——此乃人世之天籁(乐曲),譬如浮于波浪之上,随之上下,又譬如坐过山车,亦随之上下而已。然而前者可悠然,后者或有骇然,故当择其悠然,行事平和居易便可,只是不可下沉蹶坠也。此乃韧性的、柔性的相应之心法也。

先生云:生命是一个(一场)奇迹,无论其是好是坏、是悲哀是欢喜,无论从哪里开始,到哪里结局,无论过程与结果、长短与丰瘠,甚至无论有没有意义,都要坚决地走下去,完成这个奇迹。——这是白天说的关于白天的话(实际时间乃是黄昏),但是夜晚也可以看,虽然吾人未必要加一个强调说"尤其可以看"。夜晚的柔自归夜晚。乃曰:夜里柔情,自归天地。夜里柔情自归之矣!

市政建设立法与平权

先生云：不为于国家、社会、人类有益之事，何以遣似有限实漫长之人生有涯之生？不为有益(于他人、社会、国家、人类)之事，何以遣有涯之生？

先生云：不为有益(人类、社会、国家等)之事，乃觉人生空虚无聊。仍需立志。马丁-路德言信仰自由、内心自由，自由则真诚，真诚则无畏无疑。

一、马丁-路德之宗教改革或为对欧洲人道德的一次拯救(此前，以钱购买赎罪卷确实会造成负面道德后果，中国古代之科举制度本以造成公平选才之目的，有其正面作用与正向功能，然亦往往造成许多士子以功名利益而趋附之副作用)。

二、德国之城市、居民区(建筑、街道、马路、间距、房屋高度等)建设,皆有相沿成习之法律规定,至少从十八世纪便有相关法律规定,其后不断补充完善,此则造成德国城镇建设之发达与相对完善,而不至于被大资本、权力所轻易(以建设之名而)破坏(破坏既定的皆在维护公平、均衡公共设施、福利制度以及审美风格、历史传承等城市建设的相关法律条文),故德国社会格局结构乃有均衡公平之平铺状态,而不是垄断、集中、拥挤(挤占与排挤)、随心所欲的新建设(而破坏旧有格局)、奇形怪状或与整体风格不谐和不般配之突兀建筑等反常状况。城市可以扩展,可以有新建设,但在扩展时一定要遵守既定的合理标准、条件和法律条文,比如居民区建设,若干范围内一定要有公共花园、公共运动场,及其他体育锻炼设施、公共孩童游乐公园、幼儿园、中小学、医院、商店及其他各种日常生活服务设施(且并非政府指派式的垄断),而合理规划,以保证所有居民在利用这些设施时,步行时间不超过若干分钟,等等;以及街道宽度、自行车道、人行道、汽车停放点、自行车停放设施、房屋设计之结构、房屋高度、墙壁颜色、人均公共绿化面积及其他公地面积等等,以此精细而复有自由空间之法律规定,使得德国的城市或城镇建设，乃是真正为居民便利生活而设计服务的，而真正实现了所谓的"better city, better life"的目标。

三、在理论和立意上，德国的公共政策充分尊重所有个体之基本权利，同时充分平衡不同群体与阶层的权利（此皆坐平权民主制度之故也），不是损此益彼、损不足以奉有余、损平民以奉权贵、利益集团、富人阶层等，每个人、每个群体都享受其平等而基本之权利、公共福利设施等，不以大压小、以富压贫、以权压民等。此可以行人、（自行车）骑车者、开车者三者为例，在路权安排和交通设施安排等方面，绝不会只嚷嚷有车族的权利需求，而完全无视平民、行人、骑车者的路权要求，而是在三者之间设定严格权界，进行衡平。比如专门的自行车道，仔细贯彻到十字路口的线路的明确划分；又比如在路口，无论汽车有无转弯机会，一律行人与自行车优先，并且是真正停下来等行人通过，而不是跟行人斗法，采取机会主义的态度，一旦行人稍有犹豫畏缩则立马加速抢道而去，以此造成行人的下一次的犹豫和畏缩；更不会以大欺小，而诡辩曰：如果我开汽车而让行人，比行人还慢，那我买汽车做什么呀？（近来国内有些城市也开始制定施行礼让行人的强制交通法规了，违反则扣分罚款；近期又有开远光灯之争论，亦正在谋划相应之解决……质言之，随着开车的人越来越多,他们为自己争取正当权利亦无可厚非,然而如果每天嚷嚷路权,自身却毫不尊重他人即行人的权利利益,抢道占路,趾高气扬,还自己美其名曰社会精英、中产阶级,那就岂有此理了!)

四、现代人尊重法律、契约、诚信,故不轻许诺言(诺则必当践)。不与则已,而如果参与,谈判协商和草拟条文时,便极为认真,因为自己签名同意的文件合同内容,具有法律效力,便一定要遵守。所以既不轻许诺言,亦不轻易口头答应同意,不轻易签名(字)同意,甚至不随便地写下不负责任的文字,因为文责自负,要负法律责任,也因为他们将践诺、诚信与人之荣誉、道德、信誉关联起来,对于自尊自爱的人来说,当然不愿有违诚信。反之,便将随意对待和订立契约、合同、诺言、书信、文字等,因为有可能根本就没打算实行和遵守,心中根本不以为意。我们看英国、德国等西欧国家,早在十七、十八世纪乃至更早时期(可参见麦克法伦之书),便十分重视契约、条约。反观古代中国,亦多"千金重然诺"之人事,早先(先秦)尚有地契、券契之效力(《冯谖客孟尝君》),先秦乃至正统文化历史中,亦多宣扬个人践诺守约(信)之个人诚信道德行为。然大体凭个人道德修养和社会舆论制约,亦有相应之法津制度安排,但却并没有独立地方法院之制度及其裁决和强制执行（中国古代吏治中，行政、法律即司法、立法皆不分）。故一方面，因为儒家教化的影响，每多重诺践诺之美德人事，另一方面，亦多出尔反尔、说话不算话、坑蒙拐骗、忽悠欺诈、机关算尽之人事，尤其是天下纷乱、正教正制未立之时代，种种欺蒙瞒骗，难以穷形尽相，而就是不以正道正言谠论和一诺千金、一诺必践的原则来言说行事。而在古代政治领域（国家政治或宏观政治，与私人政治或微观日常生活政治），亦稍缺乏条约意识，而有时更崇尚所谓的纵横捭阖之术，所谓合纵连横、折冲樽俎，有时甚至全凭权力、暴力，根据时势、实力消长而直接无视既往之条约，故国家间乃是纵横家之捭阖之政治权术，朝令夕改，或大军一退则全盘反悔，等等，诸如此类，失却政治的严肃性。又有所谓"君子报仇十年不晚"之说，轻易答应屈辱之条件，又轻易违反当初许下之诺言，虽有不得已处，然亦有不足处。越是对法律、契约、诺言、语言文字及立法、立约过程漫不经心的，就越是难以自立自强，难以获得人己之尊重认可，与人生之幸福安定。

再说"齐治平"

先生云：或有偏激者曰：修齐治平之儒家学说，倘欲转为国民教育或普通教育之学说体系，则"修身"可存，"成"家亦可，"治平"可去，因治平乃政治精英教育，与普通人无涉。倘改为爱民爱国爱人尚可，"治"、"平"皆或不合现今之平等人权之人民民主政治。治平二字，带有管治、控制之义，稍不合。且以从政为人生第一乃至唯一要务或出路，不亦太狭隘乎？岂可都想着当官！另有一思路，则将儒家学说分成两部分，一部分为国民普遍修养修身学说，而纳入普通教育或国民教育内容体系中，另一部分则专门针对治术人才之教育，剔除其等级制、封建主义等方面的糟粕内容，重塑其注重公共道德伦理、公共政治伦理和个体心性修养等的部分,而纳入政治教育内容体系中,在普通教育或国民教育之外的政治教育系统中进行。然其区分为难。

先生云:古代中国文化中,虽曰"民本",然而却几乎没有平民的主体地位,没有平民生活理想,平民都是"被治"、"被管理"、"被教育(教化)"、"被安排安置"或"被爱"的对象,是受动者,而并未真正被视为独立主体、施动个体——比如,由民本、治民而转为民主(人民主权)、民治——,亦从来不从法律、制度上明确和落实其基本权利,尤其是政治权利。故平民在古代中国社会和古代中国政治思想文化中,其实是在一定意义上和一定程度上失踪了的(虽讲"民为本",然立意乃在维护贵族统治,民本不过手段而已)。

先生云:古代中国的"齐家",或讲仁与仁爱,然彼之仁爱非仅自然情感之爱,尤乃等级主义、伦理主义之爱。在古代,基于自然之爱,基于个体主义文化,基于性情气质和兴趣爱好之互相吸引,以及由此而自然生发的爱,在古代中国往往被有所压抑,却更注重以一种伦理礼仪乃至呆板、刻意、非人化之身份情感法则来安排人际关系,造成种种问题。

先生云:制度能驱人为善,也能驱人为恶;制度能让人心变好，也能让人心变坏……政治、权力结构及其制度设施也是最重要的影响教育的因素之一，故任何时候都应当建设正义、公正、廉明之政治。

先生云：古代中国人之道德，与其说主要得力于经学教育，毋宁说尤其得力于宗法宗族制度，以及政治制度的相应和社会（文化）环境氛围的相应，此四者互相配合而无大扞格，故其儒家社会化便能有实际效用。否则，试图仅凭文本经学教育而转移世风，亦难哉！因其无相应之社会、政治、文化环境与人事实践之配合相应也。不仅如此，经学进入教育体制尤其是纳入选士教育考试体制之后，虽有打破门阀制度、增加社会流动乃至扩展平民参政机会等作用，但与此同时，经学教育反而可能流于功利化之歧途，而有与其初衷适得其反之趋势，浮薄机巧之士子文人逐利趋炎附势，失却独立品格，亦是与科举制度因应之而生的现象，与之前的世家贵族之经学传家与践行之情形迥乎不同，此又关涉和得力于宗法宗族制度，或贵族之家学门风。古之大家巨族虽有身份制、等级制等问题，然亦往往而有家学家风。今之巨贾富商如何？有其修养与学问，尤其是家学门风之说否？倘无正向家学门风，又无正向之社会作为，则富豪之家亦难贵也，或从来就没贵过——古之贵或有等级制之因素,今之贵则曰表现出良好道德修养和高尚品行——,故得不到社会的真心的认可、尊敬与歆羡。质言之,倘无外在制度环境及相应生活方式、软硬件设施、人事等的配合,幻想仅凭经学教育而转变世风民气,不亦天真乎!

《中庸》:"君子之道,造端乎夫妇,及其至也,察乎天地。"

学说的理论形态与实际形态;新经学

先生云:学说,固有为理论形态者,而尤有实际形态者,两者皆有一种吸引力。然倘有实际施行制度、设施、社会展演及效用者,则尤为本土内化之学说体系,以此言之,则佛学、儒学、道教皆可为中国本土学问,而西学入中国时间相对稍短,虽在中国或有零星实际表现,而大体仍为知识形态,故尚不可视之为内化本土之学问(体系)。故在世界范围内,欲学西学者,皆留学西方国家而未尝留学中国也,留学中国则为学习研究中国学问也——即使中国或亦有所谓西学之士。西学在西方,不仅为学问学说形态,亦且为实际展演形态,更为具体征实,真实可感,实在深厚。中学在中国,同样如此。复以此标准言之,则现代中国是否已将此种一百余年来之现代中国经验、中国文化或中国学问，充分逻辑化、合理化、体系化和学问化，言之成理，自圆其说，逻辑自洽，征于人事制度，发为制度效用，延展而成人文化成（正向喜乐之生活方式、文化形态等），得家国民彝之欢心利益，从而真正成为一种学问形态或哲学形态与体系呢？西方人到中国留学，除开那些主要是为了学习中国语言以便于经济、政治、文化交流，艳羡于中国经济发展和生活水平等目的，以及向慕于中国古代学术文化体系（此则尚遗存若干实际形态且具有一定吸引力之本土文化体系）的学生之外，尚当有歆羡、向慕、尊敬、赞正现代或当代中国学问之学习与收获者，如中国特殊之文化学问、世界通行之先进科学技术等，倘如此，则始可言有超出或不同于古代中国学问之当代中国学问。

就古代中国学问言之，儒家思想从一开始就兼具或本具实践形态和社会展演，故其影响最大。法家亦差似，在政治军事上颇多表现，而于社会层面之展演不及儒家；道家虽说亦有所谓黄老之学，而一度被西汉统治者奉行为治国学说体系，终究于社会实际展演方面有所不足（黄老之学且神秘其术，往往只是师徒口耳相传，并无系统文字传世，且多有阴谋统治之嫌），故其时只可视为一种（精神)理论形态的学说思想而已。及至道教出现,以及魏晋玄学兴盛所带来之各种实际日常生活之展演表现,道家道教学说乃成为影响巨大的理实合一之学问体系。

近现代以来,中国(学)人虽有文化、知识上之全球学习引进之热情,在创造力方面,仍稍有不足,且往往停留于知识形态,尚不能在理论、文化之实际展演(物质设备)方面有更大之创作推行(此或与中国文教日渐知行分离有关)。倘若创造乏力,创作活力与魄力两皆无之,只是内向内敛,无外向、外视、外展之活力与野望,只是在种种框框里小心翼翼地周旋腾挪乞讨,则便为小家子气,无大气象。故仍需努力。

此外,倘仅为理论形态或文字形态、口头形态者,亦可能只是一种空幻的、空想的理论或议论而已。中国古人颇多听上去甚好的议论和理想,然或虽有制度规划而不精细可行,或推行之而漏洞百出,或因此欲益反损而走向反面,此皆空想与空议论,亦并非真学说(逻辑不周)。今日倘欲发展此种好的议论和理想,便须进一步逻辑化、合理化、制度化,而发展为更为完善严密的学说理论形态。而创造之主体非徒一二精英,乃全民主体,只有解放和发挥全体国民之创造力,才能有真正之更高水平之文化创造或文化复兴。

我这里所说亦是议论而已,不可拘泥之,吾亦不以此固执自是。

先生云:图书出版事业,任之可启民、报国、兴化(振兴文化),本可有极大作为处,其作用不可或缺,某种意义上,出版人之作用贡献,有时甚至未必下于学者与文化创造者,至少亦可有为思想文化发展和社会发展"煽风点火"、推波助澜、辅翼襄助之功,如支持好的学者、好的学说和文化艺术创造之出版,搜罗寻觅古贤或奇人之遗书典册,而出版之,使其重见天日(如黄宗羲的《明夷待访录》在清末的重见天日),或寻访、引进、甄别外国之先进学说、思想而予以展布之,皆可收辅翼、药引本国学术文化发展与发达之功,此则为有理想之出版家或出版商,亦可为国士、志士、义士也。倘一意以出版哗众取宠、煽邪气、喷毒雾、点邪火而渔利,则国之蟊贼也。出版人格局境界之高下,当以此为准绳。吾人甚至可言之,西方之文艺复兴,亦赖此种出版事业——即对于古希腊文化(即使是拉丁文)之出版复兴也——,跳过中世纪而直承古希腊(其时土耳其攻陷君士坦丁堡,时在1453年)。

先生云:在现代城镇建设方面,中国当有所谓城市革命或城镇革命,一者可资借传统中国小城小镇之建设(格局、建筑风格、生活规划等),二则可资借西方居民区或小镇之建设,三则应有新创造,而真正建设成生活之家园。或许日本之城镇建设亦可借鉴,吾尚未之见,故不敢率尔言之。

先生云:中国古代经学意义之不明,遂导致歧义纷呈,学者皓首穷经而难明其义,产生诸如此类的诸多问题,然亦不期然而产生一种正面副作用,或对于经学可能的独尊一是的教条主义、思想禁锢乃至被误用的意识形态愚民等情形,而或有一补偿作用。盖其义不明,故须读者发挥主动精神、理性精神予以研究、辩论、别择,而于歧义纷呈中,无形中又于既有大体框架束缚中,而稍得思想自由、学说多元争论之效用也。经学因此而有其培养怀疑、批判、辩论等精神之功用。类于课外读物,然立意不同。当然,这是副作用而已,就其更好发挥正面作用而言,仍须整理别择,乃至创造新经学文本,以省披览涵咏之学者之精力。

先生云:或可创新经学之经典文本,然尤需有辅经之读物。所谓辅经,未必全合于经学体制,甚至可与经学思路形成辩难对抗之势。用此种安排,以免经学教条化之弊病,以免国民思维思想狭隘、单一、教条之病。经学文本无论如何完美,终究不能穷尽所有思考角度(个人识见之限制,亦可从叙述学角度对此加以论述)。故尤当有同样精深、有价值之辅经之书。辅经之书亦当精心别择定取,数量可数倍于经书。经过改造后的经书可目之为核心或基本(文化、道德、政治等)常识教育,人人皆当学习研讨之。辅经则用以有津筏升堂、深入思考分析、博闻广识之作用。其实学校教育亦如是。有经典教科书,尤须有辅翼之原典读物或解经读物等,二者相须互补,于学之领悟也尤深。倘既无优异精深之新经(文化战略),亦无辅经之制,则难矣。然幸焉古今中外各种图书于今皆大致陆续引入也,徒无人董理引导耳。吾之所谓常识教育书目,或人类文明丛书书目,皆有此立意也。新经书体制,乃所以立定文明框架、国家文化战略,省平民披览掌握之力,非所以独尊一是、狭隘思想也,故有辅经之各种原典书籍。定新经学而不废文化原典,则此心可知。

先生云:"贼仁者谓之贼,贼义者谓之残。残贼之人,谓之一夫。"一切经学义理,不可以违背人性、良心相号召,而尤当以振作人性、良心相号召也,不然则曰反人类之文化,胡可久邪?

先生云:恢复高考以来,经过几十年的发展,中国在思想文化学术研究和建设方面取得了巨大进展,各个学科都开始涌现出一些人才,假以时日,当可大有作为。但实事求是地讲,在人文学科尤其是在传统文化研究方面,其进展往往需要更长时间的学术积累。然可以世界经典丛书书目或常识教育书目之形式,以辅经系列之形式编排之(当然亦须有远见卓识与阔大眼光者为之),则相对易为之也(辅经亦非百年不变,十年二十年而可重审增补置换出入也)。

先生云:中庸之道,乃所以求得天理、人心、天道、人性之正之中之常,非所以与时俯仰沉浮、同于庸俗与不正常之状态,相反,于其时尤需奋起而矫之,复归于天道、人心之中道、之正常也。今日许多中国人完全误会中庸之深义。

先生云:未知此生竟何似,此句吟罢忽无语![①] 行兮行兮罔四顾,空之空之终此身。

先生云:先秦士人之风骨气节或亦并非尽得之于经学教育,而尤得之于其时之深厚浓烈之(敬天畏天)敬畏上帝、祭祀祖先之宗教情感(观念),以及相应之祭祀礼乐及礼仪教育。当然,倘说先秦经学本来就包括祭祀礼乐

---

① 泪涔涔;淡之淡之空其心,虚其心。

之教育,与相应之实践训练,或本来就在于——与有——相应之祭祀礼乐乃至实践训练(且如今日西方之教会一样"年年讲、月月讲、日日讲"),则当然亦可说其得之于经学教育。其后则先失去敬畏上帝之观念情感,复失去祭祀礼乐与戎武骑射,再次之以失去世家大族、宗法宗族礼义仪节之教育养成,又再次之以失去宗族或家族之文化习俗与社会文物制度之设施,又再次之于师儒仪节亦失之,则其经学教育之无效亦可知也。

至于封建统治者重视科举而以科举制度提倡读经,即将读经和旨在选拔治术人才的科举考试制度联系乃至重合起来。此种做法或可培植官僚,于培植真正有风骨气节之士人,则也可能在一定程度上是欲益反损,得少(小)失多(大)也,其"损"在于可能诱导一种追名逐利、托庇干求、求知己、科场舞弊等之浮薄、诡诈、虚伪之士风,其"失"在于:可能在得一二人才的同时,而阻碍许多真正有心志风骨才华能力之士人脱颖而出,且"得"往往得之于草野隐逸①,或得一而漏万、得庸而毁良、得一端而失多

---

① 当然,暂且抛开有问题的纲常等级制不论,此亦可见读经本身仍有价值,能激发人的正向节义精神等,只是经学教育制度、科举考试制度和治术人才选拔制度仍须完善之,不可简单地将科举考试制度和治术人才选拔制度混淆重合起来。

方(经学教育内容之狭隘),等等。反而是与朝廷功名利禄稍无涉之民间书院,往往能培植士节士风和务实经世才能,颇出人才。一旦以不合理的方式而与功名禄利相挂钩,任再好的良法美意,亦无力培植真正的士人也。质言之,普通教育或国民教育、专业教育,应当与政治或治术人才教育及其选拔脱钩,不可混淆。而政治或治术人才之教育机制,又当与政治录用或治术人才选拔机制有所区分或分途。治术人才之选拔①,当在普通教育乃至

---

① 乃至教育培养。关于政治人才或国家治术人才之教育培养,不同国家有不同做法。第一种,许多西方民主国家,根本没有专门的、特别的政治人才教育培养的机制或机构安排,而只是在针对全体国民或公民的普通国民教育、公民教育和专业教育的基础上,通过另外的公务员考试制度来选拔公务员或文官,而通过多党制的民主选举制度来选拔任命政务官,而各个党派乃是通过举行党部活动、政治集会或政治演讲、办报、出书,乃至吸引政见相同的人的加入,以及吸引有思想学说及相关著述的人才的加入等方式,来宣扬和发展其政治主张或政治教育,吸引各行各业的人才的加入。此外,市政讨论等的旁听制度、新闻媒体的参与,尤其是宪法所规定的游行、集会、结社结党、办报、出版乃至合法示威等,都可视为培养政治素养的可选择的形式。第二种,许多社会主义国家,往往在普通国民教育的基础上,还有党校和行政学院的政治教育体系和行政培训体制,来对那些有意培养任用或已经选拔、委派任用的政党党员或政治人才进行教育培养,以保证其行政的专业化和政治化;而在治术人才的选拔机制上,却另有一整套的机制,并不单单局限于党校和行政学院(这点不同于中国古代的作为唯一的公开的治术人才选拔渠道的科举制度)。第三种,许多国家在普通国民教育体系中,亦设立(转下页)

"额外"的治术人才教育机制之外,另有考选(比如公务员考试制度)、乡选里举制或其他选拔机制(比如中国古代的各种德治选举制和现代民主选举制度等)。

西方倘无宗教教育,吾恐其道德状况亦将十分不同。西方之宗教教育亦可谓是"终生教育"或"终生学习",或"学而时习之"、"颠沛必于是",或"时时提撕克己自固而反躬自省"者也。甚至西方殖民主义者每到一处,亦且首先建立教堂,以作凝聚、教化、组织等之基础,可见其重要性。

今之谈经学教育者,不知今人一无敬畏上天或上帝之观念情感,二无明堂、宗庙、祭祀之礼乐仪轨之设施规训,三无宗法宗族、世家大族家学家风之教训子弟之氛围家法,四无社会上之相应文物设施、习俗心理,五无真正粹然醇厚而深谙身染身习践行诸种礼义仪节文化之师儒,六无合宜精练雅切之新经,此六者而一无所有,而仅欲以未加整理、分辨、"扬弃"之旧经,盲目贸然纳入教育

(接上页)有不少行政学院,其中所授之教育内容主要有关国家治理乃至世界政治等方面,旨在培养政治精英,而实际效果上亦是如此,从其中毕业出来的学生往往通过正规民主程序进入文官体系,或成为政务官,成为国家治理体系的重要成分。比较典型的是法国,比如法国的国家行政学院等。第四种就是中国古代文教与政教合一不分的科举制。

体制，吾知其必无成效而适增纷乱矣。何况上述六者皆不可贸然复古而尤需先行批判斟酌也。

又，教育非仅是知识文字之教，乃是熏染、操习、平常日用践履、内隐学习而不觉内化者。然今日之所谓师者，孰可谓有节义风骨粹然之熏染力？外设之文物宫室、服饰器用等设施亦无有，又无操习仪轨之训练（场所、仪轨、风纪、练习内容等），诸如此等之准备工作一件未成，却空言嚣嚣，仓促号召，抢风头，则其事必难立也。

先生云：或曰：无宗教，或便无内在道德。此固然是错误地宣称道德来源的单一性，有其问题。然霍布斯所谓人人相争而树立一公共规则，以此解释公共道德之来源，想亦同样只是一厢情愿，因"人人相争"亦可能促成公共之丛林法则也，君不见人类历史长河中，专制国家中，你死我活而无底线、无智慧的权力斗争，不是前赴后继、万古弥新么?！倘有智慧智识，便不应如此，此则霍布斯高估了人类本性及智慧，以及忽略了相争之局既成而难收的性质。

先生云：当（人类的）意义消耗完毕，人生也就没有意义了；没有意义的话，人也就没有存在的愿望与（自我）必要了。人生也许没有对错，但拥有一个自以为正确或有意义的目标仍然很重要。人们用事实上的存在对此作出了肯定的回答,存在即意义,活着即意义,亦即是一种事实上的判断与选择。

先生云:在平常的时代,人类需要的能力,或判断一个人有无能力的标准,也许有很多,或是多元化的。但在不平常的时代或关键的时刻,发挥作用的能力往往是很简单甚至很原始的,乃至是被现代知识视为落后、迷信的一些东西。再说,到底哪是正常的时代,哪是不正常的时代,真是哪里说得准呢。偏激者或曰:也许混乱、厮杀才是事实上的人类历史的主旋律。如同人的能力质素一样,一种文化也往往分为正常时代里发挥作用的部分,与所谓不正常时代里发挥作用的一部分。而一种文化体系及其民众能否度过历史的难关,要兼顾着看此两个部分的表现,有的文化或民族在正常年代风生水起,而在不正常的难关一败涂地、一蹶不振,乃至彻底消失;有的则恰恰相反。因为,就历史的事实而言,至少就其人类已知的"有史以来"来看,人类历史并非只有太平世,而往往是治乱相循,在正常时期或世代能发挥作用的,在非常时期或世代,或所谓"非常状态"下,却未必能发挥作用。

先生云:永远意志坚强刚毅的人是不存在的,永远是阴阳并立互补,动态平衡。白天夜晚,人前人后,口头纸上,等等,都会为脆弱如水、似水、本为水的肉身之身心,留有另一种形态或情意出口,别人未必知道,自己未必公开展示,但事实是这样。圣人亦有乐章以和其心志呢。礼乐者,礼为刚阳,乐为阴柔,无乐易折,无礼易靡。

先生云:中国新学人、新思想家当有将良好思想主张(美意),进行体系化构建,并规划出严密配合之制度、组织,复加以落实之的能力。如此则中国文化方可由务虚状态与灵光乍现、散乱珍珠之状态,而变为坚实之结构与实际之文物制度大厦,而非仅仅空文散乱之议论。有些中国学人每东一句西一句地批评国家、政府、公权力、社会等,可自己也从未真正认真系统思考过,比如全盘思考、筹划有关国家治理之逻辑严密之整体方案。真换了其来做,未必不是因循故事、手忙脚乱,或鲁莽一逞而造成新的失误与失败。理性的批评在任何时候都是必要的,是民众和学人的权利,也是责任和义务,但如果只谋其一,不谋其二,各得一偏而无全盘贯通之通识全局,则有时也可能是空口议论、但出风头而已。当然,换一种思路,国家治理的很多具体事务和细节,靠的是务实的灵活因应。这又是一回事。质言之,区分本末大小精粗。

先生云:偶有悲意亦彷徨,内外加持旋归正。泰然圣贤恐未及,鲁顽似我或叹息。

公开知识网站

一、今天关注 Westphalia(因为朋友近期要去此地开会),详细了解 the (peace) treaty of Westphalia,又了解 Brandenburg, Bavaria, Freistaat Sachsen(萨克森选侯国)等的具体方位。西方之政治史同东方确实不同。

二、我的德国教授朋友会随时告诉我们他将要做的一些事情,既可让我们了解其动向而便于联系,又可作为一种了解或学习西方文化之素材或知识"刺激",也就是因此而有一些具体的实际事宜缘由,可以加强内隐学习的印象等。此亦可视为教育方法之一。而不时拿现实例子来讨论,亦可收同样之学习或教学功效——引起学生或讨论对象之关注,并因此而寻找资料和进行进一步探索研究等。

三、西方或国际上，或准确地说，维基等严肃（至少其自身对知识的准确性和严肃性有此宣称和期待）知识型公开网站，亦可视为现代学习之一种革命，其不同之处乃在于其所宣称践行的严格之引证标准，以保证知识之准确性与严肃性，避免网站成为个人意气攻讦、谣言、阴谋、政治、权力、伪民主或多数暴政、资本、商业运作之共谋，加强其客观中立性与合理之权威性（建立在网站合理规则基础之上之客观中立性）。其列举进一步研讨之材料来源的做法，亦有让学习者（网民等）进一步扩展知识、思考和加强多元化理解之功能。以前，人们有疑问则找老师（解惑），今天则可自找维基等公开性知识型网站。找老师可能一者不容易，二者老师之知识亦可能有个人限制乃至偏见（成见），三者则老师亦未必有太多时间来回应（比如不同学校的不同师生比等），四者许多人也早已离开学校或不是学生，并无老师可随时请益，故找公开知识网站便成为很好之替代手段之一。关键在于知识网站运行之严格规划、标准等。因其公开和免费，故优于收费学术数据库（与国内开始流行之以商业、赚钱为目的之"收费语音知识服务"不可同日而语，境界、格局之高下立判）；知识、词条型则在普及方面优于研究型之高头讲章、繁琐晦涩之学术论文——当然,此仅就了解基本知识而言,并不意味着学术论文无价值或无存在之必要;有严肃之引证要求、参考目录(扩展),则优于一般无引证来源、鱼龙混杂之讨论网站(至少各有特点);又优于单一之词条辞典类作品,而便于知识扩展、兴趣扩展以及形成知识关联结构。就此而言,"谷歌学术"准备收费确有争议。

四、今天又下雪了,这才真正意识到对于在德国生活而言,买一件能防风防雨之冲锋衣(裤)之必要性了。

五、来德国汉堡一个月后,汉堡就不再是异国情调,而是真实的生活环境,城市是城市,街道是街道,而不再是观光的对象。

先生云:我对做闲事比做某些所谓的正事还积极,比如喜欢梳理心情,或将生活中的关涉人间美好情意的事情优先处理,或细细品味、沉思、冥想。尘世之所谓正事(有时也是俗事或功利之事),则有时或稍觉厌烦之。然亦平心静气,知此乃本分也。

先生云:因为闲事可闲适或悠闲地做来(去),且多为自己所喜欢的事,或涉及美好情感情意,而心有慰藉。但人生里确实不只有闲事,正事则须用做正事的方法,严肃认真(科学)地去做(比如写论文、做学术研究便有严格要求),诸如治国、奉公、事业、工作,都须以正确态度、方法为之,不可一味随性或情感用事。闲事与用情,正事与用理,亦是一阴一阳、一动一静而相辅相应相成之道也。

Laterne 与诗意

今日傍晚在夜色里听当地居民小孩围唱 laterne 童谣,甚觉安柔美好。

先生云:(忙得)无暇作诗,无力思考,或累得无力集中精力或注意力,去追忆(近几天)生活中的若干情意之细节。

先生云:累得无力去推敲一个句子。不是词语与句子太重,也不是她们太调皮,只是我的听力、思力、活力都跟不上,无法定位,故她们就像小精灵一样若隐若现、飘忽荡漾。我像一个衰朽的老人,在操场上晕眩,不知道那些孩子般美好可爱的词语的小精灵,到底在哪里,她们飞呀飞呀，飘呀飘呀，像蝴蝶，像蜻蜓……

先生云：忙得无暇追溯（忆）、整理生活中的情意，便会觉得若有所失。因为生活中的情意必得用来回味，我们就仿佛获得双重和双倍时间的快乐与慰藉。我年纪大了（老了）——其实这只是调侃，并且此事本来跟年纪大并无必然关系——，一旦不及时追忆和用诗句记录下来，马上就会忘掉，包括那些可贵的情意细节，当时全是和词语、诗句、意象、情感等水乳交融地联系在一起的，浸渍了情意、意象、词语等细节的全息图像。如果当时不乘兴写作，事过境迁之后，后面即使偶然想起，也只是干巴巴的某方面的破碎的记忆，当初那种词、诗、意象、情感、环境、想象等浑然天成、水乳交融的原始的、多元立体的、全息的、最美妙的搭配和结构，都再也找不回来了——那唯一的结构和浑然天成的搭配！当时即是美妙意（人生美妙在当时），再回首已是云烟（消）散。……所以有意当诗人、当作家的人，是必得备一个小本子而随时停驻下来沉吟的。对诗人来说，沉吟、咀嚼、回味、想象都是最重要的事情。"当下须沉吟，余事尽可去"，"最是当时沉吟时，情意翩然蝶儿飞。"诗人是从来不会任由自己不加节制地忙碌因而也不会抱怨忙碌的，因为对诗人来说，作诗就是第一位的，绝对不会为他事而牺牲作诗或沉思、沉吟的时间。"但有诗意来,余事皆立(暂)抛"(但有诗意,余事尽抛)。若无诗意或情意,生活中的其他事又有多大的重要性呢,当然是闲庭信步、悠然为之而已,岂会汲汲张皇哉!诗人如果忙的话,大概也是诗意与词语滚滚而来的时候,一时捕捉不尽,而心手、思维、意志等皆极为紧张忙碌,而生怕漏掉任何一个词语、情意意象的吧。如此之忙,正诗人求之不得,哪里会抱怨呢。身心与诗情合而为一(所谓灵感),统合和谐,余事尽皆萧然淡然,则自可安然宁静。

先生云:夜晚躺在床上构思,在大脑里沉吟得若干令自己恨不得拍床叫绝的诗句,如果不及时记录下来,第二天就肯定想不起来,即或想起来,也早已面目全非,或是支离破碎,再怎么组织搭配,就是回不到从前的美妙浑然自然的词语状态(一个形象有趣的说法是:早晨再回忆起来的词语或句子,始终感觉其"浑身不得劲儿"),那唯一的浑然天成、清新自然、音节和婉、深得我心的结构与情意,或词语的多元立体图景,似乎就此永远地失去了。上帝收回了伊的(礼物与)馈赠,或者,有人在夜里吹起了美妙的长笛声,可当时的你仍然在梦里酣睡,醒来时,风声与长笛声都已经停息了(风已离去;风已经离开了)。

先生云：我原来以为三十岁以后的人就不会有诗歌了，后来发现这并不对……① 诗人再忙也有作诗的余闲，这虽非最重要的原因，却也是原因之一。

先生云：沉吟半晌，得一佳句（好句），自可安然入睡也。梦里锦绣满天星，原上清风潋潋行。

先生云：我这样的诗句，跟这个时代的风格格格不入，我也不说好，也不说坏，也不走远，也不走近，白天少出去，夜晚也不多出去，偶尔喝点酒，也不会大醉，在自己的世界里，在属于自己的夜晚，一点一点，一字一句，悄然抹去那些惊心动魄的诗句和情意，就这样安静地过完了一生。

先生云：不要带着思念跑到万里之遥的异国他乡，那会要了你的命。孤独无念的漂泊，是人生的幸运和上天的恩赐。

先生云：风已离去，草原静默。海天清朗，总在此间。

戏语：屋内柔和温暖的灯光下，看着自己的脸庞，只觉珠圆玉润，光影照人，待出得门来，发现仍是吾独憔悴

---

① 心在，人在，诗就在。

瘦矣!

先生云：万册典籍稍可慰,半生著述尚未起;天下遨游观世运,归于小屋定此心。

评曰：定大计、定乾坤皆不确,此心乃是世道人心也。"安定此心",此心即是天道、世运、人心也,安定之,乃安定于天道人心也;安之,又可以著述之形式总结之,举凡宗教、哲学、名学、伦理、生死、政道、文物教化制度等,皆可思入;安之,亦不妨安定于素常之人生(人世生活)也。

先生云：屋内灯光柔,对镜珠圆润;待到广众间①,憔悴独瘦损。瘦也不堪愁,风中立白头。林梢月渐青,寒冬夜来早。

评曰：前四句自成一体,又不多露痕迹,稍可玩味;后四句乃强续之,除第一句稍可,余三句风格音韵皆不合矣。"瘦也不堪愁"一句,纯是喜欢此句之音韵意绪,与上下连接之浑然融和,与自身心意情绪,皆完全无涉,此或亦可视为"为赋诗句戏说愁"也。末句初作"寒冬夜来早,林梢月渐白",强调于寒冬旷野,独行彳亍,望月沉思,不觉流光飞逝而月色已白也。后为稍押韵故,而前后句对调。其实,倘改为"月渐白林梢",则可与前句押韵,上下

---

① 或：待到广稠间,或：及乎出门去。

句音韵亦差可和谐,然对仗稍不工不类,但亦无妨也。

先生云:离愁且戏说,此生可优游。来去无清泪,夜来忽然笑。

男人的细腻

先生云：男人情意亦可细腻得不得了，你看中国古代，多少男性词人诗人，诗词皆写得极为细腻、敏感、微妙、婉转、缠绵悱恻，其感受力、洞察力与审美感觉，真是到了非常高的层次或境界（"未语已觉惊心，默然神气全出"，我看古人山水画作时，便常有此叹），比如情感情意的细腻敏感，思想的细腻敏感，文字的细腻敏感，审美的细腻敏感（音色的、颜色的、味觉的、视觉的……），行动触觉的细腻敏感（比如作画时之手感，"最是一撇（瞥）天然成，带去此心上青云"，画家往往会为自己偶然的神来之笔而陶醉不已），想象的细腻敏感，智力与理性的细腻敏感，处事待人的细腻敏感，等等，至少皆非为女性所独擅胜场也(或曰此可用"独占鳌头"一词,然"鳌头"此词本有典故,又稍不合——汉语词汇到处是典故,稍不留神,则有词义误用之处,不赘)。

古之国风、离骚体歌谣,虽亦有女性作者,究多男性也。杜甫的《渼陂行》,那样敏感丰富的感受力和想象力,怕是许多女性也赶不上呢!陶渊明的思想情意的敏感,何尝不是如此。康德又岂不可作为智力与理性的敏感的佼佼者!再看中国古代,文人骚客雅士诗人们的赏花看月、作诗饮酒、琴书画乐、舞蹈诗曲、素笺红印往来,哪一样不是极讲究、极细微敏感的呢!吾以前曾讲过的古人竟夕赏玩三两残梅,或长久观摩山水画、书法作品的那种敏感、痴迷,与审美感觉,乃至坐禅冥想、养气致诚,哪一种不是极细腻敏感而现代人未必能及的呢!西方古典音乐乃至上文所说之一切情思觉悟、文物器具,同样需要此种敏感细腻①。

人之坐不住,彷徨无主无依,有时亦是因为失去此种细腻敏感性,而于情意思悟、文物器具、自然人物之千姿

---

① 有此敏感细腻之感觉,则便能沉浸陶醉到另一个微妙世界,而此世得一慰藉安住——实则安住慰藉于另一微妙世界也,则"吾生也易遭安乐"。实则连时间都被此一敏感细腻之感觉而改造变幻之,变成一种情意的时间空间世界,长短丰瘠皆无所措其分别烦扰。

百态,不能欣赏感受而已。故不断外骛,扰乱本心。实则本心未定,外骛只是徒增烦恼,永远躁动不安,难定难住。"不知何处寄一神(心神),遂教万里无安身。"心神未寄未安未在,外骛万物亦只枉然。无此敏感细腻,何能赏得人间万般情意境界。

与古人相比,现代中国人或亦将细腻敏感想得太狭隘,有人或以为仅只是衣服装饰、颜色、声音、皮肤、容貌的(审美)细腻敏感,此正其人生难得满足之原由之一也。人常说中国男性每或多愁善感,吾谓不然,今日之有些中国男人,其审美能力与敏感细腻程度,如与古人相比,或许还差了不少呢。当然,此皆不可一概而论,此只是谈事立论而已。

小孩子或仍褒有此种细腻敏感,吾曾见一三四岁小孩,长时间目不转瞬地看着一副动画图,其专注与痴迷之程度,当时令我极为震动乃至震惊,心里一直在想伊到底在看什么,竟能流连入神至此,正如今人好奇古人的一株残梅有何好看一样,此亦是一种细腻敏感矣!

写到这时,我脑海里一直在试图回忆那一具体的场景,或当时的全息图景,以便再度获得那种情义震撼之快感,却竟难回忆起来,可见吾之细腻感同样是有所不及也,惜乎!——啊,我现在想起来一点线索了,我马上会想起全部的全息图景的！——似乎是某个朋友的小孩在车后看动画图的情景——事实上，在写到"朋友"这个词的时候，我就已经确切地想起了所有的场景，乃是我侄女带其小孩来我这里玩的时候的场景，伊（小孩）坐在后座，即使光线较暗，也仍然目不转瞬地一直看着动画图。想起这一图景并用文字记录、固着下来真是令我高兴。行了，于此暂止也。

先生云：其实不论男人女人，人类的情意、思悟，本来就是（比如小孩）——，和就可以（比如古往今来情意、思悟极为细腻敏感的男人女人们）——，极为细腻敏感的，乃是外缘之遮蔽障明也（佛教讲尘埃、染、无明等）。此心失明，遂教扰乱难安。此心无明不明，故有哀恨忧愁，故有悔吝爱憎……一时一世未见日月，遂谓人生漫漫皆长夜，每皆自误矣！人类的智慧，何时能扫去无明，而进入真正空明无染、一心不乱之状态，且待之哉！祷之哉！

一、德国人皆各家人自玩，互不打扰（个体主义文化，尊重他人独立空间，不窥探，不侵扰……）。

二、摩西十诫中有三条涉及邻居，可见日常人际间的交往关系，乃是人类最重要的事情之一。

三、或曰：必须有（人民）公共行政，且只能由（人民）

行政组织掌握公共权力,并将其置于人民的严密监督之下,其他一切皆取决于个人自由与独立(个体主义),任何人不得干预与侵害,任何社会层面组织不可涉于权力与等级,而只能是基于荣誉与个人兴趣而参与或行动。如有涉及社会层面之公共性,或个人须让渡某些财产、物质、资源等,便立马转为半行政组织或准行政组织(公共性),而自动适用对于公共行政之人民监督原则。

先生云:人的区别在于,有的人慢慢就修得习得越来越敏感细腻的心神思悟感受力,或觉知力,有人始终停留在原地,故其心神之寄托栖止、安宁扰动自然也就不一样了。此后动而能静,动亦不离静,乃至动亦是静,烦躁亦是安宁,则此心真安自安也!吾亦犹未及此。

先生云:记录他人的故事,哪里有记录自己的心意律动有趣和丰富呢。有些作家走错了道路。

先生云:我不喜欢猜测政治,需要猜测的政治都不是好的政治;我也不喜欢猜测人事,遑论打听,需要猜测的人事,我都会主动远离。

先生云:北海暮色早,下楼稍欠伸。孩童直趋我,陪我玩可否?讶然生羡慕,欣然守球门。世界人各异,稚子皆天真。苦乐全直陈,喜怒无所遁。不似松江子,下笔辄平轻。云淡天海阔,情意藏偌深。仰首望天际,空空一片月儿明。

先生云(对其生徒言):彼虽于此间小有名气,然于天下邦国(家国)何有哉!汝小子勿复道,当立大志,效天下英雄义士贤圣之心志行事,岂可汲汲碌碌,而以此等微末之人事为念哉?!

先生云:其人或可及,其志不可及,其轻淡尤不可及也。

先生云:吾智不及人,而愚尤不及人(此人非彼人),吾不以前者为忧,而每以后者为愧为念也。倘可修得愚不可及,便是此生志行圆满(得道)之时。

先生云:其事或可及,其人不可及;其人或可及,其志不可及;其志或可及,其轻淡不可及也。

先生云:烹饪(煮)虽曰烦,亦未似个烦。坐倦偶一为,亦可解酸软(酸麻)。肴成且轻尝,每(一)尝啧称奇。赞不绝口矣,吾何多(有)此技?自斟一杯酒,悠悠想天地。心安脑亦健,思清恰饮毕。怡然下楼去,闲闲同此雨。雨也无来去,无为因无为①。

---

① 或:无为应无为,此句中之"应"读 yìng,回应,响应。

评曰：雨也无来去：雨亦莫能预知来去，随心所欲，而又无心无欲方能也。"无为因无为"者，"因"既可解作原因，吾之闲闲轻松，恰因吾能无为也；又：吾之能无为（心态），恰因吾能（乃、是）无所作为也。"因"又可解作因应、因随也，雨也无为，吾也无为，吾因雨之无为，吾又同于雨之无为，来去随心随意，不落执着，不留痕迹……

先生云：当你早就想好了最坏最不幸的结果，并决定和愿意承受之、接受之，或做好了最坏的打算，你就会无所畏惧地追求真正属于人和属于自己的生活了。所谓无畏，并不是让你担心、恐惧的事情就不会发生了，不是这样，担心恐惧的事仍在，仍然可能发生，（世界的）危险仍在，可是你已经不把它当一回事了，于是就在心理上和当下生活中，完全将其排除出去了。不回避，准备接受一切悲惨不幸的命运，这也是直面命运的方式之一。或者当不幸终于降临时，仍然来得及选择不懈抗争。而不是面对未来忧心忡忡，或为了一个不确定的未来，而毁掉现在的生活、心情和正向的追求，或者，毁掉自己——以错误地追求当下的一时的所谓的成功的方式。

某种意义和程度上，人的精神、情感、心理，乃是一次性消费品，错误地使用之后，别幻想着还能回复原状，或退回出发点重新选择。某种意义上，这种可能性很小，既难骗到自己,也难骗到别人(亦即,说是自欺欺人,实则既难自欺,亦难欺人),或迟早要付出代价。所以,吾人在人类历史的舞台上,看到许多过河卒子硬着头皮往前拱,好不好,幸福不幸福,也只有伊自己知道吧。此种情形屡见不鲜,乃至成为人生的常态,而真正的常态反而成为人生理想,或人世空谷足音,乃至绝响。实则不应该是这样,吾人看到,在有些地方,人所共执的常态的反而是不正常的,但人们都没有意识到,习焉不察;吾人也看到,在有些地方,常态的确实是正常的。那些不正常的所谓常态,或把不正常的常态当成是文明的常态和人生的常态的人,最后都被证明只是文明与人生的插曲、岔道或邪道,即使他们不能自觉或明确地意识、领悟到这一点,人性、人生、生活的逻辑本身的发展或实际过程或结果,也会使他们痛苦地感受到这一点。生活、人生、本心、本性是很难敷衍了事地应付过去的。你敷衍伊,伊未必会敷衍你,而仍会以其严肃乃至残酷的逻辑(因为伊有客观法则,不讲情面,尤其不对人生、人性、人心的错误讲情面),让你付出代价,吃到苦涩的果子,乃至付出更大的人生代价。

人权与纷争

先生云：或曰，人类之间相互难以合作，多内讧，每至争权夺利，不得其平，分崩离析，事遂寝，此何故邪？乃曰：未知果然如是乎，然从理论上分析之，则人之合作共事，以其有共同目标，职掌筹划之合理，以及得其人，合其才，而尤以其为公平平等，为职掌劳务与报酬之合理均衡之分配。若夫人皆欲以头目自居，或皆欲以争其权柄，而后颐指气使，任事则自择轻松，动口不动手，俨然似有居高临下之傲慢，功劳报酬荣誉则独揽之，独占鳌头，或得其多者，而稍分残羹冷炙于其他，实事苦事皆下放压服之，则何能合作和谐?! 质言之，皆任劳不恨其少，贪功不恨其多，询之，彼则曰："吾有指挥筹划之力，其功大；且吾之争权者何故？乃正欲多金、多利、多名而为人上人也，不然吾何故而为此。汝岂知争权谋划操纵之辛苦付出哉，此正吾之能力报酬也。"其振振有词如此。

此种人皆有小皇帝之特权心思，无公平之意识，故人又皆有不平之意，或暂慑于权势，或被诱以微利，心中则着实不服不敬而有鄙视怨尤也。故一则但指手画脚，以微利诱制，一则任事则敷衍塞责，不视为己心己事，而稍有"弱者之反抗"之心，暂时阳奉阴违之意，如此则人心遂坏，合作事业便难成（正事难成，烂事邪僻之事，则一时沉瀣一气，似若成功。然后亦多变，因利益而暂时乌合之小人难有始终如一者，其不公不正，而终将有利益纷争），只有表面乌合，各自装样子，无人际间之真正相互平等敬重、志诚认真做事、共襄志业、公平享其事业建树与功劳果实之欢喜情意与风尚。似此，则一切虚伪不实，正事无人自任，争权夺利、趋附排挤无穷无已，风尚大坏，万事不振。清者且自退隐避离，免惹膻腥；污者益污，于酱缸中摸爬滚打，早已不知自家面目如何。彼人颠倒是非美丑，不知何为正常，何为非常，甚乃竟亦多不公不平之心，因小头目上尚有大头目，而又有权利不均之问题，各自恨意冲冲，私心昭著，哪里有心思去做正事。质言之，正事无人去做，做亦只是敷衍百姓民众，不能主动作为，认真思虑筹措，公正处置，处处留心，而敷衍塞责，质量极差。风气则乌烟瘴气，藏污纳垢，一塌糊涂，徒增种种笑柄。

万事每如此，以万事皆有此等人心人事故也。以权利不公平，故人渐心灰意冷，其志气不坚者，则渐效尤凉薄，或冷酷争权自恣肆。

然此只是理论分析，未涉及事实判断。人类人事，非曰尽皆如此也。

先生云：合作团结意识能力强之社会或国家，其国人每有公平之心思情意，有共事之情意，平等尊重，各以其能力劳动得其合理之报酬分配，至少不会太过离谱，而无野心骄肆、独揽权利之专制小皇帝心态，故人际间便更多真实情意……当然，此种人际间公平关系情意之得到，亦正是赋予人人平等权利之结果，一者是文化（人文主义、理性主义等）、宗教等之作用，二者亦为历代民众觉醒抗争之结果，比如西方资本主义国家之罢工、劳资冲突或阶级冲突乃至战争等。

一、我看德国学校、大学等社会事业部门之网站，对学生或服务对象所关心之正事，皆有极多详明、周全、细致、有效之安排指导，又十分专业，可见是用心在做，不是敷衍塞责，有其优长启发。

二、我暂时不知道德国乡村或小镇的情形如何,但在汉堡居民区,我感觉在人们的日常生活中,基本上而言,人际关系或人际界限甚为分明,也就是各人过各人的,互不打扰,不像中国人那么爱热闹,喜欢亲朋好友的相与聚会。汉堡的城市居民则大多以家庭或个人为单位,各人或和家人一起玩乐,或自得其乐,互不干涉,生活非常简单,没有复杂纠缠的人际关系,因为人们都只安安心心地关注和过好自己的人生,不会别具只眼去窥探他人的生活,或担心别人的窥探、打扰和觊觎——政府亦谨守分际,根本没有权力来打扰你。有意思的是,摩西十诫中亦有三四条涉及邻人(居)。其实只要尊重各人的自由、隐私,互不无故打扰和干涉就可以了,未必需要特别多的社交,尤其不需要那些权利关系不明、纠缠不清的虚情假意。国家有法度,社会有规则,人际(间)有权界,个人有自由和(事业等)追求寄托,如此便好。谁也不要耐不住寂寞而要去侵入他人的生活,纠缠不清。其实,倘若自有正向之兴趣追求,又哪里需要那么多的复杂的交往呢。家人妻子,三两知己,个人兴趣,足矣。

在有些中国人看来,一般德国(居民)人之生活甚是简单,甚至单调,习惯了热闹的一般中国人,怕是要忍受不了那种简单和寂寞。不过呢,简单也有简单的好处,比如,简单乃可得心灵安宁(静淡),一定程度上之单调寂寞,正生活闲淡、心理安宁之表现,或代价也——一切以你如何看待而有不同评价。其实,如果有正向兴趣、志业、信仰、事业之寄托的话,我并不认为会有什么单调寂寞之感。有些人之所以会有单调寂寞之感,或乃是适应了红尘纠缠的非正常生活状态后的一种对比性的不正常之感受而已,或以外人眼光打量之结果。若夫从来如此,何有单调寂寞之感。生活本如此,安之若素常。我倒是见到不少德国爱人夫妇之间——往往亦多五六十岁者——携手散步,意态安宁自足,亦有微羡之意。此则或其平实志诚修养信仰之自然结果也。不求前者,修养持正,诚朴信仰,而空思后者,亦是缘木求鱼,不得其正果而已也。

三、德国道路权界之分明即是一例,自小习焉,自然深入人心言行。

四、或许,我所初步观察、解释或想象的当代德国社会文化,才是人类社会发展的良好方向与范本之一。美国(社会)亦觉扰攘(虽或曰有活力),且晚上稍觉不安全,虽然我并未了解美国的小镇的治安情形。

先生云:世间万端宁无闻,偶作笑(欢)语岂如意。或曰:世间万端宁无闻,拈花独笑(欢)是如意。

评曰:前一"宁"字作"哪里""岂""难道"解,"哪里会没听闻呢"之意,后一"宁"字作"宁可"解。

先生云:廿年未窥圕(图书馆),今日始觉亲。骑行有专线,腿健呼吸清。——化用"三年未窥园"之典。

先生云:我今读陶诗、读杜诗(陶渊明、杜甫),皆读得"起劲",感同身受,千古同悲,共鸣通情意,可见是真老了。人世沧桑兴亡冷暖,尽能领略矣。

先生云:吟陶尚可兴逸志,读杜已能感哀凉。

先生云:我以前从没有过当作家的想法,也从没有以文学名世的想法,这根本不会是我的理想——或许,哲学、思想、经世等才是,其实这本来也是受儒家思想的影响。可现在有时觉得,倒是文学辞章还相对轻松简单些,且有美感。说是简单,乃指可自行写去,与他人无涉——这倒不是说文学无深度。

先生云:……安坐藏楼①万千字,晚来急急归家去。急急所为何?非谓有妻子。风雨疾行心欢喜,只因家中

---

① 或东观,盟府,石室,秘阁等。

有好诗。暂歇尘劳略疏食,稍作盥漱便无事。刚日读经酬天下,夜柔幽吟安胸臆。斜卧床头灯光暖,慢品诗句万籁寂。虽感诗中悲欢意,此心闲闲自安怡。幸得经余半夜闲,神交千载慕古贤。经酬家国天下矣,诗且独留慰此心。

或又:风雨疾行心欢喜,只因前方有好诗。

或又:幸余经略半夜闲。

一、微博上看到介绍:英国将莎士比亚定为必修课,大中小学而有依程度高下之渐次安排,此即英国之本民族文化教育并用以维持其文化传承与(国)文学、(国)民性也。吾国古代之优异辞章家、诗人、词人及其经义醇粹、辞章优美之典籍著作岂在少哉,而世人或竟于此无所深学,乃竟务浅显之外国语言,亦恐或有无本无根之嫌疑也——倘又不学习外国思想文化与高端科学技术,而仅仅是语言技术层面之最浅层的学习——则亦可忧虑也。

二、曾见两青年人过马路,正好一辆公交车转弯,按理,公交车或当停车以候行人先通过,而此两青年人乃摆手示意公交车先过——或因其启动、转弯、停靠不便故也——,司机亦挥手乐意心领。此即偶然通融交通规则而互有好意之一例也,既非故意违反交通规则、侵害行人合法路权,又并非或(稍吃亏者)以规则而对无心小问题振振有词耿耿之(自亏小事而耿耿不宽容),或(违规者)辩称如许小规则问题何以要按规则执法而又强项顽抗之(自利违规而负隅顽抗狡辩),而皆失却正向情意或好意……

观德国此间临时修路时,亦必用与斑马线类似的颜料等,为自行车事先画出临时通行道路,或用障碍物拼出小道,供自行车行走,而并不仅仅只是考虑汽车或大车之临时通行问题,可见其平权意识之一斑。德国自行车道皆甚清晰,十字路口除标有直行自行车路线,还标有转弯路线,骑车人可骑行至马路中间,在自行车的候车线后等候,像汽车在十字路口的转弯路线一样。乃至修路时的临时路线,全画得清清楚楚,有始有终。

中国于此亦有长足进步,比如现在的交规也强调行人过斑马线的优先路权,并因此使得马路礼仪日益规范文明,但在有些方面仍有进一步完善的空间。比如,作为曾经的自行车王国,中国国内的十字路口却只有斑马线,没有专门的自行车线路(又加上直转与横转问题),自行车、人行道、汽车三者的界限、规则稍不清晰,在某些地区,加上行人、骑车人和开车人往往又有不守规则者,乱闯乱停,故在有些地区显得混乱不堪,险象环生。大车左转右转之规则,及其与行人、自行车之优先路权关系,诸如此类,我并未特别查证,不知具体交规到底如何,但似乎在这方面的实践上确实存在一些问题,随着交规的进一步完善、执法力度和国民文明素养等的进一步提高,应有根本改观。

先生云:万里飘零无客心,随行随住且安然。不带思念来,无留念想去。处处有山水(风景),时时清如素。囊中锦绣多诗赋,笔下不乱自倾诉。曾在中国松江住,今日吾人家何处?或家于四方,或家于寸方。日月未改照天下,一笑可堪如此树。

词汇量与文明水平

先生云:我越是读中国汉唐以上人之诗文,就越是觉得,以某个角度言,从横向比较,中国古代文明在当时仍然是非常先进的。先秦汉唐时代,其时诗人词人字汇词汇之丰富,恰其时文物制度先进丰华之表征也(比如杜诗用字之丰富)。诗赋文章中之器物或文物制度等,每皆周秦汉唐华夏人之所自行创造制作(当然亦有借鉴引入,然皆有自我之文化主体性),自蓄深厚,故能有文物声教、汉官威仪播于四海之声威。

今日中国人于器具、文物制度乃至日常生活、流行文化等方面,每多购买、引进、模仿乃至"山寨"(当代网络用语,粗糙模仿之意),自身之创造力暂稍不彰。倘若自无创造,则造字造词之能力无所依附(皮之不存毛将焉附)。或借于东邻(晚清以迄今日皆存在此种情形。晚清固勿论,即便今日,亦多此类,比如青年亚文化中之用语,便颇受日韩流行文化之影响)——君不见日本新词新语,今日仍借流行文化、科技文化等渠道,而源源不断流入中国、进入青年日常用语中乎?或译于西方,或以粗陋之组词造语法而造种种双音节之词汇,有些甚至浅陋不文,汉语之优美遂在一定程度上被破坏或废坏也。

加上教育上之重理轻文,重外(文)轻中(文),导致国人之总体文学辞章之水准仍然有待提高,日常各类语言实践中,所谓汉语文学仍然亟需提升,而避免粗鄙不文之病。今又有诸如网络流行新造语,虽亦有稍可者,而尤多浅陋粗俗者。吾国之研究文化文学者,于此当有所作为。

先生云:今日一般中国人词汇量之匮乏,或其所掌握之现代汉语之汉字量之单调浅陋,几至于触目惊心。以古人之辞章诗赋之水准言之(当然,我承认,我在进行比较时,是拿最好的古代学者、文人文学作品作为标准的,并非和古代一般中国人的对等的比较,这当然有其不甚公平处),又以现代一般中国人辞令、言事、表达之简朴进行对比(不够典雅,无基本礼节仪文之讲究)①,以这样的高标准来要求,则甚至可以说,有些当代中国读书人、知识人简直迹近于不文之人,而其文或率多粗鄙不文者也。正如当下中国之外语教育(主要为英语),多重在语言文字形式与技巧层面,不能及于文化、哲学、思想、历史、宗教、文学之深入层面,故亦或只能掌握一般词汇或语言技能技巧,而或可能被掌握其国更深广文化历史知识和多重文学典雅表达之英国读书人,视为不文之人,或则因为不懂英文之相关仪文仪节典故之属,而被视为粗浅之人②。当然,这样比较对今人亦稍不公平,须知今日之教育形式与知识形态、文化形态同古代极为不同,今人所掌握之科学知识与世界知识,又超迈古人多矣,此又不可厚诬

---

① 但我也承认他们的优点,有些人在口语表达上的生动形象、简洁直捷、幽默诙谐等,往往令人不禁暗暗拊掌称许。

② 吾人承认,这当然是一种主观表达,并非事实,并且这种主观表达里面还蕴含了某种错误观念,比如文化和语言的优越感等。实则个体是不应该因为他们的语言表达而被藐视或歧视的,实际上,在文明国家,在理论上或文明素质上,也不会有因为对方的口音或语言表达的简陋而鄙视或歧视对方的,而理应表现出更多的友好、理解和善意,绝不会,或不应该,出现吾人文中所说的那种文化优越感乃至文化傲慢感。吾人在这里故意进行这种自己明明知道的明显和事实相反的臆测性论述,毋宁说是想以这样一种不甚切当的方式,来表达对于汉语文学乃至吾中国文化、中国文明的真挚关切、忧虑和期待。

今人。

先生云：不携陶杜李，何以遣长夜。古诗意不尽，可以伴迟暮。或曰：再三涵咏兮，足堪伴迟暮。

先生云："直辞每戮辱，贤路多崎岖"。此句乃反用杜甫诗句，"直辞宁戮辱，贤路不崎岖"。

先生云：旧俗疲国族，井蛙难自赎。当奋四海志，一新天下风。

戏语：思念诚可爱，思念亦有害。万里不带相思来，恐惹秋夜愁（悲）似海。卓荦成一人，天下自由行。千年不留念想去，此去瑶台无消息。来也空空，去也从容。生前有情自相问，去后无意云雾中（或：云烟中，月云中）。

闲语：孤独的时候，路上和一个陌生人相视一笑，都能让你的心情温暖半天。

先生云：万事皆如彼，只好说天气。岂谓吾心中只有天气邪？

先生云：在有的时代，人们或连生活都愿意完全放弃，然而仍然没有容身容心之地。

先生云：一刹那间，悲伤涌上心头，只是因为偶然在心中升起对生活的一点残存的期待与希望。一有期待执着,便觉痛苦悲伤,受外缘摆布。必须仍然抛除一切幻念,以归绝望境界,方能重新找回心灵的平静。倘去佛那里,有求就不灵;一切无所求(而去),则便灵验。吾有所求,则不能见佛;吾无所求,则不必见佛。倘无所求,已便是佛性湛然。然试问念佛拜佛者,以及一切教内教外之众生,有几个是无求的呢?无求为难,故难脱苦海!

先生云:其实英文也有啰嗦简练之分,这和许多因素相关,比如思维(清晰与否)、逻辑、语法(表达)、用词等皆起作用,而所谓用词亦和其词语量本身相关,即某种语言中所造、所有之字词(汇)数量如何,此亦可视为某种语言是否发达先进的重要因素之一(当然此外还包括语法等同样重要的方面),甚至是衡量某种语言及其文化优越性的最基本、最直观的因素之一。古代汉语在字汇、词汇之创造或数量,以及其相应的表物象、表情意能力方面,应属上乘之语言。汉字总量十几万之多,即使除去通假字、异体字等诸多情形,亦属惊人,于此亦可窥见古代中华文化之先进,创造力之强劲。虽然古代汉语在表达现代西方抽象哲学观念等方面稍有所不及,然于表达中国或东方特有之思想、智慧、观念,仍亦有西方所不及处。

汉语、汉民族文化、中华文化或中国文化,乃是一种表象(意象)、表情(情意或抒情)、表伦理(儒家文化)、表生(不知生焉知死,入世的文化)之文化。中国文学传统首先乃是意象文化传统,同时又是礼乐伦理道义文化传统,然后才是抒情文化传统。此种次序不可颠倒,不然,中国文学抒什么情?有何特点?和西方或别的文化体系中抒的情有何区别?等等,这些问题就都回答不清楚了。道家、道教的文学传统,或受道家道教影响的文学传统,亦属于意象文化传统,乃至天人合一、万物有灵等,皆可归之矣。

与此相对应,则日语、韩语皆属于第二层次之语言,乃须借助汉语之第一层次语言作为表意基础。然其后或亦可借助自创、外来(西方语言等)等方式而创造、丰富自身之语言,比如日语之发展。事实上,历史上亦不乏诸如此类的例子,亦不乏后来居上者。

据说第20版牛津英语词典收录有171476个仍在使用的词汇,471562个已经废弃的词汇(另外还有615100 definitions,9500个派生词或可加入进来)。其中,名词占一半多,四分之一为形容词,七分之一为动词,余下的则为感叹词、连词、介词、后缀词等。故凡有近二十三万词汇[①]。

---

① 这还不包括词性 Word classes、变音转调(屈折词)inflections、科技术语、地方(方言)词汇、新词汇或其他未被收录进来的词汇。如果将这些算进来,有人估计或许达到七十余万之巨。

当然,这种计算方法也是可商榷的,并且一般国民到底可掌握多少核心词汇量也并不确定(英国规定所有学生都必须学习莎士比亚的作品),但其可选用的词汇量亦确实惊人。

英国规定学生分阶段读莎士比亚,可保证其国民之本民族语文水平。对比之下,五四以来,中国削减文言文教学,有其文化战略方面的考虑,然则亦使本民族语言文化水平大为下降,而呈平面肤浅粗陋之倒退状态,亦可深思。词汇多,则可选用的表达方式亦多,比如要表达两年一次的意思,一般初学英语者或词汇量不丰富者,或便只能老老实实写 one time for every two years,英国人则只需写 biennial 就可以;中国人作古诗,二十年、三十年、四十年皆可写成廿载、卅(或丗)载、卌 xì 载等;而二百作皕(bì),等等,在需要押韵或节缩篇幅时,选用不同的汉字或单字,便能发挥其特定作用。当然,以上只举了极简单的例子,深层次之分析更有意义,今日且略开端绪,且俟诸异日细论。今日中国人一则因不习文言文而减少其汉字词汇量,二则新的语言创造能力仍然较弱(其背后之原因则关涉整体文化创造之魄力、意志、文化、制度机制、气度等之问题或缺失),此为中国文学或汉语文学或语言文化之两大重要问题。

附录:《汉语大词典》:37000。words,23000 head

Chinese characters; Dutch 43000 words; French 100000 words, 35000 definitions; Italian 27000 words; Japanese 500000 words; Korean 500000 words; Russian 700000 words; Spanish 100000 words; Portuguese 390000 words[①]。

先生云：清代取消科举制，却并未同时制定替代之政治录用制度，乃是其败笔，转而变成民初武夫、游士、清客、政客、流氓、裙带等涌入和把持政坛。此是主事者未能长远谋划之失策，导致过渡期之失败，然亦是时势自然演化而成，因当时一则实无人、无任何一派能独揽国政、集权用事、主持大局，二则未曾大开民智，故而不能共相集义议事，以造就一种妥善之新政治文化与政治机制也。民初拟实行宪政选举，作为替代政治录用制度，虽有好意思，因配套机制未立，因缘未成，仍适足造成裙带关系风行，未必有另造一现代考试政治录用制度更有价值，至少造成一大批事务官或公务员，或稳定之文官队伍，构建稳健之国家行政基础，而政务官之选拔机制则可另商另创。

---

① 这些数据得之于网上的一篇对各国语言词汇进行统计的文章，但由于当时并未记下网址，现在竟然一时找不到，无法做出确切注释，故只能暂缺之，而并无侵权掠美的故意，特此说明，并希望看到这本书这部分内容的那篇文章的作者，可以联系我。另可参见：List of Dictionaries by Number of Words, https://en.wikipedia.org/wiki/List_of_dictionaries_by_number_of_words

札记体

先生云：我原来也对古代中国圣贤、儒者、学者等以札记体（以及札记形式的章节体）写作稍有微词，而批评其不系统精密，逻辑结构上或散漫零碎，难属精心结撰、体大思精之著作——虽然历史上亦确稍有系统结撰、体大思精之著作。今乃悟及此种著述体式亦有其优势和好处，比如含义丰富，多元阐发，不至于局于一端一偏之见，可以反复涵咏，前后互见互文互补，深化固着，温故知新；比如修辞上之优美文雅、例举博喻，可以于审美愉悦中论道受教；比如简短精练，切中肯綮即止，不啰嗦繁缛、喋喋不休，或俨然高头讲章，空有陈腐形式主义之格式、叠床架屋之纠缠与故作高深之生僻琐屑，或穷形尽相，不留一丝思考空间，而未曾给读者、学生之独立思考存一留白——亦以此激发学生之主动思考与请益，所谓"不愤不启，不悱不发，举一隅，不以三隅反，则不复也"，而以师生教学相长之方式得一助力。尤其因其简短精练，而使程度高下不等之民众、士人，皆可读之而获益，高者固得高明之利益，低者亦有相应之利益收获，等等。且吾从世界范围看，古代原典或原创性经典作品，每多此种记述、著作体式，而成教化启民之大典。《圣经》、《诗经》、《论语》、《孟子》，乃至其后之许多原创思想著作，亦极多此例。各宗教教堂中亦多此类圣典，柏拉图之创作亦可谓如此，亚里士多德稍特出，每多精心营构结撰……学生道德教育之教材或教科书，此种著述体式在今天或仍有其优长，可以一统万，又以一代万；可以就中任择、随时涵咏；可以紧扣主题，短小精悍，戛然而止，免论文长文之阅读心理负担；可设计各种论题，无所不包，涉及广泛，而依题编撰，多元丰富，趣味盎然……至于其他专门学科之教材，固当以今日之教科书体式出之。道德教育除义理之教育材料可采取古代体式外，在义方教育方面亦可以，或亦可有，系统逻辑之规范规则之教，相须并行，共成化民成俗之大事业。今之学者只写现代科学研究形式之著述论文，固有其学术上之必要与价值，学界亦认可参考之，然此于普通民众,于化民成俗何与何益哉?反而让一些识见拘墟之一般专栏作家、写手、平庸记者、娱乐明星、伪知识分子等(这并非歧视,亦并非说这些人就不能表达其见解,或者,这些人就一定不能表达出见识高明之见解,而只是指斥作为当下某些既有事实和现象而存在的某些实际问题,同时批评被禄利牢笼的学者读书人的失职——当然,许多学者读书人的见识同样可能识见拘墟鄙陋,或被权力和资本等因素所收买,而不能表现出独立知识分子的品格出来),而在思想市场上发挥负向影响,此亦今之学者读书人之失职也……

先生云:汝若偶有意志消沉,或被外缘扰乱心神时,则不妨提神提气、咬牙抿嘴、双手紧紧握拳于胸前,向下作顿,提起正念,而自我鼓劲加油,则仍可奋发精进,摒却一切柔弱迷茫之分神泄气。亦可单手握拳于身体前方或头耳边,用力向前向下作顿而提起正念神气。对镜亦可大喝一声,而简直可收僧徒念佛之效果。此乃对汝等青年人而言,而大众皆可适用此法门。时时提起正念神气,人生便可安然自足,外缘岂能扰动哉!

先生云:古往今来,世上真有大德菩萨,一生或染尘缘,或不染尘缘,而以行事著述启牖众生,慰藉人心,视其自身之存在,竟似若有若无,仿佛专为度慰众生而来,自且一无所求。此则不独佛门有菩萨,儒门亦有,耶门亦有,乃至俗世众生中之一无门户学派可言者,亦有卓荦而成菩萨者也,故乃曰:方外菩萨,方内菩萨;佛门菩萨,儒门菩萨;出世菩萨,入世菩萨;东方菩萨,西方菩萨,南方菩萨,北方菩萨也!以儒家言,则称东方儒者,西方儒者;东方圣哲、西方圣哲云云也,而皆等同敬重之。

先生云:或疑曰:人与人之间毕竟是不平等的,世俗社会固不必说,便是宣扬众生平等的佛教,在寺庙丛林中,方丈或高僧生前备极照顾侍奉,圆寂后之法事极其隆重;而一般僧众呢,恐怕仍是默默的生默默的死,多少复制了俗世间的等级制人际地位结构和生存待遇结构。基督教在这方面或许程度稍微轻点,大体皆同等对待,一般较少中国常见的备极哀荣之举,然亦未尝完全无有。可见在实际上,人是生来死去都存在着事实上的不平等的。则对曰:此亦中西文化之不同。倘若现世制度设施(无论方内方外),合理而有效地因应达成了其文化理想之初衷——比如儒家的德高位尊责重(望重或绩高),佛教的德悟修行次第,等等,而不是世俗社会中常见的权势财富天赋等级制的话,那么这种德望道义等级制未尝没有某种好意或合理性,或正向的社会濡染作用。高僧大德、醇儒粹士贤哲,以其德高望重、广施博济而安慰人心,启人良多,得人敬仰,其尊贵哀荣,非自求,而自得,且亦正乃此世众生之福也。以此言之,人确乎不平等,而不平等得有其一定正向社会意义。然实际上亦多不合此理者也。

先生云:我以前从未想过要当作家,而更看重高深之哲学、思想(思想家)及济平学问体系及其治平事功(儒林传与文苑传之区分),而稍稍卑视文学(其实亦只是卑视不入流的文学作品而已,尤其是粗制滥造、毫无思想与审美的境界格局的某些当代小说,对于好的作品尤其是古典文学、诗词、赋曲等,仍多涵咏与赞叹消遣。当然,古代中国文化中,文学、哲学、思想往往不分,有时喜欢看古典作品也仍然只是喜欢其中蕴含的某些高深博大、高洁特卓之哲思和情操、人格、胸怀而已,比如经学中即有如此之部分内容)。然而现在我觉得,其实两者或无高下轩轾之分,而皆可让喜欢它的人,得一人心之慰藉,如此便好。哲学、思想近理近义,得一理性领悟之慰藉、满足与美感,与乎激励慷慨(经学近义);文学(当然,这里指的是好的文学)近情近美,得一情意人心与文学美感之陶冶、想象、慰藉与寄托,两者皆可寄托衷情而超度生死者也。人类有哲学、思想与文学艺术,不知救赎了多少生命与灵魂。

就此而言,能写出好的文学经典的人,也是人类群体中的大菩萨,正如圣哲贤德义士(才人)或高僧高道一样。高僧高道有时亦须借助语言文字来说法度人。

先生云:读史窥天机,熬夜吟小诗。非吾耽佳句,唯此稍可为。黄钟夜难鸣,经纬乱剪弃。哀伤浊水鱼,逐流未知几①。逆顺同一命,未出苦海里②。当应奋一搏,腾身化鲲鹓。抟上九万里,长空无羁系。然徒自逍遥,人间究何益?③ 爱也人己执,因果各有及。念此强宽心,修持且勉力。

先生云:世事嘈杂纷纭,自亦不能摒却外缘,每多分心,驯至学业未精,无所建树,于鲁殿灵光之事业,无所卓特表现,每日纠缠冗事,空耗暇冕,亦觉惭愧,愈增急通之心。不然一生空过,受前世今生之贤哲众生之益处多,而竟一无所报,则亦难自安也。

先生云:写作与思考令我心安心定,运用理性与逻辑令我沉着、自信坚定。倘被情绪外缘所控制,便会令人烦扰,故收视反听,绝缘内视,而心安宴如。

---

① 知几又何益,知几又何至。
② 痛定思痛,仍归故辙,则未真知几也。何人知几创新经?
③ 爱人竟何益。

先生云：生命的奇遇，无论最后是否空空如也，我都非常期待。事实，我是以预定了生命终了的空空如也的结局的态度，而坚决地独自前行和远行的。

先生云：有些事、情、场景、心境是无法写成诗的，生活也并非全可以用文字记载和领悟。没有诗，没有文字记录，甚至没有深刻的领悟与印记。然而其仍是生活。轻的、浅的、淡的、素简的生活，轻得一阵风就被吹出了记忆，浅得毫无心上的印痕（不着痕迹），淡得无法和不用回味，素简到无色无形，与天地浑然一体，不用自己与他人费心地打理收拾（身前或身后）。这样的人生与存在，轻淡飘然，振翅欲飞。轻轻人何在，愿随翩然飞。

先生云：人生还是轻淡素简一点的好，不用在老年费心地收拾打理（或打扫）。据说，上妆容易卸妆难，难的未必是卸妆本身，而是收拾残妆、繁华落尽时的落寞冷清，乃至卸妆之后对镜自顾时的触目惊心与凄然。

先生云：万事皆虚假，唯有天气真。来去任天机，风雨自安然。（前两句是愤激语，不是合道言，且等闲放过。）

法教、法治与德治

先生云：没有法教法治（制度）的德教德治，或许会培养教化出一批（或一小批）道德高尚的人，但却会造成更多的（因应既有不公不义不法之现实制度、权力状态的）小人、坏人，并使好人、义人、高尚的人受苦受欺，寸步难行，而小人坏人得志猖獗，无法无天，并因此而逼得原本想做好人的人变坏，所谓风尚草偃……但这一论断并不意味着德教德治完全无意义、无价值，以至于要完全取消德教德治（倘若如此，恐怕那更好不到哪里去，没有丝毫亮色与希望），而是说德教德治的前提或伴随必要条件之一一定是法治（实际的法治而非名义上的法治），或绝对规则之治（绝对逻辑、律令、原则或良知、天道等）。某种意义或某种程度上,非法治的德教德治,专以造成好人、义人、高尚的人的苦难与奴役,和坏人的愈发残暴嚣张得意(儒家尚且提倡礼乐刑政,礼乐乃德教德治,刑政则制恶之刑法之治也,惜乎稍不同于今日所谓之"法治";古乃曰礼治,有法治的形式方面的某些特点,但在礼义内容本身即其正当性方面,却存在许多根本问题)。中国历史上,好人、义人、道德高尚的人确实史不绝书,然而许多人命运坎坷多舛,他们的悲剧往往结胎于此种偏颇乃至罪恶的文化制度。当然,这样说也完全不能抹煞如下的事实,即好人、义人、高尚的人终究是好人、义人、高尚的人,从而得到善人、好人的尊敬赞美,而坏人、小人、恶人始终被人们所鄙夷痛恨;更不能由此而丧心病狂、失魂落魄,而竟然要去赞美、羡慕、竟趋、附和、倡导和效尤历史上的坏人、小人、恶人,及其言论、观念、行事,为他们大唱赞歌,这却是完全丧失基本立场的糊涂乃至心术已彻底坏掉的明证。做了坏事、错事,至少还须有点羞耻心,不是破罐子破摔,反而反过头来去批判、陷害那些好人,或有意做好人和尚存好人之心念的人,倘若如此,那就已经是不可救药而与污流共逐而去了。

先生云:如果抛开心志暂不论,而从个人心理或生活经历上来谈,亦可以在一定程度上或意义上讲:"吾人"之追求正义社会(的来到),亦有自私的成分在内。"吾人"的执念乃是:只有正义的人与正义的社会才是可信任的,才是安全的,才能给"吾人"带来真正的安全感,所以"吾人"一生都在致力于正义社会(制度)的思考、设计、实施与到来,为此放弃许多个人的人生享受,乃至一般人觉得毫无压力的"正常生活"。因为在追求正义生活和缺乏安全感的人看来,这些一般人觉得毫不经心的正常、安全的事情,于其都颇多危险或不安全的因素。然而,以此心态追求社会正义,有时亦太过谨慎细密,未必不是一种小小的缺点。处于不安全、不正义的社会,或某些家庭童年环境因素的影响,会造成更多缺乏安全感的人……

先生云:虽然我自己德、能、力有所不赡不及,但真正让我佩服的,仍然多是儒家中的真正秉持践履仁善公义的儒者人物,或受儒家影响甚深而表现出了此种儒者人格、风度、行事的人——虽曰儒家每有等级制之弊病,实则这些人都基本不受等级制文化的影响,然亦或对伦理对等制拳拳服膺践行之,然此绝不同于等级制——,虽不能至,而一直心向往之。真正得以悟道成立的真儒者,都是有着极大生命力、意志力和慈悲愿力的人,而以不同方式表现出来,即使外表上看似文弱柔情避隐,也仍是有绝大力量的人,令人敬佩而羡慕。确实,这种人也并不多见,遑论伪儒或一般人眼中所认之陋儒所可比哉。历史上,中国固有儒者节义精神之人不断出现,乃能接续命运,历尽艰难,屹立不倒于世界民族之林。吾每读此种人之文章议论,观其人格行事、所以自立者,辄得极大之精神鼓舞与振奋,而愈发生长固着其时不我待、若恐不及之急切精进之心志心态也。

现代汉语的进化

先生云:在将中文论文或汉语学术论文翻译成英文时,许多汉语论文中的词汇往往就被自动忽略或转译了(以另一种方式表达出来),事实上,所有文学性的繁冗修饰、文饰或夸饰的词语及表达(比如:有人喜欢堆砌意义相似而又不同的词语来加强论述说明,这固然亦是一种文字表达方式或风格之一,然亦可能妨碍其简洁性与准确性),都被视为不必要,而被或舍或转(文学论文除外)。因为学术论文要求的是准确、简洁、明了,力避含糊、文饰、繁冗,这就是学术论文的笔法和风格,考验的是逻辑、思路、专业知识、准确性等(当然,这也对某种语言本身的准确性与某个作者所选用的语词的准确性提出了更高的要求。如果某一种语言本身在这方面有内在缺陷,则当思以改进演化之)。与此同时,英文当然同样有文学性的华丽、文饰、含蓄等文风与笔法,亦有各种修辞、音韵、典故的考究运用,而诸如隐晦、含蓄、张扬、夸饰、节奏、音韵、长短、繁富、曲折等,举凡汉语写作中所有的文学性风格技巧,英语亦大体有之。倘是进行学术论文写作之外的文学创作等,固然可以逞才使气,考验的是综合人文、语言、思想、情意、审美、知识等之素养才华。

人往往同时拥有几套笔法,可以自如地转换,写学术论文是一种笔调,写散文或诗歌又有一种笔调风格,转换之间,若似毫不经意而自然无扞格,正如有人说四川话是四川话,说普通话是普通话,说英语是英语,说德语是德语,分得清清楚楚,不会串调串语。但我今天此谈之主要用意并不在此,乃在于汉语表现力之论题,比如,汉语或现代汉语本身,足以承担得起不同文体风格之表达否?比如:以现代汉语当前之状况,是否足以能够支撑或承担写出各学科的准确、清晰、简洁的学术论文的重任或要求否? 和其他的语种相比较,其文字表现力是否达到一个更高的水平?(仅举此两例)①。

一般和相对于古代汉语而言,现代汉语相对长于抽象论述,古代汉语则长于表意象、抒情愫、造意境等,而相对难以撰写抽象思辨比如哲学类等的学术论文——甚至可以说,古代汉语和现代汉语包蕴了两种完全不同的语言词汇系统,尽管两者确实共享了许多共同的因素,且现代汉语乃是从古代汉语脱胎而来。然此只是大体相对言之,实则现代汉语无论在文字表达和论理表达方面,仍有,和必须有,极大开拓空间,真正好的现代汉语论文,或现代汉语写作的好作品,仍然甚少。换言之,仍然要在推动和促进现代汉语写作的进化上勉力前进,对于此一重要任务或论题,文学创作者、语言文字研究者、教育工作者以及其他群体或领域等,皆可,和皆应该,发挥各自之作用。

然而现在的语言文字学研究者守成或有余,创造则似稍不足,后者须有更广大知识文化视野、识力与野望,不可仅仅株守于语言文字学之传统领域乃至拘于一域,乃当于扎实全面语言文字学知识基础上(包括西方语言文字学),而出走到更广大之领域,别开生面,为汉语语言

---

① 是现代汉语本身不成熟的问题?还是中国现代文化和中国人的思维观念的进化更生的问题?——尤其是涉及严明逻辑、批判性思维等方面。

文字学、汉语写作、汉语文学、汉语创造及汉语表现力之开拓，贡献创造性力量，吾于此有以热望之矣。尤须加强汉语或中文教育，莫让学生或理科生重外轻中（汉语）——理科生中文（汉语）学得好的话，自然可在拓展汉语于科技、学术领域之表达能力方面，发挥重要作用。今则不能，此亦吾所热望者矣。文学创作者何不然邪？倘作家、写作者不读、不识古文或古代汉语文学，乃自废武功，而丧失绝好之文学或语言创造之重要资源。今或有网民创造网络用语，亦属民间创造力之初步发露，然其中好者少陋者多，并不利于汉语表现力之真正提高。但此一意识、倾向则亦属难能可贵，而望更有广博深湛文史知识、语言文字学等之知识、见识者，亦投入而创造之也。

先生云：以前，对于不喜欢的人事，我总是远远地避开，根本不想有任何牵连、交涉。现在，对于美好的事物、场景，我亦只是远远地望着，不忍和无意亲近，以免突兀，比如成为突兀的背景，或在心中增添了突兀冒昧的感觉。别人的美好和幸福，作为陌生人的我，还是不要打扰和唐突了吧。相机和眼神都收起来，各归沉醉温柔乡罢。这真是年龄大了的表现，和另一种人生的领悟呢！咦，乞丐独自在马路边沉吟亦是美好的，不要打扰伊！

先生云：世人或有谓孙中山为孙大炮者，此真以庸碌求田问舍之人心,而度卓特大人之腹也。殊不知其人心志本大,所念所系者,何关蝇营狗苟,而在于高山峻岭、海阔天空之间,心思言动,发而表现之,乃见其阔大深远,而无一不出之于肺腑胸臆,而皆长年累月、夙兴夜寐、深思熟虑、深谋远虑者也。又岂是田舍郎所能懂能识哉。庄生应笑我:燕雀鸿鹄,大鹏抟风,朝菌蟪蛄,亦是人世常有,故吾且晏然自得,而不必为中山先生辩也。然此亦是借其说事理也。

科举制与选任制度

先生云：我有时亦在想，科举选任制度，相比于以前的世袭制，或任人唯亲、准的无依的选拔（选举）机制而言，的确是一种制度创新，从扩大人才选拔的范围和打破阶层固化、促进阶层流动等而言，甚至是很大的一种文明进步。但与此同时，或也丢失了一些有价值的东西，比如先秦贵族子弟的除诗书之外的射御、田猎、统军、布阵打仗、祭祀、礼乐、井田、治民安民（组织）等的实际政事训练与能力。此种实际才干，自汉至唐之世家大族之子弟仍有实际之锻炼培养，而唐代偏"文"化之单一科举制度一出，择人虽曰稍有章法可循，然文化精英尽皆专鹜于诗书一途，皓首穷经，上述古代贵族子弟或世家大族子弟之多方面能力训练渐皆失之。文武之道合一之文化精英,遂转而成为狭隘之文人精英(而失却了古之儒者的经学、践履与任事结合的情形,质言之,儒者须见诸行事,文人则或仅只空谈与舞文弄墨),即或有其心志,一般往往只能偏于诗赋言语与伦理道德等,在文学、思想(宋代之理学)、艺术层面或有所表现与创造,在组织社会、军事行伍、开拓进取、勇毅果决等方面,却渐多所失。故此后天下大乱时,每让枭雄流氓或异族逞威,而政治制度亦日益污浊不堪、每况愈下也。冷兵器时代,古之少年尚欲金戈铁马,万里远征封侯(扶苏、张骞、班超、甘英等),后之少年,便只能群趋于文人仕宦安逸……

质言之,先秦乃至秦汉之教育,乃是训练未来之各层次之主人翁、民胞领袖、统治者,唐宋以来之教育,便只是训练文书(书记)吏员、经办管理者与高级幕僚(或官僚),故将许多治国治天下之知识内容尽皆隐去。我甚至怀疑,中国文化精英的体质、勇概等,或都因此而消磨不少,古之不目逃不肤挠、公平游戏对垒、光明磊落、拍案而起的勇毅精神没有了,乃代之以阴谋诡计、弄权使诈、诬陷造谣、挑拨离间之做派,虚骄逞口舌之快,肆意弄权诡诈之言行,以之为能事。以前的唐宋诗赋也罢,之后之明清八股文也罢,皆足以弱民志气、思想、体质,此一"弱"字,乃分别落实在体质、相应之精神上之勇毅,以及思想(理性与智慧)、节义(道德品格)等四方面上,而真正名副其实之"弱"也。

今之教育制度,内容上则与古代单一的偏文学、文艺化的诗赋辞章教育、经学教育以及科举考试制度大异,而尤为拓展(文理工医农林等),然在普通教育的有些科目、内容、专业或教学方法等方面,仍有一些偏于"空疏文弱"、"简单灌输"、"死记硬背"、生搬硬套等的情形,于体育、行事、实践、组织、礼乐、礼仪、艺术、创造性(的自由创造性思维、思想、想象和实践)等方面,仍或有所欠缺,然亦正试图正视此等问题而当思以改进之。关于体质、勇毅精神等之训练,现代体育固可发挥重要作用,集体项目如足球、篮球等亦未尝不可,然当于其目的、意义、功效有更深刻高远之理解与期待,以及详细妥善之规划筹措也。此皆重要论题,惜乎一时无暇展开充分论述分析,且俟隙,吾亦将详述之。

先生云:有前提、有制衡、有法度之自治——比如不能违反基本宪法原则或人权原则,以及国家统一原则等——,则人皆有机会独立锻炼和发挥治事才干;无制衡之由上而下的治理体制,固亦有其一定之正面价值,然亦可能适足形成威权专制与逢迎弄权之文化。这并不意味着反对由上而下的治理体制或集权体制,这些都有其特定正面价值,尤其是在某些特定阶段或时势下,而是说要经过更为妥善严密的安排制衡,而预先防止和堵塞其可能的负面作用与弊端,充分正向发挥其优势。

独自写小诗

先生云:为国驰万里,北海栖一枝。

先生云:偶感生微憾,更喜年正好!登临总随意,来去每自龢(闲、愿)。病访尚能堪,事至皆可缓。夜来诗书伴,得意豪气扬。

先生云:天下未尽看,著述终不开。今只随手记,归来藏名山。

先生云:琐屑岂足为,天下且漫观。胸中无块垒,尽为韬略消(藏,换,广,阔)。

先生云:一时悲喜尽等闲,此心常照天地间。广兮广兮益广兮,风来雨来吾在焉。

先生云：此梦何时有，深衷迄未休。半生千夜筹，一度万里遥。所睹天下事，所思邦国猷。酿成染秋林（长空），夕阳一杯酒。

先生云：此世（时）说遗憾，乃未知真诠。人生本自是，外缘何须怨。

先生云：偈语一则：（汝）对此世而说遗憾，乃是（吾）真正的遗憾。

先生云：不对此世说遗憾，或只可对某人说遗憾，然亦甚少，且缘分有深浅远近久暂之分，而能对某人抱有终身的美好的遗憾，就是极少极少的了。有则亦人生之一美好寄托也，乃天赐自赐人赐也。人之一生，于此种美好之机缘遗憾，珍重护惜之，亦是一种情意成就。

先生云：此时说遗憾，尚未历真全。终焉无须怨，静安（平）归九泉。

先生云：或曰：爱是（人生的）必需品。是这个意思，但不是这样说，而应表述为：爱是人生所必需的。然而万

—没有爱,或亦能诉诸文学与艺术①。在文学与艺术中或许可得到一些或些微的慰藉与救赎,熬过没有爱的悲惨苦恼的人生。痛,却说不出来;不痛,却苦不堪言……谁不想回归人间,然而敏感的人会先问一句:怎样的人间?!并默默地作出直觉评估,从而决定是否真正涉入。而这一切都是静悄悄地完成的,有时连自己都没意识到。如果连文学与艺术的可能的寄托与救赎亦没有,伊的悲剧就无穷无尽、无边无际。其实通过文学与艺术来救赎的人生,也是一个悲剧,因为没有爱,没有人……至于毒品、酒精、肉欲、权欲等,既是没有爱的结果(或自己根本就不懂得爱,失去爱的天性),又是没有爱的原因……行文至此,禁不住要严厉问一声:躲到文学艺术中的人,是否亦在爱的本能上有所丢失或迷失? 迷路的人太多了,所以人类的智慧再怎么变来变去都没有用。强毅者曰:不可通过文艺来救赎,此易麻痹斗志,而应通过行动来抗争命运,通过行动来自我救赎。文艺固可传世扬名,行动亦可传奇和激励后来人,且有即时自我救赎和外在救赎的功能。异日吾当编一集子,将古代中国以行动正向抗争

---

① 此节乃是情绪化和文学化的表达,不是思想表达。其实,当以爱拯救无爱的人生。

命运之人物故事，晓于大众，而得一志气雄放、刚直凛然之感染激励——即使是悲剧。

先生云：短诗：《一天》：静默的早餐，静默的中餐，静默的晚餐（或静默的早餐）。

先生云：你仔细想一想，你所有的笑，包括独自的傻笑，是否都指向人间，或人间的某个人，以及由人构成的场景？所谓孤独，当然就是人间的孤独，或人的孤独。没有人，哪有人间？但人呢，人呢？人在哪里？看上去，满世界的人，到处都是人，但在有的时代、社会或地区，所有的人都在找人，却都找不到人……这是什么原因呢？到处都是人，然而都说找不到人，这个人人都在找的人到底去哪了？或者，这个人人都在找的人，到底是什么样的人呢？人人都不是那个被人人找的人吗？人人都没有机会和资格成为被找的人？世界从来没有造出过或出现过这样的一个人？……那么问题就很显豁了，人们想寻找到一个异我，但自己却无意——或者，也是（人类）根本不可能——改变为或变成那个异我。人人都在找某个人，然而人人都不是那个被找的某个人，这个人到底有没有，要不要，重要不重要？人间最大的问题之一是：谁都想找某个人，但谁都不想成为那个被找的"某个人"。那么，伊的找也只是装装样子吧。谁敢勇敢地站出来大声对所有人说：别找啦，我在这里呀！

先生云：则或曰：我也不敢，所以我不找人。随缘自在，皆见得其美好处。

某君言：悲喜进退皆不是，雨（暗）夜独自写小诗。甫完后句否前句，再续已觉尽（空）多歧。已知世事尽多歧，抛却诗稿何处去？平民生活何容易（何处寻），人生处处有险棘。深山虽无虎狼辈，然亦尽是"公家"（或私家）地。此生一无立锥地，纵愿为奴尤不易。主人暴虐总无常，随时鞭挞满恐惧。恨恨或有为，寄语与君子：此生已来无可悔，切莫新生再受罪。

先生云：乱世中的中国古代士人每能为诗文，得一调遣，然或亦因之玩物丧志，不能奋起反抗，孤注一掷，舍生取义，故每为流氓、土匪、军阀、暴君所挟持。汝有意创设新经学、经语文学、常识教育等，立意皆甚好，然不可再度误入文人空疏空洞之皓首穷经、玩文丧志之窠臼中——此事可慎重斟酌。国士国民固当讲究道义，尚德尚武之同时，亦当能文、能乐，然前者乃皮主，后者乃毛附，不可颠倒。文胜质则有流靡柔弱之病。上述诗句亦坐此病也。

先生云：有志为儒者，亦往往有嗜文史诗赋者；喜欢传统文化和传统中国者，亦有因喜好其经史文辞而爱屋及乌者,此皆固然有其意义。然而须知:古代之古典经史文辞,确乎大多出于古代中国之社会文化精英之手,乃文化精英之理想、情感、观念之反映(而有其局限性),而对其他社会群体和社会生活,或存在有意无意之忽略、失察、歪曲或伪饰之情形,此又不可不察也。比如,用文化精英的典雅文华之文字,有意或无意地文饰或过滤掉了其他社会阶层和社会生活之真实面相——即或儒家文化有民本、爱民、亲民价值观之一面①,且士人群体中确有为民请命、体恤民生民情之真儒真士。故诗词赋曲即或有反映民生疾苦者,亦可能在其典雅精致之语言比兴中,得一麻醉或陶醉,而无形中忘记了残酷惨烈之民生实况,或草民百姓之真实生活本身——此即包括经史文词诗赋在内的传统文化中,所可能存在的某种非常厉害的麻醉作用。

---

① 虽然首倡者提倡"民本"思想时,或历代统治者在谈论"民本"思想时,其心中想的也许却是以此维护贵族特权和封建等级制等,但历代有志儒士、士人或义人在接受此一"民本"思想时,却未必和首倡者、历代统治者同其心志,而是从更接近于"民胞物与"、"(平等)民权"、"爱民"等的思想层面来接受和解释的,并在言行、议事议政和实际政事或事功方面,勉力践行实现其思想理念或政治理念。这是我们今天看待和评价中国古代"民本"思想时所应予以注意的,而不可简单化地将中国古代的所有儒士、士人乃至所有皇帝、统治者、大臣都视为维护封建贵族特权、奴视万民百姓的共谋,其中亦自有义士善人也。

古代封建中国之专制压迫、剥削如此深重（在许多朝代，世家豪族、贵族权门、士大夫阶层等，就相对优游得多），人民生活如此之灾难深重，仁人义士、才华之士之境遇又如此之坎坷悲惨，然而后代的读书人却仍然向往不已（其实向往的乃是其精英阶层所创造之文学、艺术、文化和正向道义、思想等——除了功名利禄之外），乃至因此而扩大化地美化传统社会，竟至于仍然要回到传统社会，让仁人义士、才华之士之志业才华不得伸张、民生奴役苦难深重，而徒为了一点只有高高在上的士绅阶层才能得其权威和享乐的彬彬礼乐？甚至，因为古代文人义士自身所表现出来的情意优美、志行高洁，以及其所创作出的典雅优美或情意悱恻的诗赋文学，无形中或无意中似乎造成一种将苦难生活和现实审美化的错觉，从而将自己的苦难都遮蔽、弱化（麻木）乃至美化了，变成了诗意的苦难？这在创作者本身而言，并非有意为之，但作为阅读者的后人，因为并没有作者的亲身遭遇，往往就很难意识到或具体想象、切身体会其时苦厄多舛、百姓愁苦的社会现实，相反，读着其典雅之文章、诗赋，更是会产生错觉和误判，而对古代中国之苦难黑暗亦有一丝艳羡。这却是要自我警醒的。

我并不是完全否定中国古代文化精英所创造出来的

古典文学、艺术、文化之价值，甚至，其礼乐制度亦有一定积极意义（如果不考虑其他社会阶层的受压迫的地位和苦难境遇的话），而只是说不能因此对其问题视而不见，装聋作哑，文饰粉饰而自欺欺人。今天我们仍然需要和希望产生那些有价值的文化、艺术、文学，但我们不再希望是从那样的一种不平等、不公平的社会总体政治、社会、经济制度背景上产生出来（所谓的"生产关系"的再复制）。对于那些文化精英，我们仍然要尊重、保护和给予他们施展才华的舞台与空间，给予他们不受侵犯的人权、文化权利和学术权利——正如我们应该给予所有人平等的尊重、保护和赋予人权一样——，但同时不能让他们形成一个特权阶层。换言之，亦必须赋予其他农、工、商、学、兵等群体平等的基本人权、经商权、财产权、知识技术产权，和相应的发挥个人才华的空间，各个阶层各司其职、各尽本分，各不相扰，而不是将前者的优游、特权，寄托在对后者的压迫、剥削之上，或者相反——换言之，他们都是人民中的一员，都应得到同等的尊重和机会。

不同的认知角度和态度，会导致对事实与现象的不同选择和评估，故而，在一些人眼里，古代中国的乡绅地主都是良绅，在另一些人眼里却是土豪劣绅；在钱穆眼里，是温情脉脉的七房桥世界，在李劼人、沙汀、艾芜这些现代左翼作家的眼里,却是土豪劣绅、地主恶霸,这都是因了眼光、经历和身份位置的不同,也是基于阶级意识或囿于阶级成见或先入为主的意见所致。古代中国固然或有良绅,然而土豪劣绅亦绝不少;或有阶级间温情脉脉——乃至有人宣称其实中国古代无所谓阶级之说,而只是族权而已——但终不改阶层特权或人际不平等之事实,此皆不可讳言文饰。然而话虽如此,双方不可走极端,不可过犹不及而失却民胞物与、人类共化德道之慈悲矣!将传统中国好的一面保留下来,将近代以来中国之激烈过度的一面去之,斟酌现代思想文化之人民主权、平等、自由、博爱、法治、民主等观念、学说、制度、设施,而损益创造之,而建设新时代中华文物制度之鲁殿灵光矣。

一、去洗衣店洗衣服时,一个德国女孩背一装满衣服之硕大之登山包,来洗衣店洗衣服,洗毕背之而去。或曰:德国青年女子,个个都是"女汉子"(当代中国的流行"网络语",纯属善意调侃,并无任何偏见或恶意),洵非虚言。我看她们骑自行车时,奋勇争先,迅捷如飞,比之男人而毫不逊色。亦往往见其穿着特制衣服或特制婴儿袋,将小孩挂在胸前,怡然自得来去;又或推婴儿车,和小孩踢球,皆等闲轻松,神闲气定,意态平和沉静。这可能和其自小在家庭和学校所受之男女平等价值观之教育与文化熏染有关,亦或和其体质身形之高大有关。但比之美国人①,德国女性给人的感觉又甚为静娴稳重,传统内敛,颇有传统中国女性之贤淑平正之风,颇为赞叹。

二、但德国人给人印象深刻的还是人际关系界限的清晰,各人独立,各人做各人的事,绝不打扰干预他人。言动举止方面,不东张西望,不无故关心、打听他人之事。周末出来玩基本上亦是以家庭为单位,自成一体,即使在同一场地,亦是各玩各的,互不打扰。陌生人之间没有形式主义的寒暄、客套、套近乎、拉关系、打招呼,或其他窥伺对方身份眼色而有所企图之种种不纯粹之人际关系,质言之,也就是不侵入他人之私人生活(空间)。然互相之间亦无那种警惕、敏感、紧张、提防的剑拔弩张的气氛,处于一种十分自然的谨守界限、互不侵扰打量的状态之中。此应是其个人主义、人权观念、法治社会长期浸染而形成的一种状态。各人有各人的空间,毫不担心他人的可能的侵扰僭越,故即便是在大城市或大庭广众之中,亦可有隐居般的或大隐隐于市般的意态自得之怡然安闲,

---

① 其实我对美国女性也并无直观具体之接触了解,而或仅仅只是受因影视传媒而来的刻板印象的影响而已。

人之身心便可得一放松静宁……故人多也罢，人少也罢，都简单自然，没有许多额外的期待、要求、觊觎、算计等。有钱无钱，亦是各人安适，有钱人既不需要穿戴名牌、珠光宝气以显扬之（即显扬亦无人注目矣——甚乃或有侧目而视为怪物者），无钱之人亦不自觉矮人一等，照样自由自在行事言动；亦不担心在其他社会中所可能遭遇的歧视与冷遇。反正在这里，谁也不会无故去打扰、打量或忖度他人——这会被视为不礼貌的行为，如果不是冒犯或粗俗的话。至于权力因素，至少在城市陌生人之间，或在城市公共空间，以我所见，是丝毫没有任何显摆威风的空间与可能了。

三、德国小孩之连体防水布衣服有趣；德式头盔，亦有特点，似为二战时德军头盔形象——或许并非德式，而只是普通欧式军人头盔式样。

四、德国人的自行车装前后车灯，或傍晚跑步时身戴闪烁灯，或夜晚骑车、走路时穿反射灯光服，皆可见其人注重自我负责，亦注重对社会负责，不给他人添麻烦（比如骑自行车时配装车灯亦便于汽车驾驶员看见和避让）。戴头盔亦是一种自我负责之意。当年在美国生活时亦注意到此点，可见是西方之通行做法和常识，或文化。

五、一般人每每觉得或担心公共场所之用具肮脏，比如公共场所的门把手、椅子、座位等,或潜意识里面存在或逆测他人皆存在"公共场所不必负责如己如家"之观念也,故便预期他人亦不会如对待自己物事或对待家中器物一样,去对待公共物品,对公共物品或公共用具便难以形成一种完全或充分信任感。其真正原因乃在于不能相信他人和自己,皆能对己、对他人同样负责,质言之,即不相信自己和他人有充分的公共意识,社会信任不发达。也就是说,总体而言,社会普遍相对缺乏公共意识,于是而恶性循环,互相加强,而对公共物品多了许多恐惧和顾虑,并因此而多了许多额外的心力和成本。这在某种程度上当然也是一种人之常情。

我今天在洗衣店洗衣服时,看见某人从坐着的洗衣机上的空位上下来时,还特意用手袖将座位擦了一遍,将上面的灰尘,或看不见的可能的灰尘,擦拭干净,便颇为感慨,觉得这体现了较高的社会公共信任。一般人到饭店吃饭,有时会觉得餐桌卫生打扫等事,是服务员或店家的责任。心里想着:反正我是出钱的消费者,我花钱买服务,你便得服务我。故有时将饭店或房间弄得一片狼藉亦丝毫不觉得有什么不正常或愧疚之情。但建设现代文明社会的要求却不同,对社会信任或公共行为礼仪有着更高的要求,比如:在家和在公共场所一样。之所以愿意或能够做到这一点,则是因为觉得此种行为规范是人之所必需,是内化的,或将其视为个人文明素质的表现;反之,如果仅仅将其视之为外力压制的,是不得已的,于是当没人注意到时,或处于匿名、陌生人状态下时,就有可能是另外一种表现了。甚至有些学校教育也是这样,不信任学生(乃至不信任老师),处处管制或提防,导致有些学生的规矩乖巧,便只是外在管理压力所致,而并未意识到或区分文明素质表现和外在管控之间的区别,所以这些学生往往和教师或家长玩捉迷藏的游戏,老师或家长在与不在两个样,并自我调侃为"斗智斗勇"。实则何独学生,其他许多人也或多或少存在着同样的心态。实则合理的行为规范应该是理性的、文明的、内化的。这就需要一种新的公共文化或公民文化。

先生云:漫漫长夜一灯清,茫茫人海寸心明。或曰:茫茫人海一灯清,漫漫长夜寸心明。或曰:茫茫尘海一灯清。

先生云:不同时代之教育目的和内容不同,先秦、秦汉乃训育同胞主人翁(然只针对贵族精英子弟),其后则只训育管理者、官僚,此唐宋明清皆不同程度存此弊病(故只重忠君顺从、文弱雌伏),故骑射行军、祀戎组织、守道独立不臣之训练与知识,皆隐去而不欲人(平民)知晓(此与西周礼崩乐坏之原因之一:"诸侯恶其害己,而尽去其籍",正是同一居心),此即阴谋弱愚其子民,而利于一家一姓之独大长享也。清代为异族政权,政策尤为露骨,不许汉人骑射尚武,八旗子弟则例不准经商,而须擅骑射,以长保其尚武及军事才能,可见其心实在知晓弱(汉)民强(满)民之真正枢机关键也。不树立正气正教,不立刚直不阿、独立正道、顶天立地、勇毅顽抗之大丈夫之国民,亦是居心叵测,而培养奴才文化习俗及其相应行事也。阴弱天下之民,锄民力民气者,皆一家一姓、一群一私之独夫心术也。

现代社会若欲为全民主人翁之教育,则须充分保障全民之平等权利、自尊(尊严),养其独立、自我尊重、强毅、尚武之志气,训其自立、组织、行事之能力,而后又修其自制自奉(于正道)、文雅礼敬之修养,则乃真强民强国之教育也。至于封建时代之统治者以各种方式,比如教育内容、教育管理体制等,养其逢迎强权、诌媚柔佞、依附跋扈、诈忍不诚、雌伏腹诽、勾心斗角、势利(自私)征逐、暴虐粗戾、欺压良善等之性格习气,则皆当弃绝之。

先生云:幸福的生活首先是正当的生活。幸福首先要有其人(人己),无其人,即无幸福。其人则正人也。外物虽或亦重要,然幸福首先是心感,或心心之感,或心物之感,不求其心,不求其人,但求其物,亦是舍本逐末,何来心安幸福?!

其人何人?亦只是正人、义人或正心之人而已矣!若夫所谓"宫斗"心术之人,或热衷所谓"宫斗"心术之人心,则非其人,故吾知此等人心人生必无幸福安心可言矣!且在集体行动的逻辑的自动演化下,殃及池鱼,像瘟疫一样蔓延笼罩,让偌大的世界找不出一个可以说话、共处或共同生活的人。其实,古今许多问题的症结,即在无其人而已。再找再寻,再动心忍性,亦只是枉然!凡人皆可自问:吾之辛苦,或亦只是此心此人(吾心吾人)未至邪?只此一问,化去许多怨尤不平之意。经济政治层面之原因固亦重要,实则只是幌子,只是障眼法,最重要者,乃在人心之毁坏而已。

先生云:当时时自念此偈语:吾心未至(明),乃在苦海流转,何来怨尤!

先生云:其人心不正不固(不正之人之心),即得其人,亦将离去失去,或如转瞬,或如早晚,何能寄托此生长久安定之心愿哉!

先生云:然我亦见得寻常尘世人生中,多有其心思诚明良善者,可谓间气所钟,不禁心生赞叹羡慕,与祈祷珍重之意。

先生云：人心十九皆过我，念之不奋应惭然。人心良善诚明过我者，十之八九，如此一想，便当自惭而忏悔过往当下，而生起奋起精进之心也。

先生云：此书未成，此山不出。此书成后，亦只群山游（观）走。

先生云："吐辞为经"（韩愈《进学解》），此真发言作文之高标准也。然亦可谓是基本标准，即对自己说过的每一句话和写下的每一个句子负责，从一开始就真诚对待之。

先生云：倘无"铁肩担道义"之精神和独立思考判断之意志与勇气，则新闻记者有可能逐渐迷失自己。反之，乃或可一举而侧身士人之列也（士林），乃至为国士。士亦如是，为稻粱谋者，固其自择，亦难以厚非，然亦不足论。为国为民，方不至空负士人之名。

先生云：未知驾鹤仙游后，敢问何人寄衷情。应读吾书方知我，书中有我百二十。生事仅及百一十，余皆尽与吾同归。归兮归兮念何人,此心有情①诉未及。

先生云:寸心常明,则难得糊涂;难得糊涂,便难得沉睡。难得沉睡,则光明难继,而有寸心昏暗、掉举、糊涂之时、之差池。故即便光明亦须暂时放下,方得安睡,甚至当永远放下,而得长逝永安。此是一种说法。另有一种说法:存心常明,则澄澈无染,杂念不起,空无渣滓,而昼夜无梦安然也。

先生云:老来文章浑漫与(文),无意雕琢华丽辞(句)②。心闲手闲词意闲,一片真率自在间。③

先生云:老来万事皆等闲,此可彼可尽皆可。进退动默全随心,无意无力且任真。

先生云:看你看我看大家,看罢人事看行云。月照镜湖颇自怜(爱),风来消散无影音(印)。

先生云:此去无论身后事,稍怪世人存何心。或曰"那人"而已矣,或曰"我谁"慰永运(旅)。

先生云:"那人"与"我谁",两种称呼,语意差别极大。此去无论身后事,稍怪世人存何心。或曰"那人"而已矣,

---

① 恨、愧、悔、乐、爱等。
② 此乃化用杜甫诗句。
③ 或:一切归真自在间,一片真气(率)在人间。

或曰"我谁"慰永旅。"那人"则一无关之人而已,"我谁"(我朋友、我父母儿女、我老师、我学生、我知己、我爱人、我妻子、我丈夫……)则极不同,而情深意切。然欲得"我谁"之情意加冕,双方便须有情意生活之真切交涉往来,得一亲缘密切与身心相寄。此亦包括精神上之神交相通、思想上之激励共鸣等(故而有圣贤哲慧,往往得人尊崇祭拜之情意,或以先生称呼之而表一自我之敬意),亦是大小等差之各种人间大乘精神情意寄托也——而无论其入世出世与否,或其身心往来之直接间接。而老、庄、孔、孟、墨等,至今仍可得中国人称之为"我谁"——比如:"我国先圣贤哲、思想家老子、庄子、孔子、孟子、墨子、荀子"等,亦是此意也,以其对中国人有情意亲切也。虽"纵知(前后,来去)一切(终于)万事空,仍喜留情(意)慰众生",终生患难喜乐相与的夫妻,或可相互戏称而实则感动曰:"你就是我的大乘菩萨。"(此说或不通,然有其意。)人民对为国家作出大贡献的人同样心存感激,念念不忘,永世传颂,比如岳飞、文天祥等,皆可为中国人一时一世乃至永生永世之"大乘菩萨"也。佛教有所谓法布施、无畏布施或金刚布施、财布施等等,稍类此矣。

先生云:从道家的观念来看,人生(类)哪有什么强弱智愚,不过是天道循环中的一粒身不由己、微不足道的棋子而已,而天道无所谓正邪好坏。天道循环,顺之者生,逆之者难,而顺生者未必是正人好人,此即天道之惨酷性所在。但道家同时也会说"天道无亲,常与善人",而表现出某种积极性来,正如从儒家的观念来看,常常有一些积极性的因素一样,比如"天道靡常,惟德是亲"、"天道好生而恶杀"、"积善之家,必有余庆;积不善之家,必有余殃"等。

先生云:且到梦里去,醒来说不得①。

先生云:未知此生竟何求。似无所求,若有所求,求之不得,得之无求……而简直是以一无所求的决绝态度独自前行。但心中有梦吗?心中的梦想敢说出来吗?又要付出多大的代价?承受得起否?权衡再三,乃曰:愿无所求也!(愿此生一无所求!)吾坚决地前行,未曾停息奋斗精进之脚步,然此"求"亦只是一种态度,却完全不执着于未来的某个目标,随意行去,仿佛如此便好,而得一此生消遣寄托。

---

① 或:醒来或无言,醒来不可言。

知识的正当性

先生云：知识的正当性、教育的正当性、统治的正当性等（或合理性），都是极有意思的论题。知识的正当性至少牵涉两层不同含义：知识的真理性标准（可知、不可知；感觉论、经验论、先验论；证伪等），以及知识之成为（社会）知识的正当性等。这亦可联系知识社会学、文化社会学等理论来谈，比如舍勒、阿尔都塞（虚假意识形态）、曼海姆、马克思、波普尔、康德等，对此皆有相关论述，可梳理之。其实，或亦可有知识政治学或文化政治学（以及后面将要谈及的教育政治学等）之思路。知识之被视为知识，涉及认识论、知识论、真理观以及文化习俗等，哪一种"知识"被允许在体制化教育体系和课堂中讲授，就涉及知识政治学或文化政治学,即知识生产(传承)或文化生产(传承)过程中的政治(学)因素(当然不是孤立地发挥作用,而是和其他因素一起发挥作用)。换言之,教育体制中的课程、知识,是通过什么样的政治程序生产出来的?关于此一论题,完全可以做一些经验研究或实证研究,且做相应的国际对比研究。

知识考古学亦有意思(不是词源学,而和福柯的知识考古学思路有接近之处——即都强调权力因素——但亦有不同。此处的知识考古学含义更广泛,不仅局限在权力层面,而对人类早期所谓"知识"的起源、形成、认知或认定[①],以及伴随此——或由此——而来的一系列政治、权力、经济、地位、文化、习俗等的相应背景等,进行相关性分析——这也可以包括知识人类学的思路)。比如:人们现在几乎异口同声、理直气壮地认为,掌握更多"现代知识"或"主流知识"的人,就理所当然地应该获得更多的报酬,乃至更高的地位和更多的尊敬,那么,问题在于,如果放置于原始时代或原始社会状况下,假如是最初的原始的散居、游牧、畜牧、狩猎的生产方式和生活方式,即使

---

① 就其只能在特定条件下生产出来、出现和发挥作用而言,知识不过是此一时彼一时的潮流。

在狩猎过程中有所分工,或某些人稍更有力量、更富经验或决策判断能力,对其畜牧或狩猎所得,也应该是大体平均分配(这涉及不同的人类学预设——就目前考古学对于人类原始时代的考古仍多停留在猜测或主观"解释"的阶段而言),而未必有考古学家或历史学家对于后来的较为"高级"的人类社会发展阶段的陈词滥调式的设想或解释的情形,即所谓组织者与头领,藉口其有组织、管理、指挥之知识与功劳,而要多占多得。

或者,原始农业时代,没有什么所谓的大型公共水利工程之类的事务,不需要特殊的所谓组织者、管理者或首领,而各自耕作,自得收成;即或有小型水利工程,亦皆可亲力亲为,或平等协作,不需要特别的首领。那么,统治者与管理者毫不羞惭地宣称自己掌握更高的知识,故而大言不惭地要求自己获得更大份额的收成,甚至不劳而获地剥夺占有(收税),这些事情都是从什么时候和什么地方开始的?此种观念是如何形成的?背后的真正的原因是什么?比如暴力、武力?等等诸如此类的问题,都是一般现代人视为理所当然、不加真正反思而实际上疑点重重的问题——虽然有许多考古学或人类学假设。质言之,亦可以说是"剥削阶级及其观念是如何产生的"这一根本问题。

儒家即有这方面的问题，以礼义、礼乐知识作为其"劳心者治人"的理由。相反，现代社会于此——尤其是在政治领域——就低调得多，或开始复归于原始社会的价值观念，而自称公民代表、人民公仆或与人民平等的公职人员等，其工资收入亦有严格规定，不敢像儒家那样公然宣称等级观念和悬殊之爵禄制。质言之，乃是劳动者、老百姓、国民、公民或人民选举雇佣的代理人，乃至自我谦称的人民的"仆从"而已，必须贡献其劳动和表现出人民认可的良好政绩，方可收获相应的基本工资收入等，而破除自命知识文化精英阶层的人的不劳而获之思想观念。美国学者罗尔斯有所谓"无知之幕"的理论设想与推演，其实我们亦可在知识（文化）政治学或知识的正当性分析方面，做同样之推演分析，当别有意味。

此外，或者有人还要问另一个问题：在现代社会中，科技人员凭借其聪明才智和创造发明，进行科学发现和科技创造发明，这对促进人类文明进展和提升人类福祉等，都是有正向意义价值的，他们也因此而获得更多的报酬、尊重乃至地位（当然仍然遵循人类人格平等的基本原则），但这样的工资收入水平和生活水平的分配，乃至较为悬殊的区分，对比于原始社会的平均分配，是一件天经地义的事情吗？或是体现了人类社会文明程度的进展的征象吗？仔细分析，这似乎并不像我们原本以为的那样容易回答。但其悖论在于：如若亦平均分配，又如何激励科技人员或其他人努力进行科技创造和推动人类文明进步呢？利益驱动或资本主义的激励机制是唯一的科技发展的动力吗？等等，诸如此类的问题，也是很值得从根本上反思的。

先生云：或曰，未来某一天，同工同酬终将会实现，但在当下工业生产水平、科技生产水平条件下，尚不可能。但即使将来科技生产水平有足够之提高，同工同酬之理想的实现，仍会经过一系列政治斗争方才有可能达成，然而亦只是"有可能"而已，因为，这实际上亦是对人性自利"本能"的一场终极之战。

接受理论视角下的儒学；中国人的逻辑

先生云：关于儒家思想在当代（乃至历代）中国的接受情况，有的人是自动地接受其中所蕴含的高明、正大、纯粹的思想学问的部分而践行之，而毫不留情地批判其中不合理的，或可能被人自作聪明地或故意地误解、误用的部分；有的人则是自觉自动地选择和承继其中所可能蕴含的，或可能被人利用、误解、歪曲的不公不义的部分，而毫无察觉乃至毫不留情地批判其中所蕴含的高明、正大、醇粹的思想学问部分。质言之，各以其本具之心（性情）应和之，故前者以其心中所选择、解读乃至构想之理想中之儒家观念视之，乃觉某些儒家思想和现代西方文化中之进步思想，乃至一切进步思想，并无根本冲突扞格,而并不反对之,或者,并不反对其中的某些正面积极的部分。因为一切好的思想学问,最终都归于一心(之仁善正直)而已,以其心之不变来应万变,以其一心来转万物而已。有其定心,何惧外物之千变万化;无其定心,则眼花缭乱、心乱神迷、应接不暇。

职是之故,对于儒家思想,固可采取现代客观中立之态度,理性分析评估之,但对于个人而言,其又涉及主体间性问题,即涉及(个人与思想文化之间的)相互之交涉、因应、(互相)选择、因缘等问题。质言之,不同的人,而与儒家思想有不同的交涉互动关系,故其对于儒家思想之观感,或两者之间之互动,还须视其人本身之天性禀赋性情和心志而论。倘若不得其人,双方便难有良好之互动交涉,或难长久——此种情形,与人与人之因缘交涉之情形,又有相通处(就人与人之间之因缘际会而言,必得其人,亦即"单边个体品性",又必得相互之情意,或有相通互补,即"相互主义或主体间性",乃可机缘凑合,相与长久)。故不同的人以不同之情意眼光去看待儒家思想,便会有不同之立场、择取舍弃和情意交涉等事。质言之,同说儒家一词,而可能"吾"与"汝"所视、所指、所解、所怀之者皆不一样也,有时亦有鸡同鸭讲之叹息(人际之间亦复如是)。

然此又或非个人之问题,即并非简单地评估臧否某一个体,因个人本来千人千面,各有其特别之前业或业力(佛教观念)、此生机缘经历(现代社会科学观念)或天赋禀质(现代自然科学观念)等,由此熏陶积淀,而成就为"此一人",其能自主者,固然有之,然不能自主者,亦复不少。故人与学说思想之相遇相与,乃至人与人之相遇相与,在其自主之外,而复皆有其不由自主、情不自禁(已)之处,故曰有缘无缘而已。此缘亦难强求,既难强求,又何能简单月旦臧否乎? 故亦只可是随缘自在,各随其性也,人力何预(与)焉。

然而现代教育又常取标准化教育方式(或亦是不得不尔),以大体上标准之教育内容、方式,而施之于千人千面之个体(业力、因缘及此世经历各各不同;亦可以社会资本理论领域的所谓先赋禀赋资源与自致资源来进行区分解读),故其教育效果亦难预测逆知也。(但古代儒家"因材施教"之教育理念,亦仍有其基本之教育方向与目的,乃发挥其天性之良善优才之一面,而正向引导之,并非无原则的迁就,故仍多"矫"正之成分,亦即宋儒所谓"改变气质"之谓。故就教育言,大致的合理的、中道的、相对的标准化之内容设置①,与相应的合理的教育方法之

---

① 包括某些儒家思想——如果审慎别择之而将其正面积极的部分纳入现代教育内容中的话。其实,对于古代经学典籍之择取之用意与标准,亦即在此,便于现代国民更有效率效果之学习涵咏也。

设置,仍属必要。然此又须配合或吻合于其他外部措施或机制——包括家庭教育、政治经济措施(以此造就国民家庭经济状况之大体均衡,不至于悬绝天壤,而导致不同家庭的小孩或成员在接受教育方面的巨大差异,最后导致人为的悬殊的阶层差异乃至阶级差异)、社会教育,以及同样乃至尤为重要的社会制度、文化习俗或文化建树措施之大环境等,而以此逐渐造就一国或整个共同体、整个社会范围内的所有国民、成员的大体均衡参差之业力、因缘与经历志意等,在此基础上,其教育方或能真正奏其功,而造就共同拥有基本社会正向(思想道德、规范、情意等)共识之个体、之国民、之社会、之信任、之关系——然并不意味着失却一定程度之个性与多元化,即建立于中道或基本社会共识基础上的个性与多元化,无此地基,后者亦可能反而过犹不及。然后,在此地基上,方有真正正常之人际互动相与与幸福生活之可能性。然此亦只是思路之一,且或有刻板或胶柱鼓瑟之狭隘,故亦当深思之。

先生云:中国人亦是讲逻辑的。但中国人常用另一个说法:"讲理"。此一"讲理",既包括讲的"理"的内容,而有中国之"理"(义理),尤其是儒家文化思想之道理;又包括"讲"理的方法,此则名学、逻辑也(以及"修辞",一般中国人的修辞特点)。古代中国虽不大将逻辑独立拈出而作单独的科学研究或说明(除了昙花一现之名家,以及后来从印度输入而同样昙花一现之印度因明学),但在作文论说过程中,仍不期然而运用之,而反驳指斥之(指斥对方之论说不合逻辑、诡辩等,虽未有逻辑之名,而往往以"正名"之说替之)。此无他,乃因逻辑乃是人类之一种先天本能或先天知识或智慧,或为人心之所本有或本来潜质,得其机缘,终究会自然表现,虽然其表现或有一时之渐速高低与进化快慢之分——比如不同的文化体系会有不同的分类系统乃至心灵逻辑表现,人类学之研究成果每每指出此点(涂尔干,《原始分类》)。此即人类本具之逻辑潜质之发露进化也,而或处于初级阶段,或表现为不同的逻辑形态,比如:逻辑单元论 vs 逻辑多元论;形式逻辑 vs 非形式逻辑,等等。

所以,我们或可说古代中国人不大明言逻辑(之学)(然其聪明高卓者必亦讲究论说逻辑),或说古代中国人在思维总体上时或有笼统、空疏之问题(一者因为中国文化每讲天人合一、万物有灵,又因之而喜欢赋比兴,即斯宾塞所谓的"生物类比"等,比附或附会,复古即以古为高,等等诸如此类的论说方法,二者亦可说此是中国式逻辑特色,重综合、直觉、感悟、形象、意象思维、类推比附等之非形式逻辑),或说古代中国逻辑学发展、进化较浅较慢,但却不可说中国人完全不讲逻辑,不讲理,而只是中国人的逻辑处于不同层面、阶段、形态上,而具有不同特色而已。

或有论者,每谓中国有博大精深之文化,有思想,而无现代意义上之哲学,即建立在现代逻辑学基础上之概念清晰、论证严密、内部逻辑贯通之学说体系。此固亦是偏见,亦是基于现代(形式)逻辑学之标准而来的客观判断。事实上,古代中国人有时亦有逻辑学之显意识,尤其是其中的高明聪颖之士,而曰"正名"、"必也正名乎"(比如儒家的孔子和荀子都有相关论述,孟子亦言及"知言"等),而曰"讲理"等,但确实更多地表现出逻辑学的无意识。而当代中国人的逻辑显意识与逻辑无意识同样同时存在,就其后者而言,则在有意无意地继承,或有心无心地加以利用诸如古代赋比兴等不自足的初级逻辑、论辩术而别有用心的同时,而亦有不同表现:一是不讲"理",此一"理"因涉及中西、古今、德法或道德与法律之争而多牵缠处,二是不"讲"理,即不重视严密有效之逻辑论证,缺乏现代逻辑学、认识论、思维方法、现代研究方法[①]等之训练与自觉有效之运用,故缺乏基本之思辨与辨别能力,

---

① 比如各种社会学研究方法及其他学科领域的现代研究方法等。

每多不良后果，比如社会骗术层出不穷，且往往得逞，未必不与此有一定关系，虽然仍多其他因素或原因解说。所以一方面要强调现代人的逻辑学自觉、逻辑学社会化，尤其要强调逻辑学亦只是工具，只是术，人类与社会仍需心与术的结合，心术合一，乃可真正解决人类之根本问题。单靠逻辑学、制度，不讲心灵、德性、教育，究竟是单边立论，扶了东厢倒了西厢，难以奏效。这里的术或心术显然并非韩非子或法家所谓之阴谋帝王心术，或是鬼谷子的捭阖之心术，此又不可不察之。

当然，其实，良好之社会一方面是人人时时都运用其理性和逻辑来对重要议题和现象等，进行分析判断，辨明其是非对错，分析其所可能造成的结果；同时却又是不需要人们或每个人，时时刻刻都要去运用其逻辑学知识来进行自我判断的，因为那样的话，人们的认知负担就太重了，故而，有时候，代之以个人的必须事事时时的"斤斤计较"，人类发明了另外一种方式，即以良好之社会信任、人际信任、制度信任来解决这个问题，从而大大减少了社会成员的认知负担。当然，这些既是制度层面的预先逻辑安排的结果，又尤其有人心或人文化成的因素。有其心及良好教育和常识素养，偶尔的制度之逻辑漏洞乃可无患，两相适配而各人皆可得一安闲宴如。

先生云：当代有些新闻杂志尤其是网络文章每每运用种种之精巧手法、修辞等（其实一点都不精巧，稍以理性或逻辑分析之，即可看出其漏洞），和嬉笑怒骂、纵横捭阖之文风，来诉诸读者、受众之情绪（而非理性），而以其浅薄之思想或虚假之信息等，一时耸动某些人群，颠倒黑白，转移一时之视听或舆论。之所以导致这种现象，亦和文章的授受者不"讲""理"有关。颇成悖论的是，所谓学者要么不参与，亦较少写文章分析谈论——这有许多原因，比如认为不值一驳，比如热衷写论文（甚至只是为稻粱功名谋），比如没时间而要做其他更有意义的正事，等等——要么亦无所辨别地简单一味附和转引之，被本来往往缺乏独立客观分析的一些网络媒体文章戏弄颠倒，亦可叹息，叹息其竟然无基本之理性分析和批判质疑精神也。此亦可作为当代中国之一特别文化政治症候而分析之，包括对学者对于公共事务的冷漠与社会冷漠，以及网络媒体传播或某些社会热点舆论讨论的怪现状或乱象的分析。当然，也有所谓的学者在里面胡说和颠倒黑白，沉沦堕落如彼，亦可悲可耻。

先生云：有些人喜欢写文章，但我不喜欢，包括写一般文章与论文。论文有繁复之格式要求（内容论述上与外在形式格式上等）——我承认这些于学术建设而言确有一定必要,当然前提亦是较为成熟的整体学术大体制之确立——,一般文章则往往讲究起承转合乃至趣味感染等(当然,不同人仍有不同对待),有务虚的成分,我都觉得烦,不喜欢。我写作往往注重思想、情意、兴味或意兴,前两者皆落实于真,一为真理、真实,亦包括对待真理或求真意志的认真,一为真率真心真人;后者即兴味或意兴,亦有真理、真率、真意等的因素,又以个性意趣、兴会为特点。倘是求真求思想,则直截了当、开门见山、务实,将基本问题、核心问题或自己的思想表达清楚了就可以,不必另多枝节或牵缠繁复,思尽则戛然而止;情意真率则更不喜外在之种种束缚或虚饰,带着脚镣跳舞,先得写一大通无用多余之格式化或形式化的内容,一下子便将情意、意兴下降到次要位置,或被遮蔽了。所以我喜欢写札记,完全是顺其思力兴会所至,而信笔来去,不多加修饰、雕琢。修饰雕琢未尝没有,然亦只是余事,是自然而至(亦是文学之本能),决不喧宾夺主。当然,写诗是另外一回事,即或有意兴、情意,也是一定要推敲、雕琢语言及形式等等。

我写作时几乎没有什么读者意识,自说自话,当然有整体之家国情怀、淑世心志与情意关怀,而非琐屑之人事。但当代许多报刊文、媒体文则甚有读者意识,吾偶尔稍寓目此等文字，便可看出其用心，有的文字简直就是哗众取宠，博人眼球，从其文风和文字本身几乎可以看出作者预设和期待的"此处应有掌声"，虽然伊并未写出来——但也有作者在整理发言稿时特意注明而甚为得意的情形，因为太想得到读者受众的情绪附和、共鸣和肯定——而不是对其道其义其理其析的自尊自信和独立不阿——，反而见得其不自信或不独立，甚至轻浮了，而极尽起承转合、嬉笑怒骂之能事，亦是想借此转移读者、受众之一时之情绪也，将其注意力从独立理性分析、事实判断、道义评估和对文章观点、文辞准确性等的辨别等方面，转向情绪的宣泄、放纵和狂欢而已。目的则多样，比如自鸣得意、自求成就感、娱乐大众、影响力、商业广告、权力运作，等等。虽然，吾亦觉得其中有些人，比如纯粹插科打诨意在娱乐大众的人，也不能说未尝没有他们的可爱处，或有其娱乐精神，而以此娱乐精神博受众解颐一笑，让受众得一放松消遣，未尝不是一种优点，只要不是别有用心的利用，或错误价值观之诱导（或亦是同类相求、随人随缘说法而已），就好。而在日常生活中，那种有自我调侃嘲讽精神而博人一笑者，亦有其真率可爱处。当然，有时亦是因为孤独，以此求得认同感，人都是社会性动物啊。

先生云：此人写那么多书，可见当时伊有多孤独、傲娇①啊！

先生云：刚才明明想到两点有意思的论题，十分钟前都特别牢牢地有意记住了，可是现在就忘掉了，任怎么想都想不起来，人之意识真是倏忽来去着的啊！可见作为有意写作者、思想者，心有所想，便须即刻抓住、记录下来，不要太过相信自己的记忆力。勤于动笔，如此便好。此是关于写作之经验谈。"幸好刚才竟然又想起来了，这条想法（思想）或许才没有永远地从自己这里溜走。写作就是用文字固着思想与记忆，或对自己有此生之意义，或对他人、社会亦有意义，此生乃至永世。这就是写作与文字的价值与意义之一维。"

先生云：但大体而言，严肃的论文写作比印象式随意议论，更能让思维严密精确。

先生云：有的迷茫与痛苦是因为不知道原因，即无法归因，无法形成确定的判断。如果已经知道了原因，则心中洞明，而不再为原来困扰你的外界物事所扰动了。原因洞明于心，则便知别择，知道哪条路是走不通的、走不

---

① "傲娇"，为当时较流行的网络语言，矜持的骄傲之意。

久的,或走得不安的,以否定和排除法来确定可能的选择空间与路向。但要找到原因却并不容易,因为许多用以判断原因的线索——包括智慧的线索(思路、眼光的线索)、历史的线索、现实的线索等,都被遮蔽或掩饰了,或由于缺少、隐匿和打乱了某些中间环节,或因为自我的魅惑状态,而让你看不见眼前屋子里的大象(施魅与魔幻)。明明事实具在眼前,明明是一些显眼的常识,却视而不见,或不断为之开脱,或另外编造理由,文饰和自欺欺人,对其(眼前的大象)百般不承认,仿佛被施了障眼法。不但如此,有时,善良而抱有幻想的人们,也害怕事实和逃避事实。

先生云:有时,我们对某些人事做各种分析,觉得不正常呀,不合常理呀,没逻辑呀,违反程序呀,前后矛盾呀,漏洞百出呀,然后分析了许多原因,提出了许多对策,或种种抽象空疏而大而化之的说法。但下次还是这样,或换了一种面目而还是这样。

先生云:许多人往往是以数量法则(从众法则)和功利法则,而不是以(正当)道义、理性、逻辑、常识法则,来独立判断和抉择行动,所以才会有许多困惑和迷茫,犹豫和悔吝。倘若是以后者来思考和行动,自然便可心安若素,"虽千万人,吾往矣","虽只身孤胆,吾且独行矣"。孟子的这些力量，并非是很难的事情，不过是相信自己，相信本心与常识，相信正道正念，凭常识、常理、理性而自处于世罢了。但在许多时候，人往往是不敢相信自己的理性，也不敢相信道义的力量，于是要依凭人多势众或众人所趋，而寻得一些安全感，其实却是在走一条最不安全的道路，这种不安尤其包括心上的不安，如果不仅仅是结果的不安的话。

词语的浓淡轻重

先生云：我原来写作时，用词都是很重的，情绪非常浓烈，现在则比以前轻多了，情绪多半内转，变成自我省思和自我抒发的成分比较多一点。但在思想表达上仍有力量深度，节奏快，锐利，深刻，气势亦颇足，仍有激越而出的特点。但我想——不知道是应该担心还是应该高兴——，我连思想上表达的重与深，亦将会慢慢地将其消弭掉，思想表达也将变得轻、淡、平缓起来，或者，会慢慢地从思想表达的欲望中退出来，或者写其他的文字，或者，就不再写了。不写了做什么呢？这个我还没想清楚，但或许也未必需要预先想清楚，到时自然而然就到那个状态了，自然而然就有一种新的选择随之而来了。先磨掉思想表达的执着与心火——但这亦非易事,我估计没有个至少四五年是不行的,也可能终生不能消弭掉。没就没吧,也没什么大不了的,但心上已渐渐有了一点淡化的迹象,不仅是可能淡化思想表达与建树的强烈自信心志的迹象,也是可能淡化社会事业建树的执着的迹象,以及淡化生活热情与执着的迹象。不是说没有自信或没有热情,而是觉得并无必要,甚至没有多大意义了。有没有无奈的成分呢?有一点吧,可是终究连这个也是没有的。

此后,甚至谈不上苟活——这又是一个比较重的词语——,就那么存在着,甚至没有任何目的。以前觉得没有目的的生存是不可能存在的,存在就是自己与生命、生命与世界的一个契约。但现在觉得,没有这个契约(即没有目的),也能存在。这样的一种淡心的出现,最初是有点悲哀的,然而很快也就释然了。心火,给我许多骄傲与自信,以及源源不断的进取与出走的动力,也让我过于骄傲与矜持……我倒希望宇宙的生命场、热力场尽早吸干和收回我的心火,变得极淡极淡,又极轻极轻(这又是浓烈表达),到那时,我连这种悲哀遗憾的意识都没有,那才是真正淡下去了。我心火重,可发大火大光,这一极强悍热烈、激越而难以制服之心火,有时令我自己都有点害怕,害怕其会腾跃冲天,不可驾驭……质言之,此一大火大光,乃是不得不发,身不由己。虽然亦颇为自傲自负,然现在觉得,若是心火微弱,在于若有若无之间,泯然日月众星、燧石萤火之间,乃至黯淡无光于黑夜原野,亦未尝不好。此点残存之心火亦渐臻微渺,则便是颠倒生死梦想、无有恐怖爱憎之安乐境界了。

先生云:从前的淡,是战略性收缩与退守,是为了集中心火力量于最紧要之处奋勇精进,仍然带有目的,仍是心火盎然充盈。今后的淡,也许是彻底卸去过于热烈的心火。

某君言:我读沃格林的《希特勒与德国人》一书,而简直想偏激言之:在纳粹极权社会里谈论道德是一件极不道德的事,或者,在纳粹极权社会里谈论道德是一件残酷的事情。先生怎么看?

先生云:是一件悲惨、悲哀而可笑的事情,然此是激愤之言。事实上,恰恰是因为不讲真正的道德才蜕变成为纳粹极权社会的。另外,你这样说太消极退步和无自己的志气了,还得去思考纳粹极权社会究竟是怎么形成的。纳粹极权社会居然成形(形成)了,这才是最关键、最原始、最根本的问题之一,然后再思考怎样打破纳粹极权社会和纳粹极权组织结构的控制与恐怖统治。这些不能谈,避重就轻地谈道德、学理之类,虽说有不得已处,也仍然是悲哀惨酷的。对于当时的德国人乃至欧洲人(比如意大利)而言,任何时候都不能坐视纳粹极权组织结构和极权社会形成,因为极权社会一旦形成,就是一个庞然大物,谁都可能会身不由己地被其裹挟诱迫而去,你就只有坐视待虐的份了。读其书可知,当时有许多人每天每时每刻都在与极权(社会)权力调情、共舞、眉来眼去,直到某一天极权权力翻脸不认人时。可见极权社会首先内在于每个人内心里、人性里、心理恐惧里,和日常生活方式或行为方式里,或社会的错误常识里。极权最初未必是一个庞然大物,而有可能只是人们漫不经心的一些小事或"错误常识","风起飘萍之末"。一个歧视的眼神,或一个无奈妥协的叹息,就足以说明自己与极权主义的密切因果关系乃至天然同盟(同流合污、沉瀣一气)了。所以当然有悲惨、悲哀与可笑的成分了。人类智识至今仍在自我嘲弄。或曰:"极权社会是父辈、祖辈、先祖辈所造成的呀,与我何干?! 我是无辜的。"殊不知自己亦在迎合、巩固或同时造就既有的或将来的极权社会。或许一个冷漠的眼神,一个玩世不恭的语调,一次点头,一个附和,一次欢呼和鼓掌(甚至是言不由衷的欢呼或心手不一的鼓掌),就足以说明一切了。

人对自身的反思哪里有彻底的。重估一切价值,重塑一切精神行为规范,谈何容易。人就是人！谁都振振有词。极权主义是一点一滴、从小到大慢慢发展而成的。代际无辜与委屈也许有一点,但谁知道后事如何呢？下一代还没来、还没有发声呢。等到他们长大时,也许跟他们的父祖辈没有任何分别。这样说不是吾人之风格,乃有堕入相对主义、犬儒主义乃至为邪恶辩护的危险。此亦可算一时之愤激之语吧。仍须回归理性。

先生云：当时写尽千般景①,有谁(谁人)知你夜不眠。不忍说"问"故曰"知",知亦难堪无由陈。②

某君言：对我来说,奋斗时的艰辛与孤独都算不得什么,自己一个人也可足够快意而自得。然而,将来成功时,同谁来分享自己的喜悦之情呢,这倒是会稍觉遗憾的事了。曾经不止三两次地想象过这个问题和场景,希望到时可以真的感谢另一个或另一些人,深刻的情意相与相爱者,而不是只能感谢自己。痛苦不必分担,快乐却想与真诚亲爱的人分享,这大体亦是支撑自己奋斗的心愿

---

① 景：情、意。
② 谁问何故夜不眠。

和动力之一吧。可见,人心皆柔弱而皆有爱与被爱、认同与慰藉的需求。

先生云:人之奋斗目标,好像多多少少会与对爱的期待相连接的吧,即使看上去冷漠淡然、若无其意。没有爱与理解的一席之地的人生目标,也许是不存在的。人生目标里必然有爱有人,或有大爱大人。若似闷头前行,也总有一丝爱的期待。实际有没有,来没来,是另一回事。我看过许多卓异人物的传记,发现其对自己巨大的(事业)成功颇为淡然,因为其对此从来相当自信,反而在成功之后有茫然之感。成功是为了什么?真正珍视的东西并不会随此种成功而俱来,故成功之时反倒陷入深深的憾然若失之中了。其实虽或各有差异,而今天许多中国人似乎都是这样想,都以为成功乃为爱之必要条件或充分条件,故每有苦其心志、空乏其身之不懈奋斗者,甚乃有动心忍性,乃至不择手段以求成功者,其后呢?或有一时之机遇偶得,长久视之,亦不乏失望的情形吧。无其人其心,何事何人能长久相与?有其人其心,何事不可从长计议、逶迤而从容来去?或有本末倒置、南辕北辙之哀悔也。今日只问成功,不问其人其心之修养(所谓其人其心,亦包括自己之人之心也),乃为悔吝悲愁之总根源。

先生云：将来自己，或学生后学如有兴趣，可（指导其）做文化教育领域中知识生产之实证研究，及其合法性、正当性分析，且可作国际对比，亦应有价值，此亦可视为文化社会学、文化政治学之思路。可各分领域来做研究，比如学会讨论、学术研讨、社会讨论（舆论）等的意见，是如何被政府所选择和接纳的，其过程、程序和选择标准如何？政府或公共权力在进行教育层面的文化知识生产的具体过程、机构、机制、程序等，又各是如何？等等，亦有价值。

先生云：那天邀我陪他一起玩的六七岁的俄罗斯小孩伊万（伊凡），临走时问我明天还会来吗，乃答之曰如果你想我来的话我就会来。但第二天伊万并没有过来，我倒担心可能是双方在表达沟通上有了误解，如果我没来，可能会让他认为我爽约而伤心，乃至因此而对成人失去信任。所以在接下来的三天里，我每天都过来，但终于没看见他，倒生出种种想象，比如是否其不过是旅行至此而旋即回国，或家长不再带他来这玩，等等。可是，像这样的有关一起游玩的约定，小孩子或孩童的爽约，是可以理解或原谅的，因为他们有太多的身不由己，比如父母不让他出来，自己来去体育场面临一些客观困难——比如距离远或交通工具不方便——,被老师或其他意外之事所束缚,等等。他们确实比大人更加身不由己。虽然没来,可是他心里一定会记得,说不准比我还急还难过呢,虽然我急只是因为担心他的急。小孩子会记住所有的承诺和约定,包括自己的。

所以我在别人动辄要我做承诺时就特别为难,不会轻易答应和出口,因为一旦承诺,就成为一个心事和负担,无论说不说出口都一直记得。往往他人不过随口一说,我却当真了,问起来,他人早就忘了,或本来就没当一回事,我却始终心事重重。我有时有点察情障碍,常常分不清别人哪句话是认真的,哪句话是玩笑客套,甚至是敷衍,所以遇到分不清对方到底是认真还是开玩笑的人,为避免认知失调,我就只能选择远离,免得平添了许多无谓的心理负担。有人说我太认真了,不知变通。好吧,可是我不喜欢那样虚实无定的变通。人生需要一些确定性的东西,如此,人才能有安全感和信任感。

先生云:今日无思且无诗,且早早安歇(去罢)。没有任何思与诗的踪迹与线索,且得一无梦之酣睡罢。文学必与思与诗相联,不然无由造访(汝),即或有一二词汇唐突而来,亦觉无缘无故,无情无意,无牵无挂。思与诗有时又须外缘触发。今日未曾下得楼去,只是一味静坐入神，冥想空茫（如），哪里会有思与诗？守心内观，哪里会有外缘触机？且到梦里说两句梦话去罢（梦呓）。

先生云：今夜且啜美酒，遥想稻香轻风，与乎葡萄枝下之情语夜话，做梦一场。

儒家文化的主体；文明的高度

某君言：不知松江先生将来在中国思想文化史上的历史地位如何？

先生云：其实儒家思想与华夏(中国人)文化性格中，本有颇为鲜明之天下主义与普遍主义之思想基因，然而古代中国同时而有宗法社会结构及价值结构，最终，儒家及华夏文化知识分子之普遍主义和天下主义之思想结构，往往被宗法社会结构、权力结构所裹挟和覆盖，从而导致中国常常陷入于宗法、封建、家族、地方、人事、私人利益伦理价值观念，而侵蚀、牺牲、消解、颠覆天下主义、天下为公、大同主义、普遍主义之思想文化、价值赋形与政治努力，造成政治上的家天下、人治、腐败、徇私、党同伐异等政治纷争与政治悲剧，亦以造成秉持天下主义、天下为公、大同主义、普遍主义价值观之至诚君子、士人之志业悲剧和人生悲剧。辛亥革命以来，宗法结构也渐渐被打破，倘抽离历代统治者及其帮闲文人所塞入之等级制、专制性之思想成分，而专讲其普遍性道义、价值观念，加之以现代西方文化中之某些优良思想及法律制度、组织设施，则不但有利于真正的现代国家的建构，且有利天下为公之天下主义大同社会之建构，且有利天下为公之天下主义大同社会之建构。

先生云：历代儒家贤哲之思想文字及其行事，最能打动吾人之心（我心）者，在于其真正的天下为公、为国为民之思想节义，而断非结党营私，为一家一姓之私天下或一家一族之利益而汲汲攘攘、出谋划策者——当然，国亡家破之非常时刻除外，因为此时皇帝乃天下或中国之象征，与乎万民命运之象征，而皇室家族即是其时中国亿万民众之共同命运的表征，亦即被侵略势力所侵害之亿万中国民众家族之象征。此时之忠君爱国或忠爱皇帝家族，乃针对外来不义侵略者而言，非是失却天下公心而对私家私族有所偏倚优待也。天下主义必然是法治社会，以天下正义之法悬于一切之上。

先生云：除却天资本来卓荦高迈者，一般人之文化理想往往而有循序从低及高之发展过程。人皆有一定之个人私心欲求,故其初或亦有遂其私心欲求之心事。然有其正大心志者,乃不以此为重要目的或重要欲求,尤其不以此为终极目的,一旦一般人生之生存欲求得一保证或满足,则其心志便向上、向高明处发展,而有更大之志向追求,不以初级欲求为最终人生目标——此或亦合于马斯洛之所谓分层需要理论。一般士人亦如是,其初何一不是普通孩童,而有孩童之玩好、需求、欲乐,与乎幼童之稚气习气。年岁渐长,而濡染儒家义理行事,而渐渐萌生远大心志,然亦有生存生活需求之类,此种需求、欲求之保证与满足,或一时牵绊其向上之心志与步伐节奏,甚至有所曲折、耽歧。等到这些亦得到保证,又或有家庭、亲族之社会性要求,于此或又在实际行事上,而不得不有所背离其普遍主义、天下主义之价值观念,以偿报其社会舆论之所期望施压者。当此层亦得一保证满足,而后乃能再度向上而完全以儒家天下主义、普遍主义文化价值观念行事,而成就其志业也。当然,豪杰之士任何时候都可有豪杰之心志行事,非是一般士人所可比拟,或一般琐屑所可范围牢笼。

质言之,古之一般士人因受孩童天性、个人之生存、基本之生活需求欲望、亲亲孝道与宗族乡谊等非普遍主义的社会舆论结构或价值观之期待压力,而在生活行动选择上,尤其是在早期,往往有所偏离天下主义、普遍主义之价值观念、规范等之律约,甚至不免有微瑕小疵等,所以其一生行事即使未必是完全经不起推敲,却也未可称完人圣人。但除此之外,或摆脱这些层次后,其有心志者,就一定会追求、服膺儒家之最高文化理想,即天下为公之天下主义、大同主义、普遍主义与相应之人格、节义精神、行事或事功之追求和成就。质言之,儒家士人修行到一定程度,其最高追求就一定是普遍主义、天下主义及其最高人格节义精神。

倘若有这种人物,便能为正向之儒家精神增一加持力;此种人物愈多,则正向之儒家思想精神之加持力便愈高。事实上,能够在观念、行事及志节上最终达到普遍主义、天下主义、大同主义者亦有之,比如上述终于卓然特立、脱颖而出、挣脱世俗羁绊之极少人物,以及此节文字中最初所述之尤其难得出世(不世出)之自小天资卓荦高迈者,此两种人真可谓优入圣域,但为数极少。故我们或可说此等儒家圣贤确实为儒家树立了最高标杆,有极大感召加持力量,同时亦为儒家争一世界性荣光,是寥若晨星的曲高和寡者。

质言之,能达到这一境界层次之儒家贤哲士人虽说代不乏人,但毕竟太少,而绝大部分是不能摆脱前述较低几个层次者,尤其是(难以)摆脱亲亲孝道与宗族乡谊之牵绊与局限,卓然而超迈于普遍主义者甚少。故中国思想文化史中,尤其是儒家思想历史中,其人物主流乃是这些不完满、未能摆脱亲疏远近之伦理观念及伦理结构制约的中间层次或中间境界人物,虽亦有历史价值,却终于未能实现儒家思想中所可开掘、表现、向上、上升之最高境界及成就。

换言之,我们不得不承认,上述意义上的那些不完满的儒家士人群体,才是历史和文化史的主体与主流(甚至也是儒家思想文化本身的主流),是由他们塑造了文化史的实际面貌,与文化史的实际或现实政治表现。如果用现在的学术分析思路或语言来表达,则在历史上之全体儒家士人群像中,这群上述意义上的不完满之士人,才是正态分布图中的主体或中心。而别的国家或亦尊崇、重视、学习上述贤哲之思想,却仍然会根据事实,理性而务实地判断出:作为事实存在的此种历史上不完满之士人群体或文化观念事实,才能代表历史上的真实的现实的中国,并据此作出相应之文化评估和现实政策指向。所以,如果西方人说中国古代士人属于精英阶层乃至特权阶层,或说古代士人或儒家文化有其专制性、等级特权意识、封建性（忠君或忠于一家一姓）、前现代性（家族主义而非现代国家主义）等的一面，我们也不用太过愤怒，而马上反驳说我们也有极高明粹然而超越了特殊阶层利益、家族利益、封建专制利益或私人利益的作为普遍主义者、国家主义者、天下主义者的儒者呀。不错，是有，然而不是主流，除了真豪杰大贤哲，大部分传统中国士人、士大夫都未能挣脱宗法家族伦理的束缚，而进入更高的思想境界层次，这亦是中国思想文化史和政治社会史的事实①。甚至，对于这一挣脱之自觉与完成，直到今天，中国士人或文化知识分子仍有不同文化观念或文化选择。另有一个问题，当代西方人如何看待中国人的道德信仰状况呢？是普遍主义道德规范，还是同时存在着许多特殊的人伦规范？对于这个论题，也需要有社会学的方法和思路，要论其主流与常态。如果你举一二特例，当然没有说服力，因为其不是主流与常态。

先生云：或曰：宗法思想伦理对于保护中国文化命脉及中国民族本身，居功至伟，此亦是事实。在前现代，

---

① 当然，即便如此，在当时的历史条件下，他们能真诚严格持守宗法封建道德伦理，比之于更原始野蛮的人人相争的丛林法则，或横向共时的其他相对"落后"地区的文化道德状态，也仍然具有一定的历史意义或历史进步意义。

在农业文明时代,宗法制自有其优长,然而在列国争衡的工业化时代、商业化时代、信息化时代,如何使中国文化、社会,包括宗法制乡土文化社会,做一有效之调整,以适应此种竞争形势,而有效争衡于世界民族之林、国家之林,便是极为重要的思想文化命题(城、乡文化双轨制可以吗?即乡村仍然采取宗法制,城市则采取现代法治体制,以此为中国传统文化之命脉之延续和保持,备一土壤空间)。我们并不预设必须完全抛弃宗法制或家族制的一切方面。但宗法制社会组织、家族制度下的伦理道德观念等,如何与现代国家观念等有效结合而不冲突,乃是关键。

先生云:宗法尊卑亲疏远近的伦理、文化、政治、社会结构,对普遍公义、天下大同伦理、文化、政治、社会理想的掣肘、侵蚀、束缚,是儒家思想文化的内在悖论,亦是传统士人的集体无意识或文化盲点,亦是最让其挣扎彷徨、骑虎难下、进退维谷的重大思想难题。此非一般所言的忠孝难以两全的难题,乃为公义对于私恩(忠孝)的内在矛盾与难题,亦即公私义界始终纠缠不清的根本问题或矛盾。古代不少儒家士人或在思想观念上有所颖悟觉察和揭橥提倡,而在具体行事、社会实践、政治实践、社会日常生活或组织等方面,仍不期然而方便地、习惯性地援用宗法亲疏远近的那一套,比如君臣、座主或座师、同年、师生同学、同乡、宗族乡谊、将帅士卒战友等,而未能提供出新的组织资源和政治资源,比如基于平等(个体主义,人权人格平等)、民主(投票选举、民主议事法等)、自由、博爱等基础上的新的组织方式。当然,前者并非没有其特定价值和作用,而若合理选用,或有条件选用,或创造性选用后一种新组织资源,又是一个极为复杂的综合论题,需要极审慎妥善之全面筹划安排与配套制度设计,相互制衡,相互促进,安稳有序更生过渡,而成一新稳定结构,从而有利于中华民族的长远福祉和长治久安,而不可在没有周全之全局准备和筹划、条件不成熟的时候仓促意气用事,而导致欲益反损的结果。此又须慎重其事也。见识浅陋、哗众取宠之纵横之士、功名利禄之徒,岂足论国士天下士哉!

先生云:中国思想文化史上,亦有一些士人想要上升、进取到普遍公义之最高儒家境界,然而往往是有其心而无其力,有其思想而无其行动,有其观念理想而无其意志,或身不由己,有其清醒认识而其行动则不彻底。此外又有不少士人口口声声亦言及普遍公义伦理及思想,而在行动上要么处于集体无意识状态,要么根本就不打算付诸行动,而只是喊喊口号猎取清誉,实则圆融圆滑而闷声发大财,心宽体胖做乡愿,此亦多如过江之鲫也。虽然,亦可说此种有心无力之中国儒士,在其心目中,或在理论价值观念上,其实是承认儒家普遍公义为儒家思想文化最高值境界理想。人皆有其想法而又不克实行或见成效,其最大之障碍便在于皇权、族权、强权与人性私欲。

先生云:关于文明的一些序列或设想:文明的细节(与碎片),文明的部件或构件,文明部件构件的相互适配性,文明的机制与制度,文明的整体。此外还有所谓的文明的各种规范体系。

先生云:关于文明与制度,百闻不如一见,读书百本千本,不若住行亲证百日。通过阅读其国之典籍,或可管窥其国文明面相之斑斑点点;然而若能亲历其国,方知其文明之细节与全貌,文明部件之适配,以及提升自己文明想象的空间与境界。其实,人们在读本国古籍时,亦是试图从中发现用以提升文明想象的资源、空间与境界,有时又是凭一种理想、想象,来进行文明蓝图的设计的。

先生云:文明的高度(此节亦可联系前述有关俄罗斯男孩的论述文字)。当一个文化社会将重诺、信诺、践诺等规范,用诸如"千金重然诺,五岳倒为轻"、"得黄金千两,不如得季布一诺"等夸饰性的语言,来强调时,而发现在别的文化或社会中,早就将信诺视为一个理所当然、事所必至的再简单不过、再普通不过的基本道理或常识,和成为一个自然简单的人世事实时,这两个社会中的人都会错愕不已。后者自忖:这不是自然的道理、常识、事实和基本的做人准则么,何至于要如此强调或夸赞?!而满是疑惑。前者则应觉惭愧,何至于以此人皆有、皆应有、皆须有之再普通不过之行事道理,作为了不得的美德,而颇存高尚其事地宣扬、乃至自我得意之感觉!此则文明的高度,以及由于文明高度之差异,所导致的思想情感上的不必要的大惊小怪。一方在进行所谓的文化与文明的规划与试验,而在另一方那里,这些却已然成为事实。一个以为此乃正常现象,另一个乃以此为非常之美德。

明明是再简单、再自然不过的事实或真相,却要在那夸夸其谈地谈论来、讨论去,分析论证,找原因找理由,煞有介事地分析对策,有时真觉得可笑和荒诞,甚至觉得许多人不过是自我演戏、自我陶醉于某种虚幻感觉中。对基本事实和人皆见之的问题和事实,选择性地视而不见,而吞吞吐吐、纠纠缠缠地说话,他们自己不累,旁观的人都替他们觉得累。另外,文学作品或文学作品所表达的思想观念方面,乃有种种针对不正常的人性、人事、言行之情意感慨或愤怒,而有一定价值,然而,如果将这些拿到正常社会,这些大概便只有天方夜谭的怪诞感觉吧,连基本的文学价值和思想价值都没有了。一些非正常社会中被认为是好的文学作品,在正常社会的观感,往往也就不过如此罢了。

先生云:吾人是以坦承(坦然接受)一生的失败,和生命中的所有将来未来的悲剧,以及所有的梦想与作为都将成为竹篮打水空忙一场、万事终皆成空的态度,来安然生活的,所以才那么从容安淡。你们有人生的追求、梦想与执着,甚至还想要此世的成功,当然不能如吾人一样。当然,吾人也是有梦想、热情和激情的,但吾人不怕梦想的失败、被践踏和终于成空、热情的无所附着、激情的无所赋形。这应是此世最积极的人生态度了。在现有的某些流行思维框架或思想框架里追求此世此地之成功,或许反而是当代人最消极的人生态度了(南辕北辙,渐行渐远,欲益反损,苦海无边)。

某君言:我也理解人们对生活的热爱与希望,也知道有些人的身不由己,但我自己不喜欢身不由己和心不由己的状态。如果以心不由己和身不由己的方式和方向忍心行去,违背身心自然安宁,换得一些正常或不正常的欲望的满足、虚荣、享乐,以及和社会并无真心相与的附和,而承受了巨大的身心分离、灵肉分离、心灵煎熬和永无停息的沉重身心代价,那我情愿舍弃自己的俗世生活和微末的俗世快乐,至少心还在,尚自安。

先生云:吾人能忍受不确定性,但吾人无法容忍不合逻辑、不合理性、身心分离、明显的谬误与不诚实……

先生云:许多中国人或中国读书人说喜欢中国、中国文化,乃是指其中所蕴含的最高明远大的思想、人物、文化、艺术等之一部分,并非是喜欢同样史不绝书的暴君、专制、混战、割据、腐败、权斗、奸臣佞人、欺压、贫穷或贫富悬殊分化、阶层压迫等的一部分。在这些中国人的心目中,虽或亦知道传统中国的专制、黑暗、腐朽、残忍的一面,却以为只有那最高明的普遍主义、天下主义的或志行高洁的圣贤、师儒、英雄义士、哲思、人文、艺术、礼义等,以及虽未必跟天下主义相关却仍然涵有极大人间善意的师儒节义、道义品格、英雄义士、仁善淳朴百姓等,才是中国文化的真正的代表,而歆羡之,向往之,即或心有余而力不足,仍是充满尊崇钦敬之心,而鄙弃、拒绝一般末流乃至等而下之的黑暗腐朽的一面,其心其志乃有一种向上歆羡追慕之意。但奸臣佞人则不过是藉以高自标榜,为了一己私利私欲(包括权欲),而从未真正以为然,或从未真正打算效法实践施行的。正如现今有些人不过拿一些现代概念如博爱、民主、平等、人权、自由等来高自标榜，实则在实际生活或社会权力组织中，从未真正奉行，甚至根本未曾打算真实奉行，而仍然是以一些旧有的灰色乃至不正当的方式，来组织日常社会生活中的大大小小的权力或人事……

先生云：传统中国的最高明的那部分贤哲道义、艺术人文为中国争得了荣光，亦被居心叵测的人用作幌子，从而亦具有一定的欺骗性。中国文化历史中最高明的部分是一回事，代表其主流或末流的，又是一回事，两者（或三者）并非重合或合一的，相反，最高明的那部分常常是曲高和寡而可能在一定意义或程度上是非主流的，很多时候并未真正成为社会、文化、政治现实的主流。

先生云：或曰，正常社会里，最后必然就是以家庭为中心的，夫妻两相爱敬扶持，有正当正向之事业追求，略尽服务奉献社会之职责，并以之收获生计俸禄，养儿育女，儿女幼稚天真可爱而得一欢喜怜惜，爱心柔软；此后岁数渐大，子女独立成家立业，而老夫妻两相照顾护携，子女工作之余则定期或不定期前来看望照顾，余则不必扰我老夫老妻之自得其乐，养花弄草，书画文章，音乐戏剧，琴瑟和谐，游观山水，又复有孙辈绕膝，其乐融融，共享天伦之乐，以至无疾和平而终。哪里需要其他外在的所谓种种乱七八糟的人事应酬、心神勾斗,以及界限混乱之纠缠不清而随意干扰之混乱状态呢。

先生云:或曰,建立在爱情、善良与克己自制基础上的核心小家庭制度,是最符合人性的一种社会建制或社会安排——就目前地球上的人类及其人性状态而论,没有比其更合理更好的安排了。但此种社会安排之能安静安稳地发挥功用,还需要外在的社会安排(环境与制度),以作配套之保证。所谓外在配套制度环境保证,不是随意僭入、干预家庭本身,乃是为家庭之独立自足和不受外在干扰,提供足够的制度设施的安排和保证。

先生云:题观易北河上巨轮出海:江风致远气益壮(意益闲),偶有新句对(向)谁愁?负重默毅向海洋,巨轮沉吟地深憾。①

评曰:闲来沿易北河骑行,逢万吨巨轮沉稳出洋,虽若迟缓而一意毅然不舍。轮机深沉撼地,震动心神,乃随行二十里,目送其昂首出北海,而其声其景,常在耳边目前,今乃口占一绝,然迟滞零断,差强人意,颇不能传吾之心意也。

---

① 或:出海游;负重沉稳。

先生云：开启一个快乐的人生模式，简单、轻松、稳定、可重复（可持久）、有趣，其实也就是得其人而已。但一定不能人太多太复杂，人多气浊，浊则不安，易生纠葛……

先生云：我突然理解了有人天天找人下棋的意义了。

先生云：简单是现代社会一切快乐的基础。

先生云：政治辩论不是插科打诨、油嘴滑舌、卖弄所谓幽默。辩论是针对全国民众和全国民众所关心的重要国计民生的论题而言的，不是娱乐节目，不是偶像剧。辩论术亦主要讲逻辑而非卖弄修辞手法乃至诡辩等。

先生云：奇怪的人生激情。激情从何而来？心、脑、杏仁体、肾上腺、细胞核，抑或其他组织器官？或者，不同的组织器官负责不同形式的人生激情？人之活动皆不过是由这些组织器官及其分泌物所推动者①？儒家兼济天下的这种激情从何而来？社会的不完满如意、黑暗不公

---

① 中医和中国文化则从整体上，亦即从身心一体不分的思路，来讨论此一论题，并不采取上述割裂之分析思路。

等,恰为人生提供了着力点和人生意义的来源(比如抗争、淑世主义)? 如果在一个十全十美的外在世界呢? 人生是否仍然有喜怒哀乐,仍然有新的问题、抗争和激情? 或曰:当生活和人生中再也没有激动人心的事情或期待的时候,才能——或才算是——可以真正地写诗了(才可以写出真正的诗,或真正地写诗了)。以前都是激情。以往的一切诗都是主情的,与人的激情相因应或相应和。不主情的诗与文学有没有? 道教、佛教都不能忘情,或因激情过甚而只能以更激烈激进的方式反抗,故离俗世而入山林,究竟难克人生激情之压迫。

先生云:旅游时的风景对我们到底意味着什么? 我们和风景是什么关系?

先生云:世界那么大,可是从 google 地图上翻来翻去,三下两下就看遍了,世界全局如在目前。全球战略是一个可怕的词,全球战略及全球视野并非今天才有,但在今天,全球战略却如此地给人一种轻而易举的可能性,世界看上去如此之小,而人类看似无处逃遁。但地球或世界其实仍很大,有别人不可及的地方,或者,有任何人都不在意的地方,在那个地方,人们孤独无依地生存与死亡。是的,是有世界战略,但你处在世界战略的最(不重要)无关紧要、最不起眼的地方,且自生自灭吧。躲在世界战略的阴影里。

某君言：我身边的任何一个朋友，都比小说与影视剧的人物好上百倍千倍万倍，但我却仍然缺少一个可以互诉衷肠的人。这是现代人的悲剧。

先生云：在父母渐老时，儿女的为父母养老的意识会自然而然地生出……

教义与组织

先生云：有些宗教教义或可为人之心灵提供一种慰藉与栖止，但宗教组织却未必是更好的栖息之处。几乎所有的宗教组织，其内部组织都有一定等级性，上对下有一定程度之支配权，而下对上乃有一定程度之依附性，或处于弱势地位。此种不平等之状态，有些有一定合理处，比如依得道之深浅、弘法之能否等，而有所不过分、不僭越基本界限的区分，类似于儒家的德高望重或位高责重（当然，前提是，如果其真的是德义湛然渊深）。但亦有许多做法，却仍是基于同世俗法无二的人性层面的控制欲、权欲或控制权能，比如与管理相关的事务等。在有的宗教组织中，上下等级程度较轻，或双方仍有基本而确定之权利义务关系,即有度,或有基本权利界限,并以此度、此界限来维持组织之运行与稳定,故曰法度亦可,且其精神和做法在某方面亦确有约略相当于或近似于现代法治制度处,在此种情形下,宗教组织内部之等级制,尚不至过分或失控。反之,则宗教组织内部之上下等级压迫、剥削(劳动、服侍、听命,尊严、机会、时间等方面或情形的剥削),亦可能极深重乃至惨酷。

一般而言,宗教因其原始或经典教义,以及传统惯习之强大制约作用,大体有一套传承和由来久远之组织规则和规范,故其内部专制或因两种原因:第一乃原始经典或惯习中本多不合理之专制、等级制之成分,中间未经改良或改革,迁延至今,受之即有此病;第二种情形乃为:宗教传统本在内部组织精神、原则、制度等方面,有相对合理之筹划安排,但在所谓的末法时代(佛教用语),而有诸多出入、违背和变乱,一旦主事者专制之权欲、权能大,而一般信徒、信众之经义、道行修行浅,且护法维教之权能小,便易为此等宗教组织中之上层人物或强力人物所裹挟控制,而渐成一权力压迫组织形式。在中国的种种传统宗教组织形式中,在其堕落失法的时代或组织中,其上层人物每皆享一养尊处优而操持不合理之极大处置权之地位,质言之,逾越基本界限,乃至于无法无天。故此种宗教"道场"或"场所",亦未必是可安身安心之好去处。并且,当缺乏合理之组织原则与法度,或存在专制组织形式时,此种宗教组织还会吸引权欲权能深重、娴于弄权者进来一逞,而愈加乌烟瘴气和苛虐惨酷。

当然,于其正格、正常言之,倘以正念、道力深厚之法师、儒儒(儒教)主其事,行其法度,则乃可使其徒众安身安心也。其实中国古代的政治亦是如此,倘真能一切按儒家政治理想来,各安其份,各安其位,不逾度失格,当然亦可安心安身。但事之大谬不然者太多也。当然,许多宗教组织能存续几千年,说明其内部至少亦有程度不一之合理组织因素,肯定不会全是人性中的权欲、控制、专制的一面所可解释之。

先生云:于今风平浪静,从此海晏河清。

先生云:父亲之为子女树立一定正向权威、正当规范观念,仍极重要。如何能树立?亦是以身作则,潜移默化而已,此是做父亲之首要法则。

先生云:佛教是出世法、无为法,儒家是入世法、有为法。佛教无为法中亦有裨益于世间有为凡俗处,然因其终究是出世法、无为法,极为决绝彻底,甚至极端——对于世间有为凡俗而言——,所以一般世间凡俗于之终有所扞格违碍,不能尽契。而儒家入世法、有为法乃专为入世之人而言,中庸持平,故倘能进一步完善之,则可使世间人得一身心安定。完善之方向若何?除从传统中发掘自身之好意良制外,当借鉴现代基本权利、人格平等、自由、法治、民主等观念,合为一炉而后可。西方之自由平等人权学说亦为世间法,然每使得人各自独立,其优点在于互相尊重,各不侵犯,然其缺点或在于每或有孤独隔绝之寂寞孤独之弊端,故可以儒家正向好意之伦理学说矫之、合之,而成人类普遍之入世法也。

先生云:一曝十寒,何能到家?!自当一生日日警醒奋厉,方有到家成家之一日。不然,耽于中路,一生功业尽唐捐也。一生未可耽逸,功业岂可唐捐。

先生云:佛教若摒去出世之教义以及一切神通奇异而作历史化研究,就类于儒家学说;耶教若摒去一切神异天堂地狱之说,则亦复如是。宗教皆说神异(神通、神仙、鬼神、天帝上帝、天堂地狱等),儒家只说圣贤与人性、仁道,现代西学则说理性与人道人权。宗教感化徒众之方式,有时乃是恐惧之而化,儒家则感召之以化,两者皆主感化;现代西学则尊人类个体之理性,以理性、逻辑为超验之神,为心灵之本能,而自我做主,而为理性文化,而非感化文化。然三者又面临同样难题:宗教而有信与不信,有胆大悍狠者与胆小怯弱者;儒家则曰有善人恶人、智者愚人、上品下品之分;现代西方文化则有智愚、心脑、强弱之分,即曰民主,究竟仍在相当程度上归于现实上或事实上之精英等级制。世间只有宗教文化(耶、伊、犹、印、佛、道,以及其他民间信仰等)、儒家文化(古希腊文化稍近之而或可归入)、现代西方理性文化三种(或可将古希腊理性文化亦归入之)——而非梁漱溟所谓西、中、印之三种划分法——,然皆有自身之不足,今能否创造出新的文化形式乎?

古希腊文化似仍应归入(现代西方)理性文化(哲学王等)。而在体制根基的意义上而言,则儒家文化事实上在现当代中国已然式微,仅存理念上之缅怀与微光而已,其更生创造或创造性复兴尚需时日而勉乎哉。日、韩、中国台湾等地或稍存之,而亦有所更生变化,非一味因袭也。

先生云:吾虽对儒释道西或其末流异端等皆秉理性客观之态度,而时有剀切之批评,实则吾仍从其中所蕴含之高明远大之思想教义与教诲等,受益良多,此又时时自记取者也。

先生云:以现代眼光看来,儒家专制等级制是有问题的,但先秦儒家之对等伦理制仍有其足资借鉴处,此亦是今人当着力处。西方言人长大后各人自我负责,于青年中年言,自有合理性,于老年言,或对于年迈之父母而言,究竟有忍心处(且不说不公平之处),失却人间情意,便是子女,亦当不忍也。故仍需有更为合理妥善之伦理安排设计。比如,对于如何对待成人前的孩童,则全世界皆遵循着差不多的伦理规范,而养育抚爱,人心同然;孩童长大而成为青中年,与父母相处形式之安排则各异,然吾意以为,此亦当有相当之情意联结之制度方式,而在频度上容有所调整——虽未必要采取聚族而居或代际小家庭合居的方式;父母衰朽而进入老年,或青中年衰朽而老后,则父母子女之间又当有更频繁密切之联结,子女尽孝心,祖孙辈得一相与寄托,诸如此类的情意关切、身心照料的联结方式的安排,有其好意,又未必不合现代人道主义或人本主义观念……

某君言:我内心里有一种内在力量或声音,时刻鞭策我前行、奋进,欲罢不能,或许亦有成就感与安全感的问题,而儒家之影响或许乃为外缘,乃为相应,乃为投合而已,未必是第一因素或第一推动力。所以我常常很歆羡那些神闲气定、悠然闲适、从容不迫的人。我是内在紧张奋进的人,他们是内在从容悠闲的人。

先生云:佛教的许多解释或则看上去有虚玄乃至神

秘或迷信的成分，然而如果剔除迷信成分而补充相关中间逻辑环节，其实每每可用现代理性来讲通。换言之，虽或有神秘虚玄其说的外在表象和成分，其某些结论或内核却往往是与现代理性乃至科学相通一致的。儒家之义理学说乃至中国传统文化中亦多此类，比如中医。质言之，传统文化乃是经验事实文化——知识本来就多从经验中来，或经验归纳本就是知识的来源或获取方法之———而倘从其内核看，则尤多相通一致者也。

先生云：文学家为情所动，自我表现，写给自己看的多；高僧重在救世、救心、度人，写给众生的多。真正的得道高僧，一字一句，全非为己而写，尽是金针度人之意，于其自己，早已得道悟道，何需文学著述与人世虚名。

先生云：儒家夫妻男女一伦，只在《诗经》中或可解及，《尚书》、《易经》、《春秋》乃至《三礼》、《论语》、《孟子》，于此都涉及甚少（《三礼》亦稍有之）。由此论之，儒家乃专为男性讲道之学说（君子人格理想等，尚可扩展于一切男女国民），缺乏男女夫妻之维度，于今不完善，或当有后儒有所补之。后虽或有《女诫》、《小儿女》等之类的书，究竟每多不合于现代进步观念者，且于男女爱情婚姻家庭等之情意相与之关系、规范与礼仪等，未曾讲透，今人或可补述之。

先生云：大学公共主干必修课中如果只有近现代史，却不讲中国通史和中国思想文化史，似亦不足。中国近现代史乃为中国历史进程中之一翻天覆地之巨变，当然很重要，然而中国通史和中国思想文化史又涉及文化历史传承等重要关目，倘缺失之，甚至可能导致教育层面的所谓历史虚无主义的一面。就此而言，或可建议开设中国通史课和中国思想文化史的课程。然而中国历史中专制性的事实确实亦不少，则为提升民族思想文化素养计，除了参观中立的历史研究和批判评估外，便或还可采取钱穆的思路：弃其专制糟粕而取其正向温情之思想、文化与制度。然此亦不够，无相应之统合严密制度以整合之，传统之各种优点则无由真正发挥作用，每多漏洞，而仍为专制主义、极权主义所利用，转成反面。故又当习现代政治思想史、世界思想文化史等，并提升学生国民之智识理性、逻辑思考之水平，以期纠正古代中国思想文化与政治思想制度中之偏失与粗疏，在理念上重估和重设古代中国的思想文化与政治思想制度等，务使严密设计而逻辑内洽，而成真正之思想文化与制度设施严密相应自洽之美意良法（此亦所谓"未曾发生的历史"的思路，以及通过此种方式,得一文化、制度分析、设计、创造之思维训练也)——前文已多次述及,古代中国士人或有良好理想,然往往但有美意,而无良法,或缺乏设计良法之智识与能力,故每为专制者所趁。今则当提升中国人设计良法良制之意识与能力,此则牵涉讲逻辑、方法、科学、认真、真诚、公正、正义等也(又比如立法学、立礼学等)。故吾或又可开设世界政治思想史、中西思想文化比较、西方科学史乃至世界史等课程。

先生云:组织的基础仍在于人之培养,在于道义或正义,无其正人义人之培养,单论组织之法度,则可能变成专制、独裁、极权组织,法家每如是。但只论个人之品性培养,而完全没有正向合理之法度之设施安排,则亦不可,易被专制、极权组织所趁,而被奴役之。古代中国存在各种组织资源,但似稍缺乏现代组织资源,古代之诸如血缘、亲缘、地缘、师生缘等,每每附着于三纲五常等级制,易形成专制性组织。

"治"、劳心与劳力

先生云：以政治眼光言之，中国历史上最重要的关系是官民关系，最大的问题就是官民关系问题（其实，换一种现代表述就是公权力问题）。士人处于官民之间，上而为官，下而为民，而有士官、士大夫、士绅（良绅劣绅）、生员读书人群体之分，虽标榜民本、爱民，但在心态意识上终究是近于官，而有劳心者治民的优越感。农工（古代手工作坊等）最为本分、朴诚、守秩序，乃是古代中国社会的真正主体。商人可粗分工商、绅商（绅商中仍分士绅或良绅、劣绅）、官商、纯商，而工商、纯商中亦有少部分与官绅勾结欺压百姓者，但大部分仍是规模较小之本分朴诚勤俭之工商、纯（业）商等，同于农工阶层。

先生云：如何消灭阶级及阶级观念意识？那就是将所有人都当正人看，都当正人来教育培养，那就是平等对待和尊重所有人和所有劳动者，无论其性别、年龄、职业、智愚（学识）、贫富（财产）、美丑妍媸（高矮胖瘦）等，皆有基本之人权与同等之机会，那就是在教育制度设计上，力图让所有人都凭其兴趣禀赋之所在而选择合适的教育、专业、职业（以创立高质量的多元化教育体系，均衡化和适度的收入激励机制之职业化体系等，为之前提），在制度设置上保证机会均等，限制一切组织力量尤其是公权力的滥用，及对个体人权的剥夺、压迫与剥削，对机会等的垄断和寻租，在观念上杜绝不劳而获思想，杜绝特权思想……

先生云："劳心者治人，劳力者治于人"，此种说法，倘无特别之条件限定和概念界定（尤其是对于所谓的"治"的概念界定），便确乎会造成等级制意识，或无谓的人际或业际优越感。"治"之一字，倘若解为权力统治、控制或管理，而"人"解为一般平民，则便有问题。如果一般人或平民质朴、朴诚、本分，为何要治之？一"治"字，便隐隐预设人（民）为不正之人，表一对人（民）之不信任之态度，与"性本善"便背道而驰了，并因此而成为自证预言一旦又表现为对人的自由的不尊重，即缺乏现代自由观念。岂人（民）不能自理自治邪？倘"治"指刑政而言，则此处不当用"人"以指代全体人民国民,而只说"刑法治罪"即可。又:何谓"劳心者"?人民于日常生活、工作中不需要"劳心"吗?("心"不当解为心术、心机、心计。)倘若将"心"解作"智识",则智识又分多种(比如所谓的多元智力理论),古代诸种选举制度真的能保证其智识能力(多元智力)卓异优秀者脱颖而出(先秦之选举与唐宋后之科举)?或者,科举考试制度培养的和考察的到底是多元智力中的哪种智识能力?这些都要重新审视。

其实,按照现代观念,"劳心者治人,劳力者治于人"之"治"字,乃是"治事",尤其是"治公事"、"理公事"而言,根本不能解作"治人"、"统治人"、"管理人",因为人人平等,人皆有人权和自由,人皆当/能自治,不必,亦不允许,别人来"治"伊。然而却因儒家此一句,让多少古代读书人在平民百姓面前,颇有高高在上的优越感(包括对享有更高收入待遇的自我期待),还理直气壮,理所当然,直到今天亦有如是者。故"治人"、"治于人"的说法便根本说不通。"劳心者"一句,便可成为其统治(治人)的正当性或合理性来源吗?① 古代儒士往往未深思此一句。

---

① 本书在使用正当性、合理性和合法性这三个中文概念时,乃是将正当性和合理性视为同一事,即对于 legitimacy 的翻译,而将"合法性"当成对于 legality 的翻译。

其实古代中国之宗法制农业社会,哪里需要劳心者。各人种田得收成就是,其他兴修水利之事,亦皆可自治而已,哪里需要额外的劳心者。先秦早期的劳心者尚不过是德高望重之族长酋长而已,劳心而劳力,与部落族众齐心协力,而为部落宗族之集体作业(公事),虽或有稍多能力智慧处,然并未特殊化、专门化(比如,站在一旁指手画脚、动口不动手,乃至外行指挥内行,瞎指挥,让人看着都觉得荒谬可笑)。其后而有共同体兼并扩大,又有征服之事,于是后来单一部落内的那种群策(心)群力、民主议事的平等集体主义和谐感,便慢慢让位于特权、等级制、剥削阶层制度,以自己的"心"来剥削利用别的阶层的"力"。再后来,兼并征服及威势进一步扩大,就开始变成更大的权势,却自我美化为"劳心者",编造了一整套精巧的"理论"或所谓"学说",遂变成一切特权剥削群体及其剥削思想的冠冕堂皇的说辞。

所谓"劳心",有时简直就是欺骗、愚诳("民可使由之,不可使知之")、心术等,此种心与智,与法家之心术、纵横家之捭阖术、黄老道之黄老术(阴阳家言)等,全便是同一性质了,只不过后三者更赤裸裸,儒家则利用模糊概念和其他之动听说辞等,掩盖了上述两句所揭示出来的特权压迫。其实,农业社会虽说大部分事情可以自治为之,也有一些需要统一调度处理的公事,比如兴修水利、国防、救灾、揖盗(治安)等,然此数种,除了国防外,皆可以自治方式完成。公事及其政府只需维持一种极小规模便可(小政府,有限政府)。但家天下及其滥封建、滥爵禄之组织方式和制度,则使此种最小规模之小政府或有限政府,或因事而立的多种暂时性组织,逐渐而成为庞大之特权阶层、食利者或寄生阶层、剥削阶层丛集之所,而失去政府公事本应有的小规模,一反其初衷,而成为全体国民或人民的蛀虫、硕鼠和对立面了。

其实,某种程度上,古代皇帝世袭也没有太大关系,前提是,如果对皇帝权力予以必要而合理之限制,而同时皇帝又不大肆封建、封爵家族叔伯子弟的话(皇室子孙繁衍,若是代代持续大肆封建封爵,则国家与人民财政负担便将越来越重,而政府职位日益被皇室瓜分垄断,人民参与政府公事的机会越来越少——其实如果人民自治,包括财税自治的话,不参与或没有太多参与国家政府的机会,关系也不大,只要政府守合理之法,不乱加赋税即税收法定,公共财政用度接受人民监督,等等,即可)。此正如现世西方民主发达国家之立宪君主制或虚君共和制一样(只有王位世袭,皇帝或国君仅仅作为礼仪性国家元首。但即便如此,在西方国家中,仍有一部分国民对王室享有数量不菲的王室优待经费或礼仪经费等,乃至于对于王权制度本身,而表示其不满,要求改革或改易之),只有王位可继承,其他家族中人全无官爵,尽皆平民,更遑论滥封滥赏、鸡犬升天的情形了。据此思路,则中国古代的嫡长子继承制,还当进一步限制厘清为:嫡长子继承皇位后,则家族中其他人一律自动成为平民——除非将来皇家绝嗣,则或可在其平民皇族中寻访继承人。中国古代如果如此而行之,此便是虚君共和了。即使再退一步,嫡长子继承,可同时对其兄弟封爵,而爵(荣誉性、身份性)与禄,尤其是后者,当严格限制在极低之水平;且不当住于皇宫中,免其干政;又不可世袭,一代而免;而同时切不可滥封叔伯、外戚等。不过,话说回来,即便是这一条,也仍然行不通,因为皇帝嫔妃太多,儿子太多,故倘欲行此条,则须规定皇帝亦须一夫一妻(后)制,如此方可。

以上这些都是替古人担忧,事后胡说而已。

制度设计与人权尊严

先生云：或曰：(古代)某些中国人不擅长设计严密普遍之制度，与规划普遍导向之日常社会组织和政治组织等，未必全在于逻辑学、方法论方面的欠缺，而尤在于社会历史文化层面的原因。因为历史文化中专制主义文化的那一部分的长久影响，许多中国人更倾向于相信自己的判断(而不是自己即制度制定者亦不能改变的冷冰冰硬邦邦的刚性制度)，更愿意相信具体的人，或更喜欢个人掌权的感觉，更倾向于以具体人际关系控制的方式，来进行各种事业和组织。在这个过程中，往往根据传统社会中的宗法制、纲常伦理、亲疏远近法则等，并随时根据自己的判断、喜好、新形势和新信息、亲情状态、新的相互权力利益关系及其变化等,来随时进行调整。这有专制性、等级制、个人独断性的一面,亦有灵活性的一面,更有不稳定性的一面,所以(古代)中国才有那么多的分分合合、明争暗斗、世态炎凉、人走茶凉与人亡政息、树倒猢狲散、"三十年河东三十年河西"、内讧等种种情形的发生,而难以建立基于普遍规则、契约和普遍基本人权等之上的长远的稳定的组织①。近现代以来,在中国,历史悠久、事实上而非名义上延续不断的百年品牌与事业几乎很少,或亦有这方面的原因②。有些人即便有时制定制度、规则,也是用来控制、管理别人,往往并不打算将自己也放进去,而是在制定制度条文时,千方百计给自己留下掌控、操纵乃至舞文弄法、上下其手的灵活空间;这些人在制定制度规则时,往往是为了加强自己的权力、控制权和利益,很少本诸大公之心来制定公正的、一视同仁的、可以行之久远的规则条文,而更倾向于制定出有利于自己独断或独裁的制度与规则。因为并非圣贤,所以,如果

---

① 除了超稳态的专制封建组织——如果不考虑其频繁改朝换代、内部残酷斗争和权力转换等情形,而将改朝换代视为其实仍然延续了专制主义的权力制度结构,因而亦视为其"制度稳定性"的表现的话。

② 除了继承制度、现代公司制度、法人机制等原因或思考角度之外。

没有强大的反对声音和压力,掌权的政策制定者往往不会本诸全体之公心公利,来制定公正的规则与制度,在政策和制度的实行方面,亦复如是。

先生云:古代硕学大儒写的那些文字、思想等,只对上根之人和有文化的人,才或能起点作用,一般民众或所谓愚夫愚妇(并无贬义),甚至包括小孩或年轻的学生等,根本就看不到你的文字,看到了也没兴趣读下去,或没法真正领悟①。对这些人而言,初期仍然需要讲故事,讲因果报应等,讲具体的人事、处事方法等。佛教通俗劝世书以及古代的一些儒者于此亦有所创作,我将来或许也会写这些的。

先生云:仅仅从理论上讲,现代社会里,人际权限清晰,从小受人权(尊重他人人权)、平等、自由、博爱等观念之教育熏陶,内化而形成思考行事之常识与直觉,故在行事上便谨守界限,不敢随意侵犯他人尊严、人权、自由与权利等。另一方面,一般具有良好常识的普通人,甚至想

---

① 仍要有其人,有其人,则有其心,有其心,才能和外在教化相应。如何有其人其心呢?仍应从儿童少年开始以正向之道义熏陶化育,不然,倘若从小不能接触和接受此等教育内容,而被其他不正乃至邪僻思想笼罩牢笼,牵缠以至成年,思想情意根深蒂固,就很难有其心其人,来和正向道义内容相应砥砺了。

都不会想到去通过侵犯他人人权、尊严与正常权利的方式,来打压别人或获取私利(包括通过侵害他人尊严与权益而取乐的所谓精神、情感或情绪"利益"),对他人亦不会有超过基本人权与平等权利之外的过分的、过度的期待(既无过分期待,又无过分的侵犯),所以人与人之间的关系非常简单平实,平等自由,不会勾心斗角,不会谄媚打压,不会不顾他人的感受而一味自我表现出风头(因为这不符合尊重他人、平等自由等原则和其他基本人际交往规范),不会嘲讽、歧视他人(比如高矮胖瘦、美丑妍媸、智愚、口音、口吃、动作等),不会指手画脚,轻易批评他人,不会居心叵测地打量、估摸对方的所谓身份地位实力等(以牟其自身特别之利益)——此亦古代中国所谓纵横捭阖之心术……人们的表情库里(渐渐)根本没有了这些表情,或完全掌控之,所以人们在人群中理应生活得非常轻松自然,表情亦轻松真实,不用担心别人的讥嘲、歧视、攻击、剥削、压迫、批评、利用、觊觎、侵犯隐私,等等。人们便可以真实表达一切邪恶情感之外的情意兴趣等,而获得自我成就。但这只是理论上的分析,实际上,仍可能有许多变数,比如,其前提或伴随条件之一是各人除了政治上的平等之外,还应有经济上和事实上的平等,如果不能满足这些条件,就可能出现和理论设想不一样的情形,比如，在西方发达国家，越是中下层群体或弱势群体，则越可能表现出更多的民粹主义或种族主义态度，如果经济发展不平衡（地域），或是民众（包括不同种族之间）收入与生活水平不平衡，贫富分化严重，那就会导致上述理论设想完全无法落实。当代西方社会有愈演愈烈趋势的民粹主义乃至种族主义倾向，都与此有关。

先生云：违反人类尊严或对人类尊严的冒犯的言论，即使是自嘲也不行，因为自嘲本身，在对人类尊严的态度上，就显得面目可疑，甚至潜意识或显意识中便存有某些歧视性的价值观念，看似自我嘲讽打趣（而有时亦有消解不良价值观的功能），实则是对不良价值观的认同和强化，乃是嘲讽其他存在着同样——在其看来是——"缺点"的人（所谓丑、穷、矮、胖、残疾等），从来乃是对普遍人类尊严的冒犯。换言之，通过这种言论，在某些听者的肆无忌惮的疯狂刺耳的笑声中，共同完成了一次对人类尊严的冒犯和自身人性的堕落，自己还懵然不觉，而对日常生活中的对人类尊严的践踏的类似现象表现出无辜的样子。今日有些中国人日常生活中的许多自己美其名曰"幽默好笑"的"笑话"、"段子"，以及某些相声、小品、表演，或日常谈论中的某些言论等，恰恰表现出这些特点来——荒谬的是，这些人往往还声称对小孩负责或以身作则。事实上,小孩子在这些言论的"熏陶"下,自然就会慢慢表现出同样的对于人性尊严的蔑视的态度,而将以嘲笑、挖苦、歧视、讥讽、欺侮其他所谓有"缺陷"的人为乐了。可是,人类有谁是完美的呢?又哪里有完美的标准呢!于是,人们互相嘲讽与歧视,谁也免不了,谁也不快乐。他们自己一手制造了这种文化,最后却都自食其果。

先生云:西方一般不用或没有中文里"老实"或"老实巴交"这个词来形容别人(honest 是诚实的意思),这个词或对这个词的使用,本身就蕴含着一种暧昧可疑的价值观念、心态或道德态度。中文语境里,"老实"的反义词是"精明",这个词的褒贬含义,或人们对这个词的态度同样暧昧。使用者在使用这两个词时的态度(褒贬、自我评估与用以评估他人等),往往蕴含或传递出十分复杂的道德观念信息。中国人的人性或人心,在对于这一对词语的态度上,便一定程度上得到了说明与考验。当然,有人在使用"老实人"这个词时,是带了赞扬或怜惜同情的善意来说的。在中国,"老实人"的生活空间有多大?

先生云:现代西方乃至世界范围内,未必没有势利与勾心斗角之事,然而在现代社会里,理论上,即使有,也往往应是在尊重普遍人权、规则与契约基础上的竞争,或关于规则本身的批评和斗争,是有底线和原则的,所以,程度或深度亦有限制——当然,事实如何,又或另当别论。有的人却几乎是以整个人格、人权、身体、精神、灵魂乃至性命去勾心斗角的,毫无底线,毫无规则,毫无诚信,所以程度与深度可以到达骇人听闻的地步。现代西方也有这种骇然听闻的事情,然在其法治体制和发达经济形势下,毕竟少见,是非常态的,是违法犯罪。

先生云:北欧人的表情与美国人的表情亦不同。

先生云:多元宇宙。有意或不小心将某人(你)送入另一宇宙,你再也找不到我,或我再也找不到你,没有任何消息与希望,则如之何?此心如何?佛教于此有其解说,然亦有别说。于爱恋之生离死别,则曰:伊乃是去了另一个宇宙而已……种种执着,尽归一空。

先生云:精明人的庸俗社会学。中国的精明人在酒桌上寒暄时,先拐弯抹角地问清对方的所谓"底细",也就是自己关心的若干方面,比如官位、职位、权势、财富等,或者对自己的这些方面信息有意无意地透露和亮相。酒桌上,人们互相骄傲地吹嘘说某某某、某某某是我的朋友、哥们、亲戚,或者自我吹嘘显摆等,然后是称兄道弟、交杯换盏、寻租交易、乌烟瘴气……

先生云:还是地球任性而霸道,它不高兴了,就把地球上的东西全部收拾轮换一遍,包括人类,重新打散,换了一个新的结构,然后饶有兴致地看新一轮众生在日月代序、四季轮替里沉浮悲喜。

先生云:刚去看了一下易北河,月黑风高,浪凶潮急,雨激雾涌,急切而恐惧怒号,跟上次完全不一样。上次是枯水期(其实不过半月前而已),却显得那么平静安然。心如江河,风浪难期。

先生云:有一种观点认为,大国的角力和牵制,是造成中东以及其他所谓"破碎地区"或零散地区的"破碎"、"零散"或其他问题的根本原因之一[①],不然的话,地区性大国或强国就会试图扩展自己的势力范围,甚至发展地区霸权,整合破碎地区,从而试图逐渐成为世界性大国。但这是既有世界性大国所不愿看到也不允许出现的现象或结果——如果其真的是世界性大国或拥有世界性大国的真实实力的话。从现实主义或均势国际关系理论角度来思考和行动,则任何世界性大国都必然会主动作为,未

[①] 当然还有其他很多因素,并且即使没有大国牵制和角力,也可能同样存在许多问题或同样的问题,乃至更严重的问题。大国的牵制和角力有时也提供力量均衡、稳定和和平,并对可能的地区霸权行为进行遏制。所以,对此亦不能简单化地评判。这只是一个国际政治的现实或事实而已。

雨绸缪，先期破坏周边或世界范围内任何可能对其世界性大国地位构成威胁或挑战的力量重组，警惕任何可能对其构成挑战的新的力量的崛起。换言之，既有的大国会倾向于维持有利于自己或以自己为领袖的既有的世界国际格局，不允许挑战者的出现。反之，如果既有的世界性大国不能或无力干预周边小国的政治，或不能保护周边国家中亲己的政治力量或人物，就会在周边国家和地区失去威信，让那些可能的反对力量看到机会，无形中鼓励周边国家和地区中反叛者和挑战者的出现，所以最终往往是以战争与冒险来试图重新划分世界权力结构或权力版图。这有几种情形或结果：挑战者胜出，而改变世界权力结构；挑战者失败而被压制，基本失去或至少在较长时间内失去挑战者的资格，乃至被根本肢解分裂为诸小邦，以使其永远无法挑战既有霸主；两败俱伤，另一有潜在实力者渔翁得利，趁机取得世界霸权（当年的美国取代欧洲列强即有这方面的原因）。

回到最初的问题上来，如果没有大国角力与牵制的因素，则破碎地区或许同样难逃战乱的厄运（除非各国能维持大致的力量平衡，即地区诸大国的力量平衡），付出巨大牺牲与破坏；但有时也可能由某一方取得主导，而成为新的霸权国家或帝国。

历史上,某个力量的突然崛起,往往通过几种情形,一种是韬光养晦、低调务实内敛,对外矜持乃至曲意逢迎,对内发展壮大实力,不务虚名,而不受外界注意地悄悄地壮大崛起;另一种是利用高超的外交战略和手段,在当时的国际关系形势下,合纵连横,壮大自己,并使自己处于国际关系网络中的有利的战略位置,最终在其他因素的综合作用下,尤其是在某些大国的衰落的机遇下,不可避免地崛起(如俾斯麦领导下的德国统一)。

先生云:人类酷寒时代来临时,连实现一个小小的愿望都将变得极为艰难,乃至根本实现不了。所以,趁酷寒来临之前,让我们赶紧相爱吧。

先生云:我羡慕诗人能将情感写得那样深切感人,然而我也知道,即使写出了最动人的诗,诗人本身的痛苦仍然无法救赎,正如歌者一样。//一首诗写完,诗人又要独自面对空茫的世界。歌声结束,歌者重新陷入长久的寂寞。//不停地歌唱,直到声嘶力竭,疲惫不堪,直接瘫痪在无风的梦境里。

先生云:思想如水,是血,只在头脑、头颅中进行循环。

某君言：世界上有许多可爱美好的人事，可是都与我无缘。——事实并不是这样的，这里仅仅是一种情绪表达的夸饰的修辞手法而已。或有浪漫主义之言曰：只要自己美好，则一切美好。

先生云：我最后才发现，所有的问题都是吾人或我们自己的问题，世界本身好好的，没有任何问题。

先生云：在现代知识整体面前，每个人都是无力的弱势者（也可能只是对吾人这样求知欲极其强烈的人而言吧），虽然作为整体，人类看上去是世界的主宰、万物的灵长。实际上，人类唯一不能主宰的，就是人类本身，因为个体乃是，和必须是，生活在人群与人类世界之中的，人类世界不可主宰，所以人类个体也都无法完全主宰自身，人类个体的一切内外问题都与人类整体的这一问题或困境有关。人类虽然征服了外物众生甚至自然与宇宙，却不能征服自己，即仍然无法同自己（自身或自心）、同类群体和谐相处，可见人类仍未充分全面了解自身，或者，人类本性及人类文化本身仍然存在内在的缺陷和问题，至今未能解决，或至今未能集体进化到人类和谐幸福相处的必需的更高的智慧阶段与境界。人类本性或人类文化本性，甚至于可能自我毁灭，无论是作为个体、群体还是人类整体。

先生云：一切都变动不居，必须接受这一点，生命才成为可能；一切都是有限而又变动不居的，没有什么是永久的，故曰珍惜当下现在，用心用情而得失取舍无悔吝。

先生云：必须安于相当程度的无知状态。人只要有一支知识的蜡烛照亮自己的周围，人带着自身心灵的这支蜡烛行走，照到哪，便发光照亮哪，以便让自己（和身边人）能安全地行走（可画一自身知识深广度的热成像图，则其远近、深远、浓淡皆清晰可辨）。所谓"便发光照亮哪里"，便是运用自己的大脑或心灵，来随着自己的方位和环境动态，来探索周围的知识。故其知识或常识——常识随人而不同，每个人的常识就是照亮自身周围所需要的那一部分知识——也会动态变化，随着行走到的新的方位、环境和地点而变化。至于自身光亮所能照亮的地方之外的更广大的时空，则或是未知，或是黑暗的，或是根本意识不到的——虽然彼一时空是存在的，而且因为其是未知和黑暗的（彼一时空有彼一时空的特别知识，我此时未知而已），故而是危险的。但人必须接受这一点，因为此是人的局限性所在。或曰：因为人是此在的存在，不是彼在的存在。

然而，不同的人亦可有不同的光亮扩展限度，有的人的知识总量,连自身周围半米的时空都照亮不了,有的照亮的地方或空间就大一些,有的则有余力来扩展其知识的光亮半径,乃至探索更广大的未知空间,并为他人、其他群体乃至人类照亮更多的地方。另外,作为个体,其心灵大脑之蜡烛所照亮的地方是有限的乃至支离破碎的——即其知识是破碎的、碎片化的,不系统,不完整,存在许多缺漏,且会随着年龄与记忆而不断变化,其光线空间是完全不规则的。但作为人类整体的知识或知识的整体,却能照亮非常广大的地方;其知识的光线的扩展半径,可以极为广阔深入,即使仍然有许多支离破碎和缺漏,但在系统性、逻辑自洽性等方面,却远比一般个人知识系统深广得多。有时,个人以——或只能以——专业化的方式,各攻其一端,而在不同方向或向度,扩展了人类的知识,或人类知识的光亮半径;但就个人而言,其知识总量可能仍然是极为贫乏缺漏的,也就是说,此人也许对其专业之外的知识,仍然知之甚少。

然而,在当下技术条件下,要成为知识的通人几乎不可能,所以人类只能以这样一种方式,来扩展人类的知识体系,然后再来慢慢想办法进行个体知识的进化。这一过程极为缓慢,甚至,当达到一定阈限后,人类的头脑,或心灵,就不可能承受得起人类整体知识的进化,到那时,人类就会被自己所创造的知识体系所打败或彻底摧毁，比如机器人，比如所谓的人工智能，以及其他预料或无法预料的多种严重问题。质言之，人不再能有效控制和利用自己所创造出来的知识（与技术），人类知识总体将反过来控制所有的人类个体。质言之，最大的问题是：人类个体的知识进化，却无法和人类知识整体的进化直接对接（前者跟不上后者发展的节奏），而需要每个人从零开始去学习、接受和创造（即使因为人类整体的某种形式的缓慢的人类智慧进化，而影响到具体个体亦体现了这种智慧进化）。所以，循此节奏发展下去，人类之专业化会变得越来越细化生僻，人类个体将越来越被知识所异化（知识的异化，或知识对人的异化），直到最后的不堪重负。到那个时候，人们或人类便要么实行返祖运动，要么自我毁灭，除非人类科技能够进化到这样某种程度，比如发明一种技术，能在人类知识整体的进步与个体智能之接受发展之间进行对接，则所有的人类个体都能瞬间获得人类整体的所有知识——但这同样未必不是一种知识的异化。不过，在这个知识绝对平等的人类智能乌托邦中，将会有更有趣的种种可能性吧。

人类的知识半径或知识进化空间已经颇为广远，但并非人人都掌握人类的这些知识，所以，尽管许多空间或领域实际上已经被人类知识解读,或已被人类知识的光线照亮,但对于并未掌握这些知识的人而言,这些空间或领域仍然是黑暗的、未知的、危险的或危机重重的,这就是人类群体或人类个体知识进化水平的不平衡。所以不同人类个体和不同人类群体都存在着学习和发展知识的任务,或知识进化的任务,以尽量同步于乃至领先于人类知识进化的步伐或深广度。

先生云:儒家思想中亦分高明与平庸之不同层次,其中之最高明者,乃皆为独立不阿、志归于道者,"上不臣天子,下不事王侯",隐然有现代独立公民之节操……其中焉者、平庸者,乃有种种弊端流毒,而与专制统治者一拍即合,互相利用,乃至荼毒百姓,形成中国专制政治文化之传统。然而亦总有高明者试图制衡之,而亦多力不能支。

先生云:乱世中,儒家士人每去找最大的枭雄,而苦口婆心教化之,一般人每批评其好走上层路线,干禄乌合,而以此成为中国专制政治传统之一部分。此种情形固未尝不有之,然仍有其正面意义,而减少枭雄暴虐统治的程度,实现一定社会秩序和稳定。甚至在经历两三代之后,以此有效驯化初代统治者之暴虐粗鲁性,而渐至于通过包括科举考试制度在内的一系列政治、制度、资源等,而建成规范文治政府,亦可以说是一种战略,且往往取得成功。但儒家未能再进一步,克服其出身于宗法制农业社会的儒家思想文化自身之内在缺陷,而开掘出廉明问责政治,从制度上消除家族主义、裙带主义、纲常伦理、亲疏远近、结党营私之人治腐败政治,乃是取其重大缺陷和不思进取处(但对此亦不可夸张其辞,因为即使在皇权专制时代,也会对各个权力层级的裙带主义或政治腐败进行一定程度的限制和打击,以获得皇权专制时代的某种统治正当性,维护其皇权统治)。当然,西方发展出此种思想亦到十七世纪左右。今日有西方现代思想资源,如果仍然视而不见,在进行学术研究和学说创制时,却只谈简单复古,而不予合理借鉴融合而创制出现代文明儒家新政治学说(或新儒家文明政治学说),则就是无论如何也说不过去的事情了。此须将儒家经典及儒家思想,作一彻底批判性审视和清理,如此而后或可言创制之事。

先生云:因为儒家思想之高明处,乃是志在做独立不阿、不党不群之人(当然,另有一路径则是得位行道,故一定要汲汲求仕,然其求仕非为爵禄,乃所以行道也),而古代无此环境土壤,又无独立个体之组织形式与组织资源①，而其中之平庸者与历代私心昭著之统治者，则有种种基于私人等级制连带关系之组织资源与组织力量（纲常伦理、亲疏远近、广植党羽、宗法家族、血缘地缘学缘、师生连带，等等），互相援引结合，而形成甚大群体力量或组织力量。两相对照，正直、独立不阿者往往是势单力薄的少数，或难组织起正义之组织，故到处被人排斥、孤立和攻击，除了稍能成就个人英雄主义之悲剧外，根本无力同其庸俗或反动势力相抗衡，其舛厄及志业悲剧命运，当然也就尽在意料之中了②。

---

① 其实在先秦时，儒家读书人是有其组织形式和组织资源的，吾人且看《孟子》一书中彭更对孟子的描述即可知其时儒士组织能力之强与组织规模之大，此或亦可对当时儒士影响力之大、当时国力之强等作一注脚，并非后人所以为的手无寸铁、弱不禁风、势单力薄、孤身鏖战的读书人形象，亦对我们今天思考基于道义的组织资源和组织形式的论题提供某种启发："后车数十乘，从者数百人，以传食于诸侯"。参见：《孟子·滕文公下》。

② 换一种思路，关于此一论题，亦可说儒家思想包括两个层面：纲常伦理的礼义及其组织，普遍正道、仁爱节义精神及其组织，但后者在先秦时尚能组织起来，力量强大，隐然可抗衡一方乃至抗衡诸侯，成为诸侯争取的对象，但自从秦代嬴政天下一统、焚书坑儒以及其后历朝历代不断加强专制集权，而削弱、打压儒士和民间自发组织以后，基于道义的自发组织资源和形式便几乎被压抑殆绝，简直没有什么相应的组织形式，而只能托庇于封建专制所掌控的恩主、座师、同年等师生关系之下——有些还是拟制的——，失却了独立的组织资源和形式。总体而言，或从历史的实际表现和演化来看，前者既是主流，影响力和（转下页）

先生云：热爱自由的人都喜欢夜晚。当白天身不由己地从事一些世俗事务后，晚上剩下的本来用于睡觉的时间，就被无比珍惜地挪用来享受自由了，包括自由的阅读、沉思与诗意的想象。对照热爱自由与慵懒的人来说，一天中没有这样的心灵的空间和时间，就会觉得难以忍受。这是自由人喜欢夜晚的原因之一，事实上也是所有人喜欢夜晚的原因。因为所有人都热爱自由，自由是人的天性，人类本来就是从野生动物渐渐演化而来，至今尚未完全退却野性，或自由的天性，或许，也永远不会，以成就人类的本性。人类驯养了几千年的家畜（六畜），也没有褪尽野性和自由的天性呢——你看小狗小猫小鸡小鸭儿都喜欢出去玩呢！何况是人！又尤其何况是（小）孩子。我们始终都是孩子，或者，我们仍保持着（更多的）孩子的天性。

先生云：人不是机器，所以一切将人当作机器来管理的所谓管理思想、措施，都是反人类、反人性的。将所有身体、心灵、精神以及人的时间、空间等，都如机械管理或

（接上页）组织力亦更大，后者确实是儒家的支流。但后者更能与现代价值观念进行接榫。当然，我的这种论述和解读，亦是受现代观念的影响，而对儒家思想文化进行现代创造性诠释和转化。

所谓科学管理那样,塞得或安排得满满的,则人类便势必难以忍受(异化),乃至势必要反抗,包括外在的反抗——比如反抗管理者(阶层),与内在的反抗——比如反抗自己,因为这个"自己"把"我"管得死死的,没留一丝心灵与肉体的休憩的时间与空间,或者,以身心崩溃败坏(生病等)的方式,来反抗此种外在管理。那些一门心思赚钱(钻营)的人,最后无一不受到此种反抗,即使是以不同的方式(佛、道、儒的思想中皆有论及,又比如《红楼梦》中空空道人的醒世箴言)。其实,这亦非新鲜思想,佛道儒,今之异化理论、法兰克福学派(《单向度的人》),皆谈之多矣!

先生云:人类以多种方式来为心灵自由分派时间或空间,比如农忙与农闲,素日与节日,周中与周末,白天与夜晚,工作日与假日,等等。

论"徙戎论"

先生云：关于先秦时期的社会状况，有两种叙事模式，一种乃是正统儒家叙事，视三代为淳朴美好理想之社会；另一种则亦发现其中所存在之问题。此处暂不论第一种叙事。按照第二种叙事，先秦之时，（或因技术、生活条件相对差，人丁之存活率低），地广人稀，而发展农业、手工业、畜牧业等，都需要增加人口；又因其时之统治者为王权、贵族（霸权，武力强大，技术先进，组织力强大等），而欲盘剥平民以遂一己之奢侈安逸，这些也需要人口（土地）作为支撑，所以当时的统治者就（有动力）不断招徕人丁（民），用以统治、盘剥利用或奴役，而不大在乎其种族，因为皆将其视之为盘剥奴役对象而已。而零散农民或其他所谓蛮夷之人又无力反抗高度军事化、组织化而技术先进的华夏贵族,所以亦只能乖乖就范,选择依附与服从。所以那时虽有华夏中心主义之优越感,有华夏贵族与夷夏平民之间的等级制,对夷夏之平民倒皆尽力招徕或征服,在一定意义上(比如将其视为盘剥利用的对象),似并无根本轩轾高下、区别对待①。

统治者惟恨自己的人民(和土地)不多。起初,统治者最重视人口(与土地),其后本国土地分封殆尽,又尤重拓地、掠地,以便有土地赐给子弟功臣,或安置国家内生庶民与招徕而来之平民。所以其时所谓怀柔远人,皆以相对柔性、开明之治理或政治(比如所谓的薄赋税),而用以吸引和鼓励四方之人前来附属,以增加劳动力或税赋人口而已,未必尽出于爱民之初衷,实则亦有爱其赋税之心,即初衷仍在于奴隶主或贵族自身之利益。

因贪欲无餍,故诸侯相攻伐,将属地上之人民绑架于争利之战车上,胜则拓土地增人丁,以为己用(征战、耕作、纳赋税、服劳役等)。故其征战只为掠夺人口土地,用以奴役压榨(甚至不能简单地等同于西方的奴隶制,事实

---

① 这里用"根本"一词进行修饰,是为了表示,当时对一般庶民和俘虏、奴隶,仍是有所区别对待。

上,对于中国古代到底是否存在奴隶制,学术界也有不同争论——当然,奴役制是在一定程度存在的),不为种族屠杀,此为春秋战国时代之大致史实。故其时虽有夷夏观念,但完全不同于后来西方殖民主义、帝国主义时所出现的那种种族仇恨和种族屠杀的情形[①];种族役使之事即或有之,但也并没有后来西方的奴隶制的那种惨酷暴烈。那时当然也有种族或部族间征服之事,然其后的发展却往往是打碎对方之统治结构和统治阶层,然后将其全部变成平民(甚至还有兴灭继绝的仁慈安排),和征服者国内的平民地位一样,只需交纳赋税和服劳役便可,而渐渐同化于平民阶层(西周灭商即可谓如此)。由此,当时的阶层结构便可分为:贵族统治者——华夏之平民——夷狄之平民,而最后夷狄之平民和华夏之平民同化合一,则变成了贵族统治者——夷夏之平民的二层结构,而循环往复之,而终于成就汉代之汉族以及今日之吾国中华民族。在作为过渡时期的华夏之平民——夷狄之平民这一组结构中,起初前者或稍见地位较高,然并无本质区别,

---

[①] 而更多是种族或部族役使的问题,或可谓为种族或部族役使制。但役使在古代华夏民族内部和夷狄内部也都是常见的事实,所以并不能简单化地将役使现象等同于种族或部族役使制度。马克思主义则将此解为阶级奴役与阶级斗争。

都是统治对象而已,而渐皆同化为一。

故其时每多徙戎、招徕夷狄之事,亦是时代背景使然。其后中国境内之人口日益繁衍,土地不足,生存空间日蹙,则其情形或时代背景便完全不同。于此时而犹行内徙戎狄于内之政策,或从种族主义或民族主义的视角来看,便等于是自杀,或生造内乱,或剥夺本民族、部族或种族的生存空间。因为在先秦时,地广人稀,劳动力、人丁问题最重要,往往土地无人开垦耕种,而生存空间则绰绰有余;但在这时,更重要的却已经变成生存空间问题了。于此时,正应向外开垦荒地,拓展生存空间,却仍然因袭之前形势环境下的人口政策,就完全是不谙形势、缺乏远见的短视政策了。结果引狼入室,夷狄与之前的华夏原住民(及一小部分夷狄之混合),为争抢生存空间而激烈竞争对抗,造成中国历史的不断由外实内的发展模式(甚至小范围的替代模式),而非由内向外的积极拓展模式。此皆坐对劳动力问题与生存空间问题的主次关系的错误认知和决策所导致也。质言之,此是内迁政策之大误。

而用夷狄守边,这一政策虽有以夷制夷之考虑,不可等同于内迁政策,然而放弃内部军事建设,放任边地夷狄军事力量坐大,同样是短视与自杀的政策。在这样的政策下,内地晏安不习军事,其后因边地拥兵自重,处于苦寒贫瘠之地,羡于内地繁华,一有机会,便将大军内指,中华王朝便岌岌可危乃至灭亡了,从而在实际后果上,同内徙戎政策并无二致。

先生云:我如果去做自然科学研究,肯定同样是极富原创性的,决不会满足于平庸的、肤浅的所谓研究。

先生云:《孟子广义》一书成后,任何人想在其中偷换概念或玩弄语言游戏,夹塞兜售专制主义的私货都不可能了(皆告不可能)。"援之以道"亦可作书名。

先生云:名动天下岂在意[①],愿得一人可同心。曰:名动天下,乃自然而然而又避之不及者也。

先生云:偏激者或言:人类从没真正理性过。人类不理性,世界就以其生硬之逻辑与力量(比如所谓自然规律与社会规律等),让人类(付出代价),由奇转正,所以看上去显得好像人类有理性的样子。但人类在看上去的"正"路上走了几天之后,又开始得意忘形起来,其非理性之破坏性、毁灭性力量重新膨胀,横冲直撞,欲罢不能,一

---

① 或:吾志,所愿,所念。

时人力无力回天,直到某天被世界再度收拾。人类以此种方式奇奇正正,循环往复。某种意义或程度上,其实奇才是主流,非理性才是历史的推动力和毁灭力。中国古人讲"天下大势,分久必合,合久必分",其实讲的就是人类的非理性力量的主宰与不可阻挡,"浩浩荡荡,挡我者亡,顺我者亦随之而亡"。佛教、道家皆谈及此点(《老子》《阴符经》)。理性?人类目前尚未进化出真正的理性,理性不过是非理性的粉红色的柔软外衣罢了。

某君言:等我写完这本书,我就上战场。

先生云:什么战场?

某君言:我也不知道是什么战场,但我要战斗,我战斗的激情始终都在。

先生云:或有偏激者言,历史上,天下大乱时,为什么枭雄豪杰、流氓土匪反而能组织起来,而平民百姓、老实人甚至读书人、文化精英反而难以(在正义正道方面)组织起来?想清楚了这个问题,就看懂了中国的古代历史[①]。东汉大学、明末复社大致可算是难得的读书人组织,但亦多利用纲常伦理组织形式,尤其是师生道义组

---

① 本书前亦有述,即关于儒家思想文化分成特殊等级制纲常伦理与普遍天道仁爱节义两部分。

织——但在许多情形下,许多原本应该属于道义组织的师生道义伦常,也退化沉沦到权势功利组织,或以权势功利而组织起来,古亦有之,于今为烈①。枭雄流氓之间利用纲常伦理封建道德、江湖义气和江湖规矩、利益收买等来进行组织,又利用残暴、血腥、恐怖、严苛纪律等来胁迫其他人。流氓为了利益可以豁出去不要命,平民与读书人都难走这种极端,而保留基本的仁善底线。某种意义上,流氓也有流氓的"优点",可以舍生取利,而平头百姓和文化精英却难以完全做到孟子所言的舍生取义,则读书人敌不过流氓也就可知了。设若皆为孟子笔下之大丈夫士人,则哪里有流氓土匪的活动空间也!经过几千年的威胁利诱,平头百姓和读书人都被枭雄流氓治得俯首帖耳、怯懦服顺,没一丝反抗强权与流氓的勇气,只会在

---

① 这本来是吾人很不想过于批评的一伦,因为其中可能保存更多的正向好意,但为进行彻底的文化批判和社会批判,又必须对其变体或末流予以严厉之批判。今天之许多师生关系亦如是,有些教师通过种种手段获得官职或行政职位,心思不在传道(道义)、学术和科研上,乃至学术科研日益庸劣,而弄权作秀,成为学霸、学阀,且无道义自任之事实;招收学生乃所以招徕"打工仔"、剥削利用其智力成果、培植私人势力等;有些学生则称呼老师为"老板",并非看中导师学术和科研能水平,乃是看中权势而已。师生关系,还往往被利用到大小政治层面,党同伐异,乌烟瘴气,造成种种问题。诸如此类的乱象,完全违背古代或理想中的师弟以道义结合的要求。

流氓与强权的怂恿叫好声中,去选择欺侮更弱势的人了。进入现代社会,平等和自由权利观念进来,或乃可有一丝转机。

先生云:我现在读《孟子》颇有较深刻之领悟与批评,然已不知年少时最初读《孟子》的时候是何感觉。不知那时有没有跟学生或小孩讲过《论语》、《孟子》,如果讲过的话,那时的领悟、理解和批评,怕是很肤浅的吧。然而后之视今,未尝又不似今之视昔呢。如若如此,其实是很期待和很欣喜的,因为那意味着思想情意永远有上升的空间。人的思想领悟真的是在不断加深和升华,而渐上层楼,迭见新境(界)。单是这一点,人生也是有点意思的。

论"四职分立"

先生云：人活到一定时候（或程度），其实活的就是一种精神。其他的一切外缘（外物）外人外情皆不甚重要了，甚至连所谓的快乐幸福亦不重要，根本不以为意，亦根本不会去刻意追求。其实，在有的时世，怎么可能有外在的幸福，都是自欺欺人罢了。但精神却可以有，是属于自己的，实实在在的。唯此精神永恒。生时死后，万事空空，唯此精神长在而已。肉身生老病死，而精神宛然，依依自在。

先生云：古代儒家或传统文化中之一句"治人"，便将许多人的人心、人性锢缚住了，而遗害中国及其人民不浅，于封建社会历史中逶迤无绝。

先生云：儒家尊贤乐义，固有其正面意义与好意，在既有之私有私封王权专制时代，亦有其一定正面抗争或驯化统治者之好意在，而有清刚之气；儒家尤讲士人之不事权贵、独立不阿、傲视王侯之精神，亦在相当程度上是对既有王权专制之反抗与必要制衡。但此种好意发展到后面，未尝亦没有一些意料之外的后果。因为在封建专制时代，读书或接受教育的人，只是为数很小的一部分精英，皇权通过选举和科举等形式，而使文化精英与政治精英渐渐合一，甚至因为选举与科举制内在弊病或外在弊端，乃至使其政治权力身份尤重于贤德道义身份。换言之，颇多文化精英，通过科举考试制度，而成功获得政治身份与权力，或者，文化精英获得政治身份之后而变成权势（权势身份意识尤为凸显）。故尊德乐义慢慢就偏离了其初衷，而倾向或偏向于对权势的尊崇、追逐、趋附与追捧。原来以德义自任的文化精英，由起初尚有一定自觉独立意识和独立身份或阶层的游士、独立士，渐渐而与统治者或权贵合流，合二为一。

姑以所谓唐宋变革论来分析，则唐宋及其后朝代之通过科举考试制度而成功登龙门的"士大夫"们，固为权贵阶层，便是所谓读书人或科举失意的读书人，或来源更

广的所谓乡绅,无论就其参与举业之初衷或本意①,还是就其实在之表现来看,除了满口修齐治平、之乎者也,又究

---

① 亦即:科举对于一般读书人的吸引力,到底是天道德义呢,还是功名利禄呢?科举制度,培养的到底是奉道行仁、尊德乐义的人呢,还是追逐功名利禄的人呢?不如将道德教育与专业知识教育、职业技术教育以及政治选拔制度完全分离,一者为普遍国民教育,二者为专业知识教育和职业技术教育,三者为政治选拔等,而各有各的教育内容、方式、评价标准以及升等选拔机制。一者为全民德教或普遍道德教育,为道德标准,为道德目的(善),二者为知识标准或真理标准,为知识创新目的(真),三者为政治标准,为法治目的。古代中国人一直没有意识到这三者的区别,在制度设计上,亦将三者混淆之,没有各自立一特别机制,而导致种种问题。今人当意识到这一点,不然,如果继续混淆下去,则三种目的一样都实现不了,或始终在低水平上循环往复。亦即:如果混淆不分,则名义上说是普通道德教育,是为了培养道德节义精神,但因为其和与职业、工作选择及其收入有关的学术教育、知识教育、职业技术教育,以及与功名利禄或俸禄有关的政治选拔制度等混淆不分,导致许多人实则是为了功名利禄而来,故为了在此中(普通道德教育)"脱颖而出"而不择手段,诈伪百出,败坏校风、民风;名义上说是选拔学术人才或科技人才,却因为其他标准的阑入和僭越,使得制度设置扭曲了其制度初衷,而让那些真正有才华的聪颖之士被淘汰;名义上说是选拔公正廉明的政治人才或治术人才,却因为一再诉诸德治而忽略法治制度建设,而导致政治腐败成为屡禁难绝的顽疾。所以一定要让这三者各自独立,分工负责,各有其独立机制,才能发挥各自的特别作用,这可以说是中国社会建设和文化更生复兴的最关键的一点。道德教育机制乃重塑中国民性;学术、知识和科学技术教育乃提升中国科学技术水平,此为政治、军事、经济、社会乃至国家富强之最重要基础之一;政治选拔机制乃塑造良治、善治之最重要凭藉之一。中国古代,在有些时代,那些立意不在科举考试的书院教育往往能培养真正的道德节义精神;佛教和道教,除去其纯粹宗教信仰方面的教义内容,亦有化育人心、劝世或道德教育方面(转下页)

竟表现了多少实际的德与义呢？仅凭一点知识文章便算是德义之人吗？而竟然有什么资格要得着超出一般平民

（接上页）的内容，而发挥其道德教育的功能。科举和选举制度之前，即在先秦时期，则是通过各类学校教育来培养德性节义精神，如孟子所言"设为庠序学校以教之：庠者，养也；校者，教也；序者，射也。夏曰校，殷曰序，周曰庠，学则三代共之，皆所以明人伦也"（《孟子·滕文公上》）。在西方，则主要由宗教（教堂）来承担普遍道德教育的功能，此外还有学校教育中的公民教育，两者都是独立机制。关于学术、知识和科技教育，西方的学校教育、大学教育都特别揭橥学术独立、大学独立之意，而不会将学业（学术、知识与科技）与道德、政治混为一谈，或混淆学业与道德、政治的不同标准，而导致反而出现制度空隙。比如，让有些人试图通过钻营或伪饰道德，或以政治、权力影响等的方式，而损害了学术或知识标准，导致发展学术、知识和科技的功能不能够落实，影响到国家核心科技竞争力的真正发展；或者，通过伪饰道德的方式（比如通过种种制度设计不够完善的风评或评奖机制），通过知识科技资源而僭越必要的政治标准或政治录用程序，来获得政治资源或机会——比如所谓的"学而优则仕"，其实亦是绕开独立、公正政治选拔程序的表现之一种，虽然这在中国文化观念中，几乎是人们所认为理所当然、顺理成章的事情，而实际上，按照现代政治观念，同样有其问题——而不是通过正当、公正的政治选拔程序，和藉由真正的或专业的政治素养和政治能力。又比如，通过政治权力来僭越道德标准与知识科技标准等，攫取道德领域和知识科技领域的相关资源、利益或荣誉。

关于政治选拔机制，现代西方采取两种方式，第一种是从中国科举制度得到启发而创立的公务员考试制度，但这一制度同样是独立的，和普通学术或专业教育完全分开；第二种便是民主选举制度，同样和道德教育、专业教育完全分开，而完全是一个独立的机制（并且，一旦这些民选议员或官员被罢黜或未能赢得下一次选举，除了极少数高级职位并达到一定服务年限的民选官员可以享受特别退休待遇外，其他人（转下页）

的更大的 尊敬和礼遇?① 其实,历史发展到这里,对读书人的尊重早已不是对其道义(自任)的尊重(虽然仍有对

(接上页)都必须再度自谋职业生计等,并不能享受任何特权,包括任何特殊退休待遇。所以,官员对于其他职业,并无特别压倒性或独占性的优遇或地位)。质言之,政治选拔机制完全独立于道德领域及其标准和知识领域及其标准或门槛之外——当然,这并不是说在实际民主选举过程中,民众在投票时,不会考虑候选人的道德水平和知识水平,事实上,民众仍然会考虑候选人的道德表现,但却不是仅仅依据道德教育机制中的等级评定,而是另外设立的若干独立机制,来监督政治过程,包括对候选人的道德水平、政见、政治能力等的综合评估——以这样的制度设计,不让道德标准和知识标准僭越了政治的法治标准或程序正当性标准等。当然,如果分析得更细致一点的话,那么,还须另外拎出一个职业选择或就业的领域,同样须有独立机制,而从道德教育、知识教育和政治选拔中独立出来。对此,西方是私有制和市场机制,当代中国是市场机制和国家事业单位等的结合。以上可名之为"四职分立机制"(普通国民教育(普通国民德性及通识或常识教育)、专业技术教育、政治选任机制、生计职业机制)。

① 关于这个问题,儒家其实亦有其解释或解答,亦即,儒者凭借其"入则孝,出则悌,守先王之道,以待后之学者"的表现和作用而"食功",而得其尊敬与俸禄等。换言之,儒家儒者以其道义自任、以身作则师范之孝悌;对治国之道之掌握;和化育后生天下之师儒之功,而获得其尊崇地位。值得注意的是,这里透露出来的信息是,在古代中国,道德表现,政治知识能力和身份,道德教育与学术知识教育,这几种功能,在古代儒者那里是集于一身的,并未分化。在一定意义上,亦可反向推论,即儒者或读书人若要获得那种额外的尊敬,则须同时表现出德义醇粹高尚、懂得治国之道术、并以师儒身份传授道术于后生、以德义型范于天下,此为其得人尊敬奉养之必要前提条件,则其要求并不低。以此要求或标准,可见单是有其教育经历并不能自然而然地获得社会的尊敬和奉养(国家俸禄)。然而,如何能判断其人能符合以上三种或四种要求呢? 则德义,应有道德教育机制来培养之,并由自由公开之社会舆论评判之;(转下页)

士人的此种期待），而是对其将来所可能有的飞黄腾达的政治权势的尊崇畏惧与趋附羡慕罢了，而与德义渐行渐远。士人食志食功，如果单是凭藉一个教育资历，而既无其心志自任，又无德业才能功绩，则为什么要得着超出同为社会贡献者的农、工、商、兵等阶层的特别的优遇？

无论中国隋唐以前的选举制度，还是隋唐以后的科举考试制度，当然有其巨大的价值和优势，发挥了非常重要的政治作用，但只要其和等级身份制度及过分的功名利禄挂钩，就很难真正承担得起培养尤其是选拔德义之人以及保证政治清明廉洁的根本重任，或至少不能达成更好的或更理想的状态或效果，甚至往往有适得其反者。其实唐宋之前的举贤良方正的选举制度，就其本意而言，或有好意在，实行过程中却同样因其弊端而变质，经过一系列中间环节，而造成了一批土豪恶霸劣绅。由此可见，

（接上页）政治知识能力和身份，则由包括治国学术教育的专业教育以及公务员考试制度、民主选举制度来选拔；师儒身份，则由其高深之专业教育、道义修养及相应造诣而任之（而有独立之学术标准和知识科技标准），同时制定更高的德义要求和职业道德要求，同样由普通法律、职业道德、社会批评、媒体监督等予以评估监督，而不仅仅是内部监督。如此，则或可矣。参见：《孟子·滕文公下》："于此有人焉，入则孝，出则悌，守先王之道，以待后之学者，而不得食于子。子何尊梓匠轮舆而轻为仁义者哉？"

尊德乐义之好意,最后被私有王权专制制度所成功利用(无论是利用古代选举制度还是隋唐后的科举考试制度,都是一样的),变成权势特权,变成人格等级,变成阶级压迫。因在不完善地基上尊德乐义①,而实际上导致对平民地位、人权、人格的忽视与践踏。官员绅士之间互相演出一套假惺惺的相互优礼的二人转,但平民百姓则无一例外要对官士皆低眉俯首,形成名为德义品级制实则权势等级制的文化格式和社会结构。

这种道德与政治不分的情形,或将道德与政治权力、功名利禄的权力分配机制等挂钩起来的做法,还造成了一个更为严重的后果,即导致真正道德节义精神慢慢沉沦消退,而成为政治、政治文化或所谓的政治道德的附庸,最终就导致此种文化中日益缺乏普遍基本权利、平等人格或普遍人道主义精神,即真正的道德精神。

故古代中国社会中或中国人的对他人的尊敬,固然亦有尊其德义者——比如对于毫无权势亦并无权势前景的颜回这一类人的尊敬,方是真正的敬德——,而尤多对于权势或(心中评估之下的)可能的权势的趋附。这些人

---

① 所谓"不完善地基上",一是指其只强调德义、不注重法治和缺乏必要制衡制度,二是指其所表现出来的上文注释中分析过的道德教育、知识教育和职业工作选择、政治选拔四者混淆一气的情形。

说是尊德,其实很多是在心底里打足了算盘而出于对权势的趋附、畏惧与利用罢了。故此类人对权势之态度乃是,权势(包括影响力)渐衰,则其对权势的尊重礼遇亦渐衰,或自我辩解说自己当时便亦对其在功利上予以回报为名而礼衰。就此而言,这些人很少有真正尊德乐义的。在古代中国社会的某些情境下,正直仁善之人往往被打压,而权势人物周围总是前呼后拥,无怪乎此类趋附者人群自身也千方百计想当官,以享权势的快感(包括享受无名无实的谄谀或谀颂),而流行官本位意识及其种种负面表现。许多时候,看到中国社会中流行的肉麻的吹捧趋附,便觉十分悲哀……

先生云:当世界与世人睡去时,我们再安安静静地读诗和写诗。当世界与世人醒来,我们且到梦中一避喧嚣扰攘。

先生云:当白天世界的喧嚣退潮,我们再安安静静地相爱。

俳句:为什么是夜晚?

先生云:因为传统文化中的上文曾述的那种文化无意识的严重流行,导致古代有些人颇为缺乏现代意义上的平等基本权利观念、人道主义和平等观念——虽然古代有古代的人道主义或仁道主义——,亦无这种文化的培育和教养。在这种文化状态下,那些缺乏儒家普遍主义仁道观念的人的人生状态往往便是:当这个人有权势时,可以飞扬跋扈,无恶不作;无权失势时,往往又被人冷遇乃至作为贱民而百般凌辱污蔑。我们看中国历史上的一些悲剧之所以能够一再发生——比如之前的权势被罢黜或摘去顶戴花翎、贬斥为平民后(乃至流放),失去了权势身份,基层管理者甚至某些民众便对其侮辱刁难、随意污蔑、折磨致死,等等,便都与此有关。因无现代意义上的人道主义、平等人权之文化精神及其道义教育,便无对人本身的普遍尊重与同情——即有尊重亦是和身份地位相关联的,亦即所谓的身份制——,便将看人下菜,而有对平民或贱民的超出底线的无恶不作之残暴。中国的各种人间悲剧一再发生,皆与此有关。

先生云:种族主义一度是西方文明的毒瘤。而德国纳粹时期,则是西方现代文明堕落的一个集中表现(其实在当时,整个西方都不同程度地存在着种族歧视或种族主义问题,比如甚时仍然方兴未艾的殖民主义、帝国主义扩张,主要都是由欧美国家所主导的。并且德国和英法美等国家的重要矛盾之一,就是在殖民地或势力范围争夺方面的冲突,这是不可否认的大的历史背景之一),即纳粹对于有些人的此种对于人类的基本平等人权缺乏普遍尊重的道德状态,加以利用,在外在命令和内在道德状态的双重作用下,导致有些之前对同胞或邻居(当然,这里主要指的是犹太德国人)彬彬有礼的人,却在纳粹统治时期,表现出偏激、极端、残暴的行为或思想来,比如,迫害其犹太邻居等。其实,如果回顾美国投票权的历史,也能发现类似种族歧视情形(投票权从最初只局限于成人白人有产者,而妇女、黑人等有色人种及其他无产白人,以及天主教徒、犹太教徒、贵格会教徒等都没有投票权;然后又有针对或防止爱尔兰天主教移民获得投票权的文化测验,以及通过其他诸如人头税、祖父条款、白人预选会等形式来剥夺有色人种尤其是黑人的投票权,最后才是1965年的《选举法案》),而直到1965年,才使美国黑人重新获得完整的投票权或选举权。文明非常脆弱。在某些非常情势下,特别是在某些极端主义思想煽动下,人类很容易忘记辛苦获得累积——乃至是经由残酷悲剧的沉痛反思才获得——的人类价值,或抛弃人类珍视的现代价值常识,放弃真正的理性思考和道德反思,而误入文明的歧途。

先生云:我们看国内有些衣着光鲜亮丽的所谓"上流"人物、"上层"人士,却心安理得地享受着所谓下属、亲信的服侍,甚至对着服务员、平民百姓或老实人、弱势群体颐指气使,刁难凌辱,嘲讽喝斥等,而对上级或官员等,却言行卑顺,或极尽客气谄媚,判若两人。这其实就是缺乏上述精神的表现,尤其悲哀的是,少数底层弱势人群比如有些服务员亦是看人下菜,见到衣着贵重、派头架势大的人,便百般逢迎,曲意照顾;对着衣着普通、温和平实者,反而爱理不理……此两种人其实在本质上是一样的,真可敬而远之也。然而关键仍在于确立正教与正大仁善之文化风俗。

先生云:儒家思想本身亦讲仁民、亲民、民本,但一者往往是从谏戒统治者以保其地位的角度立论,二者亦无平等基本权利观念尤其是平等观念本身,人民往往被设想成是被"治"的对象,三者,尤其重要的是,专制性制度结构,从根本上使得儒家思想中的仁民亲爱的一部分无法兑现,反而是上述歧视性等级制现象,在现实制度和社会结构中愈加凸显,愈演愈烈。这些都在辛亥革命以来的新文化运动、思想文化革新运动中不断遭到批判和扬弃。

先生云:在末世乱世里生存,人是没有任何退路的,哪里有什么选择!

某君言：少年的梦还没好好做呢，却一下子到了中年的年纪，真是尴尬不已。

先生云：童年读童话，少年读小说（读诗而咏歌），青年读哲学而求真、读诗而怀春，中年读政学史学，老年读神学、宗教、哲学，寄情艺术（性与天道）。

先生云：吾人文字语言中，每多批判诋斥，实则心中对正向人心人事，亦多有赞叹与温情祷祝之情意。比如，世人每不信任官僚政客，而多所批评抨击。然吾人所指斥痛诋者，乃其中之"肉食者鄙"，乃其中之贪腐无能、误国误事、刻薄品劣、邪佞恶暴者。但其实古今之官僚政人中，亦未必全无若干善性发露而表人性之常者，乃至亦或偶有正向之功业与优情表现者。此外，自古以来，各色人群中，虽不乏败类，而尤多优异艰卓者，如奔赴民瘼国难、为国为民、捐躯不恤之将士、军人志士，或守边之基层战士，如边远偏僻山村之乡村教师，如日常生活中之良善温柔慈悲之人之事，等等，对于这些人与事，无论何时，吾人都会对他们行礼如仪，深深崇敬。

吾侪读书人，每每强调和权力的距离，强调批判性，秉持此一观念，吾人亦曾确实更多地批判诸种负面人事，而眼光文字似未及彼等细微日常乃至碎片化之正向、温情、卓特之人事,实则亦有所不得已耳,非谓吾人不识世上亦有善意义举、勇毅狂狷之行事也。"子不语怪力乱神"(朱子章句引谢氏解:"圣人语常不语怪语,语德而不语力,语治而不语乱,语人而不语神。"),孟子自述不得已而辩,而吾人亦岂好辩斥哉,亦有所不得已耳。然于心于实,亦皆不掩人善。

奴隶制与优胜劣汰

先生云：对《论语》、《孟子》、《大学》、《中庸》等书稍作补正，则可作"德经"读本，然尚须另有"法经"（今之"法律基础"之类，立意亦好，然抽象死板，未可作童蒙少年之读本，当以优美典雅谐韵之文言文创述之，又当切近日常、言近旨远、语简意丰、涵咏不尽、味之无穷，乃可），再须有新"礼经"（或现代"礼经"，涉及日常各种行为规范，同样须以文言文编创之，包括所谓新"幼仪"等。《礼记·内则》曰："十年学幼仪，十三学乐诵诗，二十而后学礼"[1]，朱熹

---

[1] 朱熹，《四书章句·论语·泰伯第八第八章》：子曰："兴于诗。兴，起也。诗本性情，有邪有正，其为言既易知，而吟咏之间，抑扬（转下页）

亦有论及);至于"政经",或可纳入"法经",或可另行编创;"政经"或作普遍阅读,或仅作政治学专业之读本,而由其学子学习阅读之。然后新时代之若干现代经学读本,或乃可谓得之。

其他新旧经之关系,则《诗经》亦可有新时代之编述也(《新诗经》);《现代政经》或《新政经》代《尚书》,或将

(接上页)反复,其感人又易入。故学者之初,所以兴起其好善恶恶之心,而不能自已者,必于此而得之。立于礼。礼以恭敬辞逊为本,而有节文度数之详,可以固人肌肤之会,筋骸之束。故学者之中,所以能卓然自立,而不为事物之所摇夺者,必于此而得之。成于乐。"乐有五声十二律,更唱迭和,以为歌舞八音之节,可以养人之性情,而荡涤其邪秽,消融其渣滓。故学者之终,所以至于义精仁熟,而自和顺于道德者,必于此而得之,是学之成也。按《内则》,十年学幼仪,十三学乐诵诗,二十而后学礼。则此三者,非小学传授之次,乃大学终身所得之难易、先后、浅深也。程子曰:"天下之英才不为少矣,特以道学不明,故不得有所成就。夫古人之诗,如今之歌曲,虽闾里童稚,皆习闻之而知其说,故能兴起。今虽老师宿儒,尚不能晓其义,况学者乎? 是不得兴于诗也。古人自洒扫应对,以至冠、昏、丧、祭,莫不有礼。今皆废坏,是以人伦不明,治家无法,是不得立于礼也。古人之乐:声音所以养其耳,采色所以养其目,歌咏所以养其性情,舞蹈所以养其血脉。今皆无之,是不得成于乐也。是以古之成材也易,今之成材也难。"《礼记·内则》:"六年,教之数与方名。七年,男女不同席,不共食。八年,出入门户,及即席饮食,必后长者,始教之让。九年,教之数日。十年,出就外傅,居宿于外,学书计,衣不帛襦裤,礼帅初,朝夕学幼仪,请肄简谅。十有三年,学乐,诵诗,舞勺,成童,舞象,学射御。二十而冠,始学礼,可以衣裘帛,舞大夏,惇行孝弟,博学不教,内而不出。"

《尚书》中的若干正向原则等纳入"新政经"或"现代政经";《礼》亦如是;《易》则由学子或成人自择读之;《春秋》三传可读可不读,亦由其自由(且当有新批评);"新乐经"或"现代乐经"或亦可新编新创之;此外又有"体育"礼仪组织技艺代古之射御……

先生云:创经易,反朴难。民性归朴,唯在农牧时代欤?

先生云:奴隶制有若干种:一种是暴虐无度奴隶制(剥削制),一种是开明法度奴隶制(比喻意义上)。前者为孔子所反对(礼崩乐坏,霸道貊道,横征暴敛,诸侯混战,生灵涂炭),后者为孔子所鼓吹,即开明(为民制产,取于民有制)法治(或礼治,礼法之治)君主专制。在农业文明社会,只要在土地分配和税收政策上有较好设计,同时打击土豪恶霸以及地方官僚的滥权渎职("正经界"等),则百姓虽然可能仍然不免相对穷困,却终归有不受干扰的自由清贫生活(天灾、疾病当然无法避免,而亦有一定守望相助、地方赈济之行事),颇有葛天氏之民的安稳和乐。

当自给自足的小农经济解体而工业化兴起以后,葛天氏之民的存在状态就再也不可能出现,以前配套的、自给自足而满足日常生活的多元化的手工业生产体系及其商品交换(集市),几乎渐渐完全消失,一切都社会化、工业化、资本化,一切都必须以金钱为中介来进行交易,没有钱,生存就变得几乎不可能,尤其是在现代城市,亦即工业化的最直接体现之地。资本主义体系试图将所有人(身不由己地)都卷入现代工业竞争与交易过程中。

资本主义的伦理法则、道德体系,与农业社会完全不同,在资本主义工业社会里,一切都变成计算与交易,一切都以理性法则(计算法则、经济人法则)和交易法则为标准,一切诗意的、温情脉脉的、情意的、含蓄的、会意的、模糊的、逍遥的、简单的、漫不经心的存在,全部让位于公开的、明确的、严格的、精确的数量法则、公平交易法则与契约法则……据说,资本与资本家试图掌控世界;又据说,某种意义和程度上,一般个体人被沦为自由劳动者、被剥削者,乃至变相的奴隶,看上去拥有自由和基本人权,实际上被资本主义法则推动着,身不由己地做这做那,根本停不下来——你必须得努力工作(农业时代还有闲暇,还有但求温饱而选择不过于努力工作的相对自由或退路空间),必须力争上游,不然就将生活日蹙,难以生存,因为社会分工使得几乎所有的生活必需品都必须用你工作所得的工资即金钱来支付;不然就是 loser,因为资本主义社会宣称已经给所有人提供了平等的机会,所以其对竞争失败的人的歧视是毫不留情的①。所以,在人类生产技术或生产力水平尚未发展到足以将所有人类从各种繁重劳动中解放出来之前,所有个体为了自己的生计而必须努力工作和劳动,就是一种势所必然的常态或责任义务,在此意义上并不可过度愤世嫉俗。人们所要求的,乃是一种公平性或合理性安排。

王道政治还讲究体恤同情鳏寡孤独,政必由此等人先②;资本主义社会便是"资本不仁,视万民如刍狗",管你什么生活异化、工作异化、身体异化、人的异化! 许多人只能以身体、以健康来换钱,身体、人格等一切都变成了可以乃至必须出卖的商品……资本主义社会更为复杂,因为社会分工和现代工业化等的发展,相比于农业文明社会,使得现代社会中的个体更加难以独力掌控自己的命运……

先生云:人类还有机会吗?

---

① 美国当代哲学家罗尔斯于此亦有其特别思考,可参见氏著《正义论》。

② 《孟子·梁惠王下》:"老而无妻曰鳏。老而无夫曰寡。老而无子曰独。幼而无父曰孤。此四者,天下之穷民而无告者。文王发政施仁,必先斯四者。诗云:'哿矣富人,哀此茕独。'"

先生云：偏激者言：我看世上竞争胜利而生存下来的人类，也没聪明到哪里去，还不是战乱、暴力、欺压、不平等、贫富分化等种种人生悲苦，至今没有什么真正的起色，隔些时候就要发作。可见人类的智慧至今没有根本进化，或仍受其根本本性或缺陷所制约，跳脱不出。

精明的人也未必有更好的生活。精明的个体组成浩浩荡荡的互相争斗的人群或群体，导致精明人即使一时竞争胜利、脱颖而出，好像在其中也没什么幸福而言，可能比那些"相对不精明的个体"，譬如朴诚之人，所组成的群体的生活，还要痛苦不堪。可见，如果将群体、组织因素纳入进来，进化心理学（生物学）的单薄的结论，就经不起推敲了。群体（种族、民族、共同体等）的繁衍，与"自私的基因"，其间关系并非如此简单（可参看种种生物社会学作品）。

西方承认"自私的基因"、物竞天择、优胜劣汰、人人相争、基因竞争、自私者存，他们宣称这些才是人性的更重要的事实[①]，而在承认这些的基础上，思以相应之制度

---

① 当然，这里主要指的是西方理性主义文化的人性论，但西方的宗教比如基督教同样抱持相似的文化假设，比如基督教的原罪说。

随顺并制约之,即以法治等文物制度来制衡人性之恶,而宣称反而渐渐取得了相比以往的较好的社会治理效果(当然,赤裸裸地承认和主张上述这些所谓人性事实的结果,亦曾造成西欧各国的残酷血腥的厮杀,和对世界的帝国主义、殖民主义奴役——主要由欧洲肇端发动的两次世界大战是其最突出表现,悲观者乃曰今亦只暂安耳)。儒家文化不承认"自私的基因",反之以"人皆有仁善性"。但人性中的另一部分"人性的弱点"或"人性之恶",或一部分恶人,或一部分人中的人性恶等,不会因为儒家的不承认就不存在,或就不表现发露出来,所以最终结果仍是历史上中国人、中国文化或中国社会吃了不少人性自私与人性恶的亏。西方(现代理性文化)的立场和判断是有问题的,但应对方法却有可取之处。

质言之,中国儒家文化的理想有其温情处,尤其是在那些真正切实服膺奉行儒家人性善学说的儒士之言行对照下更是如此,但其在手段方法上却误入歧途,有其欠缺之处。中国文化坚信人的善性,鼓励正向的、向上的发展,但对人性恶及自私的本性拒不承认或估计不足,以为只要在人之成长之前二十年,通过文教礼乐熏陶强化,就能保证之后不再退转,永不犯错,于是通过科举制度简择任仕之,而居之高位,此后则无合理之制度手段制约之

(限制公权力),结果导致自上而下的权力堕落腐败这一古代中国政治史或中国历史上的痼疾。儒家相信人类的善性,可是儒家努力了几千年,也仍然没有教化发展出"人皆为尧舜"的人类群体与社会。当然,这样说亦显得偏激,实际上,儒家教化的效果也是显而易见的,古代中国人的温良仁善与通达有礼,也是中国文化和中国历史的重要事实,不可一笔抹杀。

东西两种路向的发展和探索,殊途而同归。人类自称万物灵长,天赋异禀,众善所归,以为创造了更好的人类文明,而因此不可一世,骄傲得不得了;而事实上,人类或人类文明、人类世界,却同动物世界的相互争斗或生物链上的弱肉强食并无本质区别,乃至和有些物种相比,人类可能还差了不止十万八千里。比如草食动物牛吧,假设单只有牛这一类动物生存于世界,倘是有充足的草原和食物,大概是决不会有什么领土的概念(不过我并非动物学家,也没研究过野牛的生活习性,所以说这话时也有点底气不足,故亦只是姑妄言之而已,或是一种文学表达而已),或不会将草料收割后囤积居奇以要挟其他牛,随之压迫奴役之。幸亏他们不聪明,不能发明这些科学技术和文化制度(所谓"文明"形态),不然牛群世界的苦难只会比其当下状态多得多(根据上述论述假定,这里并不考虑人类对牛的奴役以及其他物种如狮子老虎等对牛的生命威胁等）。……哦，当然，牛群也会争斗，比如为交配权的争斗……故曰：牛之异于禽兽也几稀也，牛之异于人类也几稀也。

人类却不是这样，一则贪欲无餍，二则"聪明"，发明了种种科学技术和"人类文明或文化"、文物制度等，以至于能够"更高水平"地互相争斗压迫。人类这么贪婪，对于生活、土地、财富、生存空间等的索求如此其急其高，故而推动一切"进展"、"进步"，包括科技进展。将来科技发达，人类或许可以到达任何星球，那么好吧，为了解决人类的贪婪问题，建议每个人发一个星球，让其每个人都成为自己的那颗星球的君王，或者自愿选择结伴同行，移民到某个星球，也可以，总之你爱这么着就怎么着。这样总没有问题了吧？不然！第一是因为他们觉得这样没意思，一个人统治一个富裕却无人的孤独的星球，有啥意思呀，许多人们其实只是享受在人群中高高在上的感觉；第二是因为，经过若干年，或繁衍几代之后，我看这个星球终究仍将复制地球上已知的人类故事。因为地球上的人类故事本身也就是这样发展过来的，比如亚当夏娃，比如非洲的女酋长之家，比如女娲的后代，比如神祇的子孙，等等，据说当初不也是一个家庭家族、一群兄弟姐妹、一个种族(部落、民族,或一个人的肋骨)吗!可见,任何时候,人类重新开始,也都是这个过程。喏,这就是人类,那自我宣称的万物的灵长。

先生云:你强任你强,我弱我成佛。此是戏语(戏仿)。

某君言:你干嘛将这些人类与人生的真相,毫不留情地说出来!让人们或小孩这么早就知道真相,不是会要让其绝望吗?不如让其慢慢地领悟。

先生云:放心,说出真相他们也一时不会相信,不到吾人这个年纪,他们是领悟不了的,何况到了吾人这个年纪乃至一生也未领悟的人也大有人在呢!所以,人们最终在事实上都是慢慢领悟的。这是人类相对比较公平的地方,也是小孩、人类和人生可爱有趣的地方。其实哪里是吾人才开始说这些的,早就有许多古往今来的人不知说过千万遍了,人们或者听不到看不到,或者听了看了也不相信,或不理解,并且,听不听,看不看,信不信,也都是没有什么区别的。我也只是打发时间聊两句而已,并没有别的意思,或将其当成一个了不得的深刻思想来显示。况且我说的未必就是真相,或者,我说的只是对我而言的真相,换作另一个人,比如强弱智愚的差异,这些就并非是伊的真相。质言之,吾人属于人类中的这一类人,伊属于人类中的那一类人,各有各的命运和因缘,所以伊也未必要在乎吾人所说的这些,因为即使这种或那种关于人类的整体判断是对的,或是真理,然而对于具体个体而言,因具体个体之不同禀赋天性和因缘,故其所谓的整体真理便未必能对其人发挥完全的作用。故而吾人怀疑不怀疑,相信不相信,也就没有多少意义,所以吾人也不是太在乎这些的,同你们一样,随缘随风,生死流转。

先生云:知识的反噬与反控制。人类总体知识对于人类个体知识的反噬与反控制。

先生云:为人类与世界的命运担负一份即使可能终归无力的责任,此是思想者的意义所在之一。

先生云:即使有人这时告诉你:明天就是世界核大战或世界末日,你也不用急着回家收拾行李,且将你此时的相遇与闲谈继续下去,就当什么都不会发生一样。

先生云:相遇(偶遇)比末日更重要。前者是极偶然的机遇,后者是结局,而结局并不重要。

先生云:应当即时撰写自传,时过境迁,心史往往难以尽征,而失却了温度、血泪、细节与氛围,最终的自传总结乃是智慧与心史之体悟。

先生云：当以反溯（"虚拟回溯"）——即逆时间之流——之法来生活，比如吾人自知将来成为伟大思想家、哲学家或智者、圣者，则便自小就以（预知的）最后结局的方式来生活。又比如，吾人自知将来要获得诺贝尔奖，便自始以此安排自己的生活[①]。神化者无忧。

先生云：理想的失格或理念的失格——可对比理想型态、反功能或负功能、副作用、流弊等概念。有时，不可以理想的失格而遂怀疑与抛弃理想本身，而或可思考创造出何种更好的配套制度、措施以促成、保证或配合理想的实现，而尽量减少理想的失格程度。另：即使存在一定程度的理想的失格、副作用与流弊之情形，若其正功能巨大，且与其他正向制度适相配套，或配合良好，失格亦可能只是无伤大雅的小范围、小程度之事，则仍不可简单臧否弃绝之。

先生云：明明打着灯笼就可以走路（行路，赶路），却偏偏要去探究（追问）火的渊源。

[①] 或者，以预支诺贝尔文学奖或经济学奖等奖金的方式来生活，而无需考虑金钱问题。一笑。

先生云：个体的智慧＜集体的智慧＜人类的智慧？智力与组织,哪个因素更重要？

先生云：组织的反噬(力)。

政治理想与政治制度的适配性

先生云:春天来过,又渐渐走远;鲜花开过,又慢慢凋谢。我从春天与鲜花的对岸走过,静静消失于四季的更替中。

先生云:"后天就是世界大战或世界末日,你明天会去哪里?""我今天在哪里,明天还在哪里。"

先生云:即使有四季(春夏秋冬)的装饰(伪装)变幻,世界也还是那个世界。

先生云:世界一点都不纷繁复杂,一切都是重演。冰雪下面仍是大地与湖水,或者,是火焰与熔浆。

先生云:为什么要选物理时间与社会历史时间作纪念日? 人心的相遇才是纪念日,这才是我们自己的时间。

先生云：偈语或灵语：我也在看那片云。

先生云：在黑夜，我看到那颗星，和你看到的（那颗），是一样的。

先生云：想要幸福生活当然要努力拼搏，可是幸福在哪里？终点已没有人。人们把作为手段的财富、地位，当做幸福的临时标准或幸福本身，却将真正的目标轻易忽略放过。人才是目标，人心才是目标，人心才是幸福的源泉。但现在功利主义文化并未将人与人心放在心上，放在首位，结果辛辛苦苦跑到终点，发现都是那么一些人，或有外表的光鲜亮丽，心却都是虚浮苍白靠不住，倒是失望、空虚、虚无得不得了。或曰：因早知如此，故便未急急赶路。此是一种消极的洒脱。

先生云：应区分（政治）理想与（政治）制度。有时，圣贤或哲人会提出整套的文化社会（包括政治）理想或理念，其理想与理念本身体现了其善意与良知，体现了当时社会历史条件下的进步性与良善性。但理想与理念需要相应的制度和组织形式来落实，没有配套的适切有效的制度与组织形式，理想与理念就会落空、歪曲、变形乃至走向反面，或被其他群体、力量或因素等所利用，如果于此时仍打着理想的旗号招摇，于是在理想与制度（组织）实效的对比下，理想就变成虚假意识形态。理想体现了道德水平,制度设计水平则体现了智识水平,今日所谓的科学,亦是人类智识水平的某种进化。所以,没有思维水平和智力水平的进化和发展,文化理想是很难真正落实的。谁说智力、逻辑、科学方法或科学本身不重要呢?其实,中国古代文化也讲究仁智双全。

质言之,在有的情形下,制度与组织形式不能有效保证、支持(撑)理想的实现,或保持其前进方向;或者,制度与组织实践有意无意地走向理想的偏歧之途或反向道路。这表现为几种情况,有的是设计不完善、有漏洞,有的是根本矛盾冲突,即制度设计的根本方向与框架出了问题……然而,同时应予以注意的是,制度与组织实态或实践有问题,并不必然意味着理想与理念的正确、良善或有价值与否,故在应对上,也可有不同方式。对于与善好或进步文化理想根本冲突和背道而驰的制度与组织形式设计,须彻底改弦更张;对于方向正确而只是不完善、有漏洞的部分,则应在符合根本大前提、大原则的基础上,予以更为合理、精密、完善的制度设计、组织调整、补苴罅漏,以保证真正落实或实现进步的政治理念和文化理想;此外还可以有种种符合逻辑、法律与义理的制度(或组织)创新。

所谓符合逻辑、法律与义理,亦是指需要满足逻辑自洽（理性自洽或理性自治）、合法性（程序正义）与正当性（实质正义或正当道义或文化社会理想）。当然，最后还有两点额外的或第二位的特别考量因素：实践效果与民意，前者以实践来证伪制度设计的漏洞或问题，后者必须有民意的满意度的支持，以人民主权、人民满意度评估等的方式对实践效果进行评估，并进一步在符合前三种主导条件的基础上，进行制度与组织形式的改良或创新。质言之，前三者乃是根本标准，后两者乃是手段。当然，正当性标准除了天道、天理、正义、良善、良善人性等（正当性标准）之外，亦内在地包含人民主权、民意等在内。

在上述五点标准中，逻辑自洽与合法性标准是最简单与最容易评判的客观理性（智性）标准或形式标准——但许多文化社会理想及其制度恰恰是连这两条都不能完全满足，甚至有时还处于一种集体无意识状态中，当然，还有可能是基于种种考虑或居心的故意的精巧的设计。正当性标准还应考虑文化多元性，但即便如此，那些即使看似水火不容的文化体系或多元文化之间，仍然共享着一些人类共享的基本价值观，而只是存在程度大小不一的情形而已；并且一些有分歧或宣称不可通约的价值观，也有慢慢松动与融合的可能，或通过人们的自由选择、迁移等方式予以解决；剩余的某些根本分歧且由社会发展本身来进行自然取舍便可。而实践实效与民意的调控是相对比较复杂的问题,仍需通过现实政治的实际发展而慢慢变动。

先生云:古代中国不缺文化社会理想[①],缺的是严密精确的制度设计与组织能力;缺的是逻辑自洽与思维精确,以此使得理想图景中的各成分互相适配(的文化社会理想);缺的是文化理想与制度组织实践有效配合的设计实施能力。这些都涉及理性和智慧水平。简言之,则可能涉及文化模式与思维模式等根本问题。

先生云:"想你了。但这个'你'字空无所指。"这就是现代人的一种淡而深的忧伤。"想你",乃是一种 I miss you, yet I don't know who is you.

先生云:偈语:想你了,但却不知你是谁。(《孤独与悲伤》)

先生云:我的思想生涯还根本没开始呢!

[①] 比如小康社会、大同社会等。当然,也可以说世界或人类从来就不缺乏对于美好人类社会和人类生活的憧憬与向往。但向往和希望是一回事,提出某种美好社会和美好生活的想象图景又是一回事,而实现这种美好社会和美好生活的制度、方式、路径等又是一回事。向往和希望体现了人类的普遍愿望和追求;想象图景则体现了文明的想象力,这也涉及文化与智识水平;文物制度则涉及智慧和理性水平。对于人类文化体系的评价可以从这三个层次或标准分别进行。

先生云：偈语：也许在往世未来世，也许还只是在自己的肋骨上。(《消息之错过》或《你在哪里？》)

先生云：我爱你，可是不知你是谁，在哪里。因为你从无回应。(《人类的爱的吁盼》)

先生云：温顺（谦逊、驯顺）与叛逆之间，应有中道与常道，不卑不亢，中道而行。而非以一味谦抑换取他人或权威之满意与好感，或仅以过火的叛逆来反抗权威。

先生云：汉堡最美丽的季节，是秋天，可是秋天很短，只有两个星期，仿佛只是远方的蝴蝶，中途投宿几天，旋即就翩翩飞走了。这是伊的旅途，不是终点。这让我想起曾经的旅途，我在公交汽车上和异域旅人热烈地交谈，满心欢喜，还互相交换了联系方式，期盼再一次相见……然而再无消息。很久以后我才意识到，我只是旅人旅途上的偶遇，不是其旅行的目的与终点。旅人兴高地赶路，寻找下一段小小的奇遇。回家后，将这些变成故事和符号，向自己和他人讲述。我是点缀，不是终点。萍水相逢的偶遇，人们互为点缀，而并非互为终点，然而此亦是一种缘分和欢喜了。如今我也是过客，在美丽的街头和小镇徜徉盘桓，然而并不流连忘返，树木与风景是他们耕耘播种的结果，你是风景的路人和旅人，不是风景的主人。

你应该自己创造自己的风景,寻找自己的终点与目的。你自己就是终点,是目的……

先生云:万心皆备于我;千心集于一身;千心万苦皆备于我;亿心即是一心;一心万用;万心有同归同用……

先生云:有的人(学者)只能介绍思想,但我就是思想,并且是混沌充盈的。(《狐狸与刺猬》)

先生云:是心灵的抚慰还是语言的抚慰,抑或是情感的抚慰?语言的抚慰来自心灵的加持。此一心灵既来自自己,又来自古往今来的人类心灵。语言本身就浸透了心灵能量的加持力,故使用什么样的语言及表达方式就至关重要。语言既具有治疗作用,也具有致病作用——亦即语言可能成为致病之因——,皆因为语言本身便是古往今来的心灵能量的加持的结果。诗歌语言或诗性语言加持了太多情感的能量(浓烈深郁),故诗性语言最能激动人心,或抚慰人心。此外还有理性的语言,或所谓积极的词汇或语言,都有心灵加持的成分在内。现代心理学及其研究,或以实证主义方法研究词汇与人的积极情绪或消极情绪唤起之间的关系,其实就是研究语言的心灵或情感的加持力。但人的心灵本身也是由前生今世的一切因素加持而来,所以具体到个体,其人与此语或语言的相持影响关系(或加持系数),就总是带有浓厚之个人特色,无法以实证结论抹煞个体差异。就此而言,心理学所提供的以科学化、普遍化,或客观概率、客观规律式研究方法,及其研究本身等而带来的解决方案,未必能真正或完全解决人的心理或情感问题。诗能疗救与安慰,也能致幻与致病,然而这有什么区别,或又有什么关系呢!

先生云:欧洲的富裕强大也只有几百年而已,而今日欧洲各国间的持续和平亦不过六七十年而已(二战以来)。一切都会变化,一切都将变动不居——虽然我们期待世界和平。

先生云:在多民族国家里或帝国里,如果存在着一个占据相当人数优势的主体民族,则主体民族及其主体文化的状况(或主导民族,当然,这个概念既可包括其民族同时占据人数优势和权力优势的情形,亦可包括其民族虽处于人数劣势但却占据权力优势的情形),包括政治文化及其实际制度与管理,往往是一个社会的主导性因素,治与乱,秩序与混乱,仁善与残暴,公平与压迫等,皆当于此主体民族、主体文化之一般或典型态中寻绎说明。个别例外者或有,然难以撼动整体状态或趋势。现代民族与国家,一定要在世界范围的内在文明竞争力方面立得住,有其文化优势和文化吸引力,然后乃能达成内部稳定、边缘怀柔远人(同化)而外缘立得住(世界范围之文明竞争)的良好存在态势。

先生云:悲剧业已凝聚(结)成形,不需在头脑中反复彩排,坦然走下去(就是)。诗句与悔艾毫无作用,沉默与声言都将被洪流吞没。人生的激流在世界的洪流面前,将没有一席之地。云未成龙的尴尬,风笑而不语,天空是空灵的时候更多。

严密制度设计

先生云：百姓对现实的感知最为切身敏感，"春江水暖鸭先知"，社会问题最早也是由百姓切身感知到的。某种意义上，百姓总比政府更为敏感而富于洞察力，百姓对问题往往看得更真切、具体、细致，因为他们实实在在身处其中，感受到所有的细节……质言之，百姓对社会问题的感知，之所以永远更为敏感，是因为这些社会问题和百姓的切身利益乃至生存环境直接相关或利害攸关。政府官员或公权力则一方面有主动作为施政的一面，另一方面又有通过民众的反馈来因应作为的一面，所以有时对于有些问题，便可能隔着一层，鉴于此，故国家政府官员或公权力在态度上，便更要主动关注和重视百姓的切身感受和民意。在正常的情形下,百姓是代表国家与人民的政府感知社会的手足或神经末端。

先生云:保家卫国、捍卫和平正义,是正义之师之军人的神圣天职,是义不容辞的职责所在。民族之师、人民之师、正义之师,是保卫国家、人民、民族、家园的最强大前锋与最坚强后盾。人民军队爱人民,人民爱人民军队。中国军人乃是最无畏之勇士,自古以来,在抵御外侮、平定内忧外患方面发挥了关键性作用[①]。然在中国历史上,因为政治上的问题,有时亦导致对内则军阀混战割据、生民涂炭,对外则御敌征战无力、丧权辱国、民族浩劫等问题或后果。故义理醇粹、政治清明、制度严密优良等,乃是军事建设之根本与前提。兵者,乃国之利器,亦凶器也,而以政治之清明窳败别之。

先生云:政治修明,制度合理严密,加强文教,移风易俗,诸如此类之事,皆是政府的神圣天职,亦是责任所系。辅佐、督促、规劝、监督、批评、警示政府与公权力,以认真、求真(理)、真诚、理性、智慧之思考,与智力智慧本身,为国家与政府提供正向智力支持,亦是古代士人或现代学者、知识分子的神圣天职之一;此外,人文化育,移风易

---

① 当然,世界范围内的其他国家的军队军人亦复如是。

俗,文化学术,科学研究,科技创新,敬业奉职,民胞物与等,亦皆各类知识分子之天职也。一切国民,各各遵纪守法,仁爱亲诚(民胞物与及尊重他人合法权利),热爱祖国、人民与民族,努力工作,热心公共事务或公益事业,政民相互辅佐督促,亦是其基本职责之所在。而各安本位,各司其职,公正有序流动相与……政府、公权力、官员而不能政治清明,反有政治腐败之实,乃是政府、官员之耻辱与失职;军队面对外来侵略而打了败仗,乃是军队、将帅、军人之耻辱;知识分子不能为国家、政府、人民提供智力支持、道义(德义)支持、文化教育、科学技术之正向支持,亦为失职;民众不能遵纪守法、仁爱亲诚、尊重他人合法权利、努力工作、和衷共济、相与众乐等,同样是失职。其他如法官、警察、医生、教师等职业、行业、人群等,尽皆有其职责与规范之所在,皆当扪心自问,先反求诸己,而不是只谈自身之权利与利益,不谈自身之职责、道义、规范(法律、戒律、程序、职业规范、公民道德或道义,或人类或人性正觉等)。儒家讲究"反求诸己"、"必自反之",若是之不能,则何如之?!

一、REWE 超市里,Döner 店的收银员都采用特殊电子收银机来收款,避免工作人员直接经手钱款所可能带来的腐败环节——这和之前我在政府部门办理落户手续时,政府工作人员的做法如出一辙——但不知这是为了便于店主的银钱管理,还是为了便于政府税收,即以此保留一切交易证据单据。此一事例之意义在于:关于政治清明或杜绝政治腐败贪污等情形,正确的做法,不是政府或合法的公权力暂时代理人、经手人,信誓旦旦地保证,而是基于对于人性中的某些可能的负面的部分的担心或不信任,或对于民众对此的合理的担心和不信任,预先在制度设计、过程控制或政策措施制订上,尽量将可能的漏洞或渎职空间,或对不可完全信任的有可能引发负面后果的所有环节与漏洞,未雨绸缪地堵塞之,或通过合理严密的制度设计和程序控制,而将其风险降到最低——即以之使得整个过程在逻辑上而非人格道德上找不到缺漏(环节)——,然后再在此基础上来谈论其可靠性或真正效果,或民众对政府与官员的信任[①]。

质言之,对于制度设计者而言,出于对可能的人性的弱点,或人性中难以自持、自控的那部分可能人性表现的

[①] 简单来说,就是制度与政策本身要经得起推敲(正当性、合法性、逻辑自洽性),逻辑自洽,而不是居心叵测或漏洞百出。既要经得起直接利益相关的民众的推敲,亦要经得起正直的士人、知识分子、专家、专业或学理的推敲,此外还要经得起实际政事实践效果等的检验。

警惕和不信任，就需要预先基于逻辑自洽与理性可析等原则，进行严密、认真之制度设计和程序设计，来减少或消弭其中可能引发人们担忧或不信任的任何漏洞环节。在排除制度措施上的可能漏洞，排除可能引发人们不信任的环节，或将那些可能因为人性的弱点而导致制度障碍的所有因素排除出去之后，人们对其他人、人群、组织、机构、社会或制度等，反而能有真正的信任。

就此而言，一个人拍着胸脯或摸着良心夸下海口有什么用呢（除非其从来信誉良好，或是熟人社会中相与甚久而建立起长久信任关系的朋友）？何况，就个体交往层次而言，有的根本就是不大熟悉的陌生人，或隔了很久未曾相与的人。而如果拍着胸脯夸下海口、信誓旦旦，而其结果却依然是出尔反尔的惨痛教训，这叫人们还怎么能信任呢！在这种情形下，不信任就是一种自我保护，随便相信（陌生）他人嘴中随意所说的道德与良心，那简直就是被别人当成傻子了！

所以骗子，往往尽量通过其如簧巧舌和心理控制术等，来压制他人、潜在欺骗对象或受害者等，不让他们使用逻辑与理性来思考，而必然会通过诡辩、修辞来混淆视听，专挑乃至蓄意培养不讲逻辑、理性、科学、道理的愚蠢对象来行骗。有思想的人，有正念的人，或有独立思考的能力和习惯的人,是要被骗子仇视和极力打压的。

先生云:人或许有人性的弱点,在某些诱惑或压力下不能自持自控,而犯下错误或过失,而后悔不已;但即便如此,仍要相信人终究在心底和人性上是向善的,有向善的冲动或强烈本性需要,这是判断人性的根本大方向(也是儒家人性论的基本思路)。所以要相信人类,相信人,相信民众与百姓,相信正义的东西,在这个大方向判断上不要错;不要本末颠倒,而故意地去附逆,或为邪恶人事大唱赞歌,大肆宣扬实行。不要因为一时的、部分的、负面消极状况,或因了激愤、委屈、仇恨等情绪,而遂不顾人类本性与根本,而做出错误的判断和行动选择……

先生云:撒旦虽或是人性中黑暗的一部分,可是天使也是人性中光明的一部分呀,为什么要去迎合令人不快的黑暗的部分,而不去迎接、张扬和努力争取人性中光明的一部分呢?!制度设计即所以去黑暗之撒旦,而显光明之天使,人类文明发展之方向亦当如是,而非相反。法以制恶,抑恶卫善。宗教正道亦皆以彰善、扬善、长善、固善、卫正道也(儒学或儒教)。这种彼消此涨的趋势或许极慢,或许永难完成,然而这才是意义与方向所在,才是真正有意义的。

先生云:或曰"最是虚伪乃人类",人类在人类间或倡导仁爱、性善等道义,对其他的物类生命呢?还不是有食物链中之相食的情形。就此而言,人跟禽兽终究是一样的,甚至还要可恶,还要虚伪。不过,这些情形,也许随着人类科技的发展,人类也将能避免,而在将来给万种物类一个众生万物和谐相处、自由和平共居的生活前景……

体育上的享乐主义，饮食上的实用主义，感知上的审美主义

先生云：莫扎特的音乐太甜（太柔）腻了，还是马勒的音乐激越壮阔……

先生云：思想的生命。是什么样的内在动力，推动思想的生命不知疲倦、百折不挠地前行和展现自己？思想的生命力必然要自我爆发和展现。欲望力的生命（力）和精神力的生命或思想力的生命（力），两相对峙竞势。两者并非弗洛伊德所说的此消彼长的关系，乃是相互独立的，虽然并不能判定其是否同出一源。弗洛伊德的升华理论亦有欠缺，因为并非所有人的欲望的生命力的窒碍，

都一定会导向精神的生命力的加强；而精神与思想的天才，毋宁说本身便具有极高的精神生命力与思想生命力，却未必是欲望生命力能量的转化或转移所导致。对于精神与思想的天才而言，其精神与思想的生命力本来就极高，并不会因为欲望生命力的高低与窒畅而有什么变化。精神与思想的生命力无论如何都必然要展现自身，完成自身，而不以其他内外条件为转移。这是精神生命力与思想生命力本身的强大，是其天命或宿命之所在。尼采即使和莎乐美结合在一起而幸福地生活，其精神与思想的生命力，仍将突破自身而展现出来。康德即使结婚了，也不会妨碍其最终成为康德。某个年少时似表现有康德才名的仲永君，长大结婚后就泯然众人焉，并不是因为结婚的缘故，而是他本身就不是康德，或缺乏康德一样的精神的生命力。精神与思想的生命力总会千方百计、决绝地实现自身，这甚至是其自身所根本无法掌控的（正如古希腊的悲剧所揭示的命运观念一样）。能以外缘因素来影响和改弦更张的，说明其本身就欠缺更为强大的精神生命力、思想生命力或精神意志。真正有精神生命力的人，历尽千辛万苦也会挣扎着往那个方向奋进，连跌倒的姿态都必定是向着同一方向，哪里会有什么外缘因素所能阻挡和改变，又哪里是自己可以控制得了的呢？而是一种神秘的内在力量,推动其身不由己地走向那个方向,和命定的终点,从而成就精神与思想的生命。其实除了精神的生命与思想的生命,还有其他的种种不同生命力,而每人皆有强弱不同、程度不同之体现而已。

先生云:饮食上的实用主义,体育上的享乐主义,感知上的审美主义。

我对食物基本抱着实用主义之态度,什么对身体健康有好处就吃什么,就怎样吃,不大十分讲究或在乎口味,尤其不讲究美学上的欣赏态度,所以粗茶淡饭我就能吃得十分开心(至于小女孩喜欢的那种器皿装饰之小巧精美,环境氛围之奢华虚饰,于我都觉得是多此一举,有点买椟还珠的感觉——虽然我也能欣赏、通情推达、赞许她们的审美化的生活趣味、态度和兰心蕙质的可爱)——并且我也担心于此浪费太多时间,或增添太多麻烦,影响做其他事情。但我对体育和运动则完全抱了享受娱乐之态度,甚至亦有一定运动审美的成分在内,而首先未必是出于实用主义的目的,后者比如健身、减肥之类,这些不过是我运动的副产品而已,运动本身的快乐与享受才是我所首要在意的。所以我不喜欢为了健身等目的而去运动,尤其是那种枯燥的运动形式,比如瑜伽、跑步或其他相对单一枯燥的运动形式。但现在我连这些看似单调枯燥的运动形式,也能享受其乐趣,包括冥想与打坐吐纳,而这同样是因为我亦能从中得到快乐,而并非为了其他外在的实用主义的目的,至少后者往往是次要的。

对于穿着呢,我亦可说是不甚讲究,但事实上是实用主义态度多于审美主义之态度,虽然有时亦渐渐有审美的意识、态度或需求。但一者发现颇为浪费时间,二者因为需要赚相对更多的钱(除了审美感觉和审美想象等因素之外,审美还存在一定代价或价格即经济因素在内,以及时间因素),而觉得因此而相对浪费时间或增多麻烦这两事,会妨碍自己做其他自己更在意的事情或事业,故后来在衣着上亦只是得过且过,无所特别用心。

好在自己对美的感知还是不错的,尤其是精神的感知、思想的感知和情意的感知(包括对精神、思想、性情的审美感知),尤有一定优势,得味常人之所难觉难味者,等等,故亦弥补自身审美表现之欠缺。换言之,我的敏锐精微的感知力乃在精神、思想或情意层面,至于日常生活器物层面,则无力焉,故每只是得过且过而安之怡之。所以我觉得在一般审美技能方面,我是十分平庸乃至无趣的,却不甚以为意,而颇能欣赏歆羡审美技能强的人。我在西欧游历的时候,也觉得西欧的许多房屋街道整洁漂亮;

在国内国外的时候,也觉得有的人家里装饰安排得富有美感;也觉得有的人穿衣打扮令人睹之怡然,但自己于此则或心有余而力不足,或心力两无谓,未曾寄托于此。质言之,于一般日常生活审美,我乃是审美意识、素养亦不错然而实际审美技能却非常弱的人。日常生活审美化的事业,靠的不是我这个对精神、思想和情意相对更为敏感的人。

先生云:从整体上看,关于科技发展,需要良好之整体教育、科研制度规划,使得每个专业领域乃至偏僻领域都会有真正的知识科技进步,并同时在整体上促进人类知识的进展和社会的进步。质言之,一个国家的高科技发展和综合科技实力,建立在各个领域或所有领域都涌现出大量科技创新即普遍创新的基础之上,这也包括各个领域的基础理论创新。从其创新主体而言,除了大学研究所和其他独立科研机构之外,就市场经济中的科技创新而言,则既包括大公司、大企业的高科技创新,尤其包括海量中小企业或新兴中小科技公司的海量自主创新,在这种海量中小企业公司的海量高科技创新的基础上,支撑起——或被高科技企业公司等整合为高科技的巨无霸——整个国家的综合高科技实力。缺少了海量中小高科技公司的海量创新,则很难支撑起大的高科技公司对于高科技应用的要求——因为任何一种高科技产品，都包含了许多领域的高科技创新成果，故而独秀难成林，独技难成产品，乃至因为某些环节的自主技术的缺环，导致非常情形下的被动或受制于人，影响国家的战略安全和核心竞争力等——，也很难支撑起整个国家为提升国家科技综合实力和综合国力的高科技需求。故而，无论是以市场的方式，还是国家主导的方式，通过顶层设计或制度设计（除了直接相关的科技政策、科研体制、科技产业经济学等因素，这也涉及科技文教领域的科学哲学、科学社会学等方面的思路和意识），唤醒、解放和激励全民和全社会的创新热情，提升创新智力和高科技创新能力，就显得尤其重要。反之，如果缺少这种整体的精细严密的制度规划能力与安排，则一方面难以做到真正的专业化、精细化、深入化，另一方面，即使而有之，又成孤立、片面之知识，不能与其他专业化知识勾连和形成合力（可联想水桶短板与长板关系的比喻），亦仍无法促进整体知识、社会之进步，以及提升整体国家科技、知识、学术、文化的综合实力。这便需要基于理性与逻辑的精细、严密之制度设计规划能力。另外，在整体规划精严的文教科技体制下，专业化知识或高科技知识能得到较好控制和运用，反之，则或根本不能发挥作用，适足造成反作用,而被专业化知识或高科技知识所异化和反制。

先生云:现代中国人每嘲笑古代中国人之忠君思想为愚忠,殊不知除了秦朝等若干朝代君主专制走向极端之外,在其他朝代,尤其是在三代或宋代(儒学成为主要治国意识形态),君臣亦非后人所想象的那样卑污不堪,而自有一种儒家士君子精神在。虽因制度不完善,制度设计能力不能很好匹配儒家文化政治理想,而导致政治腐败之事仍多,然其时君臣平民之精神人格(忠君乃所以忠道忠义忠民忠天下也),并非后人以今律古地推论或想象的那样污浊。事实上,在宋代尤其是北宋末南宋末之民族矛盾尖锐之时代条件下,皇帝乃是臣民心目中的家国象征和精神支柱,而忠义精神乃是其时中国人的特别精神人格(忠君乃所以忠道忠义忠国忠民忠天下也),乃至立国立人之根本(其实也是非常重要的一种组织资源),哪里是今人所想当然地认为的全无人格气节、一味谄媚鄙佞或利益乌合的势利趋附的情形!古代专制主义的忠君思想固然有问题,但古代某些士大夫以道修身正君、行道为仁、看似忠君实则忠国忠民(在其眼目观念中,实乃将君视为国家象征也)之心志行事,亦不能说毫无价值,而仍当实事求是分析之,弃其弊端,而亦客观评估抽取其某些优点,乃至继承发扬优秀文化传统,纳入现代思想文化建设与国民精神人格塑造之中——当然不是指专制主义的忠君,而是其忠爱国家人民、正道自修、卫道辅政、行道为仁之志行也。反之,倘既无现代理性、科学、逻辑精神以及相应之意识、知识与能力,又无古人之道义正身自任之气节人格,则吾不知今人何以自处,又何所以自立于现代世界民族之林也。

先生云:文章札记中亦可写一些常识性的现代各学科知识、理论、思路,因为对你而言是常识而自己觉得没有必要写出来的东西,对他人或读者而言却未必是这样。他们也许从没读过这些书,从没了解过这些事情,从没这样思考,没有这种意识,等等,尤其是不读书的人,或单一学科知识背景的人,或其他各种群体等,如果他们竟然也来读你的书,则至少亦能发挥点点化或启蒙、指导的作用,亦对中国和社会有益。

先生云:吾人倾向于思想表达,而常常想人之未想,而同时认为只有那些想得新颖特出,或想得深入有启发的思想,才有价值录入之,否则便觉无价值而不予记录。对于自己认为乃是现代世界常识,或现代科学或各学科之常识性知识、理论、思路等,便不予强调,比如科学社会学、科学哲学等之常识,往往略去不录。后来想想,亦可以录,甚至应当录,理由如上条。

先生云:因为往往重在自己的思想"发现"(发现和发展自己的思想),所以其实吾人之文字力量、情绪还是蛮重的,不能像有的学者、思想者、写作者、旁观者那种无事人般的云淡风轻,仿佛与己无关般地淡淡地嘲讽、调侃一番,然后自己仍然优哉游哉地喝着咖啡,或叼着烟斗,而去做别的事情了。而其和笔下的文字境缘,竟似隔着一道安全的防火墙,思想的火焰绝不会烧到伊的胡须或裙裾,更不会烧向伊的生活。可是吾人之文字却是由身体、心灵与生活的燃烧而引起的。以生活、心灵(甚至包括身体与情绪)的大火(熊熊大火)开始,而以思想的、文字的火焰结束。在心灵、生活的火焰与思想、文字的火焰之间,有吾人过往的真实的存在(或挣扎),说是"之间",其实是火焰连成一片,不分昼夜地熊熊燃烧,直到烧向和凝铸、铸造成文字……

先生云:吾人一直在试图了解世界上的一切,却无法安心地或心无旁骛地、满不在乎地享受生活本身。

先生云:当真正天怨神怒的时候,人类是无处可逃的。所谓天神之怨怒,未必是真有天神,或天有灵,神有意,实则乃人类自身之行为,(将顺着其自身的行为逻辑,而必然)导致无可避免的(世界)后果(或曰客观人类社会规律与大自然之客观规律等……），亦是人类智慧之欠缺、有限，或人类精神意识中的隐秘、黑暗、邪恶的部分发作的必然结果。悲观者曰：人类根本无法根除自身上的恶魔性或撒旦性因素，此种恶魔性或撒旦性总是以隐秘（普通人）或阴谋（政客、各种隐秘或公开的人类组织等）等的方式表现出来，尚未或绝难根除。现存的人类及人类文明，并非唯一的人类进化形态（亦并非唯一的生命的文明进化形态），事实上，人类的文明"不断"地"中断"（"不断地中断"），又不断地重启；一次次因其智性的一面而发展到高级文明形态，又一次次因其智慧的根本缺陷或撒旦性的另一面，而毁灭和退回到极低级文明形态，此亦即佛教所谓的人类的劫毁——佛教保存了人类文明断续的最神秘、模糊的记忆/失忆。世界的大洪水来到时，人类是无可逃避的。移民到其他星球也一样，一样有大洪水、天翻地覆、大灾大乱和劫毁……

先生云：然而，即使世界的大火，或巨浪滔天的大洪水正在逼近，人类（群体或个体）也难以即刻说出一个"爱"字……

先生云：一切都流动不居，没有永远不变的存在。

先生云：昨夜心上燃起一场大火，但"我"马上就把它扑灭了，并打扫废墟，或伪装得跟以前没有任何分别。人之一生,曾经悄无声息地扑灭了,多少这样的心灵的大火呀!

先生云:目前许多中国导演、记者拍的影片、纪录片、视频等,水准尚有待提高,有些不够认真或不够专业的,甚至十分缺乏现代科学或学科常识(历史学方法、社会学方法等等),往往是找些不严肃或并未经过严肃分析的民间传说,就把一个历史事件讲掉了(商业和导游群体也在到处孜孜不倦地篡改和毁灭历史……),或诉诸情绪煽动,完全不能体现出现代科学方法和理性分析……但这些"标题党"式的东西却往往吸引国人去关注,大打根本缺乏基本逻辑常识与理性常识的口水仗……这种情形亟待改变。

先生云:人类的许多古老之宗教训诲,难道同样是上一次人类文明中断之后,劫后余生的残存人类,痛定思痛而对人类智慧作出修补、警示和训育,由此留下的总结,或是对人类文明的重新定向吗?……

先生云:所谓"偏激者"言,人类的文化、道德、智慧等的各类所谓正面精英,不也是享受着相对于信徒、追随者或底层民众、被压迫者的更高的地位和生活水平吗?但却比享受着同样的地位和生活水平的负面撒旦及魔鬼得到更多的尊重,有人解释说前者乃以其德性、谦卑和服务而赢得人们的自愿的尊重和供奉,后者却以其邪恶、残暴和压迫剥削而让人厌憎。这种解释当然是对的。然而,如果单就其地位分化和生活享受分化的事实而言,则这两者之间真的有区别吗?儒家对此予以肯定,认为这体现了一种正当的德性等级制,有利于鼓励德业精进,而扬善惩恶,对社会的发展有好处①。

其实,在一定意义上,两者都是处于社会上层的社会精英,只不过一者以暴力和邪恶获致,一者却以德性和智慧获致。另外,有些所谓精英们的隐秘部分,或未曾显现出来的部分,以及魔鬼的无所不用其极的阴谋与手段,或许也共享着某些相同或相似的质素(同质异相)——虽然两者确乎亦有不同的质素。但谁说魔鬼与撒旦又全是邪

---

① 《孟子·公孙丑上》:"夫仁,天之尊爵也,人之安宅也。莫之御而不仁,是不智也。不仁、不智、无礼、无义,人役也。人役而耻为役,由弓人而耻为弓,矢人而耻为矢也。如耻之,莫如为仁。"《孟子·离娄上》:孟子曰:"天下有道,小德役大德,小贤役大贤;天下无道,小役大,弱役强。斯二者天也。顺天者存,逆天者亡。齐景公曰:'既不能令,又不受命,是绝物也。'涕出而女于吴。今也小国师大国而耻受命焉,是犹弟子而耻受命于先师也。如耻之,莫若师文王。师文王,大国五年,小国七年,必为政于天下矣。诗云:'商之孙子,其丽不亿。上帝既命,侯于周服。侯服于周,天命靡常。殷士肤敏,祼将于京。'孔子曰:'仁不可为众也。夫国君好仁,天下无敌。'今也欲无敌于天下而不以仁,是犹执热而不以濯也。诗云:'谁能执热,逝不以濯?'"

恶的质素而没有任何正面的质素呢？或许，天使与撒旦都是人类自身的一部分，是人类本性的两种形象或显现。人类尚未发展出完整的、统一的、在更高层次逻辑自洽的超级伦理学。

人类的魔性与权能；优势与均势

先生云：人类的魔性表现在两个层次：个人层次与人类组织层次。在某种意义上，一些国家的政府或政府机构、权力部门与权力人物之间的幕后交易或阴谋等，有一些就是基于或缘于人类的魔性而来的，或至少是游走在魔性的边缘的，虽则其中确或亦有正义性的因素或成分（主要为对内），而尤多非正义的残忍性（尤以对外为严重）。

无论是主动而为，还是被动应对外在恶魔因素（甚至无法进行简单的道德评判，因为辩护者声辩说，倘无此种特殊手段、非常态手段、非正式手段的应对的话，一个国家、民族、群体就可能被对手野蛮征服，乃至屠杀、灭绝），上述这些手段和行为都是由人类恶魔本性所刺激与引发,并都不同程度地表现出邪恶性与残忍性(并因为这种孤立事实上的邪恶性与残忍性,而在相当程度上消解了正义本身),虽然被动应对者或不得已而采取非常规手段来应对的那一方,相对多一些无奈或正义因素。这是就人类宏观层次或组织层面而言的;就微观或个体层面亦复如是。

这里同样不否认人性中的善性和正义性因素,以及人性中对于善性追求(向善)的那部分本能与本性,并且我们也确实不否认许多人在大多数时候或在很高程度上是纯粹的、善良的、正直的人,然而与此同时,仍有许许多多的人表现出种种矛盾性和混杂性,仔细一分析,仍是本性和自存上的善恶混杂,比如言行(知行)、内外、人己、阴阳(人前人后)、彼此(彼事此事)、大小(大事小事)、公私、远近……等方面的差异表现。一个忠于本民族的谦谦君子,亦可能对和平善良友好之异族极端仇恨、歧视(种族、民族歧视与仇恨);一个对熟人友爱仁善的人,可能对陌生人或所谓身份地位低下的底层人士刻薄残狠;一个在选民或民众面前满口动听言辞、风度翩翩的政客,可能在背后对民众满口不屑,或出卖民众利益;一个伦理学思辨纯熟的伦理学家或道学家,可能在家享受着奴仆的伺候,并严厉、野蛮地对待其仆从；或者，知识分子在理论上说得义正辞严，在日常生活中，或在掌握权力以后，仍以一套专制独裁的、等级制的、不公正的法则来言动行事，或成为这个群体的集体文化无意识；又比如对人类抱有温情的人，对待其他包括动植物在内的众生物类，大肆屠戮虐杀，"食肉寝皮"（佛教乃有众生平等、不杀生、吃素的教义或戒律等，但现在亦有素食主义运动）……等等。

人类远远未能发展出完满的超级伦理学——即使只是人类这个物种内部的超级伦理学（超级人类伦理学），而暂时不论物种之间的更大范围的超级伦理学（众生超级伦理学）。比如人类以屠杀畜禽及植物等为食物，掠夺或剥夺动物的生存空间等（在这些事情仍然在发生，或无法避免之前，人类是很难觍颜谈论什么所谓的人类道德了——达尔文虽然冒犯了人类的尊严，却确实说出了人类世界的现实）。不同的人类，及其各色各样的人类群体、组织或共同体之间，充满了提防、恐惧、觊觎等，对他人或自己心中的恶魔性、撒旦性因素的现实认知与自我体认，进一步使人无法彻底抛弃恶魔性的因素，或进一步强化了人类恶魔性本能的存在与固执。

先生云：古代中国的那些得其大位的所谓开国皇帝

或获得人世成功者,看似或以勇力、暴力胜,或以德性胜,或以智谋胜,或以学术胜,各擅胜场而得之,论者遂亦每择一二优长为之解说原因,此皆简浅、皮相、表象之论,实则乃天生禀赋、智性种子、综合能力有以致之。其智谋、辩识、合众君人、操控、驾驭、气质或气场等之能力大,故能积聚、控制、吸引众人,成其大事。其事业大小,与此种综合能力(权能)正相应耳,未必是单一原因或单一智力因素所可解释(多元智力理论)。有其权能,无其机缘,或不能成其事;然成其大事者,必有其综合权能者也。历史上之刘邦、秦帝、明太祖、成吉思汗乃至周文王、周公、唐太宗、宋太宗(祖)等,尽皆此种人物(西方亦复如是,而或谓之为克里斯玛 charisma),与单纯的道德高下并无必然关系。

达尔文讲人类亦遵循优胜劣汰之法则(从长远看,或未必不如是,虽则于道德而言,此论太过冷酷而反人道),然就个体言之,究竟何为优呢?我并未去查证达尔文是否明言之,然吾则曰乃此种综合权能而已。道德亦包括在此种权能之内,然只是多元影响因素之一,且道德之评判或表现亦有多重标准,未必是一般人所想象的单一或机械道德观念或道德想象。人类政治史上的天才人物每多此类(此处天才亦是中性语言,未必带有道德褒义),很难简单地以道德评判之。但在事实上,他们确能权倾一时一世,乱世枭雄尤多此类,平世里的混世魔王亦多此类人物,皆善于察言观色,随机应变,控制人心,驾驭"庸众"(复因驾驭庸众而胁迫精英,逼使其人皆乖乖就范)。此等人物及其言语行事,很难以一般道德标准去评判。其每多诈谋狠辣,亦每多能屈能伸能忍能权能容能放乃至能仁等之"优点"……而在此种勇力暴力、德性、智谋、学识、机缘、气质性情等等表象之下,起关键作用的仍是这种天生自性权能。其余精英则各得其一偏,如得道德、言语、智慧、学识、学术、勇力、机缘(出身)等,或仅为各领域纯粹之天才,然而每为克里斯玛之天才所驾驭控制耳。中国古代许多帝王看似以军事实力得天下,实则乃此种综合权能智谋也,无此种综合权能智谋以驾世驭众,则难能也,或至多不过勇将武夫。

先生云:或曰:今日培养学生或自我培养,皆当培养此种综合权能智谋才干,以人道及人类正义而言,尤当立其正,立其正人。按照儒家的说法,则自此正人得位[①],天下有正向进化之希望,一改古代权能广大之自由精灵、流氓强盗挟持人类历史之局面也。培养正向全面之权能人

---

① 此仍皆不脱儒家观念之范围。

才、全才、通才与全人,方可对抗或避免此种克里斯玛之"天才"独夫操纵主宰人类命运的情形。(可思考单一变量优势者与多元变量优势者之关系。)

先生云:或曰:古代改朝换代之"开国"皇帝,首先乃是基于军事实力或基于军事实力之影响力,实质上就是一种打破原有力量均势或力量不均势的优势威慑力,让其他大大小小的军事力量——包括其本人所统御下的属下军事首领等——不敢轻举妄动,而接受此一最大优势力量的(初亦并不过分甚至小心翼翼的)统制,于是此一优势力量便成为维持以其为龙首而余皆各安其位的最大均势因素或力量。

此即一种微妙之政治博弈、权力博弈、心理博弈,在此种博弈规律作用下(其实亦可说是基于人类本性的心理博弈),在一定时机条件下(在这一时机条件下,众多小军事力量结盟抗衡最大军事力量的可能性或可能空间已经很小了),最大的和最有影响力的那支军事力量就逐渐成为天下共主,其他大大小小的军事力量便渐渐唯其马首是瞻,受其节制,乖乖就范。但作为最大军事力量的霸主,起初对其他大大小小的军事力量仍是小心翼翼,不敢随意触怒他们,并不敢过分摆起霸主的姿态气势来,而有种种拉拢、分化、羁縻、削弱等政治手段(由军事手段转向政治手段或政治斗争），当分化瓦解到一定程度之后，任何其他军事力量或可能的军事结盟，都无法威胁霸主的压倒性优势地位时，则将采取各种形式之行动，削弱一切地方武装军事力量，而只允许有霸主或共主控制的唯一"私人"武装，而天下和平之局面以成，新一朝代乃正式开启（此与西方政治哲学不同，中国讲究优势、大一统、中央集权、权力中心而导致和平与稳定，比如《礼记·坊记》："子云'天无二日，士无二王'。"西方则讲究均势，比如《伯罗奔尼撒战争史》中所揭示的此种原则）。

质言之，此时之军队，既是皇帝之私人武装，又因天下国家乃皇帝一人一家一姓之天下国家，故亦是天下国家武装力量。在皇帝权威不受挑战时，军队就是国家军队，一旦皇帝权威地位和统治地位受到威胁和挑战时，军队旋即转变成为皇帝之私人武装，而要剿灭和镇压一切显在或潜在的挑战者与反叛反抗者，平时那种看似温情脉脉的君臣、君民关系，一转而为赤裸裸的残酷军事镇压关系，此皆由古代军队自身的二重性所内在决定的。皇帝或帝国内部和平稳定时（无内部挑战者与叛乱者），军队就是保家卫国、保民而王的国家军队；皇帝权威或帝国内部统治秩序受到威胁时，军队就变成皇帝的私人军队，而要镇压一切叛乱者和反抗者，这是由封建统治的本性或天生内在缺陷所决定的。

但当最大军事力量建立起自己的霸主地位后,接下来所可能采取的不同的政治举措,就决定了其基业、国运到底是长久治安还是昙花一现了。收聚天下兵权之后,军事首领之任命权、节制权、罢黜权,当然必须掌握在皇帝手里,军事首领亦必须向皇帝效忠(在此私人效忠的前提下,乃谈及国家效忠与政治理念效忠。在皇权底定时,此种私心效忠亦处于潜隐状态,不必凸显,凸显的乃是效忠国家人民;但在皇权受挑战威胁时,皇帝必然要强调私人效忠。质言之,所谓忠于朝廷乃是兼具二者,和平时期不必说破,危机时期则一定会说破)。若无此权威与效忠,则帝国一刻也维持不下去。质言之,乃是皇帝以最大的武装力量,作为基本而稳定的力量凭藉,维持一个权力中心,威慑任何反叛者与挑战者,以此建立自己的统治与帝国,以及天下稳定秩序,这是帝国的前提与基础。

但仅有军事实力,而无合理之政治理念与制度典章,则皇帝之权威与帝国之基业也无法建立起来或维持久远,而终将天下大乱,中国历史上亦往往有几百年都建立不起权力中心从而导致军阀混战频仍、生灵涂炭的时期。军阀并立之时,谁能应机而起?这就考验那些大的武装力量首领的见识、气度、风力、襟怀、眼光了,如果又存在着一个掌握最大武装力量的首领,则能不能建立其垂之久远的稳定的王朝,就考验此一最大武装的首领的见识、气度、风力、襟怀、眼光或综合权能了。当然,也可以说,当时有没有建立稳定统治的政治学说资源、组织资源或综合文化资源。

儒家王道仁政学说,可说是那个时代的建立长远稳定统治,或帝国、皇权、封建制度范围内的最好的政治资源之一了。"保民而王"、"为民制产"、"取于民有制"云云,乃是说由皇帝一人收取百姓赋税,供以维持皇室相对优厚之贵族地位与生活水平,此外,则以俸禄、军费、赏赐等形式,用以雇佣听命于皇帝之宰冢、百官,建立相关官僚制度,赏赐子弟功臣,豢养皇帝一人之私人武装,而治国治天下。在此制度安排下,君民、君臣、臣民间皆维持一种法定之权利义务界限,皇帝贵族大臣稍有优遇享乐,而又保证臣民亦得安居乐业,不过度,不逾矩,尤其不逾越底线,两相无猜无犯,而共襄太平之世——这些就是儒家所设想的农业文明时代的理想中的王道仁政。

在这一建国立极、开创典章制度的过程中,除了政治、军事、文化安排之大关目外,对于功臣将领、军队士卒、皇族子弟或皇亲国戚等的安排处置,往往从根本上制约和决定了国运是否昌明长久。质言之,倘若食利阶层众多且日益蔓衍,特权阶层众多迁延,且处处损害前述之法治、法统或底线,则帝国、皇帝与民众将不堪重负而终将崩溃。食利阶层分羹帝王府库,增加国家和人民财政负担,将使"为民制产"、"取于民有制"等之王道仁政措施,遭到不断侵蚀和彻底破坏,而必将激起社会矛盾与人民反抗,损害王道仁政的具体施行,与帝国的权威和正当性。特权阶层同样会增加帝国与人民的财政负担,导致经济崩溃,且侵蚀帝国法治(度)权威或法律权威,破坏社会秩序,激发官民矛盾或人民与特权阶层之矛盾,延及对皇帝与帝国本身权威及统治合法性的怀疑与反抗,一旦寖以成势,木已成舟,便难以挽回——此亦包括特权阶层阻断人才上升流动之出路与机会之问题。

关于分封,初意乃在分封子弟、广植藩屏,以护卫王室。初期因开国皇帝魄力雄大,权能或能力强大,尚可节制内外诸侯贵戚将帅大臣,然当开国皇帝死后,继嗣之子孙便未必有此魄力手腕,于是封建侯国乃渐成地方权力中心,乃至地方割据中心,而与中央王朝分庭抗礼,演成春秋战国及中国其他朝代每所常见之混乱局面(包括皇族子弟为逐大位或利益而相互征伐仇杀,如西汉七国之乱、西晋八王之乱、明代燕王朱棣之事等)。西周因为天子尚掌握有地方诸侯国的人事任命权(周天子任命地方诸侯国的相,以及其他立储、专杀之权等),但这种制衡措施很容易被打破,尤其是随着中央王朝与地方诸侯之军事力量和综合实力对比变化,以及天子能力品德高下等因素而出现变数,最终都导致非常严重的政治问题(东周或春秋战国),此外如西汉七国之乱、西晋八王之乱、唐代永王璘之叛乱等,或大或小,史不绝书。因为封建制度有一个最大的问题是:分封侯王长期驻守一地,容易培植地方势力,加上身为王族子弟,具有特殊政治身份和影响力、号召力,故易于壮大自身力量而与中央抗衡。

对比而言,正式官僚制度比分封制度,往往具有更大制衡空间与手段灵活性,比如将官之换防,官吏之轮守等,以及随时裁撤迁离陟黜等,便可大大减少地方割据势力坐大之可能性。对于预防武人干政、地方军阀割据,中国古代亦多制衡措施(换防,将卒错置,朝廷掌控人事任命权,军政分开,财权不予独立,受文官政府节制,驻防地点之选择,分道分省之军事地理学之考量,游宦制,质子制等)。然亦多不完备处,留下甚多经验教训。

先生云:乱世逐鹿,每恃武力、权谋与机变;建国立极、治世安民,尤恃智识(眼光)、学术、创立制度能力、德性与胸怀(两者包括吸引、制用人才方面之心术等)。或有兼擅之雄主,而自有阔大风力,长驾远驭,开一朝之基业。亦有偏擅者,则或平庸昏弱,祸国殃民,基业毁坏,或黯然去位,能者上位;对于擅权谋武力机变之人而言,则或改弦更张,善于放权用人而适应新形势,等等;而对于偏擅于智识、学术、德性之人而言,在乱世或无所显在表现建树,乃至迭遭舛厄打击与压迫凌辱,难有政治上之作为,但在大局底定而建国立极、创立制度、治世安民方面,乃可大展身手。明主于此时,则当将政治重心移置此等事务及人才身上,乃能成就大业,长治久安也。就此而言,儒家政治思想资源及士人,在治世皆发挥了极大之作用。

时间观念与文化道场

先生云：必须有，和必须坚守，自己独特的语言系统。

先生云：据说，一般而言，德国人注重制度、规划、效率、准确（比如守时）、实效、认真与实事求是（比如工作时间一定认真勤勉工作，决不偷懒、虚张声势、嘻嘻哈哈、消遣敷衍、浪费时间），决不搞形式主义、空谈、虚玄、模糊、暧昧不明、界限不清等。反之，如果缺乏严密理性与逻辑的印象式或感悟式的空想、空谈、随意胡聊、信口雌黄、东拉西扯、不着边际，以及在制度设置方面粗疏、漏洞百出、系统上不配套不全面（无法落实为逻辑自洽的严密制度、规划），以及不认真、不切实遵守规划、制度、纪律、时间（观念）、诺言、计划等种种表现，就是问题所在。

先生云：严格守时（赴约、工作等），不打乱别人的时间安排（时间节奏），不浪费别人的时间，这也是教养和尊重别人的表现。插队，提早或迟到赴约，工作时间偷懒（浪费雇主的时间），超过约定时间（比如约定见面谈十分钟而超过，达到十五分钟），无故请他人帮忙，不提早约定时间而临时约定等（提前一周或若干天），都是浪费他人的时间的表现，也都是不礼貌的表现。日常生活中体现出来的此种相关细节，是文明或文化的细节。而时间观念，则是文明的大关目。不将时间观念背后的意义，以及具体的生活表现等细节讲清楚，单给学生抽象地讲一句要"守时"，是起不来什么作用的。就此而言，则在中国教育领域，或当中国教师在进行相关道德教育或思想品德教育时，就不能仅仅讲教条、规范，还要讲清楚其意义、必要性、价值或所以然、逻辑、义理之"应当性"等，又必须有具体之行为准则系统，或联系生活实际进行讲解和践习，然后方能养成基于内省、理解以及践行这二者基础上的对于规范的认知、内化和自觉遵守。（教条）规范、义理分析或理性省察、具体行为规则，三者缺一不可，而且三者都必须各自在理性与逻辑上自证其正当性。此外则有外在（社会）制度规划，以配合此种文明的知行合一。当然，我老实承认，我本人是自由散漫惯了，所以一般不喜欢参加有刻板时间安排或程序要求的活动。在和一般人交往时,当然注意时间观念,但却会故意选择,或自然认识了,一些同样自由散漫的朋友,相互之间都知道对方的个性跟自己一样,所以就可以不拘一般凡俗礼节,而每有一时兴起遂乘兴而来、兴尽而归之事。

先生云:儒家需有自己的道场,华夏民族需有自己的学术道场。一个民族和国家,有其自身正大之学术(问)与道场,方能立得住①。此一道场的建筑形式,可以民族建筑形式为基础,而多方借鉴规划创设——若聚会、传道、讲学、祭祀之主体建筑,若或露天或室内之射御讲武、集会游戏等活动之场所等——而可借鉴文庙、宗祠、黉宫、书院、国子监、校场、寺院、道观,乃至西方古希腊古罗马之大学园、议事厅、元老院、角斗场、各种人文世俗或宗教教堂建筑形式等,而根据相应功能要求而斟酌损益之。此一道场之道学义理之内容、仪轨(仪式等)、传道形式及相关活动等,皆须精审筹措安排之。此后则纳入城市(市政)规划与社区规划(包括将来扩展到农村地区)——正

---

① 谭嗣同当年亦特别强调广建学会之重要性。学会者,亦可谓学问与科学之道场或组织形式也。

如古希腊古罗马之议事厅或广场、当代西方教区之安排一样,每隔一定距离或面积,则必建一教堂,为宗教聚会之场所或道场。至于射御讲武集会游戏之场所筹措,或可依主体建筑而附属之,或亦可纳入市政公共设施之中而予以安排(比如:在许多国家的市政建设规划方面,一定人口数量密度或一定范围之居民区域,必有体育场、体育锻炼设施、草坪、市民休闲等之公共设施),又可以俱乐部形式替代之(然不可以此全部替代基本必要的开放性的、均衡的市民或社会公共设施)。在建造和管理投入方面,亦有相应之不同方式:比如:类于西方教会募捐的民间自愿捐助(初期当有政府之一定资助投入)、政府投入、最低或基本(非营利)市场运作等方式。

先生云:儒家道场不同于宗族宗祠之排外性,而可有普世性与开放性,此地一儒家道场与彼地一儒家道场乃是不分彼此的,皆系儒家道友而已,并无宗祠所容易产生的排外性,乃至结成私人集团利益[①],故不用担心会造成社区分裂(此亦可借鉴西方基督教教会管理模式)。所有儒家道场都系于儒家天理(天道)人道之教义、民胞物与

---

① 但宗法宗祠亦是古代中国屡仆屡起、度过若干极危险之生死存亡难关的重要力量凭藉之一,不可简单批判之,虽则亦确实造成现代国家建构、现代国家治理等多方面之问题,而当有新的调整创制。

之仁爱精神等①。

先生云：道场之后续管理亦须慎重。当有相关合理有效之规则、惯例乃至立法，建成后当由民间道职人员自行公开、合法管理之。但这些皆当有相关国家立法之依据，又有道众及民众之有效监督。主要道职人员即儒者之选取，尤需有正式之培养、选取之机制、规则、法度，不可随便滥竽充数或简单地由政府委派之——辅助工作人员则可另法处理，此皆可借鉴西方基督教教会之做法而斟酌损益之。至于其道职人员是专职或兼职，有偿或无偿，此等问题，皆当深思熟虑之。此外又有不违背国家宪法所规定的基本权利的相对较为严格之道职人员之特别戒律。

先生云：或可兴办儒学院或儒家大学或国学院、国学大学等，此事吾前亦言之。儒学院或儒家大学不以功名相号召（对比西方的教会学校或教会大学）——当然，上述及下述有关儒家道场等的设想，都以儒家思想的更生创造为前提，重天道、仁学与普遍心性之学，而摒除其专

---

① 道场与学校，或者相合为一，或者殊途异路。在先秦，学校即是书院；科举制后，学校或与道场交叉或分途。宋代，书院可谓道场，而科举学校由于兼负政学教育之功能，乃转或不那么纯粹，乃至成为功名利禄之渊薮。

制性、等级制的因素。

先生云：以历史事实或现实主义思路分析,则在存在着主体民族和主体文化的国家或社会,有主体民族及其主体文化,方有文化多元或多元文化之空间,不然则易生纷争、对抗乃至分裂也。故主体民族及其主体文化建设乃是稳定之基础(与轴心),弱之则乱,则离心,则媚外也。然有主体文化,则尤要尊重多元文化。此乃相生相成之悖论也。

先生云：然而这些全须接受国法之规范,或以国法确定下来,然后乃不可同作为根本大法的正当合理之宪法与法律的任何一条相冲突,或享有国法外之特权。政教分离原则仍颇为重要,故亦学亦似教之儒家及其道场,亦当如是,而矢力于心性、义理、气节、道德、仁学之教也。

先生云：中国传统文化乃心志之学(心性德义之学),西方则有制度之学。

先生云：以上仅说及纲目而已,具体细节,仍需极仔细审慎而全面系统之考量润泽之。

先生云：华夏民族或中国人的道、学及学术道场,乃建基于清明理性、人文化成、人世或淑世主义以及人伦情意之上(先秦及其后中国人的祭礼祖先、配享上帝等,亦皆多基于情意与理性,少了许多虚玄出世之气,慎终追远,厚葬祭祀,完全是出于人间情意之至诚),此种粹然、理性、正气、清明之华夏文化,乃是使中国文化与社会绵延几千年而不断灭之最重要原因与凭藉。

先生云:儒家对外来宗教和外来文化之应对态度、策略,基本上或总体上并未失误,比如对佛教,取其心性智慧,又取其大乘精神,以纳入、补入儒家心性义理之学,而成宋明理学,从内外两维(面)继续维护加固儒家本土文化之信念与特色,仍为中华主体或主流或主导思想文化,未曾沦为政教(佛)合一之国家,以至底于沉沦空寂而遭外力乱亡之危险境地矣。种种宗教(外来内在),虽或在中国民众乃至士人、皇宫内廷中有一定影响,但一者中国士人之主流仍在维护中华文化之道统,二者亦因此将宗教有效控制在不能干预国家政治和社会生活的范围之外(尤其是不能干预国家政治),政教分离,不让其深入涉足国家政治与民众现实社会生活——此皆由理性儒家思想(包括宗法制度)主导之。其实,任何非理性或超验性的宗教教义都很难真正影响中国士人或知识分子,因为中国士人之理性精神、入世精神、道德意识及基于其上的文化自信,实在是极为根深蒂固的。中国士人于此华夏文化内核之骄傲,足以抵御一切可能违反或存在违反上述华夏文化核心精神意趣的外来宗教及文化入侵,而取其合于理性(智性)、淑世、道义等方面的因素而已。这是中华文化及中国士人的文化基因,足以使其傲视一切非理性文化或宗教,而又理性学习、汲取一切正面之学问,如科学、逻辑、典章、艺术之学等。

理性、逻辑、科学方法、自由讨论;新经学的师资问题

先生云:在现代社会,在敬畏天道、遵循正道与人道的基础上,人应该依据(按照)理性、逻辑、科学方法和常识来进行判断、决策和行事,而不是未经质疑、批判(康德意义上)的任何前现代教条。在敬畏天道、遵循正道与人道的基础上,人只要懂得了基本的理性思考方法、(形式)逻辑思维和批判能力,就可自主决定一切事务,而抛弃一切权威、教条和神示。对现代教育而言,除了尊奉天道、人道、正道之外,尤其重要的是教育和培养学生进行理性思考、逻辑分析(包括批判性思维)、科学研究的方法、意

识和能力（和各学科的基本理论和常识），在此基础上再谈论具体道德规范、教义、信念或信仰、权威、法律条文、纪律、礼仪、常识或常理、理论，等等。质言之，后面的一切都须拿到理性与逻辑的显微镜下自证其合逻辑性、合理性（天道、人道、善道）与合法性，而不是诉诸于外在强加的先天、历史性或神圣性的权威，如此，乃能建立真正合理的道德规范、信条和权威。

在不违背天道、人道、善道的前提下，现代生活应该首先基于理性与逻辑，而非未经批判、审视的传统、神示或神迹等，只有当传统或传统中的某些部分，亦成功经受了现代理性与逻辑的批判分析与检验时，这部分传统在现代社会的存续乃获得了正当性或合理性与合法性，而可以成为课堂教育内容或现代社会常识的一部分了，或取得了现代存续的资格了。

先生云：关于教育，若欲培养尊奉天道、人道、善道之仁人或国民，首先要确保教育和培养学生此种理性、逻辑、科学思考的意识、方法与能力，运用理性、逻辑与科学方法来进行独立自由的思考、批判、分析、研究等。只有在此基础上，我们才敢进行所谓的传统文化教育，也就是说，即使在传统文化教育方面（或课堂上），也必须采取诉诸于学生的理性思考、逻辑分析、批判性思维和自由讨论质疑,而不是强制性灌输、死记硬背、机械主义规训。经此理性分析与自由讨论,传统文化乃至课堂上所可能存在的一切违反天道、人道、善道以及理性、逻辑、科学等的蒙昧性的、专制性的、反人道的内容,乃能被黜去,而真正收到教育的促进人正向发展的初衷①。当然,我们也可以展望,人类文明与教育,若一直基于此种教育理念与方法(模式),则过了一段时间,课堂上也会越来越少违反人文、人道常识等方面的知识内容。但即便如此,仍必须坚持自由讨论与批判性思维的教学方法,以保持持续不断的人类智识的警醒与清新,以及思维活力——当然,与此同时,仍需一定程度范围内的教师权威与必要正面讲解传道(有其前提条件)。自由讨论式教学与尊师重道并不矛盾,乃是相互促进,而非相反,造成双方面的僵化与变质,比如只尊师而无道轻道,变成教师专制、教师身份权威,而"知识"逐渐僵化为教条,沦落为落后的愚昧的压迫性的东西。当然,只重道而不尊师恐亦不妥。

---

① 当然,这里一再强调理性、逻辑与科学,却暂时并未将神性与人性的因素纳入思考,故仍是不完整的。美籍奥地利裔政治哲学家埃里克·沃格林在《希特勒与德国人》一书中曾对此有所论述,亦可参考。参见:[美]埃里克·沃格林:《希特勒与德国人》,张新樟译,上海三联书店2015年版,pp89—93,107—110。

自由式讨论,或诉诸于学生的自主理性、逻辑、科学方法与批判性思维等的教学方式,能有效地将不好的、坏的知识(道)与教师驱逐出文化、知识、智识、教育的领域。反之则正好相反。

先生云:毫无疑问,传统文化和儒家思想文化里面都有非常好的东西,乃至极高明正大的思想文化精华,然而亦确有许多不适时宜,或在历史演变过程中被各种力量添加到儒家思想文化中的专制性、等级制、愚昧性的内容(当然,同样也在历史演变过程中,经由一些有其正向心志的儒士义人之创新性解读和继长增高,而增添了一些好的成分)。故如果要提倡传统文化、儒家思想文化乃至提倡读经等,尤其是读经,首先便须对此作一全面性、整体性批判整理,整理出合理或合适的现代文本;或本诸现代精神中好的一面,以及其他正向良善文化意图与理想,资借传统经学与现代思想文化,而另创新经学。舍此(上述两点,此外亦包括自由讨论式教学法等)而无所预备(准备)地贸贸然提倡读经,则恐亦不妥。固然,从其提倡之初衷而言,或未必无好意与正面意义,然从实行方面言,如果相关准备工作没到位,只是简单地照搬古代经书,而无所总体安排和准备(编辑原则、思路、体例;批判,注释;统一文本;删或创;师资等),或安排与准备得太粗糙、太简单化，根本不合理，而漏洞百出，矛盾扞格，那就太过毛躁而不负责任，乃至是文化的懒汉、思想的懒汉、智识的懒汉或创造的懒汉。匆促上马，躐等而行，不是认真做事的常规，亦非基于理性、逻辑与科学方法的现代办事方式。当然，或曰：先做起来，边做边规范化、完善化和理性化，亦未尝不是一种思路。然亦须有此后续之实在行动与进展。

先生云：关于通过教育弘扬发展传统文化，师资亦重要。故大学中针对本科生先开设儒学班、国学班乃至儒学院、国学院及其相关专业，亦有价值。然仍需切实筹措，有合理合宜、全面细致之规划与可行性分析（不可是极其简单粗暴、粗糙粗疏、初级的行政命令），培养出一批新时代之现代经生、儒生或通儒乃至通学通人，此后而可从中遴选而为中小学新经学、经语文学或新经文学课程之合格教师——当然，儒学班、国学班切不可不有现代思想文化之教育内容（人格平等、平等基本人权、自由、人民主权、尊重所有人平等基本权利基础上的民主决定等），而又仍须有理性、逻辑、科学方法等方面之教育内容。在此之前，则从既有之中文系、中哲系或文史系等，选拔中小学语文教师或经语文学教师，或对既有中小学语文教师作有关（新）经学、（新）儒学、传统文化及其教育方法之培训。当然,亦可采取另一思路,即在既有的中文系、中哲系的基础上,改变调整其课程结构,增加(新)经学、(新)儒学与传统文化的教育内容,或干脆在既有的中文系、中哲系里,另组(新)经学、(新)儒学、(新)国学或传统文化科系或专业,等等。等到以上皆初具规模,走上正轨之后,则可尝试开设儒学书院或儒家大学(院)等,而成就中华文化文明复兴之大业也(当然,这些都是经由批判性和创造性改造之后的现代新经学、现代新儒学)。然此同样须有审慎、全面而细致具体之筹措也。

先生云:同时必须再度强调的是:即或在中小学开设人文性的现代经学或新经学教育,完全不意味着减少其他现代思想文化与科学课程教育,相反,乃应同时加强现代思想文化(现代经学)与科学教育,齐头并进,并行不悖。

先生云:有时,乃因为不敢创造,无力创造,不思进取,故而只能无条件因袭传统,抱着历史的大腿不放,抱残守缺,胶柱鼓瑟,刻舟求剑,故步自封,坐井观天,叶公好龙,妄自尊大……

先生云:必先有理性启蒙与理性觉醒,诉诸理性、逻辑、现代人文主义等,传统文化才能真正复兴,或者,换句话说:复兴传统文化中真正正面的、积极的、好的部分,反之则不然。

先生云：必须先有或同时有现代人文法治制度之确立，才可谈及传统文化复兴，或者，复兴和发展传统文化中正面有价值的东西。反之则可能是完全违背初衷的后果，即传统或传统文化中的正面、进步、积极的东西彰显不出来，反而是负面、消极、腐朽、落后的东西借以尤为大行其道，肆无忌惮。

先生云：文辞漂亮优雅，固然有审美和文字上的价值，甚至有的亦有善性上的价值，比如文以载正道，但如果文辞论述合于理性与逻辑（逻辑自洽），则又具有求真之价值。经学文字不乏审美、文学性乃至求善或善性方面的伟大价值，许多亦闪耀着理性的光辉，但同样值得注意的是，其论述在逻辑性（逻辑自洽、合于理性等）等方面，仍或有一些不足（这当然也是经学所采取的文学性论述方式本身所致），故当有所改进，此或许可谓是经学整理之最重要一环。缺此一环，虽然学生读经仍能得着审美、文学、德性乃至理性等方面的陶冶熏陶，但亦可能因为逻辑性、理性、批判思维等方面的某些缺失，而导致与阅读之所得利益相比的并非更不严重的后果，乃至得不偿失。既然如此，为何不补上理性与逻辑的一环呢?！此即吾之所谓新经学（整理、编撰或创造）之用意之一也。

先生云：别有居心的人除外，排除此点之后，对于那些真正以公心而非夹杂私心来关注文化建设论题的人而言，则在有的情形下，反儒学者与倡儒学者有可能只是思想聚焦的错位而已。倡儒学者特别注意或关注儒学中的正面、积极、进步的内容成分，当其谈论或倡导儒学时，说的其实是这部分内容。而反儒学者则尤其关注儒学中之缺陷或负面落后性因素，故而特别警惕。

那么，倡儒学者有没有注意到儒学的负面因素，而反儒学者有没有注意到儒学中的积极因素呢？这又根据各人对儒学了解或理解的深浅程度不一，而亦有所不同。这有几种情况，一种是其人本身对儒学了解不深，无所深入阅读、思考、体悟，只是大而化之地人云亦云，或是情感或情绪化地、经验主义或直觉主义地反对与倡导；一种是其人对儒学有了深入了解，并基于各种变量影响因素和利弊权衡，而作出的审慎的总体判断；此外还有其他种种情形。

然而，人之贤愚及才性高下不同，考虑问题的出发点不同，目的或目标取向，或判断事物的目的标准，又不同，等等，故总会在这个问题上出现分歧或偏差。贤朴者以儒学之正面积极之内容自奉自修，而斥避其中之腐朽落后者，其未尝不能见出其末流或流弊，而能审慎怵惕；佞滑者则反之；嫉恶如仇者担心儒学中之负面因素之极坏后果，故大力抨击之；向善治平者又思以此化育万民；专制弄权者或欲以此遂其专制等级制权欲；仁义平等者又欲以此申一民本大同之社会，等等，诸如此类，不一而足。

同一"儒学"概念，（但其实并无"同一儒学"，儒学在发展过程中本来就曾分化为多种派别，比如所谓的"儒分为八"①，以及后代不同学者对儒学的不同解读与界定等，并且，一千个中国人眼里有一千种儒学想象），人之所见者千人千面，所想象与所欲从中为己（或为公）所用者，亦千人千样，根本无法在，或根本就不在，同一层面上说话，故造成种种误会。而别有居心者又往往利用此种良莠、正异、优劣、高明与拙劣等之错综情形，而遂其各种私心私欲。就此而言，历史发展过程中的儒学中所可能存在之混杂、逻辑混乱乃至矛盾扞格等情形，既是一种事实，又是所有学问体系都有所不免的一种多歧异性、争议性（区别不过在于程度不一耳），尤其是一种历朝历代某些

---

① 《韩非子·显学》："世之显学，儒、墨也。儒之所至，孔丘也。墨之所至，墨翟也。自孔子之死也，有子张之儒，有子思之儒，有颜氏之儒，有孟氏之儒，有漆雕氏之儒，有仲良氏之儒，有孙氏之儒，有乐正氏之儒。自墨子之死也，有相里氏之墨，有相夫氏之墨，有邓陵氏之墨。故孔、墨之后，儒分为八，墨离为三，取舍相反不同，而皆自谓真孔、墨，孔、墨不可复生，将谁使定世之学乎？"

群体所有意造成和维系的状态(以此遂其浑水摸鱼、蒙混过关之私心私欲)。

争论仍有必要,基于天道、人道、仁善之道以及理性与逻辑的批判与质疑,乃是最终的评判方式。反之,如果争论者缺乏理性精神、逻辑分析与批判思维能力,则儒学的此种混杂和众说纷纭的状况,就将一直持续下去,中国人的智识与文化发展就始终存在问题,也始终存在机遇。故问题的关键仍在于通过常识教育、自由讨论等方式,培养国民的理性精神、逻辑分析能力、科学方法、批判思维能力等,并以此建立合理、合宜、合程序之制度、法律与法治,此后则传统文化之争议问题乃稍可迎刃而解。有传统文化教育,比完全没有传统文化教育和现代思想文化教育,当然要好,但尤其重要者,乃在于理性启蒙与逻辑、科学方法、批判分析、独立思考等。此则又可参见以上若干条之论述。

先生云:贤者得儒学之正向利益,佞邪者取儒学中之负面因素,或者,不能得儒学之正向利益,而又曲解之而以之兴风作浪,害人害国。然唯上智与下愚不移,若夫非大贤大恶之一般民众,则被刚性制度与流行文化所裹挟转移。故君子在上而民风斯化斯善之,小人在上而民风恶浊矣。然如人亡政息何?故当致力于建设正向刚性制度,则小人无所施逞其邪恶,而促使全社会皆守法而趋于正风矣。正向刚性制度立,则儒学末流中之劣质部分乃不能得逞,而正向积极部分乃和正向刚性制度相得益彰也。何为正向刚性制度？于古而言,曰"为民制产"、"取于民有制"、"彻、助、十一税"、"使民有时"、"民本"等；于今而言,如人民主权或主权在民、法治、税收法定、政务公开、程序化公开选拔人才、民主监督等。至于到底是采取中央集权体制还是自治或分权体制,大政府(观念)还是小政府(观念),福利社会还是优先市场机制等,反而是次要的。因为可以各有相应的配套机制,而使之发挥正面作用。

先生云：中国历史上的有些朝代,尤其是末世,真正关心国家和真正有见识的人,反而每多草野之人(民间士人等)。而朝廷君臣、达官贵族忙于或迫于争权夺利与政治上的生死搏斗,根本无暇或无意、无力真正考虑国家层面之事务。草野之士人便有此心志与余暇,尤其是有此置身于权力搏斗场之局外,而站在国家或天下公利的高度客观评判分析的公共立场也,故而能真正筹论于此也(因其不处于政治角斗场中,故可置身政治纠葛之外,而为国为民为天下客观平心讨论筹措之)……

先生云：治国与治心；天心与人心；天道与人道。

先生云：孟子言其四十不动心。吾人是对幸福亦（可）不动心，而释然蔼然淡然安然了。释然可由多种原因或多种方式途径致之，比如，精神境界，思想觉悟，人生经历等。

先生云：有时，外在世事与人心是无所掌控的，万年如斯，万年宛然依旧。

先生云：一个国家的命运是其整个国家国民的平均智识的函数，有时，国家之统治阶层往往并非是以少数文化智识精英的智慧水平来进行决策应对，反而是以此普通庸常之平均智识（甚至以下）来应对、反应或实际表现——如果将种种隐匿的中间环节补充完整，而确乎如此，质言之，以一种错综复杂的社会学演化反应的方式，在事实上实现了上述判断。所以若是真爱国，亦千万不要鄙视和抛弃看似或实际上亦可能是邪恶、狠毒之贪官污吏，以及其他因为种种原因而沦为所谓的愚蠢鄙陋之人群或所谓庸众，或其潜在群体，而亦当百计千方教育规训之——实则尤当预先绸缪教育之，不使之堕入鄙陋愚劣乃至恶道之中——，恶者邪者愚者庸者皆当及之，乃至尤当及之（如若只关心智者、慧者、善者，则其善性智性自在，何劳师儒与教育？教育本身就尤当关注那些因种种主客观原因而一时看似矋闇、憨顽、愚妄、庸劣、悍戆、邪离者），以此提高整个民族的智识道德水平，而从整体上拉高整个国家、民族之智识水平，而在世界文明竞争上有所自立之资本。质言之，也就是平等待人，平等教化一切人，相信一切人都有善性，都可教化向上，都是同胞人类，都应有更高更好的品德智识与生活。

在一时无法建立起能够培养选拔最优秀智慧之人才而成为国家精英阶层或古代所谓统治阶层的制度时——这或许根本就是很难的，即使是在古代的所谓贵族政体之下，并且，即使有此制度，其高明政策效果仍需要有国民智识道德水平的普遍提高作基础与保证，尤其是在不同于贵族政体的民治时代——，就不能任由任何国民长久堕于愚昧颟顸之境地。故有其心志愿力之士人义人，当有儒家化民成俗、大乘佛教普遍度人、度一切国民人类之精神，尤其要教化可能的颟顸无知的统治者或可能的潜在统治者。写书亦是如此，不仅仅是写给好人看，影响好人，还要写给恶人看，影响恶人，或执迷不悟、误入歧途的人，冀所有迷途之羔羊，迷路知返，成就吾人良善相与之民胞也。

先生云：他们（或我们）只是一时迷路或误入歧途了。吾人或我们也都会时或迷路。不要抛弃他们，正如吾人不希望被抛弃一样。

治事之法,组织之学;文化多元与共识

先生云:幸福乃基于两人或群体的正直、仁善等自身人格修养本身,以及相互的仁善相与的温良情意上。如果社会上没有好的人,则无论其人再精明、再有权谋手段、再多的钱财物质享受,都绝不会有心灵上的幸福,因为人的幸福从根本上是建立在人与人相与的好情意上。自己未成正人,社会缺此正人,则终归都是孽缘一场而已,哪里有什么幸福可言。质言之,倘缺乏互相之尊重(尊重基本权利与相互权利义务界限)、善意、宽容进退、合作、善解人意等,或缺乏基本共识与法度,那就会引致毫无法度、程序或底线保证的相互提防与争斗。所以,倘不立人,不立"立正人"之教育内容体系及教育机制(内在

人文化成等），不立"立正人"之外在宏观环境制度，则其国其群其社会势将变成率兽而食人之丛林社会。别说幸福得不到，就是最基本最简单的正常生存或生活形式、生活组织都构建不起来，都很艰难乃至根本无法得到。古今中外之一切问题及社会种种不正常乃至匪夷所思之情状，皆在于无常人（正常之人），不知正人当为何类；无常人则因无立人之学、之教育；无立人之学、之教育，则因不知立何种人，或何为立人也。于是人皆多逞私志私欲、不择手段，以他人为工具，遂一己之欲利，而成丛林社会，而人皆于无边苦海中流转沉沦。

先生云：今日治事之法之学，组织（部勒）之法之学等，汝今有诸？汝曾实习之、实验之而见其成效否？汝能以此传诸弟子国人否？等等。念此思此，则曰其所当行之事有三：学、习、传。"学"则著书立说，宏深思虑，精细筹措设计合理周全之学说、义理、制度、法度、程序等（治事学、议事学、组织学等），俾后学国民有学可循，有法制可据。"习"则践履实习实践以检验其成效也，以此修正学说制度、法度、方法等，补充之，调整之，完善之，又积累相关治事实践之能力才干，学、习而相得益彰，互相促进。"传"则传道传学（言传）及传法度方法（身教、身传及行动实践)。学、习、传而合之,而知行合一,而学术与实践乃能合一,乃为真学术,乃为真知识,乃为真正之本土知识,而一国一族一群一组可以之自信自立,乃至以此文物声教而传之外邦异域,为其向慕,而真正促进人类文明之进步。如此,则一国乃可言真正有学、有学者,而外国留学生主动来其国则皆虚心向慕其国之学术,而非仅仅学习语言或古代文明也(古之所谓"文物声教,迄于四表")。此种治事、议事、组织之学,应针对所有学生国民。

先生云:当发挥所有人之聪明才智,而非锢才(知识产权保护等)、役才。不可让其国其人之聪明才智误入歧途,沦为小聪明。吾看网上之有些情状,知其人或有智识能力,惜乎无由发挥,不能得其正道正途,乃只能于小道上(娱乐化胡闹)虚掷浪抛,实觉痛心。

先生云:治事、议事、组织、立法等之学问与法度,皆可学习借鉴现代西方乃至世界,及中国古代之优良传统之一部分,古今中外,靡不可学习资借之……当下我们应该和能够教给学生或年轻人怎样的治事、议事、组织等之方法和训练呢?此亦当深思之。

先生云:"主体文化论",或"论'主体文化'"。中文中"文化"一词,本有化育、同化于文明之意。

先生云:一个国家或社会,而无论其为民族国家、多民族国家、帝国等,要么必有优势主体(民族)文化或主体(民族)文化优势,要么必有共享之基本文化共识,二者必居其一,如此方有多元文化之和平(容忍)空间,不然则势必将导致纷争与分裂。此乃优势(文化)和平论。至于缺乏基本社会共识的均势(多元文化)和平论,完全是一厢情愿的设想,看似高尚与政治正确,实则从长远看往往害国害民极大(除非多元而后逐渐孕育共同社会共识和更高共同认同),让所有人——包括主体(民族)(文化)与少数或多元(族裔)(文化)皆付出惨重代价,谋国谋天下谋人类人道之大福祉者,不可鹜虚名虚誉而损人民之实利也。可不慎审哉!

先生云:李普塞特亦承认民主体制的前提在于均质民众个体,不然则易惹纷争分裂,尤其是缺乏基本共识、共享价值观或历史和合情意的社会与国家①。

先生云:侈谈文化多元化,甚至变成变相的或实质的内部分化隔离乃至自我隔离;而不谈基本融合,没有意识到文化多元化的前提、基础、背景、趋势和目标是真正的

---

① 桑塔亚纳则以为当有高贵之庶民,不然亦不能达成民主之善治初衷。参见:[美]埃里克·沃格林:《希特勒与德国人》,张新樟译,上海三联书店2015年版,p105

基本融合(大的层面融合而平等,小的层面多元而独特;基本共识与文化宽容等),则都是不明智的,非但不是宣称的政治正确或文明进步,反而可能是文明的退步。

先生云:倘若政府不能提供正教、不能保障民众的基本权利,和保护人民的利益与安全,不能提供正义之公力救济,则那些能,或宣称能,保护或胁迫(无论是正当方式还是不正当方式,暴力方式还是和平方式等)部分民众的各种黑社会、宗教组织、会道门乃至邪教组织、民间集团或组织、地方权势、大商贾财阀乃至地痞流氓等,便将乘隙而起,而攫取政府之权力,取代政府之地位,政府便将渐渐全无威信、信用与号召力,形同虚设。而这种替代组织往往更是鱼龙混杂、正邪难辨或亦正亦邪,合法性存在着更多漏洞,初或甜言蜜语,信誓旦旦,其后则肆无忌惮,每况愈下,比起正义之政教分离之合法世俗政府之法治化统治,效果当然尤其大打折扣。

这样说当然一来并非意味着完全不信任其中的某些社会中间组织之自治的思路,而是后者仍须纳入世俗正义法治之轨道,不能违反世俗法治的诸种根本原则,比如政教分离、宪政、保障普遍民权、法治等。二来亦并非意味着有了政府集权就一定能管理好国家,政府集权与否不是根本问题,关键乃在于通过种种制度而成为一个正义政府、法治政府、人民政府,若能做到这点,则中央集权也罢,小政府也罢,都是好的。社会沉渣泛起,有时恰恰是政府公权力堕落或弱小到不能提供正义公力救济与公共产品的结果,政府当自我反思而有以革弊、改张、补救之。

新经学的述创思路

先生云:儒家经典稍无系统与条理,是其缺陷。儒家思想虽曰包罗万象,应(机)用无穷,对于日常生活之诸多方面,皆有涉及,或皆可触类旁通,得其启悟领会,然究竟是错杂混融,缺乏针对各种问题、情状、事务进行分类阐释应对(对治)或分类编辑撰述的作品。佛教则多此类针对一般普通民众的、简易通俗的、主旨在于讲经讲法或对治人生各种问题的书籍,而依事、依问题分类胪列讲解,民众往往易得其助力——惜乎这些毕竟是以佛教教义为本而来解说。儒家则稍缺此种读物,于今为烈,有则或有之,然似不堪应用。先秦之儒家经典,每皆针对诸侯国君大臣士子,多讲治国经邦之道理事例,较少直接针对最底层之民众及日常生活中之种种事务问题者。

　　姑且暂不评价其内容本身之进步或落后,则《诗经》虽曰包罗甚广,然体例乃以国别之,又或以风雅颂而大体别之,前者非以事分类,后者之分类又太过宽泛,不能细致,尤非以事分类,故即或其中之诗教亦包蕴广泛生活事务,而一般士子民众寻绎为难。倘以事分类而作小标题或题解(传),以事例依标题、绎诗教,而可一一对应,直接解决日常生活中之问题或困惑,则其裨助民众、化育百姓之功也将尤大也。

　　《尚书》则初级史书而已(乃至断烂朝报),零篇断简,既非以义理分类,又非以事情分类,读者同样寻绎检索为难,必终篇乃或得其所求知,故亦有同病。不如在书中或书末直接标以序号,胪列若干大义,并分析解释之,俾读者知其中之思想创造及体系究竟如何。

　　《易经》似稍有条理分类,然但以卦名,读者或不知卦意,无法检索,故或可以"卦名 + 卦意(事)"命名之,如此人乃可依事检索求教之。但《易经》每卦虽讲不同事情,而皆讲变易之法,以变易为本,于每事之本身性质之论述,仍嫌其少,仍嫌其简略粗疏,而缺乏周全而有条理之分析,故可以此意补之,增入其他儒学经典之相关论述(此卦此事),并基于逻辑而补充古儒论述之义理未尽者,则读者易得其利益。

《春秋》乃是史记,作为史书或不无合理之处,乃至不得不然,然而如果作为经学典籍,于体例便或有所未安未妥。《三传》虽各有偏重,各有微言大义,有隐微之义例或义法,然同样无依事分类论述之体例,不得师法,读者不反复揣摩、讽诵多遍,终不得要领,故用力多而所获少。《公羊传》、《谷梁传》虽曰重在微言大义,然大义隐讳隐晦无条理(姑不论解说分歧纷纭),读者一则不易寻绎其义理(大义),二则无以据事据类而检索求知,故每让中国士子疲精劳神、皓首穷经而往往无所的论真得,往往还产生经师垄断解释权之问题。事实上,如果不能清晰地抽绎明确的理论命题,并以三段论或现代逻辑的方式表达出来,然后由读者对此基于理性与逻辑来进行批判分析,那么这种思想就永远是初级的、混乱的、混沌的、原始的,既无法证伪,亦无法证实,因为需要证明的对象本身就不明朗乃至根本不可谓存在,或根本就没有抽象出一个可供分析的命题和完整论证出来,故而就不成其为成熟思想或思想体系。没有命题对象,没有完整论证过程,如何讨论评判?不过是在无物之阵中虚晃两枪而已。

比如,"讥世卿"有两种情形,一为"讥世卿",二为"不讥世卿",而无论讥之与否,至少须先直接分析"世卿制"

的利弊本身。而经学则不然,乃在历史上是否"讥世卿"上聚讼纷纭,却不去分析"世卿制"到底如何、到底好还是不好,而将历史研究与义理研究混淆一气,一味想知道经文原意或圣人原意如何,却完全放弃以理性来分析"世卿制"到底好不好的问题,仍是宗圣、宗经意识太深(作怪),而完全不敢相信自己的理性(分析)本身。这样的经学研究,一味以圣人、经文原意为断,放弃理性思考、批判与逻辑分析,当然无益于培养中国人的理性精神了。

事实上,《公羊传》与《谷梁传》虽有不同解说,然皆可胪列之,而理性客观分析之可也。杨树达有《春秋义例》一书,其意甚好,然有两个问题,一者,在罗列义例后,只证以经书史事,未作客观分析批判与判断;二者,仍须对各条大义做一分类部次,以有条理与逻辑线索,亦便于读者检索针对之。后之史志反于此有所进步,如《三通》、《九通》之以事以论题分类,胪列史志材料而分析评断之,故古人乃曰(此种)史学中乃含有治国之实学①②。思想学

---

① 吾人年轻时便十分关注史著编撰体例等方面,亦有类似关注在焉。

② 事实上,秦汉以前(包括秦汉)曰经学可以经世,隋唐以后则讲经史经世。造成此种变化之原因,乃在于秦汉前之经学自有其他实学支撑,只不过现存典籍未录未存耳(其实经学里面本来就包含史学,《尚书》、《春秋》固然是史学,《诗经》中又何尝无史学?);而隋唐以后,实 (转下页)

术,当正面立说,又当自证之(逻辑自洽),然后乃为有价值之学说,不可仅以宗圣、宗经而证其学术价值,此则神学也、非理性学术也。吾人且看西方思想学术史,抛开神学,皆以理性、内在逻辑、辩论而自证其价值,非简单依傍圣贤经典而立论也。

《三礼》则是实学,稍有条理义例,而当求其本来面目,求其立意,求其制度,求其制度与立意相合与否,然后求其合于今时否……

《九经》、《十三经》中之其他经书,如《孟子》论事稍见有条理者,《孝经》稍有义例,《尔雅》为名物训诂之字书或工具书,不论,《论语》则尤其编次叙述稍欠条理头绪。而《管子》、《荀子》、《韩非子》、《商君书》、《春秋繁露》、贾谊《新书》等,反而有部类条理。《颜氏家训》亦有部类,而论

(接上页)行科举取士,经学渐成纯粹义理或虚文,士人亦不再是古代世家大族中的贵族子弟,不能在世家大族或宗法家族和地方乡里自治中得到实学训练,从而导致经学失却实学的实质和现实支撑,以及经学的义理化乃至虚文化。然而,史学日益繁荣,而将之前的实学以史学方式汇聚编撰起来,比如上述《三通》、《九通》等政书类,皆属此类,故曰经史经世。今人倘只谈经学,只谈读经,不谈经史,不谈实学(今之专业之学),不谈经史经世,以为经学能解决一切,亦有误会之处也。所谓"以《孝经》治天下"、"半部论语治天下"云云,如果对此胶柱鼓瑟理解之,则都有其虚矫处。

及日常家族生活之若干方面,可寻绎检索;《世说新语》亦有一定部类……朱子《近思录》又不好,仍是杂乱之语录体,且无标题分类……明清时期针对一般民众之劝诫书又往往有部类,然亦多随意错杂汇聚之者,可参看《呻吟语》、《小窗幽记》、《菜根谭》等书,又可参看其他诸如《治家格言》、《小儿语》等书,皆稍缺部类……晚清王韬等人之著作便有部类……

总之,古人著书,乃有两种传统,一种或随意札记,或粗疏编类,另一种稍有部类。前者固然亦有价值,但对于重新整理传统文化而言,尤其当重视后者,亦即尤其应当重视义例或体例。质言之,倘能将中国儒家思想之精华,部类区分,胪列之,分析之,条理之……则好。

东亚的天下秩序扩展

先生云：东亚的天下秩序本来一直在缓慢扩展，明清以来，中华文明模式一直是这一地区的共享价值观和文明模式，甚至连文字语言都处于此一渐进扩展过程之中，如朝鲜、日本、越南、蒙古已大量使用汉语词汇，边地民众或直接使用汉语；而晚清以来，东南亚亦有大量华人，中华文化的影响力亦将或逐渐加深——当然，这是一种农业文明扩展——直到工业文明的西方进入美洲、非洲、亚洲、大洋洲。美洲文化最弱，故最先被殖民灭族，非洲次之；中东又次之；又及于南亚、东南亚和东亚……

如果将十五世纪以来的欧洲殖民世界的风潮作为第一阶段（其实，大规模的殖民活动在人类历史上是一再存在的),而将二战以后发达国家在经济上对别国的巨大影响力亦视为某种形式的殖民主义的话,则第一阶段之殖民时代与第二阶段不同,第一阶段的殖民主义往往伴随着种族灭绝、奴隶制和实际的军事占领、领土吞并、政治统治、种族奴役等;第二阶段往往是隐蔽的经济侵略或经济殖民主义、文化帝国主义……

其实,在相当程度上,现代殖民主义初起时,西方的优势确实就在于坚船利炮(建基于其背后之近代科学革命和工业革命),以及建基其上的强大的军事实力和军事组织力量,而未必全是政治和文化层面(比如中国在反思近代以来的落后时的耳熟能详的所谓三阶段反思论,即从洋务派"师夷长技以制夷"的器物之学,到立宪派的现代政治制度即典章制度之学,到新文化运动的文化反思)。包括中国在内的其他各国,在文化、制度等方面虽然有其一定问题,但未必无其优点乃至优势,只是其问题在那样的历史情境下,在西方强大的科学技术优势以及建基其上的强大军事实力的对照下,被无形中夸大和凸显了。事实上,当时西方的文化与制度,同中国的一样,同样有其问题和弊端,比如内部资本主义原始积累时期的贫富分化、残酷剥削、阶级矛盾、道德堕落,和外部帝国主义、殖民主义、侵略奴役,以及西方列强之间的自相残杀争夺……但在当时,在和其他非西方国家相比,西方文明或西方列强,因为科技革命和工业革命的成果等,乃是一俊遮百丑,因缘际会,而一时取得对于其他非西方文明的国家的优势或优胜。当然,在此基础上,二战之后的西方文明又有了新的发展,而在文化和制度上——尤其是在国内政治或国内治理方面——又有了一些新的乃至真正的进步与优势。但也仍然并非没有缺陷和问题,而同样被领先的科技文明和物质文明以及相对的富裕[①]所暂时掩盖——在某种历史情境下,这种缺陷、问题及其后果同样可能被某些因素所放大和凸显,正如晚清时期的中国一样——或暂时没有进一步发展或恶化的空间[②]。

[①] 以及基于其上的精神文明,即使有人会说其科技文明和物质文明在相当程度上是由精神文明所影响和塑造的,或至少是同步进化的,后者是相对更为审慎的一种表述。没有物质文明和科技文明的背景,精神文明亦无法取得更高的进展或表现,甚至难以长久。当然,这一论题,对于不同国家有着不同的意义。这里有两个告诫,分别对于发达国家和发展中国家,即,发达国家应该知道他们的道德文明和精神文明及其优势,在相当程度上乃是建基于当下的相对富裕和相对先进的科技文明与物质文明之上,并非天然优于其他国家和民族;而发展中国家应该知道,如果不重视现代精神文明(包括政治文明)和现代文化建设,是无法达到更高的科技文明和物质文明水平的。

[②] 当然,这样说,并不是存了什么国家争斗或中西竞争之意,而是希望发达国家和发展中国家都要存了理性和宽容精神,来理性看待当下的世界形势,共同思考如何一起同化共进于更好的文明共同体(转下页)

先生云：论命运与偶然。那不是命运，那只是偶然。偶然，才是宇宙的法则与秘密。虽说是法则，但你知道了也无济于事。人类的处心积虑和经营，与宇宙漫不经心的偶然发作，形成一鲜明对照。崩塌与毁灭，谁都不会是永恒的主人。只有偶然的永恒。但说完偶然，我还是要（会）安然过日常生活，听平世的悲欢，看素常的风景。人类的智识、文化与文明，内在地包含着自我毁灭的因子。偶然是生命的背景，提示着爱的紧迫与从容，有与无的天籁自然。

先生云：但除开根本性的偶然，比如大小星球撞击、核大战、北冰洋融化、超级细菌、史前大洪水、地壳运动、超级人工智能（或超级机器人）、科学狂人……，平世的生活，在限定的时空条件以及其他限定条件下，仍有一些规律或必然规则，文明的优劣高下，或文明的价值，便体现在这里。文明的社会里，更多的人能得着安适的生活，但不文明的社会里却正好相反。虽然，因为那一总体的偶然性的存在，从更大的时空条件下来看，千年万年，千里

（接上页）或大同社会中。质言之，抛弃各种偏见，以良善之人类同胞之心，世界各国、不同民族、所有人类一起来共同努力创造更好的人类社会。

万里,最终留存不留存下来,亦皆是偶然而已。人类已知的历史万年不到,人类的存在却已经有几百万年。或许在之前的时间里,人类的文明乃至其他生物物种主宰下的文明,因各种偶然性,便已经毁灭过许多次。恐龙一度十分强大,也经不住这种偶然性的掌控和颠覆。何况人类的本性和智性里,本来就内在地包含着发展与毁灭两个维度,当积累到某个临界点,便必然要爆发。我迄今未看到人类的智慧可能进化到解决这一根本悖论的地步。人们担心的是:人类必将在创造出最高级璀璨的文明的同时,终极爆发,如同璀璨的烟花,在天宇间绽放,旋即陷入死一般的沉寂,万年才能出现一丝新的亮色,而走上新一轮宿命之路途。

"二人为仁"与写作的意义

先生云：或曰：二人为仁，人之相与相爱，乃是人性与人生之内在需求（所必需）。好的文化或文明，便为人之相遇、相与、相爱与相守提供一种外缘安排，此便为人与人之间的情意，亦为文化或文明的仁善情意。反之则不然，天地特定文明不仁，而以万物为刍狗，人心隔绝，苦海无边。此便是特定文明与文化的深深的恶意了。这或亦是人心、人性的另一面，但好的文明或文化安排，能——和恰当、应当——于此而作，而或稍有正向之衡抑。

先生云：或曰：在这个时代，不能有太高的热情（对这个时代，不能有太高的热情），热情越高，就越是会深深卷入既有的时代潮流,身心都陷在里面,与之一体俱沉浮,而再也无法抽身而出。

先生云:所谓得道,有时就是不动心,好的坏的,真的假的,都不动心。如此就可以了。当然也有其他的得道境界,不必执于一是。此处亦是因缘说法而已。

先生云:所谓得道,有时其实就是无数次失望后的淡然,就是绝望后的领悟与重生——当然,这只是得道形式的解释之一,此外还有其他乃至更准确的解释。你得道了,自然淡泊自安,得一澹然萧瑟之依稀喜乐。你未得道,便是尚有热情与希望,乃是活着的证据。因心存希望与期待,心中乃动荡不安,夜晚乃动荡不安,世界乃动荡不安。

先生云:读书是为了什么?答曰不为了什么。读书就是与另一个人交谈,就是二人为仁,而不再孤独了。书拯救了多少人的多少个夜晚呀!无书可读的夜晚,真是可怕的……于是有的人便找到了酒与毒品,但酒精与毒品里都没有人,所以仍旧是孤独的。写书是有意义的,不仅拯救了你自己的夜晚,甚至还可能拯救了他人的夜晚。整整一个时代,书成了深夜里静静亮着的唯一一盏微弱而静谧的灯火,照亮了两颗孤独的心灵……

先生云:民权比民主更重要(或曰民主亦是民权之一

种,但这里可将民主视为实现民权的手段和方法之一,而非唯一手段),没有民权的民主是虚伪的,亦是极其危险的。此处,民权＝普遍公民权利,而并非集体主义概念意义上的抽象民权。

先生云:如果夜晚动荡不安,白天就更加难熬——这句话纯是白描。反之呢?如果白天动荡不安,夜晚会是什么情形?另一个"反之",如果头天晚上安睡酣畅,那么第二天我一定是在球场上愉悦兴奋地打球了,打出许多好球,然后饥肠辘辘,心情愉快地吃顿好的。

先生云:我写了多少与夜晚有关的文字与诗句啊!

先生云:人是因为长大了而孤独,还是因为孤独而长大了?这是一个深刻的哲学命题,如果分别以归纳法或演绎法来论证,或亦有其他种种不同理解。其实小孩子也有深深的孤独与恐惧呀。

某君插话言:是的,记得小时候,在爸爸单位玩,父亲的同事们合伙来作弄我们几个小孩子,说是要把我们卖了,他们互相配合演戏,你一言我一语,还有其他陌生人过来客串,非常煞有介事,当时真是有着深深的恐惧。我们几个小孩子躲来躲去,临睡前都非常惴惴不安。

先生继续云:我们根本无法分辨大人们的话是真是假——也就是说,我们是将大人的话都当真的,无法将其当成玩笑。其实,直到今天,我也常常分不清别人到底是开玩笑还是当真的,我经常是一切当真的。所以才还是长不大的孩子吧。

某君言:然而非常有意思的是,我现在完全记不起他们的脸孔,也无法形容他们的高矮胖瘦,美丑妍媸——那时或许完全没有这种概念,可见小孩子是最为平等热诚地看待所有人的——而只记得依稀的情节结构与氛围。或更重视情意。

先生云:这或许是人类记忆的自然过程,无关紧要的具体细节最早被忘却,而情意细节、情节结构和意绪氛围乃是最后忘却的。也许,人到老年,到老得不能再老的时候,所有的具体场景细节都会渐渐虚化淡出,所有曾经认识的人都会在自己的记忆里虚化为没有面目的影像,乃至连影像都没有了,而只是虚化的意绪氛围与情节结构了,这真是可悲哀亦可庆幸的事情了。其实,所谓虚化的意绪氛围,不过是自己之一心罢了,只是此刻,当衰老时,此心已无力矣。(此时,先生的小孙女乃在一边嚷道:爷爷,不对不对,还有照片呀!)

先生云:对。……睹物思人,见像而生念,如果那时还有点生命的力气,则人的记忆便能复活一大半了,就此而言,人又是不老的,难老的,细节必将在细节中复活。

人是生活在具体的场景里，所谓人的记忆，乃主要是由细节与背景（感知觉）所构成，再加上作为心理或心灵加工能力（逻辑认知与情意认知等）的情节结构能力与意识氛围知觉能力，将之统合起来，便建构了人的记忆。故首先要有此心，无此心，空有细节与背景，却并无记忆，比如疯子口里也会念念有词地说出许多细节或场景，然而却根本不是记忆，这些细节和场景对其全无意义（可能是无意无心看到听到的，可能是"亲自"经历的，但却都不是伊自己的），因其已无此心，乃是失心疯，而并非记忆也。除非伊突然清醒过来，然后才是记忆，才是记忆的复活、生命的复活，和人的复活。

先生云：写作是有意思的事情，有时，一些很小的细节都会影响到写作的感觉，比如：有段时间我给自己定了每天大约写一页纸（正反面）的写作速度（一千两百字左右），当时用的是一种笔身较粗的圆珠笔，握着不费力，笔芯也不错，和纸张的接触比较圆润轻畅，笔划较粗，写出来的字稍可有笔划粗细的变化，稍有书法艺术的效果。用的笔记本的纸张似乎也比较松软，写上去有缓冲，同样省力，加上行距较大，所以写得兴起时便有挥洒之感，不用担心溢出外行。由于行距较大，每页只有二十行，故每天便只需写二十行，复又因为写的字比较大，故一页纸写下来不过一千来字，很快就写满了，绰绰有余裕而胜任愉快，没有任何压力，甚至每觉意犹未尽，往往再接着写了不少，而超出了之前预定的计划，而颇有满足感（并且超出的部分，也仍然并非为写作而写作，或为了完成写作任务而勉强之，而仍是觉得有思想的价值才会写下来）。其实那时用另一种小一点且笔划较细的水笔写起来同样感觉良好，笔划清晰流畅而可排版疏朗……

但后来由于客观原因，只能随便买得一本笔记本，感觉纸张甚硬，写上去无缓冲，手便容易累；每页的行距安排亦较小，感觉只能缩手缩脚、小心翼翼地写小字，不再能自由挥洒乃至偶尔任性地伸胳膊伸腿脚一回——我本身其实是有个性张扬浪漫、自由狂放不羁的一面。因为行距小，一页里有二十三行，字又小，故一页纸（正反面）往往有一千三四百字，有时候便觉得稍有压力，总想着快点填满这一页，有点被催赶着的意思在里头了，即使每天实际写作字数差不多，思考写作时仍旧喜悦，在程度上似乎却不如之前的那种尤为从容喜悦的状态——可见定个合理的小目标和速率是很重要的。加上新买的圆珠笔也是腰身细长的，握起来便只能用食指和拇指尖的那一小块皮肤肌肉用力按住，写了一会就觉得小有疼痛吃力了——我写字本来就很喜欢发力用力……如此诸种因素叠加起来,就觉得这后一种情形的写作稍微更累一些。不过,最关键似乎仍是大拇指用力挤压而觉疼痛的缘故吧。此是写作的外缘因素,稍记存之。此外又有电脑写作的情形,不赘述。

先生云:爱需要耐心。爱是包容与等待。

先生云:如果一天有三十个小时就好了。晚上睡八个小时,白天做事二十二个小时,便就正好累了睡觉,则每天的作息时间就规律了。像现在每天二十四小时,头天睡了八小时,到第二天同样的时间时,头脑还清醒得很,浑身活力洋溢,根本睡不着,等到累得想睡觉的时候,已经是第二天的凌晨四五点了。听说许多人睡不着就是因为精力太充沛旺盛了,看来我得研究一下地球公转乃至太阳系、银河系的结构安排问题。对我或我这一类的人来说,地球自转和公转得太不"科学"了——此是笑谈,未曾顾及地球到底是怎样的自转或公转。

先生云:若已无所求,未知是悲喜(欢)。长夜从此静,梦里亦无言(下笔已忘言)。

先生云:天下只尔尔,吾今已知矣。从此伴空山,无事看夕阳。

先生云：世情不染，俗事无扰。孑然无恙，老死空山。

先生云：许多中国商业电影里，配角、群众角色的生命被处理得太草率丑陋卑贱了，生死如蝼蚁，没有任何尊严，这是我不喜欢看许多当代电影的极微小的原因之一。另外，许多当代商业电影往往完全不讲逻辑与常理（违背基本逻辑与常理），根本经不起推敲，太过幼稚，故亦难对之有什么好感。至于有什么思想，那就对其要求太高了。

哲学往事

某君言:接下来想读的书如下:西方政治思想史(将古希腊以来的西方重要原典,系统研读一遍,之前则当购买收集齐英文原版书,及中文译文版);世界史(尤其是欧洲史,包括欧美各国的西方战略思想史,另有亚洲史、美洲史等);世界各大宗教教义或学说及其仪轨系统等;此外可读西方哲学史。前者乃为治道之公开讨论,后两者乃以通天人之际之学问。

先生云:现在写作出版的许多哲学史都是概论性质,变成了看似抽象的知识化的东西,干巴巴的,读之索然寡味,叙述体例与用语皆极乏味、古板,无趣,不好玩。我倒(有意)觉得用中国古代札记体形式写一部西方哲学史,乃至中西(世界)哲学史或世界思想史,更有意思(譬如写《哲学往事》、《思想史往事》或《思想史札记》等)。将人物(有趣的)轶事、时代背景、学说缘起(思想文化背景、时代背景、针对对象等)、学术传承(学术反叛、批评和传承等)、思想精华、思想者之生平、气质性情及对其学说思想之影响关系(知人论世)等,尽皆以精练生动、短小精悍之三言两语评述之,乃至干脆以文言文出之,尤其要见出写作者本人之独特个性、见识、辞章、点评之精妙有趣(但亦当注意选取那些在正统或经典思想史上不被看好或无一席之地,然而颇有疯言疯语、惊世骇俗之言论,乃至"异端"甚至"邪恶"思想的人的言论思想,亦叙述出之,俾世人以此而知人类、人性、人格、人思之别样或"变态"表现,而亦为人类世界之似乎的"潜隐""常态")——司马迁于此有其大才华。又当或与当下现实有讽喻之关联,等等,乃可引人入胜,吸引读者而渐至于专门原典之阅读,且因此种书作之述介而对原典或思想家之思想尤能有深入之把握。中国古代论文札记体著述体式等,于此而有其优长(如《唐才子传》,如札记体之《日知录》、《东塾读书记》、《十力语要》、朱一新《无邪堂答问》等,如马一浮《复性书院讲录》,如语录体《论语》等),故或可以此种著述体式,而将西方式严密逻辑分析之哲学著作,化而为中国式吉光片羽、灵光乍现、诗意盎然、趣味横生之思想(著作)体式,万人讽诵或随手翻阅,亦能收哲学、思想、情操、人格陶冶之功效,亦觉有趣。孰谓此种著述体式就一定没有价值呢?!将来吾于西方哲学史、思想史之阅读领悟渐深,相关书籍材料(原典、传记等)准备妥当之后,或可尝试之。此种中国本位(著述形式或思想形式)之著述形态,自古甚多。佛教入中国,亦被以此方式纳入之(禅宗及中国佛家语录札记等)。西哲入中国,何不可然。

先生云:单是宗祠祭祀活动不让女性参与,以及古代甚至一度不让女性入学这两点(然亦不可过度夸大,西周时尚有于家则有师姆之教、出嫁前则教之于公宫宗室三月等之教育安排,徒其教育内容男女有别,而有其不平等,不公平处),古代中国文化便有缺陷。任何排斥、歧视女性的文化或宗教,都是有问题的,如果原样照搬于现代社会,亦乃终将不得人心,故必先改革变易之①。按照佛教教义,以前只有男性才能修道成佛,但后来亦有尼姑庵,亦可谓随机改易创设。古代儒家文化对女性不公平,

---

① 但在文化教育方面,未尝不可以由女性随其自身之性情气质,自由自愿选择各种专业,乃至某种女性可能更喜欢、倾心的专业、学问知识领域、职业或生活形式,而不必一定要凡事皆向男性看齐。此又不必胶柱鼓瑟、矫枉过正,而形成一种新的自我压迫。

不给予其平等人道之权利与地位,甚至每多贬斥、偏见与歧视,使其成为等级制中被压迫的一方。无怪乎有些现代中国女性往往于古代儒家思想——尤其是其中等级制、女性压迫的一面——无亲,而乐于参与佛教等宗教活动,乃或因为在后者中至少可得一自由参与、平等之地位而已①。儒家学说或儒家教义倘不革去男尊女卑、三从四德、夫为妇纲等教义,则终难得中国人口中之"半边天"之真正认可、参与与支持、拥戴,是亦新经学改革方向之一维,而彻底清除歧视、贬斥、排斥女性之教义、礼仪与仪轨等。

先生云:仅靠读旧经是无法根本解决中国的问题的,宋明清时非不读经也(《四书五经》),而其社会效果如何?读者或可读宋平子(宋恕)《六字课斋卑议》(印本)中之"民瘼篇",其谈"士妖"、"庶莠"、"仆役"、"胥幕"等,可见其时即有读经之事,而士风民风官风社风每见浇漓残酷、生民涂炭、惊恐惨死、触目惊心之事,则读经有何用! 其时读经,大多不过为功名利禄也,一旦取得功名,依恃当时之政治制度、社会制度与民间文化心理习俗,乃有盘剥

---

① 然此种解读未免主观化、浪漫化,实则乃有其他因素,曾有人自述说她们参与此等活动,不过因为那里更热闹好玩一点而已。

凌辱平民、跋扈横行乡里之实。即或有一二诚朴之读书人,或世与我乖违而无力焉,或稍存节度而尤多随波乘弊之行止也,藏污纳垢,民生悲惨,乃朴实良善之人之活地狱,而贪悍狠毒之人逐鹿角逐之丛林也,何有一丝一毫于正人心风俗之效果。于中国古代,倘若制度不变,靠读经,只会继续造成浇薄虚伪狡诈之气大著流行,而朴诚善懦之平民大受欺榨凌辱之结局。故今日首当立新经,次当有新学制,而尤当有外在成熟法治制度环境之护持保证,如此而后而读新经,乃或奏其正向之功效。此三者无有,而大读旧经,适所以为浇薄虚伪之风推波助澜而已矣。今之某些学者,自己待遇优渥,生活无愁,却未曾思议底层平民生计工作问题,而一味倡导读(旧)经,于民生改进有何用邪!他们认为的读经的好处,有时或是以为自己像古代士大夫一样优裕生活、优游林泉、居高临下而怜悯施舍之,而贫苦平民卑躬屈膝、口称大人先生、父母官之情形吧。何其私心昭著而未自知自省也。

人类的原始内伤；精神资源

先生云：原始内伤与原罪。人都是不完满的，(或注定)是全人状态的一小部分的化身或投影而已，故和那无所不自有的全人、造物主相比，总是体现为单薄或若有所失所缺的存在。换言之，是不完整的，或有进一步扩展自身的空间与必要(吁求)。因为这种若有所缺失的状态，或对于原始充分自足的全人状态的内在复归的冲动，以及对于永不可企及的人类个体完整内在本质规定性的吁求的双重悖论式驱动中，人类个体便会产生有对于内在他者的永恒吁求，一种重新获得完整性的内在渴求，一种对于曾经失落的内在他者的永恒复归冲动，对于异己存在的好奇……于是爱情与友谊就这样产生——或者，换一种表述是：有的爱情与友谊也是这样产生的。

因为自身完整性的先天缺失，即人类或所有生物的原始内伤（对比所谓的原罪）（这或许简直是造人者或造生物生命者，即所谓造物主的最居心叵测的一点，是掌控所有生命密码或生命悲剧——佛教苦集灭道，耶教原罪说等——的总机括），于是，人，以及所有的生命，必然寻求对另一个人或另一个生命的吁求与敞开，以试图重新在一定程度上获得生命的完整性，弥补生命的缺憾（感），所以人更多地向异质性的他者靠近和敞开，或复归。亦因此，异性恋是最常见和最基本的爱恋形式之一，而互补性（欣赏和吁求）也永远是爱情发生的最重要因素之一。

如果人类个体或生命个体本身就是完满的，比如双性合体，或根本没有性别的剖分而原本就为原始完整性（比如单性繁殖的草履虫），比如一切生命个体皆变成了自身完足、拥有全人所具有的一切，不需要从他人或他者身上获得弥补，那人类就变成全人、神仙、上帝、自由精灵……就不需要爱情、友谊，不必有向他人的吁求、敞开、欣赏、合体等。伊简直可以像宇宙中的任何在人类看来寂寞的星球一样，悠然地在寂寞的宇宙中永恒漫游，而丝毫没有任何孤独与苦恼。但人类不是这样，人类个体的归止所在，永远有一部分是在另一人类个体身上，或造物主身上。但造物主并不理会人，造物主很冷漠，人才有温度，才有温暖的拥抱。所以人还是喜欢人。当然，这或许是重视现世生活的中国人的思维，或入世精神强的中国文化的特点之一。

先生云：人类个体都不是完人（完美之人）、超人、铁人（铁石心肠），人心都是水做的、肉长的，这是人类最大的"人情"，也是人类最大的平等性所在。人若是完人、超人、铁人，则哪里会有爱情，哪里会有人间多姿多彩，悲喜交集的世俗图景。爱情就是两个不完美的人互相敞开，互相吁求完整（丰富多彩）、互相欣赏、融为一体，而在相当程度上克服了自身的不完整性（残缺性状态）、孤独、分离等人类之永恒的原始创伤。因为人都是不完美的，所以所有的人都有爱的需求，也都有爱的可能与机会。因为不完美、不完满，才有爱情。完美而完满的人不需要爱情。但没有人是绝对完美和完整的，所以很庆幸，理论上，所有的人都会有爱情（爱之情感）——或爱情发生的可能性。

先生云：所谓的成长或成熟，并非是好的爱情的前提条件或必要条件，爱情是与这些（成长、成熟）无关的。你看，最美、最好、最奋不顾身的爱情，反而是，或往往是，发生在两个所谓不成熟的天真拙朴的人身上，那种强烈的依恋、排他性占有、狂喜与悲伤，乃至赴汤蹈火不顾一切的决绝意志,都于此表现得淋漓尽致。所谓的成人的爱情就要淡然许多。成长与成熟,乃是一种悠然舒缓的人生态度,一种生命的沉稳与风度,一种对他人的无声不言而自为的关爱、体贴与良善情意……

先生云:人类个体永远都只是个孩子,不可能长大成人(完人),或许,亦不需要长大成人。

先生云:**精神资源与知识资源**。清季以来,有志、有学之中国士人到欧美游历,虽亦会真心称赞其国民风淳朴、文明进步、政治清明、秩序井然以及物质文明之兴盛,但在心态上却往往并不盲目崇拜,心里想的虽多有虚心诚朴汲取借鉴西方文明(政治、经济、社会组织、教育、军事等)之先进经验而建设祖国之事,多所留意,在行动上亦有相应表现,然亦不缺乏一种吾国自有其优秀文化且亦终将进步超越之自信与期待。士人关注的是精神、文化及根本制度、机制等层面,对于有些表面化的生活方式或器物小品,反而能平心淡然视之。反而是一般民众,则往往震慑于欧美之器物或物质文明,以及某些表面化的生活方式、环境之层面,比如吃西餐、购物(西方名牌)、美景(其实亦有千篇一律处)等最外在或表面化的西式生活方式与礼仪(而难以及于其深层次之精神文化及礼义层面,比如西方人对于艺术、人权、平等、自由、权利、尊重、人道等的真正的重视与践习等),所以往往变成"中式的底子,西式的表象"①,华而不实,北橘南枳。

传统士人能够对于此种表象化西式生活方式淡然置之,乃在于其自身即接受深厚之传统精神文化之熏陶与积淀,精神文化资源相对更为深厚,心有所主,精神上有所安置陶冶,自然不会动辄为外在肤浅之生活方式或表象器物而动,而波澜不惊。中国的文学诗词、琴棋书画、仁礼节义或仁义礼乐等,士人皆可从中得一心灵及精神之安置静宁,故能立得住——正如西方人尤其是欧洲人亦有其沉稳安定之气质,不会轻易震慑于外来文化之扰动。但一般中国民众呢,于此传统精神文化化育不彰之时代,或心无定主,精神上无所安置归止,而缺乏安然静宁的精神资源,如果再加上经济层面的某些缺失或特点,就势必惊炫于西方之器物等肤浅层面的东西了。这里并非说西方物质文明不好,或器物、生活方式等层面不重要,或西方文化不如中国文化,而是强调深层次精神文化资源的重要性。中国传统文化里不乏糟粕或消极的东西,但亦不乏深厚之正向精神资源,高妙艺术审美资源,

---

① 有时又失却了中式的优秀文化的底子,而乃是中式的庸俗文化的底子。当然,庸俗文化不等同于民间文化,民间文化反而可能保存了一些更深厚正面的传统文化的底蕴,虽然同样亦可能良莠杂陈。

濡染陶冶之,于人及人心之安置栖止(息),自有其巨大之作用与价值,故(人文)教育当于此有所作为。

先生云:中国人,包括中国士人或知识分子,到了欧美,不大喜欢参加政治,这固然有语言、能力、意愿等方面的原因,但更在于心态、文化与知识资源的因素。当然,这里应该将有一定心志的传统中国士人与一般世俗读书人区分开来。传统中国士人有三个特点:家国情怀重,亦可说是国族或家国的公心或私心重——为我之家国,故曰私心;为吾族民胞之家国,故曰公心——,又有中国中心或中国天下主义之意识;贤人政治意识及其荣誉心强,欲以德、功、言而得人民之崇敬,虽则立德之高境界乃要超越此点;尤其重要的是由此所导致的知识资源(包括政治知识资源)之不同,中国讲德治、治平、治人,讲德高望重、纲常等级等,西方讲民主,讲参与,讲平等,讲人权等。这三点或限制了受传统文化熏陶的中国士人或知识分子在西方参加政治实践的积极性[①]。

---

① 受孔子和儒家文化的影响,中国古代士人对于政治的想象,包括对于政治录用的渠道的想象,往往和"温良恭俭让以得之"、国君礼贤下士以礼聘之、忠君(君为臣纲)、等级制、礼让谦退等有密切关联,这和现代西方的面对选民的主动政治竞争的特点或竞争性文化乃有格格不入之处。当然,此外还有其他因素,兹不赘述。

如果不对有一定心志的传统士人和世俗读书人加以区分,而笼统地讲述,则一般中国人往往难以从西方式政治实践中得到在中国传统政治实践中所可能获得的更多的额外的尊敬和心理满足(因为西方民主政治从其本质上而言,是尽量地限制、反对和拒斥这些的),故积极性不高。质言之,在中国传统文化以及由此陶铸而成的文化意识熏染灌注下,一般中国人对政治实践形成了某种特别的或更高的额外期待,有时也是超出常理的期待,比如众望所归、众星捧月之欢呼,而这些,在现代西方既不可能得到,也为现代文化价值所不允许。就其有一定心志的传统士人的追求或正面价值而言,则中国的天下图景、王道仁政理想,以及贤人圣王或明君贤臣在其中所能拥有、得到的巨大荣誉与成就感,民众对其的拥戴、褒奖和崇拜,都对传统中国士人形成巨大的吸引力(所谓"三不朽"等)。简言之,传统中国士人往往想成为社会贤达,以德高望重得到社会的尊重和优待。

总之,在政治知识资源方面,中国士人亦须学习和习惯西方式政治价值理念,以及政治实践方式和技术,同时亦须有包括现代经济知识等在内的知识储备,不然便将在传统政治游戏的窠臼里走不出来。

先生云：苻坚此人可讲。虽身为氐族，其实其已经汉化甚深，不仅在于习汉语，尤在于接受了汉人或华夏之文化，尤其是先秦儒家的王道仁政那一套，深深地影响了他的价值观念。先秦儒家之夷夏之辨那一套，虽亦含有种族的含义，但尤其是文化的夷夏之辨，其中仍有人道的好意和人性的温柔在内（即使有等级特权的因素），并非残暴的种族主义乃至种族灭绝思想。华夏人及华夏思想具有某种开放性与包容性，不过于咄咄逼人，不走极端，或绝对主义、极端主义，在当时乃至于在今天，都有一种温柔的好意，和现实主义的认赞。此种华夏文化诉诸人类本具的善性，故往往能感化其他种族或个体，与此善性相应，从而内化为华夏民族（大家庭）的一部分，而能成其大，成其（大）家，成其融合混同无间。几千年来，加入华夏民族大家庭的周边民族或部落实在不少。

苻坚小时候就读儒家经典，而得一熏陶，后又受汉士王猛之影响，恰是双方之相应，不可简单视为王猛对苻坚之单向影响。汉人有深厚之文化资源与制度资源等，而往往成为当时周边社会组织水平相对低级的野蛮民族的资借、备选项乃至必选项，不然就组织不起与其所征服之地的更大统治面积和人口的相应的更大的社会结构和政治结构——周边野蛮民族，许多在其时连筑城定居都不会（而要大量引进和借助汉人工匠），更不知如何维持一种稳定的制度化的朝廷式官僚政治统治和社会统治、城乡统治，这些都需要借助和学习汉人的既有经验，而在这过程中，便已然是一种混杂和融合了。

其实在南北朝时期，虽曰五胡乱华，但首先这些胡人已有初级之汉化（会说汉语，用汉名等），且互相杂居，许多少数民族军队或政权亦是胡汉杂处，并且，汉人毕竟人数更多，故亦可说是五胡同华——虽然当时的种族间或民族间的杀戮极为残酷惨烈，人口大量损失，但华夏人及华夏文化之主体地位大体仍然维持不坠。而又有当时之华夏族及其他民族之四散播迁，无形中乃扩大中国之范围，比如东晋南渡，氐、羌、党项（西夏）、吐谷浑、吐蕃等亦西迁或南迁，而往往同样采用汉人文化礼仪制度，同样是华夏文化之变相扩展。据说今日缅甸之克钦族、克伦族即当年氐族之后裔，吾未之求证。其实，甚至周秦本来便和戎、羌族或有密切族源关系，且汉藏语言本出同源……

先生云：但现在华夏文化的老本是否仍能支撑现代世界之情势？此则甚应深思之。

德国哲学往事

先生云：德国哲学家、思想家等之趣事。康德遗言：Das ist Gut. ——康德的故乡柯尼斯堡今属俄罗斯，更名为加里宁格勒。歌德遗言：Mehr Licht!（更多的光）；歌德要求和席勒埋在一起。叔本华故意与黑格尔竞争，在同一时间开课，但最后听他课的学生全都走光了——叔本华以其格言体写作才使其受到重视，可见一般人是不能理解高深思想的，一个哲人或思想家，愈是探索高深思想，便愈是孤独；陪伴叔本华的是一条名为"世界灵魂"（黑格尔）的卷毛狗。托马斯-曼曰：我走到哪里，哪里就是德国。尼采在都灵大街上柔情迸发、精神崩溃，一反其平素之冷酷和拒斥同情，而柔情浪涌漫溢。君特-格拉斯反对两德统一，斥为西德对东德之殖民。赫尔德对斯拉夫人文化意识觉醒之重要影响。马勒每年离开汉堡到山里创作。其他如斯宾诺莎、费希特、谢林、莱布尼兹、施莱尔马赫、斯威布、里尔克、海涅、瓦格纳、巴赫、马丁-路德、狄尔泰、俾斯麦等，俟隙再论之。

先生云：魏晋南北朝，连续几百年的大规模残酷杀戮。中国历史上，这样的时代并不少，哪里有免于生命恐惧的自由！征兵、拉夫、人肉盾牌（在阵前冲锋）、炮灰，如果政治不上轨道而和平稳定，岁月不能静宁安好，则所谓的人口资源，不过成为战争年代源源不断的兵源税源所在，而在专制时代又成为盘剥奴役的对象而已。城池，是古代人用以自我保存的最重要凭藉，倘是城守官兵忠义仁厚，则平时尚能城中乂安，而战时得民死力，誓死捍城，然而城破之后同样是玉石俱焚（屠城）；倘是城守将官残暴贪狠，则平时城中便已是暗无天日，战时则城守者弃城逃遁，而城中居民遂为另一军阀之战利品，又开始新一轮之命运循环，即要么是盘剥对象，要么是炮灰，运气好的话，乃可得一相对仁慈之统治者，然又不免外部之觊觎。城破之后，杀与不杀，到底有多少区别呢！苟全性命于乱世，其时之人民，怕是早已麻木，或心如铁石了吧。康德所谓的永久和平，何以保证？而何其难也！美洲新大陆之数千万印第安人,一两百年之间,屠戮殆尽,这是和平的合理的手段和过程么?人民和人类必将不断地被出卖。

组织资源;论《天朝田亩制度》

先生云:无论生活中有多少忧惧,最终发现都算不得什么,因为时势与历史的偶然性发展,会使之前的那些看似沉重窒息的忧惧,顿时显得相形见绌,黯然失色。生活的背面永远立着一只巨大的怪兽,对人类露出獠牙。忧惧,是没有意义的,就人类永远处于黑暗的怪兽的窥伺之下的事实而言,确是这样的。或曰,既然如此,忧惧个什么呢? 正道而行,我行我素,乃至逆来顺受,便是了,余皆天意也。如此行来,反而可能会有一些惊喜:咦!最悲惨的灾难竟然幸运地暂未发生——在这一期会之内。

先生云:先秦之儒乃至先秦之中国,其强大之原因未必仅在于儒家思想义理,而尤在于儒教,隐然具有宗教精神、宗教组织以及其军事化之训练、组织等,由此而具有军事实力和自卫能力,进可攻退可守,从容优裕,(无论正与不正),都握有主动权①。秦及之后之儒,其强大同样不仅在儒学义理,而在于宗法制度与宗族组织,而具有高度组织能力与组织水平(儒之组织资源与背后之人口资源凭藉等)。于孝悌力田、揖让周旋之训练之外,又或有骑射阵行之教,隐然皆可与军法部勒相通,故亦能于冷兵器时代,每于华夏民族命悬一线之危急关头,而仍能维持周旋之,保存元气,终于恢复。先秦秦汉以降又皆十分注重百工器物之学,虽未必皆立官学,而统治者每召集天下百工为相关器物之制造发明——惜乎愈到后来则愈每只为皇家征发服务,民间之工匠技艺或于此而有所损害,无以为继。先秦秦汉之车战(及后之野战)、先秦以来之造城守城技术,乃华夏(定居)民族军事优势之重要二维,亦乃对付游牧流动民族大规模骑兵冲锋和游击战(野战)之重要凭恃。魏晋南北朝,北方坞堡自卫,所恃者仍在于这种筑城和守城技术。直到明末袁崇焕仍然深谙此道,筑城

---

① 前引之"后车数十乘,从者数百人,以传食于诸侯",亦可想见其时儒家组织之实力与气势,参见:《孟子·滕文公下》。

坚守,避其骑兵锋芒,伺机出战,惜乎时人未明也①。而汉军远征屯戍,皆恃此种城、堡、关、坞等之修筑守卫,而辅之以屯垦以保其后勤之自给也。秦汉及之前,虽曰君王天子、天下共主,但仍保有极浓厚之地方主义,地方亦注重军事武装力量之建设,于城则有城守,于宗族亦有兵农合一之制,故随时可组织起来抵御外来侵扰,故战斗力强(即使秦汉采取帝制,此种情形仍然并未全数褪尽)。唐宋以后则不然,帝制中央集权完全成型,一切军事力量或武装力量全由中央掌握,除皇帝掌控之帝制正式军队外,民间再不允许有地方武装,即或所谓方镇,理论上亦是帝制正式军队,与秦汉之前的地方主义迥然有别。而民间销兵,兵农合一的制度完全失去,民间或地方抵御内部官僚军阀或官僚帝制军队与外族侵略军队的力量与可能性,遂大大削弱降低,民间与地方遂受内外两重压迫:内部官僚帝制军队或军阀军队之压迫盘剥,与外部异族军队之侵略抢劫。中国军力遂弱而不能复振。

先生云:在热兵器时代,产生于冷兵器时代之城池堡

---

① 当然,后来满洲人亦学会了制造红夷大炮和攻城的技术,这主要是得其时汉奸降将之力,比如满洲人的重炮,本是登莱巡抚孙元化所造,后被投奔孙元化的毛文龙的部将耿仲明、孔有德等(毛文龙因有贰行等事被袁崇焕所杀),在投降后金时带给满洲人。

垒坞关等建制仍有其一定意义价值，或必要。抗日战争时期，城堡等仍然发挥了极为重要的作用，虽然其时的热兵器尚处于初级阶段。尤其关键的是，热兵器时代同样可能发生局部之冷兵器战斗和攻守。今世，农村之村落固已不是古代之城国，城市亦更多是市，没有城，或失去了古代城（城池、城堡）的功能。而其实，开放与造城是二而一的，以城池城堡欢迎和保护正直善良的人，进可观天下，退可保家园。反之则不然。

先生云：一阴一阳谓之道。天道无亲。天地不仁，以万物为刍狗。阴与阳，黑暗与光明，明与暗，乃是人类与人类文明之本相。

先生云：略论《天朝田亩制度》。以历史眼光来看，太平天国起义和太平天国运动之兴起，自有其伟大意义，主要表现在唤起华夏民族意识，反抗异族专制残酷统治，并极大地动摇了满清专制统治的基础，为其后的一系列历史发展创造了条件——乃至为辛亥革命之先声——，其功甚大。这是人所共知的历史结论，兹不辞费。然而，与此同时，太平天国运动在其发展过程中，亦表现出一些严重的缺陷或局限性。以下将试论之。

"功勋等臣世食天禄，其后来归从者，每军每家设一人为伍卒，有警则首领统之为兵，杀敌捕贼，无事则首领督之为农,耕田奉尚。"(《天朝田亩制度》)这是一个典型涉及功臣与将士处置问题的案例。"世食天禄"一句,乃试图将此种特权永久固定下来,一劳永逸,永享剥削压迫之特权而已,仍类于封建或分封那一套。有此几句,则后面所谓之"务使天下共享天父上主皇上帝大福,有田同耕,有饭同食,有衣同穿,有钱同使,无处不均匀,无人不饱暖也",乃成空话(明显的矛盾与逻辑不自洽,挑战最基本之常识与思维)。

平均分田尚说得过去(田分九等,计口分田,好丑(田)各半,不论男妇,而十五岁以下减半),但这并未超出古代儒家井田制或计民授田之政治经济思想范畴,比如孟子所设想之井田制,只须将公田收成上交公家(贵族统治者),私田收成则完全自由处置享用,《天朝田亩制度》则规定除维持生存口粮外,一切归之国库处置,"凡当收成时,两司马督伍长,除足其二十五家每人所食可接新谷外,余则归国库。凡麦、豆、苧、麻、布、帛、鸡、犬各物及银钱亦然"。后面随即加上几句冠冕堂皇而实则不通之欺骗说教,"盖天下皆是天父上主皇上帝一大家,天下人人不受私,物物归上主,则主有所运用,天下大家处处平匀,人人饱暖矣。此乃天父上主皇上帝特命太平真主救世旨意也"。最后一句,当深思之:明明从百姓手中明目张胆征敛抢劫掳掠而去，竟然还将自己打扮成仁慈的救世主。请问上主如何用之？如何使天下大家处处平匀？

……如若像今世西方福利国家之高税收，则须有宪政民主之制约，议会预算之监督，一分一厘，皆由全民选举监督而成之议会，来审核而公开之（公之于众），真正取之于民而用之于民，高税收而高福利，如此尚可以说得过去。然而《天朝田亩制度》或太平天国之"使天下大家处处平匀"之办法，乃是"但两司马存其钱谷数于簿，上其数于典钱谷及典出入"，对比孟子或先秦儒家之安排，太平天国有两处大变动，第一乃除基本口粮，人民收入一切收归"国库"，进行再分配，由"皇上帝"主宰支配，第二乃增加"两司马、典钱谷、典出入"之类的"管账的"、"账房先生"或"负责再分配的官员"，两者统一在今天所谓的再分配制度上。从科学管理或管理效率的角度而言，太平天国的这种做法乃是多此一举，增加管理层次，以及由之而来的管理成本，完全违反其在纲领中所宣称的"无处不平匀"的初衷。显然，这种有悖常理的做法背后乃掩盖着其他不可告人的动机，因为如果其初衷与目的确乎是要达成"天下平匀"的话，则前述分田制度已经充分考虑之而大体可致之，此是大道至简、治大国若烹小鲜、纲举目张之做法也，而完全不必叠床架屋、画蛇添足。

其实，如果其以"备兵荒"作理由还稍微说得过去些，但"备兵荒"之非常之事也得有个度，也得有相应的"非常状态"下的立法或法治①，不能将百姓盘剥得只能维持基本生存之口粮而后止吧。古代儒家之经济政策亦考虑到备祀、戎、兵、荒以及君卿士大夫之俸禄问题，亦尚且只需十一税或十五税一而已，今则几乎尽数褫夺之，哪里还敢说反对封建剥削制度而建立"太平天国"呢？简直比有法度的封建剥削制度还不如，比孟子所痛加贬斥的"桀道"还要贪婪狠辣得多②。

即便真的是为"备兵荒"，"节用而天下平匀"，亦须有其相应之制度或法度安排，比如税收法定、财政公开、预算制度包括预算公开、政务公开，等等。然而《天朝田亩制度》中，只有"登记入簿"这一条，其他的全部都没有——历史经验证明，这样一种情形便会造成极大贪腐风险和制度漏洞。当然，退一万步讲，如果顺其制度逻辑思考，此种制度之实现，便须有十分成熟严密之文书档案制度(以及黄仁宇所概括的所谓的"数目化管理能力")，

---

① 可参见意大利学者吉奥乔·阿甘本(Giorgio Agamben)的相关论述。

② 《孟子·告子下》："欲轻之于尧舜之道者，大貉小貉也；欲重之于尧舜之道者，大桀小桀也。"

这些都需要严格的制度设计,做到逻辑自洽,防止任何可能之制度漏洞与舞弊空间,并公之于众,一者接受公众之智力质询而完善之,二者公众亦以此监督制度执行者。

以上仅仅谈及制度设计层面的问题,其次还有执行者的问题。根据《天朝田亩制度》的设计,必然会导致一个官僚阶层或官僚阶级的出现。现代国家,文官集团是需要的,比如公务员、文官队伍等,但其选拔方式亦必须相应地采取现代国家的形式,比如公务员的公开考试选拔录用、政务员的民选模式或政党制形式等,而避免可能的封建人治分封制和资本主义政党分肥制。但太平天国的官僚选拔制度乃由两部分组成,第一部分分两点:一者为功勋世臣制,二者为军民合一制或兵农合一制,即"每军每家设一人为伍卒"。此两者实乃为军事体制,第二部分,则另有保举制(此则似为古代乡选里举制,如举孝廉、贤良方正等)①。质言之,一为军事体制,一为民事体制。

---

① "凡二十五家中,力农者有赏,惰农者有罚。或各家有争讼,两造赴两司马,两司马听其曲直。不息,则两司马挈两造赴卒长,卒氏听其曲直。不息,则卒长尚其事于旅帅、师帅、典执法及军帅。军帅合同典执法判断之。既成狱辞,军帅又必尚其事于监军,监军次详总制、将军、侍卫、指挥、检点及垂相,垂相察军师,军师奏天王。天王降污,命军师、丛相、检点及典执法等详核其事。无出入,然后军师、丛相、检点及典执法等,直启天土主断。天王乃降扮主断,或生,或死,或予,或夺,(转下页)

于军事体制,乃由所谓天王从上到下而任命之,则天王大权独揽,总断(裁)一切;于民事体制,乃看似从下到上保举之,实则乃由上一级保举之而层层至上,故本质上仍是从上到下。

实则军事体制与民事体制并未分开,而军政合一;或并无真正民事体制,而稍有内朝外朝之分而已,从其官员名称亦可看出,军师、丞相、检点、指挥、侍卫、将军、钦命总制等,大体为内朝官职,而军帅、典执法、师帅、旅帅、卒长、司马等为外朝官职,或军职(军政不分),监军则身兼二重身份。天王从上到下依次节制着军师、丞相、检点、指挥、侍卫、将军、钦命总制、监军、军帅、典执法、师帅、旅

(接上页)军师遵旨处决。//凡天下官民,总遵守十款天条及遵命令。尽忠报国者则为忠,由卑升至高,世其官。官或违犯十款天条及逆命令受贿弄弊者则为奸,由高贬至卑,黜为农。民能遵条命及力农者则为贤为良,或举或赏。民或违条命及惰农者则为恶为顽,或诛或罚。//凡天下每岁一举,以补诸官之缺。举得其人,保举者受赏;举非其人,保举者受罚。其伍卒民,有能遵守条命及力农者,两司玛则列其行迹,注其姓名,并自己保毕姓名砖卒长。卒氏细核其人放本百家中,果实,则详其人,并保举姓名砖旅帅。旅帅细核其砖本五百家中,果实,则尚其人,并保举姓名般师帅。师帅实核其人放本二千五百家中,果实,则尚其人,并保举姓名放军帅。军帅总核其人放本军中,果实,则尚其人,并保举姓名龄监军。监军详总制,总制次详将军、侍卫、指挥、检点、垂相,巫相享军师,军师启天王。天王降价调选天下各军所举为某旗,或师帅,或旅帅,或牢长、两司马、伍长。凡滥保举人者,黜为农。"

帅、卒长、司马,以迄平民。其中钦命总制以上,全由天王任命节制,大权独揽。而在"保升奏贬"方面,"监军以下官,俱是在尚保升,奏贬在下。惟钦命总制一官,天王准其所统各监军保升奏贬钦命总制。天朝内丞相、检点、指挥、将军、侍卫诸官,天王亦准其尚下互相保升奏贬,以剔尚下相蒙之弊。至内外诸官,若有大功大勋及大奸不法等事,天王准其尚下不时保升奏贬,不必拘升贬之年"。此种安排,一方面使天王掌握所谓钦命总制以上之绝对任命黜陟之权,另一方面又使外朝或军事层面之监军与钦命总制互相钳制监督,而内朝或政事层面之丞相、检点、指挥、将军、侍卫诸官,又相互"保升奏贬",钳制监督,而天王则高卧无忧矣! 洪仁玕为维护其族兄之独裁权力,真是费尽心思,尤特别利用封建时代尤其是明清两朝之台谏制度来加强天王之独裁地位,这实际上根本不是为了建立其所宣称的朴素平等主义制度,乃是建立延续明清以来的独裁体制而变本加厉之,天王一人独裁,官僚世臣互相监督检举,而民众一切待遇齐一,被收取一切生存之外之收成,全由官府安排一切生产与生活,全无自由支配与享受自由生活之任何空间,即毫无自由可言。

有意思的是,其"童子俱日至礼拜堂,两司马教读旧遗诏圣书、新遗诏圣书及真命诏旨书焉。凡礼拜日,伍长各率男妇至礼拜堂,分别男行女行,讲听道理,颂赞祭奠天父上主皇上帝焉。"则前者乃借鉴儒家于庠序宗庙中进行孝悌之教之形式,而又结合耶教之教化形式,后者纯是耶教形式,以进行相应之政教合一之教训(其利用耶教之组织仪轨体制之资源、道德资源等或有可说,或有类于乃至过于中国古代之以宗族祭祀等进行教化之形式,然政教合一似不合现代观念),而天王乃成政教合一之教皇与世俗皇帝合体之化身也。乃至军事人员亦复如是,"凡内外诸官及民,每礼拜日听讲圣经,虔诚祭奠,礼拜颂赞天父上主皇上帝焉。每七七四十九礼拜日,师帅、旅帅、卒长更番至其所统属两司马礼拜堂讲圣书,教化民,兼察其遵条命与违条命及勤惰。如第一七七四十九礼拜日,师帅至某两司马礼拜堂,第二七七四十九礼拜日,师帅又别至某两司马礼拜堂,以次第轮,周而复始。旅帅、卒长亦然。//凡天下每一夫有妻子女三、四口,或五、六、七、八、九口,则出一人为兵。其余鳏寡孤独废疾免役,皆颁国库以养。//凡天下诸官,每礼拜日依职份虔诚设牲馔奠祭礼拜,颂赞天父上主皇上帝,讲圣书,有敢怠慢者黜为农。"则其目的乃在建成政教合一之神教政权也。

虽然,其依托宗教形式而行普遍宗教道德教化,亦合于当今西方以宗教教育作为社会教育之重要补充之做法。

先生云：在蒙蔽和阴谋时代，与在启蒙和公开明智时代，（所需要的知识、常识和信息，或其时之知识），是不一样的。在前一时代，知识是以欺骗和避免被欺骗为中心；在后一时代，知识才是真正的知识本身，才恢复其本应有的面目，才变成探求科学与真理的正常的理性、逻辑与智性的事业。质言之，在前一时代，人的精力主要被牵扯到辨别谬误与欺骗的方面，而在后一时代，人的精力才能得以全力以赴于探求真正的科学知识，两者的地基与出发点不同。

先生云：《天朝田亩制度》还试图兵工（匠）合一，完全是农业文明时代的农民眼光，"凡二十五家中陶冶木石等匠，俱用伍长及伍卒为之，农隙治事"。而无现代意识，颇有小农社会互助团体之意。

先生云：或曰：吾人为这世界苦心孤诣、深谋远虑、夙兴夜寐、鞠躬尽瘁……，后来才知道，这世界从来就不是为吾人这种人存的，从没为吾人留有什么空间，吾人不过是自作多情罢了。真是痛得说不出话来。无处话凄凉，何地是归止？尤其是：何人是归止？归于自己，归于空心？然此或是必然事实或中性事实，亦是愤激偏激之语。

再论《天朝田亩制度》

先生云：再论《天朝田亩制度》。

《天朝田亩制度》之分田制度，于农业社会中虽有其正面意义，然亦并无新意，乃古代儒家井田制及封建时代之学者或改革者，每有意为之者。但《天朝田亩制度》之税收制度（口粮外尽入国库）则极其悖谬，从古代儒家仁政理想上大大倒退。《天朝田亩制度》同之前的封建制度一样，同样有税吏官僚之存在，则一定会同样面临之前封建时代税吏官僚欺上瞒下、贪赃枉法、巧取豪夺、舞文弄法等种种问题，质言之，这就提出了"如何保证包括税吏征发在内的政治清明"这一重大论题，这包括选任（政治录用或权力赋予）、考核、监督问责、文书档案制度、财政税收及其出纳会计制度、司法制度等的安排。

《天朝田亩制度》亦讲钱谷簿录及典钱谷出入之官职设置等,又有司马掌国库及用度之制,然此皆封建社会素所沿袭者,丛脞百出,早被证明不完善……《天朝田亩制度》则尤为粗疏,而其后果则势必导致司马成为地方上之土皇帝、土财主也。两司马又兼顾司法,而由下到上层层听讼,即由两司马而至卒长,而旅帅、师帅、典执法、军帅,而后军帅又上其事于监军、总制、将军、侍卫、指挥、检点,以及丞相、军师、天王断之,前有兵农合一,此则又大体是军、法合一。兵(军)而兼军、民、司法等事,而又成军政合一了(对照政教合一与军、法合一,则政教军法尽数合一不分也)。

上述制度与程序其实甚为混乱,两司马或尚有民事官吏或行政官吏的意味,其后则皆军事人员,到丞相、军师又稍有行政或政治官员之意味,十分混乱,既无专业化,又无职责分工,上层大权独揽,名义上总揽一切,实则根本忙不过来,故最后对于一般事务只能虚应故事、画押签印,敷衍了事而已(当然会注重把持大权,此是其制度设计之最重要目的),而下层官吏于一般事务上乃可对平民百姓生杀予夺之。于此方面,天王亦只是一傀儡而已,或并不以为意(因为其只关注把持大权,对于不会威胁到其根本权力的琐屑事务,乃是睁一只眼闭一只眼、敷衍蒙混而已——但其可能并未意识到,基层之贪污枉法腐败与对百姓之残酷剥削压迫、必将侵蚀和损害"天王"的统治合法性和威信),然亦可偶露峥嵘地过问一下。天王更在乎的不是民事之公正及民众之权利,而乃是包括军事、政治和民事等的人事任免权罢了。换言之,天王可以一切(实事)不过问,一切由手下、"部门机构"或其官吏实行之,乐得逍遥,但却必须掌握一切实权。但天王又须在形式程序上装装样子,比如盖章签印等,如果天王懒得——并且亦不可能——亲力亲为,便必然要么由宰相代劳,要么就设立天王办事机关,而此一办事机关就将逐渐侵夺丞相乃至天王本人的权力,这和封建时代之翰林院、平章京等正是一回事,并将朝着同样的方向发生严重的后果①。

所谓天王,其权力同封建皇帝一般无二,还身兼教主(教皇)身份,比封建世俗皇帝还要威风得多。一直分析

---

① 而又有相应的补救措施,比如清代的军机处又是一例,总之是要加强天子独裁,又很难信任任何人,在权力的集中和权力的下放、权力把持和权力使用等方面,左右为难,进退维谷,故而叠床架屋,互相堤防,牵制弊弊,丛脞百出,讫无休止。这都跟专制独裁权力本身的先天正当性不足等因素有关。

到此,我都尽量平心论之,试图看看其到底有没有制度上的真正正向的创新,但分析至此,可说反而在专制独裁的方向上变本加厉,同其所宣称的所谓天国理想背道而驰。

先生云:但《天朝田亩制度》也有一些有意思或值得分析重视的因素,比如第四段,也未尝没有革除敝窳、移风易俗之意,所谓"一切旧时歪例尽除"。有其朴素愿望,而方法则足以产生地方官僚土皇帝,与以前封建时代的地方豪宗强悍之跋扈欺渔一方,或者不相上下,或者尤有过之。因为过去尚有宗法及血缘等的制约,而多少在一定程度和范围内表现出温情和克制,而按照太平天国的规划,连这些制约也都没有了,更将肆无忌惮,横行霸道矣。然其后之童子(孺)男妇于礼拜堂温习所谓宗教圣书之类,则乃借鉴西方之教会宗教教育及教会社会教育①。然按其安排,似乎再无其他学校教育之安排("俱日至礼拜堂",则每日皆去礼拜堂也),教堂似亦无现代思想文化、科学专业等之设置,更无儒家思想教育,则便完全是

---

① 教会社会教育,此语初看或显突兀,实则在当代西方社会,当其实行政教分离原则让宗教不能干涉政治,又实行宗教自由政策让宗教不能强迫民众信从,以及不能横生宗教冲突之后,宗教教育(基督教、天主教等)在继续宣扬宗教教义的同时,实质上乃承担了相当一部分的社会教育的职能,而有社会教育的某些属性在焉。

宗教教育了，乃为政教合一之教育制度，此又甚荒唐。且由"两司马教读"，两司马之学问从何而来？如何选拔？竟然便可做童子男妇之先生？在《天朝田亩制度》中，两司马与其他军事人员萃其一身而兼若干种职务职责，以吏为师，以天王之"真命诏旨书"为学，乃以一人之学为全民之学，以一人之头脑为全民之头脑，两司马等皆应声虫耳。愚民制度至此而臻于极端，荒谬透顶，则《天朝田亩制度》确实是无甚见识的三家村迂腐学究的作品——或者，其设计者就不过是独夫独裁者的帮凶帮闲之小丑，谈不上仁任天下的士人心志胸怀。但此中亦有优点，则男妇俱至礼拜堂，不排斥女性，比之儒家或儒教之排斥女性而体现出一定之进步性（今之儒家，必应于此有所改张作为）。有此种社会教育之意识，形式亦可资借，然内容、形式仍当有更正向之创制，且不可尽弃普通人文主义、理性主义和专业主义之教育也。

先生云：在《天朝田亩制度》中，乃至在整个中国历史中，始终以官民或官农对立为本位，虽然一再强调："（农）民为天下之本"、"农为天下之本"，其实有时不过是说农民乃是剥削盘剥奴役之对象源泉而已。因为盘剥太厉害，所以农民的工作是十分辛苦穷困的，也无余力余财余裕去问学，于是又进一步坐实了儒家轻视体力劳动者的无稽偏见,为"劳心者治人,劳力者治于人"找到一个莫须有的论证。于是,在封建时代,偏激地讲,为农或身为农民,有时乃简直是作为一种惩罚(指那些真正下田劳作的农民,不是雇佣剥削佃农而自己根本不用亲力下田劳作的地主员外等),而让民众中的一部分人做官,则是朝廷的恩赐或赏赐,以此换取他们的忠心,同时又以此恐吓官员,如若不忠于朝廷,则将被贬斥为朝不保夕、生活极端贫困的农民。封建社会以这样一种精心构建的理论和实践结构,成功地实施了官僚对农民的永恒剥削和等级制。在这一有意塑造出来的总体等级结构下,任何"民本"的说法都是虚伪或带有欺骗性的,人们亦千方百计地想做官(官本位),而朝廷又千方百计地控制领土上的农民(可参见《商君书》中的相关论述)——增加人口不过是为了扩大税基、增加盘剥的对象而已,哪里是真正的爱民。当然,这确实是偏激之言,至少在儒家理想上,乃至在有的真正实施薄税敛等宽松政策的朝代或时期,农民自给自足的生活也未尝没有其葛天氏之民的嚣嚣自乐的吸引力。

当然,以上仅仅是文本分析和思想或理论分析,并非—也不能代替—具体的历史研究,包括对更具体的历史背景、历史实践、制度、行动与细节等的分析与研究。

先生云：洪秀全之见识文采确乎极其平庸，考不上秀才也一点不冤枉（看他写的那些文告训词等，即可知矣）。但他装神弄鬼或利用民间权力组织资源那一套（宗祠、同乡、三合会、帮会、民间义气、纪律等）还是相当内行的，或亦讲点义气，看其营救冯云山可知，故能团结一批"兄弟"，所谓"达胞"、"清胞"、"山包"、"正胞"、"秀包"（石达开，杨秀清，冯云山，韦正即韦昌辉，李秀成），又比如"和甥"、"福甥"（皆萧朝贵之子），此皆中国民间文化思维，千年不改、未改、难改。

先生云：洪秀全改字或创字有趣，如改"國"为"囯"（里面似乎为一"王"字），其他国家则用"郭"字代替"國"字；改"魂"为"訫"等。

先生云：洪秀全《删改〈诗韵〉诏》有趣（重估一切价值）。《诗韵》乃《诗经》。后又主持删改四书五经，此点颇有趣，或亦有必要，千百年来为之者亦不少，包括王安石之《三经新义》，然做得好的却几乎很少。今仍有必要。洪秀全又创制新"千字文"，纯讲太平天国之历史，此亦可议论；洪秀全亦有"禁鸦片诏"，当然有正面意义，然如何与英人交涉，则其时洪秀全尚未统治全中国，故尚无机缘及此也。关于太平天国与洪秀全，可谈者甚多，以后或再续谈之。

论"传道"

先生云：佛教传入中国，颇得一些中亚僧人之助力，其时那些僧人同时亦可谓是逃难之难民。当其时，天竺（古印度）、锡兰（斯里兰卡）、罽宾、小勃律、大勃律及中亚或河西走廊之国家，正遭受各种战乱，而僧人与民众皆四处逃难，流落鸣沙及中土等地也。古代印度本土宗教文化不足以保全其国家，而遭受雅利安人若干拨入侵（此亦可包括后来从八世纪初开始的阿拉伯人或穆斯林的一再入侵或征服），所以其时来中国传播佛教者，未必是（全）出于传道中土之初衷——像后代佛教史所附会的那样（高尚其志）。可关注相关论题：中土佛陀慧远，二十八祖，中古之译经高僧等……

先生云：中国佛教（徒）传道之心素来不炽烈，不如基督教传道之心殷切[①]。基督教（神职人员）教士传道之心志、意志、实行皆十分显著，相反，中国之佛道僧众传道之心便似乎稍弱（这亦跟佛道并非一神教有关），尤其缺乏外出矢志不移传道者——换一种思路，这也是中国佛教的优点，即诉诸于宗教自由和个体自主选择，并不咄咄逼人，乃至逼人信教等。佛教传入中国，当然是（有）传道，而因接受对象群体之不同，而有不同之遭遇表现，上层文化精英乃将佛教改造为玄学或高级思辨游戏（智力思辨、智力游戏、语言游戏，包括直觉、颖悟等），而为禅宗、禅学、佛学，而有禅诗、偈语、禅语、佛学语录等，反而可能对其根本教义轻轻带过（来世观念、成佛思想等）——其实儒家本来对生死参得最透彻，未必需要佛教来提供生死解脱之法门（慎终追远、舍生取义、养生送死、"勇士不忘丧其元，志士不忘在沟壑"、祭祀[②]神主、乐天知命、性命反复之学等）——何况还有道家的顺任自然、太上忘情、薪尽火传等作为补充。当然，这样说并不意味着佛教之引入，对于中国人之生死观念与精魂安置没有某些正向的价值。

[①] 中国是护族护国之心殷切，西方是护教之心殷切。中国是护族护国之道德，西方是护教之道德。

[②] 祧。

关于传教之论题,亦可从三种类型之佛门徒众说起。第一类,受儒家或中土文化精英的影响,许多高僧大德或上层佛门精英(虽然佛教提倡众生平等,事实上,无论从佛教教义比如"果位"等,还是从佛教之内部组织结构的事实与实践来看,都是有着十分明显的等级制因素的),其实是深受儒、道等传统华夏文化影响甚深,或于此中浸淫、造诣甚深之人物①,亦即通常所谓的三教合一,或至少儒佛兼通的人物(后人乃解作大乘思想与儒家治平思想之融合),发展到后来,甚至不如此则不足以获得其名望与承认(古代佛门高僧往往同时儒家义理湛通,文采彬彬,甚至琴棋书画、医道易卜等皆能通知)——此亦可谓是外来宗教之中国化。此种人物构成中国佛教之精英群体,可以说是亦僧亦儒的人物。但此中又分若干类型,其高者,深通教理,又通儒家义理辞章,而将救世度人结合一起,其与其说是传(佛)道之心重,不如说是救世之心重。此中之另一类型则亦类儒家末流之官员士大夫,虽

---

① 许多僧人自小便博通经史、老庄、九流百家,而后又熟读研习佛典,或者先学佛,而同时深通经史、老庄、九流百家等——就此而言,不通经史老庄百家乃至辞章诗赋的僧人,是不足以成为典型之汉地高僧大德的(此一词语本身即可说明问题),而中国高僧除了玄奘等若干特出者的例子外——并且玄奘西域取经还主要是求道,回汉地才是弘道传道——,并无那种热诚执着,更少原教旨主义执着。

有一定教理义理之学问修养，而往往奔走权门。

中国佛教之第二类僧众则是一心向佛者，重自身之修持，对教理（义）未必有多高深之造诣，对儒家义理辞章亦没有多少掌握，而只是实实在在修行而已，谨守佛教戒律，讲因果报应，一心念佛茹素、礼佛拜佛，此可谓之践修派。其或有护教护院之心思行为，但却未必有主动外出传道之心志与意志等，此辈在佛教史中往往并无什么声名流传，与俗世亦没有太多交涉。在历史上的有些时代，比如佛教所谓的正法时代，此种僧众乃为主体，而对应着淳朴善良的一般普通民众追随者。

第三类人物乃为佛教僧众之末流，喜好讲究神通法力，或其心不正地讲因果报应，多做法事乃至装神弄鬼，自欺欺人，骗人钱财等。此种僧众并无多少佛教义理修养……在中国历史上的某些时代，尤其是佛教所谓的末法时代，此种僧众则又恰好对应于某些庸愚民众，同样容易被神通、法力、因果报应之边见解释、边见之菩萨保佑赐福、边见之风水阴阳（道家）、迷信等所吸引，亦很容易被那些假和尚、假道士所骗。当代中国亦不乏一些邪僻迷信，打着宗教教派名义之骗子或骗子团体，对那些缺乏基本现代理性、知识的人颇有吸引力，一拍即合。这些人既难能阅读理解高深佛典教义——所谓胜义，又缺乏理性思考能力与辨别力，故最容易拜倒在各类江湖术士脚下，比如影视明星、歌星、艺员、商人等，他们看似有钱有地位，实则在精神上，尤其是在理性精神、现代思想文化等方面非常欠缺，与一般无识之人一般无二……

以上三类佛教人物，其实传道精神都不强，最多亦只停留在自我修持、护教、守成的层面。当然，我们也可以说，中国佛教是内敛的、和平的宗教，不咄咄逼人，不强人所难，不仇视排斥其他宗教，而消极谨守自家藩篱而已，就此而言，不积极传教亦可以说是中国佛教之特点或优点。

先生云：其实中国儒教或儒家之传道精神亦有变化，先秦儒士具主动积极传道、卫道、殉道精神，其后之儒家或士人亦多有此种自信与意识，或消极被动之卫道精神（如儒者殉节等），然多在中国的天下范围，少有超出东亚的走出去传道者——当然，这或许亦是儒家或儒教本身的影响力问题，兹事体大，暂不赘述。直到民国，虽然科举制度已在晚清取消，却仍有一批以道统自任、传道守道之大儒，如熊十力（虽则熊十力尤重佛教）、马一浮可算是。中华人民共和国成立，在意识形态上乃有全新之表现，教育理念和教育体制亦如之，重在培养"社会主义新人"。而新世纪以来儒学又或有重新发展之趋势，然亦多问题，兹处不赘。（亦同样只停留在国内而已。事实上，儒学必须有良好之新创制及结果,对世界其他国家和地区才会有吸引力,不然,在国内尚且让人怀疑,何况国外!)

先生云:古代中国的史书中乃有人(物),有个性,有言语行事等(典型化),就此而言,中国古史之此种表现不但是特点,亦乃是优点,且具有莫大之感化、激励、褒贬作用。西方古史其实亦如是(比如《奥德赛》、普鲁塔克的《希腊罗马名人传》、《伯罗奔尼撒战争史》……),而宗教亦复如是(比如《圣经》、《新约圣经》中的《使徒行传》或《圣徒行传》等),而亦可收教化濡染之作用①。今之有些历史书中只讲事(乃至实证主义史学的各种统计数据——当然,这也是历史写作的方式之一,有其价值乃至必要),不讲人,又乏文采,枯燥而每无人(普通读者)愿读(虽可收历史分析、总结等之作用);加上中国又颇为警惕某些宗教迷信,不主宗教故事或传说,故无论儒佛道,基于人物个性言语行事的濡染教化作用竟日渐缺乏,而有时甚至只能由庸俗小说及其后的影视歌手演员、文体明星等引效之,成一隐忧。

---

① 明人张岱有《古今义烈传》,然其书所择之人物、行事及义理,亦显狭隘,于现代社会,甚多不足,故亦难能令我满意。

先生云：现在的哲学史也写得不好，其中没有人。本来哲学家的生活与个性亦是丰富多彩，且与其哲学思考或个人思想发展密切相关。然而文学研究讲究知人论世，哲学（史）研究反而往往轻轻带过，而处理成纯粹的文本思辨分析，往往枯燥无味——当然，这也跟专业分化太过有关，既有的哲学史大多由"专业"哲学研究者撰写，缺乏文采、个性与趣味有时也是自然而然的事情了。吾有意——或希望有意者——写一部《哲学往事》或《哲学人史》，将这些都阑入进来。

先生云：真正的哲学史，当和世界史、（哲学家之）国别史、时代史或社会史、思想文化史、作家生活史（人物传记）等结合起来，而又可以文学笔法出之，三言两语，而可解纷，亦有意思。近几十年乃至百年来，中西学者为"古代中国到底有无哲学"这一论题争论不休，吾以前亦以为古代中国只有思想，缺乏真正意义上的哲学，今乃反思之，真正的哲学应当是个性丰满的，不仅仅是思辨、体系、形式逻辑、概念分析等——这些都有其价值，但并非哲学的所有内容。哲学乃和时代、世界、国家、地域、社会、人物、个性、生平等相须而动，非是呆板、死板、绝对、机械、僵化的概念思辨游戏。

先生云：无论中西哲学史，中国到现在都没有一部好的。我还是喜欢那种三言两语可以解纷、言谈微中、简洁精练、要言不烦而又有着鲜活个性气息,以及与时代、社会、地域、文化、人物、历史等密切相关的写法。此外亦要有高超的文字表达之才华。《唐才子传》式的哲学史,今人写得出否?至少亦可另备一格,倒亦不必说这是哲学史的唯一形式或范式。但所谓的"Q版哲学史"恐又太过胡闹。

先生云:诗、思、哲、文、史、人、情之间之关系,可堪琢磨。事←人←情←文←诗→思→哲→科学→宇宙自然。以诗为出发点,向两个方向发展,其较远之端点,一为事,一为科学。

先生云:量的知识与识(质)的知识。学究、教书匠乃是量的知识,没有太多见识,或没有新的创造;具有原创性思想著作或思想发现的,才能推动而提高人类文化与文明水准,乃有识的知识或质的知识的创造能力,乃可成思想家(大师),在人类文化史、思想史、文明史上占有一席之地。质言之,量的知识积累者,只是传承和传授知识、文化与文明,杰出思想家、哲人、科学家则是创造知识、文化与文明。某人将《全唐诗》背得滚瓜烂熟,研究亦透彻,请他/她来讲唐诗是不错的。然而其在人类文明史、文化史或思想史上,却只是一个无足轻重的传承者,有其一定作用与价值,但却没有那么大的价值,因为许多人都可以做到，而思想史上却不会有其名字与地位。科学（思想）史亦如是。

先生云：一切以直白平乏的语言来叙述说明，虽或看似有条理，逻辑清晰，然而失去中华文化之优长与特质。今日中国人之语言辞章能力、水平与境界，比如修辞、意象、意境、境界、精练、灵动（生动）、传神等方面，皆与传统文学不可同日而语。故或曰：中国文人、读书人、士人、知识分子等，早就不是传统中国文士或儒士了。当然，也有人说，这并不是什么偏激之言，不过是时代发展或进展的事实描述罢了，不必太在意，并且，除了文化保守主义思路之外，还有其他种种文化观点或选择。

先生云：我有段时间"标榜"思想，但这样的文字写多了，也烦。直白，平乏，没有味道，尤其是没有余味，没有想象、徜徉、咀嚼的空间。用意象、诗性、抒情、修辞等的语言来表达就不一样了，有味道，有韵致，耐咀嚼……现代语体则直捷、快速、尖锐、抽象、呆板……大体都是一种风格、节奏……但传统语言文体则有韵致，节奏不一样，声音或乐感也不一样，十分多元化，尤其是舒缓的、悠长的、慢节奏的……

先生云：如果只一味倡导高尚道德、忍让或礼让、良民,却并不在制度等方面,对可能的权力滥用、社会暴力、邪恶、侵害他人基本权利利益及违法乱纪等人事行为,进行预防、规制(堵塞漏洞)和惩罚,就只会制造好人的悲剧。简言之,一味倡导做好人,而不对可能的坏人予以制度防范和法律惩戒,那就是在纵容和唆使坏人,或引诱所有人(可能的坏人与好人)都去做坏人。世风日下亦便是必然结果。不是建立在对可能的坏人与权力滥用进行严密的制度防范和法律惩戒基础上的一切道德教育、好人提倡,全部都没有真正的长远效果,而走向反面,大规模制造人性的悲剧,或者,好人的悲剧与道德的悲剧。

先生云:治国之术中当然亦包含必要的妥协,但如果治国只讲政治妥协或利益妥协,有时乃是失职,或对自身职责的放弃。利益妥协是建立在良好的制度框架的基础之上的。如果连公正公平的基本制度框架都没建立起来,却一味大谈"政治是权力博弈和利益妥协的艺术",其实就是昧着良心言动行事,就是政治的堕落,政治就沦为权力分赃、拳头说话与丛林法则——在国际政治方面尤其如此,比如必要的公正的国际关系体系的构建与调整等。当许多群体(国际关系上的主体则主要是"国家",比如所谓的G7、G8就将世界上大部分国家排除在外了)根本被剥夺表达自己意见(发言)的权利,根本不能走进会议室,谈什么权力博弈和利益妥协? 所以,治国(就世界范围或国际关系而言,则是"治天下"或"世界治理")与正向的政治首先便是建国立极,订立公正合理的制度框架,并在各个领域建立周全理性的制度秩序等,也就是现代的制礼作乐。

先生云:据说,德国人认真、理性、务实,讲究周全考虑,合理规划,切实执行,故凡事踏实,不敷衍,不形式主义,不空疏而漏洞百出,故做一件是一件,而有长久之效果,可作长久之法则,又可扎实积累而继长增高。此从德国钓鱼执照考试亦可见一斑(德国的许多地方,每详细规定多少厘米以下的小鱼不准钓,繁殖季节不能钓鱼,特定水域不能随便钓鱼——因为系全民公共财物,并且又分不同鱼类而有不同规定,十分细致清晰,等等。这就是政府立法之职责),亦可从市政建设规划和立法方面看出,比如详细规定房屋高度、楼层、建筑形式或美学风格、颜色、间距、建筑间道路、宽度、规格以及其他公共设施等(以立法形式来规定,而立法是审慎的、严肃的、专业的、尊重惯例的),尤其关键的乃是同时设立相应的能切实发挥行政监管和司法惩戒作用的司法体系,使以上立法(尤其是涉及监管、问责、惩戒的立法)不至于成为一纸空文。

先生云:中国的城镇建设亦当有技艺层面的整理、制作、安排和汇集,以供政府当局和市民乡民之采择,以及政府之立法资鉴(对于物质文明和非物质文明的整理与汇编,又在法律上体现出来,成为某个民族和国家的文明宝藏)。比如,关于农村村落城镇的建设,可分为水乡、平原、山区等,又可分为北方干旱地区、高原地区、南方多雨地区、亚热带地区,又根据各地之气候、物产、风俗、生活与生产形式(相应之房屋与城镇之功能)等,因地制宜,各设计多元化之合适之宫室房屋建筑形式、空间布局、功能区分、道路桥梁等,供各地国民备选。有人本诸德国的情形,曰如果要做到这点,必须实行地方自治,然后地方才有动力来做这些事,吾人则曰其实未必,地方政府、专业学者、民众本身以及商业资本等,皆可于其中发挥各自作用。吾人颇有意收集、研究古今中国乡村小镇建设规划等文献实物材料即所谓非物质文化遗产(功能、审美等),借鉴古今中外之优长,因地制宜,各各发明若干种村落小镇建设之模式。然未知时间、精力、财力、能力能否应付得过来否,此外自己亦有个体学术规划的优先次序考虑,未必有时间及于此。有志焉,不问成否,而亦写下来以昭告后之有志者,继吾志向事业也,而其事不必成于自己之手。当然,具体小镇建设实施又是一回事。

先生云:中国当下的乡村建筑等建设事业,据说有些地方政府亦提供类似指导,然从实效上,无论从单一个体建筑还是从整体规划而言,似乎都稍缺乏美感与秩序,而仍有很大改进上升空间。如果国家、政府或学界或民间不能预先提供具体细致的文化指导[①],缺乏文化资源的汇集整理与"创新扩散",或缺乏必要备选文化与文明数据库,那就有可能导致每多凌乱粗陋,乃至恶形恶状,就会相对欠缺审美、功能与秩序等相结合的文明的风景[②]。城市里每多火柴盒式居民楼与商业建筑(因为,如果缺乏必要规制,则商业资本往往只注重成本控制与赚钱,不管美学要求与市容),颇无美学意味[③];但建筑的市容与审美却

[①] 后来我了解到,其实,在中国的一些省市,政府是有意识地提供了类似的指导,比如地方政府在乡村建设、城镇建设或移民建镇时,往往为村民、市民、乡村或城镇提供若干房型或户型及其设计图纸等,供其选择。但我目前尚不知在乡村规划和城镇规划方面,政府发挥作用的途径和状况如何。

[②] 但这些年来,随着中国经济的发展,许多地方有钱了,故许多乡村和城镇建设已经有了很大的改观,慢慢体现出某种文明的风景,这是颇令人欣慰的。

[③] 近年来中国的中小城市和城镇也大肆建筑高层建筑,到处是高楼大厦,到处是高层商品房,把高楼大厦当成是现代化的唯一表征,看上去像"现代"城市,实则千篇一律,且颇有阻碍视野、妨碍风景、城市拥挤、人均公共设施少等问题。虽然这些年亦因此让大多数中国人的居住条件确实有了明显的质的提高和改善,这也是事实。只是在美学或审美上,以及在文明风景上,仍有进一步改善的空间和必要。

关系到公众的公共利益,尤其是公共审美利益等,故当社会和经济发展到一定水平,政府便当于此有所作为,比如在建筑形式尤其是美学形式等方面,以及公共设施建设的立法控制方面,有所作为,规范商业资本,将其纳入公共市政建设的必要规范中来。但有些地方政府于此既无意、无远见,又力不从心,制定不出合理合宜的城乡文化建设的蓝本或总体规划出来,所以只能走一步看一步,乃至任由商业资本的短视逐利行为,制造出种种恶形恶状的建筑或城市风貌,且使得市政建设根本没有法度、长远规划和审美意味,有些城市变得越来越没有美感,越来越千篇一律,越来越多各种中国式"现代"城市病。……房地产商的动辄拆迁亦是如此,此外还涉及历史古迹或非物质文化遗产的保护等论题。

先生云:敢于创新经,但当有心志、胸襟、学力、眼光见识做保证。宗经、宗圣皆所以师其仁善之心、之志意而已,非拘泥一时之制度言说。不可泥经。今天许多人仍在一味宗经、解经、论经。

无为而治,大道至简;文明爱国

先生云:无为而治,大道至简。所谓的无为而治,就是现代法治,一切交由(正当合理之)法律,一切受法律节制,其他权力都不可有过度的、过分的、不适宜的出场,尤其反对人治。质言之,法律未授权者,一切权势皆当退场,不可出风头,随意僭越。政府、国家的职责乃在于通过人民的程序化授权和参与,制定出公正的法律、法律制度和政治经济等制度结构,然后依法度履职即可,不可超出授权和法律之外,而对人民生活和社会横加干涉。但这里就凸显了制定合理法律和制度的前提的重要性。所谓的大道至简,就是尽量简化管理环节和层次,降低管理成本和人民负担(管理成本最终都是由全体人民来负担),减少不必要的叠床架屋的环节,比如税收制度的设计。

举一个简单的例子,比如对于汽车行业或开车族的税收之类,有人建议,或者可以将各种税收统统打入汽油价格——因为只要开车就必须使用汽油,当然,除了现在的电动汽车等之外——,然后通过征收石油行业之税收的方式,来收取必要相关行业之公共管理费用或公共事业运转经费如道路维护费用等,然后以行政支出的方式返回给公共管理部门如交管局等,即可,而不必这个部门那个部门地收来收去,影响效率,增加麻烦,浪费民众太多时间精力,且因为增加行政环节而增加各种寻租、腐败的风险。

又比如社会层面,通过法律保障国民基本权利,人民、国民、公民或个人只要不违反现行法律,无论其做什么,任何个人、群体、组织和权力都不得干涉,这就不知道省了政府和民众多少的麻烦。如此,人民自然能够自由地按照自己的个性和兴趣去生活、工作和创造各种事业,而不是动辄得咎。比如经商创业,国家规定除基本合理之制度和监管法律规范即可,其他一切听由人民自由选择与经营。

又比如税收制度亦可有两种思路:一种方式乃是设

计好合理的整体商业、税收、金融、遗产等制度,让人民在这个制度下既可自由经商致富,又不至于无所回报于社会①,而导致过大之贫富分化(比如依法通过累进税制、遗产税、金融监管等政策措施),从而实现社会均衡之发展,在效率与公正或道义之间取得平衡②;第二种方式则同样通过设立合理的税收制度和社会保障制度(往往是全国性或全民性的社会保障制度、福利制度、公共支出制度等),加上其他正当合理的国民财富二次分配或再分配机制,而让全社会均能享受经济发展的好处。在这样的一种思路里,因为政府掌握了大量财税收入,则尤其要有严格的法治化预算、财政制度等,杜绝稍为不慎就可能出现权力腐败、权力寻租等的后果。两种思

---

① 个人财富乃从社会中来,故亦是社会财富的一部分。但如何让个人财富拥有者亦承担其个人财富所同时具有的社会财富性质所应承担的大体相应的社会责任,则应有基本的、正当的、合理的立法、制度和规范,比如通过正当合理的税制设计和财税立法以及相应的与时俱进的程序化的法律修订等来达成此种目的——因为一则征税本来就是光明正大的,有其正当性,故而依法和公开透明即可;二则用正当立法和制度的方式,可以减少许多不必要环节,并且也从法律上堵塞了某些人逃避纳税义务的可能性,便于必要时的法律介入,兼顾征税效率与公平,乃是更好的治理方式。

② 但又是通过事先的正当合理的立法、制度和规范,而给予民众事先的合理预期的前提下,合法地达成的。

路中,前者减少了管理环节和成本,让财富直接在人民手中均衡分布流动,后者增加了管理环节,尤其增加了腐败机会或腐败风险,比如权力寻租等,所以更要特别强调法治和严密制度设计。当然,精密复杂的制度设计与大道至简的原则亦不冲突——强调法治和制度设计,本来就是达成大道至简的一种方式——,关键在于合理、正当、有效。

先生云:最好的社会就是以上无为而治和大道至简(法治)的合体(亦即自由与法治的合体),每个人享有与社会文明程度相适应的基本权利,不受任何个人与权力的干涉与侵犯,可以自由自在地做自己的事情,追求自由的生活,包括科学技术的发明创新,以及文化思想的自由创造等,这样的社会就是自由的社会。

先生云:人生的目的是什么呢?就是将想说的话全部说出来。对于学者或思想家而言,就是将所有可能的有意思的、有价值的思考路向和思考本身说出来。人是有着自由真实地表达内心思想和内在需求的情意(感)的生物。其实表达的需求就是情意的需求,或情感依恋、慰藉、表达的需求,情感上的缺失越多,表达需求便越强烈;人的表达,既可以说是对心灵的独语,亦尤可以说是对于爱与亲密、美好情意的吁求。表达的需求并不大强烈的人，不过是将想说的话都对亲爱的人说出来了，或者，伊已经在亲爱的人以及其他对象或领域那里，实现了表达的需求，而不必通过写作而用文字和语言来表达了。自由表达如此重要，便可见其对于人类的极端重要性。既无其人可以自由倾诉，又无其语言文字可以自由表达，则人便将逐渐枯萎、变异，而处于非人的糟糕状态了。

先生云：古代中国之所以往往能让周边小民族、部落或国家称臣纳贡而为藩属国等，固然亦有中央王朝军事实力强大、综合国力强大而有威慑力的缘故，亦有经济羁縻的因素，尤有文化文明的实力、道义的实力和礼乐文物制度的先进性等的因素在内。中央王朝对藩属国提供道义、文化文明的支持和军事保护，以及经济羁縻，和通商之许可，而成为一个仁慈的庇护者的形象，加上那时的中原王朝有相对更为先进文雅的礼乐文明、社会组织、文化艺术和生活方式，故而周边少数民族及小的藩属国乃能心悦诚服引进中华文化，奉中国之正朔，此视乎古代朝鲜（明朝保护朝鲜免于日本丰臣秀吉之侵略等）、越南等可见之①。

---

① 有的时候,是藩属国的国君主动想要臣属于中国或天朝,以此来获得天朝上国的庇护、册封、赏赐,从而增加其在本国内的威信和统治合法性;有的时候,则是藩属国的民众想要臣属于天朝上国,以此来逃避本国国君的严重压迫、盘剥与欺凌,而更倾向于成为开明仁慈的天朝上国的天子的臣民。这两种情形或心理动机,都在不同历史时期或不同对象群体身上,不同程度地存在过。当然,还有相反的两种情形,即"藩属国"的国君或其他统治者,以及"藩属国"的民众,基于民族主义、主体性、身份认同、自尊或对于宗主国或上国的压迫盘剥等而来的反感或反抗。

气节

先生云：气节、理性、守法精神（法意）等，都应该是一贯的人格表现，尤其是气节，是内在的，前后一致的，自由决定的或自发表现的，（不是可以临时地表现出来的），并且在所有的事情上都采取前后一致、一贯的标准和原则。即或偶有违反，也是心有惭愧内疚，而决不会理直气壮或强词夺理，因为这本身就违反了其内在的信念、信仰或生命意识，而会产生分裂感、非自我感、不自在感、不舒服感。气节是和个体的人格、精神信念、自我认知和价值观念的选择与内化等，联系在一起的。质言之，是集义而生，非义袭而取者也。所以气节决不是可以操纵或随时变换气节原则的，今天在这件事上表现气节，明天在其他事情上却又完全违背气节要求或原则,怎么可能呢!一个人如果可以这样的方式来表现气节而毫不惭愧或自觉,那伊根本就没有任何气节可言,其在这一件事上偶然表现出来的看似正确的言行表现,其实亦只是表演、投机、功利主义行为取向,哪里能算得上气节。气节是内在即发自内心的,不如此则甚觉不舒服,或有自我贬低感,所以肯定不是有选择性地应用相关的道义原则。

天命之谓性,内化而一体,乃是真正的气节。法治观念或法律意识以及理性精神等,亦是如此。气节不是短时间的煽动,而是长时间的熏陶、濡染、修行、奉守,是孟子所谓"集义而生,而非义袭而取之"。故培养一个民族的气节便须从教育入手(以及配套地从制度入手,从立法和法治入手,保证制度和气节的目标一致,或内在原则贯通),针对全民,培养相应的道德原则与理性精神,以此来衡量评估一切事物情境,作出相应的选择和行动。人不可能是完人,亦不可能不犯错,然倘有气节、理性之教育(与乎相应之制度与法律之制约),犯错了也至少会认识到不对,而不会理直气壮、明火执仗、振振有词地诡辩,这就是道德与理性的彻底的沉沦和堕落了。"道也者,不可须臾离也,可离非道也。"(《中庸》)此之谓也。

先生云：中国古代的村落建设与城市建设，其实往往颇有法度……八卦村、关公庙、道观、佛寺、土地神、宗祠、文庙、宗族集议场地规划、院落城墙、聚族而居的院落建筑布局、水井、磨房、地方手工业、粮仓、库房、兵器库、做豆腐的等……，于城中各安其位，而各有其象征意义和价值，俟隙再详论之。

先生云：你若问吾人人生的目的，吾人便言吾人之目的就是：将想说的话和该说的话都说出来或写出来。你若问吾人说完了怎么办，则吾人也不知道怎么办，也许就只剩下悲哀吧。或者，就是离开的时候了。说出一句感言，然后悄悄地离去，蒙着（厚厚的黑）面纱。

先生云：智识觉悟上的喜与情意精神上的悲，都（会）随着年龄的增长而愈加深刻，这是人生存在状态中某种特别的跷跷板，还是另一种形式的平衡？

某君言：被压迫、被侮辱、被剥削的人，对生活失去了任何期待和乐趣，只想早早结束人生的苦旅，下辈子再也不想来了。有权有势有钱的人却享受着压迫、侮辱、剥削他人的乐趣，一心想着再活五百年。其实所有人都对生活充满热情和热爱，然而有的人由于处于人类文明的阴暗面,伊的天空被遮蔽了,从而可能对生活失去信心与乐趣。(此君此论表述不周全,姑存之而已。)

先生云:如果每个人都讲气节、风骨、理性(并且都能保证基本生存或基本生活,哪怕是粗茶淡饭)——亦即社会共识——,没人愿意典身为奴、卖身求荣、奴颜婢膝或被收买诱惑等,不仁者有钱有权有势也没人配合、趋附,没人理会,没人看得起,那他们还有什么乐趣——因为他们大概也只剩下这种乐趣,或从一开始就以追求这种乐趣为人生之唯一动力了——,那么,那些通过争权夺利、官商勾结、贪污腐败、无耻残暴而获得权势暴利的人,哪里还能享受到跋扈傲慢、侮辱欺压、收买(交易)别人身心(人格尊严)的感觉呢?当然,如果通过种种方式剥夺他人各种权利和机会,包括受教育、受启蒙的权利,和工作、创造、经商的权利和机会,乃至剥夺人们的人格尊严权利本身,那人们又如何能维持自己的生存而捍卫自己的尊严、气节、荣誉、风骨和理性呢?可见,有时候,这样的一种情形,其实都是某些人群或人性的阴暗面力量,通过种种或显豁或隐微的方式有意塑造出来的,而并非不懂得改变的方法,只是有些群体乃至"所有人"都有可能不愿改变而已——有些既得利益者不愿改变当然是为了继续维持其优势地位,而所谓"所有人"也有可能不想改变这种状况,是因为可能存在这样一种情形,因为习俗的濡染与文化的缺陷等,有可能"所有人"都想去享受欺压别人的乐趣。如果进行普遍的气节、理性、启蒙之教,人皆有理智风骨,又创设各种合理之配套制度与法律,以及法治制度,使各种腐败与权力寻租无法得逞,则一者难以产生太大的权势者与超极富豪,而民众生活水平不至于太过悬绝,二者即使有一定权势者与为富不仁者,又哪里能得到其他人的响应而一逞和一遂其权欲跋扈、欺压良善的乐趣呢!如此,则权势的种种表演和收买,便无人配合或迎合。反之,则谁跟你讲什么风骨理性。

先生云:会不会出现这种情形:本想成为一个思想家,或为往圣继绝学、为天下开太平、治平天下的士人学者,结果却成了一位作家?

先生云:古代中国或于思想上每有好意,亦有许多优秀的制度创设,但与此同时,亦不可否认,于实际政治方面却亦多黑暗腐败,而百姓生活尤其困窘。或曰:民不畏死,奈何以死惧之。此乃固然。又或曰:民生日蹙日窘,奈何空言理性、仁义、风骨!(我都活不下去了,你跟我,或我跟你,讲什么风骨、理性?)此则不然。因为如果从一开始就讲理性,或所有人都讲理性、仁义、风骨,就不会出现当时的状况了,或者,亦不会让当时的状况继续下去了①。关键是如何能让所有人都讲理性、仁义和风骨。因为大家都在配合和顺应,打着各种各样的幌子,或理由,才造成了此种情况愈演愈烈,世风日下。有时,可能是文化本身的问题;有时,其结果却可能是全民的堕落,未必是权力因素之一维。配合作恶或主动作恶的人不知有多少,却还都振振有词,理直气壮。文化弱,弱一国;文化强,强一国。所以,对文化本身的审视拷问和更生创造非常重要。

先生云:有时,儒士本身成仁,舍生取义,亦只换来庸众的一片嗤笑声。

先生云:文学性或形象化的思想表达,往往可以成为典故,而被人一再引用;另有基于深刻洞见和清晰逻辑分析的精练思想表达,亦可一针见血。中国每多前者,而特别讲究文辞或文章(言而不文,行之不远),然而有时亦因了"为作文而作文",或因了营构辞章的意识过于突出,而

---

① 但是,所有的人都讲江湖义气却没用,仍然会造成江湖纷争,因为江湖义气本来就是小集团式的、人治性的,不是基于普遍仁爱的。在中国古代,江湖义气救不了中国,只会造成新的专制集团的压迫性权力结构。江湖义气不是拯救中国的文化资源或道义资源,却是造成中国问题和中国悲剧的负面文化资源。所以1949年以后,中国则讲"五湖四海"、"为了人民和国家的利益而走到一起",集义共事,而为国为民也。

竟影响到直接的思想表达本身。因为为作文而作文，故每有三言两语本可说清者，却非要一唱三叹、起承转合地营构，或为文章完整结构计，而将不相干的内容亦罗列纳入，喧宾夺主，啰嗦枝蔓。明明三言两语可以解纷，何至于要写成一篇文章！就此而言，我喜欢尼采的写作风格。其实文学化的表述亦有其价值和机趣，而西方哲人亦有文学化的表述——比如柏拉图的洞穴寓言——，但尤注重内在逻辑思路和理性分析，此则为哲人思考之本分。

东亚的文明扩展与融合

先生云：如果说古代中国处于自足之东亚之天下中心①，中原文化与文明从总体上而言，皆先进于或领先于

---

① 当时技术条件下，西南方向因珠穆朗玛峰的天然地理阻隔——虽则唐、宋等朝代，因为东亚之天下尚未完全整合完毕，故珠峰内侧之吐蕃、西夏等亦每多交涉袭扰；南方同为农业国家文明地区，物产自足，文化内倾，无北上侵略意图或强盗习性；东方亦有海洋天险阻隔，且日本当时同为农业文明（近代以后则发展而为海洋文明与工商文明，乃至军国主义、帝国主义），虽或间有海盗滋扰，而大体无大事；只有西北、东北和正北，当时的东方各民族和中原东方民族尚未完成内部整合，故虽则在地理上和种族上亦可谓同属于东亚之天下，而在文化和政治上，亦仍属于边缘地带，带有一定独立性，如此，则因为这些方位并无天险阻隔（沙漠戈壁或严寒，或可稍阻瀚海以外之势力之入侵，而不可阻其中其内之游牧民族或渔猎民族；所谓的榆关走廊或辽西走廊，亦只是四 （转下页）

周边少数民族部落政权,故往往只要用心力于内政问题即可;其时,对于今之所谓外交或国际关系方面,主要考虑军事(稍有借重与利用)、经济与政治层面的羁縻。但因为中国或当时的中原王朝毕竟综合国力强大,尤其是在新朝代初期,国威雄壮,故现时所谓外交问题在当时往往并不甚重要,而以朝贡制度羁縻之、维系之(并不能直接等同于今日民族主义国家意义上的外交)。当然,在中原王朝国力衰弱时,所谓"外交",乃跃而成为其时之重要政治事务(如两宋乃至两汉末,以及其他分裂时代等)。

但在现代技术条件下,情势大变。山海阻隔并无根本作用,加上海禁大开,各国自由贸易来往,全球成为一个整体结构,有着极其复杂的互动、互相影响和错综复杂的交叉渗透关系,各种权力、利益纠葛盘根错节,世界各国或国与国之间的关系变得极其复杂(比如所谓的海权

(接上页)条通道之一,固然可发挥地理上之某些优势,然亦稍有限),且此数方位多为游牧或半游牧民族,因环境气候条件与文明水平等导致自身物产不丰富,日用品无法自给,加上气候条件影响畜牧业,每致生存亦成问题,故有与中原王朝进行经济交流乃至文化交流等方面之需要,当此种需要缺乏正常渠道予以满足时,有时便往往以袭扰掠夺而获取相关物资人口等,乃有战士或强盗习性,而成中原文明之威胁——然此亦可视为其文化向心之动机与需求,正是东亚文明或天下主义融合扩展之内在需求本身的体现(必要性),而不可简单视为单向袭扰。

论、陆权论等)。在此情形下,如果不懂国际关系、国际形势、地缘政治学,那是根本无法治理好国家,无法处理好内政,同时也无法理解近现代以来的世界史和各国历史发展(如果忽视国际环境、国际关系、地缘政治学、外部力量与事件影响的话)。所以,在今天,一个国家如果要发展,要在世界文化、政治、经济等的竞争中立得稳固的话,就一定不能仅仅将眼光放在国内,还必须同时关注世界和研究世界,并达到和研究本国的同样精深的程度。

质言之,中国一定要有自己的世界战略,和对世界的深度认识、研究与参与介入,在各方面的研究上都必须先行一步或领先世界,才能真正维护自己的世界大国地位,发挥世界大国对于人类文明进步与世界和平的正面作用价值(文化精英、政治家乃至一般国民,亦须有此眼光、素养、知识等的储备)。于今之世,如果仅仅谈国内军事地理、文化地理等,却对外部世界的相应情形或世界地缘政治学等一无所知,或落后于他国的研究,那就无论如何难以成为真正的大国,难以发挥大国的应有作用和贡献。没有文化、学术、国民文化科技素养和开阔眼界等的基础,而所谓的世界大国便亦只是无根之树、无源之水。比如,在中国经济史、政治史、思想史、农业史等一切领域,将"中国"二字换成"世界"或任一"国别",中国都应有相应的精深研究与学术大家,方可。当然,此当以种种内部整合之完成或成熟完善为之前提,比如内政之政治清明,经济均衡发展,科技文化体制先进(等等诸如此类的内部整合),否则一时就无力顾及外部研究、国际参与和文明贡献了,故仍须扎实稳重。

先生云:对于某些有问题的事情,比如某些庸俗文化、陋习陋规、灰色或不正当潜规则等,许多人明知道不对,口头上也抱怨两句,然而转眼便摇身一变,利用这种陋习陋规,在浑水里混得如鱼得水、鱼水情深。这是需要反思的,包括文化的反思等。

先生云:明知道某些陋规或做法不对,口中大肆讨伐抱怨,可是别人要什么,你马上就能摇身一变给出什么,这哪里是有个性的表现,又哪里是心有所守、所定、所主的表现呢!还振振有词地找出种种理由来自我辩护。这大概是最大的问题之一。其实许多理由站不住脚,各个层次的人都有其一定的相应的自由选择的空间,但却往往选择与陋习陋规如鱼得水的方式。这才是根本问题。

先生云:今人知道什么叫真正气节德义否?缺乏这方面的教育,相应的德义资源与德义加持力也就根本不能发挥作用。

《孟子》的英译

先生云：近期继续关注了一些辜鸿铭和林语堂的英文书籍。读了一会理雅各的《孟子》英译，觉得态度很认真，翻译得也很严谨，一字不放过，不打马虎眼（"打马虎眼"是当代口语），几乎能兼顾硬译与意译，关键是用词和语法都很平正稳重（不卖弄，不花哨），读来温文典雅；在翻译《孟子》一书中的诸如《诗经》、《尚书》等的引文时，还用古英语来翻译，颇觉贴切传神；虽然偶有对原文理解不当或用词稍不恰处，但总体上确实是一个善本，无怪乎欧美许多图书馆收录他的翻译版本。看其译文，可想见其人之气质性情，而尊之为理老夫子可也。辜鸿铭对理雅各颇有批评，以为拘谨等（大意如此），而辜本人对于《论语》)的翻译乃近于意译,亦甚流畅而合于英文表达习惯,译文不会造成理解上的困难;但辜氏之翻译反而比理氏更多以西方历史文化来解读翻译之处,为流畅和便于西方人之阅读理解故,许多地方干脆不试图做任何确切之对译,而以一般词汇笼统概括之,所以反而觉得更西化。这对于西方读者而言,固然亦流畅易理解,然而对于欲藉此把握作为异文化的中国文化这一阅读目的而言,却反而有问题。当代人的翻译,便多用口语体式,或是所谓的当代学术语言体式(好用专门术语),词汇和语法都是这样,看着就觉得浮起来了,躁动,跳脱,每个词都不安分,要跳出来,跑出去;译者本人也不安分,老想喧宾夺主,自己跑出来,这里伸两脚,那里打两拳,没有古人及其文字的那种安静沉稳,那种毫无做作和压抑的本真自然的气定神闲的静气。刘殿爵(安乐哲的老师——安乐哲是一个不错的学者)的翻译就浅了,完全没有古典的味道①。

---

① 而今天许多人在课堂或讲堂上讲《孟子》,每多现代流行口语表述,而有些人在讲述(古典经籍)时,用词、语言与表述都稍不严谨、平正、矜慎,态度不严肃,嘻嘻哈哈,胡乱比方引申,哗众取宠,完全失却了,或不能呈现古人、古书、古义的内在气质与本来面目,起不到真正濡染的作用。有些讲者为了吸引学生或听众,每每举一些现代例子,或进行随意的发挥(包括鸡汤式的发挥、文学性的发挥、情感情绪性的煽动发挥、看似美学性的发挥乃至比附庸俗思想陋习等),态度不平正地进 (转下页)

关于爱情：你不需要太好，我爱着就好；我不算太好，你爱着就好。

关于尊重：人无法对所有人太好，尊重他人的基本自由权利就好。

关于人生：人生不可能太好，有人爱着就好（两层意思：爱与被爱）。

关于世界：世界不是太好，爱着就好（或有爱就好）。

关于处世：无论选择安静还是热闹，有爱就好。

（接上页）行所谓的古史今说、古事今解、古义今阐，乃至古书戏说，却往往一讲就错，一讲就失去了古人古义的神韵，一讲就把古人精神讲没了。有的简直是极其不负责任的戏说，故一讲就将《孟子》的原味讲没了，一讲就将《孟子》的境界讲没了，一讲就将《孟子》或孟子讲没了，只剩下今人或讲者本人的浅薄境界。儒者丰神何处寻，静夜一书相对语。我们今天讲传统文化复兴（当然指的是其中的有价值的部分），讲国学、新儒学、新经学教育等，也要注意这个问题，此亦包括师资问题。

依附理论、世界共同富裕与人类文明风景

先生云:关于当下情势下的世界和平,西方发达国家或西方文明往往抓住或强调人权这一维,中国目前则根据作为发展中国家的国情(与西方发达国家在富裕程度和科技发展水平等方面仍然存在差异,有些差异还很大)而尤为重视和平稳定与共同发展这一维。中国固然在维持和平与发展的基础上不断扩展和提升人民的基本权利的广度和水平,西方发达国家对于世界范围内国家间贫富分化的事实及其原因亦不可视而不见,或以为与己无关。

先生云:其实语言亦是文明扩展或和平扩展等中的重要一环,尤其是小孩,从小都讲同一共同语言,在同一

种语言文化氛围中生活，形成个人情意、生活方式、审美等的无意识深层格式塔，自然便有对于此一种文化环境的眷恋和根植，长大后便自然会形成基于此种文化和生活等的共同体之精神，而很难在精神上脱离之（文化制度改换的成本）……当然，首先要有好的文化和文明生活方式，不然在有问题的文化因袭里挣扎不出来，亦为痛苦和悲剧。

先生云：中国历史上颇多周边少数民族的和平同化或主动同化，亦即文明的向心力，于此，先进文化与强大实力固然是重要因素，语言与汉字亦是极重要之因素。

先生云：当代西方讲人权与多元文化，从其国内政治文明而言，固然是好意；从国际交往或交涉层面而言，如果用意真诚——正如确有许多秉持正义和良善情意的西方学者或善良民众是这样的——，亦未尝不无好意，同时亦未尝不是抓住世界和平的最根本的要素和目标之一。然而，如果无视现实世界范围内的一目了然的实际世界权力结构、各国之间的科技鸿沟、贫富状况或财富分布现状、群体构成和实力对比等的事实，不于此试图有所真正帮助改易之（即真正关注和致力于帮助发展中国家共同发展、缩小世界各国发展水平差异这一更为根本的论题或前提),而仅仅本末倒置①,或忽略文化差异性而一味以西方文化标准来看待和强制要求世界各国②,来衡量或强行适用于一切国家和一切问题,而忽略心理、心态、精神、文化、自豪感、主体性、身份认同、历史、科技水平、发展水平等各方面的因素,则名义上为文化多元,实际上反而可能造成人为的纷争和分裂,将某些国家和地区本来正在进行的和可能达成的和平文明扩展与融合进程阻断,造成更大的冲突,和相应的新的和平成本。其实际的结果可能仅仅只是导致了别国实力的削弱,阻碍了其他国家的发展(从而让世界各国无法先后进入共同富裕发达国家的行列),和反而违背了追求世界和平和地区和平的初衷,阻断了世界和平的进程。在政治哲学层面,在维持权力现状的基础上,有实力的大国进行文明的和平扩展,最后由几个大国及其文明来主导世界和平进程及其实现,未尝不是理论上、历史上与现实上的思路和路径选择之一——当然,从理论和理想上进行分析,则一切必须建立

---

① 即并未同时提供实质性行动来真正帮助和促进发展中国家或贫穷国家发展经济,摆脱贫困,乃至同样逐渐臻于发达国家,真正实现共同发展和共同富裕的目标。

② 换言之,发达国家的人权水平是建立在其相对于其他发展中国家的富裕水平的基础之上的,而其富裕水平又是建立在什么基础上的呢?

在保障和平与平等权利的基础之上。但与此同时,亦可以有其他的思路,即世界上的所有国家都共同发展,最后共同进入富裕发达国家的行列,而成就世界范围内的共同富裕和共同文明,而成就天下大同的文明风景,而不是当下世界格局中的少数西方发达国家与大多数发展中国家乃至贫困国家之间的贫富差异、南北差异或矛盾,以及少数国家决定世界事务与大多数国家希望发出自己的声音的矛盾(所谓的 G7/G8 等之类)等的情形。换言之,前一思路如何与后一思路进行对话或平衡? 也就是说,前一思路和路径,与二十世纪中叶以来的民族自决、多元文化、打破民族国家界限、自由迁居、全民选择等思想、论题或某些趋势,相互之间如何进行对话和平衡,也是一个重要的论题。

先生云:古代中国颇有和平的文明扩展的优势、实力、经验与历史,现代中国也应该在所有领域都继续发展进步,包括各少数民族同胞在内的国人亦当有此种意识,在维护国家利益和互相尊重的基础上共同发展,而不是引致纷争与冲突,而让全体中国人付出更大的代价。此乃是中国与全体中国人之核心利益(主权、和平、融合、文明扩展与融合、基本权利及其扩展、平等、自由、共同发展等)。分裂只会让全国各族人民和中国付出更大更惨重的代价,对西方与世界亦未必是好事。全国各族人民皆须意识到这一点,不可因小失大。

先生云:未来没什么可怕的(担忧,恐惧),因为未来的发展会使你目前所猜想的小小恐惧,显得多么的微不足道。未来也可能会以更大的悲剧来破除你对当时所设想的可能的小小的悲剧的大惊小怪。此是满灌疗法,不必太在意。

先生云:在文化理念和相当程度的历史事实上,古代中国是采取王道仁政与怀柔远人、声教远播(教化、化民成俗)①、渐次自我融合同化于文明以及宗藩羁縻等方式,

---

① 故有所谓"王化"与"化外之地"的说法。但即使是这些所谓的"化外之地",当文明圈自然扩展而至时,中华文明也致力于教化之、文明之,使之成为"王化之地",而成为中华文明大一统中的平等、共同的一份子。这其实就是儒家的"仁"与"推己及人",表现在政治哲学上,就是王道仁政,文明(动词)天下(或"文明化及")。古代中华文化思想虽然强调"文野之分",或有时将文明程度较低的周边部落视为野蛮人,但采取的对待方式却不是武力征服与打压,而是教化之、文明之,使之由野进于文,而成为中华文明大家庭的一部分。但这又完全是采取"怀柔远人"的办法,是柔性的,不是咄咄逼人的,由其他化外之民自由选择之,是一种文化或文明的吸引力和向心力所致。换言之,如果对方愿意接受教化与文明化,就尽心诚意教化之,而后将其视为"文",从而纳入中华文明大家庭,提供王化庇护,互相交流通商和在各个层面上逐渐一体化,共享中华文明和王道仁政天下的文明利益。否则不过仍然将其视为化(转下页)

来达成和平共处乃至渐次而成混一宇内的结果,即消除差异,促成大一统——这既不是古代西方所采取的武力征服的方式①,也不是现代西方式的建立在工业文明、城市文明以及相应的个人主义文化基础上的消纳或同化。但当代有些西方国家往往指责发展中国家尤其是多民族发展中国家为弥合族群文化和经济差异、进行文化融合、促进长远和平和和谐共处而进行的某些必要的政策和做法(比如大一统或大同社会理想),而每每离开国家主权统一的前提片面强调多元文化、强化身份差异乃至族群对立的方式,而有意无意地忽略如下一点,即任何多元文化的前提和基础是基本的社会共识和维护国家的主权与统一。而在事实上,当代西方国家在对待本国事务时,虽亦强调保障个体人权和实行法治——这当然是对的,

---

(接上页)外之地而已。而不是西方历史上因为一神教等的原因,将其他不同宗教或不同文化的部落、种族或民族等视为异教徒(那时还没有发明"文化多元主义"的概念),而采取武力征服,比如十字军东征,乃至种族灭绝的方式,比如欧洲人征服美洲大陆和大肆屠杀印第安人,并将其世居之地命名为所谓的"新大陆"——这显然是欧洲中心主义的思路,完全无视美洲印第安人的历史存在和生存权利,体现了旧欧洲或旧欧洲文化的极度的傲慢和残忍性。

① 或因为一神教等的原因,而将对方视为异教徒,从而采取进行武力征服乃至种族灭绝的方式。

是进步的，文明的，是大势所趋——，但同时亦通过宪法和其他法律来保证或强制贯彻（保卫）国家统一的根本宪法原则、价值观念与共识，统一的平等的共同公民身份，全体国民的基本权利义务等，在此基础和前提下，来谈及文化多元或多元文化。

另外一点，西方发达国家虽然在政治层面特别"关注"发展中国家或经济落后国家与地区的人权与政治问题，但在经济交流和科技交流等层面，事实上却仍然竭力维持不对等的关系，存在着许多表面上看似或打着平等商业往来、自由贸易的旗号而实则却是不公平竞争，乃至经济掠夺、文化殖民、政治操纵等方面的因素，有些甚至表现或隐藏得程度极深，有时又大张旗鼓地进行。而针对发展中国家或贫困国家的所谓的"开发计划"、"发展计划"，有些固然有其好意，亦取得某些不错的成效或进展，但毋庸讳言，其中有些又只不过是一些表面工夫，实际上，在对这些发展中国家和地区的经济建设的支援上，似乎同样没有取得更好的效果，质言之，在达成世界共同富裕、共臻人类文明生活的进程上，仍然进展缓慢，乃至根本没有进展，甚至倒退，比如富裕国家和贫穷国家日益拉大的贫富差距。事实如此，事实胜于雄辩，原因的解释——及其争论——反而是次要的。

事实上,发达国家对发展中国家亦有资金即投资、技术、人才等方面之支援,在一定程度或一定意义上促进了当地的就业与收入,然而基本采取商业的手段,虽然在一定程度上也刺激和促进了当地的经济发展,比如就业、工资水平、基建,但亦带来生态恶化、资源汲取、利润分配不公①、破坏既有社会结构或传统文化道德、破坏其政治经济等发展的自主性等后果。尤其关键的是,西方在对发展中国家进行投资和生产时,一方面由于既有的知识产权保护的法律体系、商业法规等的"必要"合理规制,另一方面亦可以说是由于西方发达国家出于维护自身的国家战略利益,而炮制和强化"知识产权保护与国际贸易的意识形态",使得西方国家不可能转让先进技术与知识产权,故其对发展中国家的投资和经济援助,虽或在绝对量上促进了发展中国家的经济成长,而在相对量上却使得发展中国家和发达国家的经济差距愈发扩大,愈发固着,乃至使得发展中国家日益下移到全球经济产业分工链条的低端位置,几乎永世不得翻身。

按照"依附理论"或"世界经济体系理论"的分析论

---

① 发达国家或其跨国公司、大资本、大企业家等获得了更大利润份额,并经由一系列的中间环节,而在事实上,进一步拉大了发达国家与发展中国家的贫富差距,这是一个很大的悖论。

述,一方面,发达国家打着关注人权、救助弱势人群和经济援助发展中国家——比如发展经济学——的名义,占据道德与文明的制高点,另一方面,其同时又可能是造成发展中国家日益穷困的重要根源之一……某种意义上,甚至可以说,西方发达国家及其国内繁荣乃是西方文明的光明面,而世界穷困地区乃是西方文明的阴暗面,而并非一般人所不假思索地认为的,后者完全是自身落后文明的咎由自取的结果。工业文明与科技文明有其进步意义和文明价值,乃至是人类进展的方向,但此非事情的全部。并且,确实,按照有些激进的批判意见,作为后发工业国家或正在致力于现代化的发展中国家,似乎已经完全陷入先发发达国家通过种种有意无意的对内文明体制(对发达国家自身)和对外奴役体制(对发展中国家而言)的双重机制——一切依观照角度不同而不同——所设置出来永恒深渊中,永难翻身。他们所给出的事实根据是:第二次世界大战结束以来,人口规模在五千万人以上的国家中,除了韩国等少数几个国家,世界范围内,先进工业国家或发达富裕国家仍然和战前并无太大根本变化。

今天的发达国家或富裕国家,或今天既有的世界政治经济秩序或全球体制,能够——和世界各国一起——共同承担起拯救世界、抹平贫富差距和文明差距、共臻于富裕文明生活、构建人类命运共同体的重任吗？

……除非从现在开始，世界富裕国家就真心通过创设更加合理的全球体制或政治经济新秩序，和世界各国一起来共同解决世界贫困问题，实现共同富裕，混一宇内，不然现代文明就不能证明自己，或不能为现代文明提供真正的正当性自证；而如果是以发达国家或世界富人阶层，以剥夺、消灭贫穷国家与人民的方式（而不是消灭贫困或贫富差距的方式），达成最终的混一宇内，则同样不能证明现代文明是真正"文明"的文明，并且必然遭到惩罚或报应，让人类全体付出代价，譬如核战争、人工智能的反噬、大自然的暴怒等对道德堕落的贪婪人类的摧毁，以一次性地惩罚人类作为整体从产生伊始就犯下的种种错误或罪行，此亦是对人类智识经过几十乃至几百万年的发展却始终不能进入智慧澄明之境界的惩罚。若然，则偏激者将曰：虚拟而无所不在的造物主已经对自大却不长进的人类整体根本失去耐心了。

先生云：从人类整体历史而言，偏激点说，则纵观自然史、生物史、人类史、世界史，人类文化到底能不能称之为文明，其实有可能是大存疑问的。既未必是历时或时间意义上的文明进展（化），亦未必是种群之间或生物群落之间的高等级道德文明。人类作为整体，至少未必就比其他任何生物和动物高尚到多少。儒家说"人之异于禽兽也几稀",或乃是对人类本性的不刊之论。

先生云:留给人类的时间已经不多了。从来就不多。或曰,其实,即使时间多,也仍然是这样。

先生云:文明的光明面与阴暗面。

先生云:自古以来,中国的道德文章好看,但在道德现实上,仍多不同表现,而仍有壁立千仞与卑陋肤浅的区别。比如,有些古代中国人所表现出来的舍生取义、杀身成仁、殉道卫道、忠诚重诺、富贵不淫、威武不屈、贫贱不移、粪土王侯、傲视公卿权贵等的精神行事,仍是伟大的。蔑视节义、理想、气节的人或民族,最终都会逐渐沉沦。

先生云:现在连夜晚也不能赋予诗的灵感,可见吾人灵性汩没到何等程度了。

先生云:但是对道德文章真正念兹在兹的人里头,毕竟也出过一些有志气、有风骨的人,或者小节稍有瑕疵,而大义凛然、大节不亏的人物。此种大节大义乃是中华文化和中华思想的主流与正脉,虽或间有小人之暗地违背与打压,但从来没人敢公开反对,或公然以违背大节大义的方式来号召行事的。抛开其他未论及的不论,此种大义大节本身,在当时仍是正义、正向、正道的,今人批判古人或古代文化的某些负面因素,却不可否认这一点。比如你可否定古代文化中所表现出来的专制性、等级性的某些缺点,乃至认为大节大义是在此种专制性等级性的背景之下凸显出来,却仍然无法否定其大义大节方面的凛然等优点。道德文章确实可能仅仅被某些人用来粉饰夸饰,要么选择性地谈表现好的一面,要么用一整套优美动听的兼有文学与道德美感的言辞来粉饰人事(语言系统),但与此同时,在中国历史上,也确实存在着一脉相承的道德文章的理想与事实,以及真诚服膺奉行的义人义士及其传奇和流风余韵,从而使得中国历史在后代有所正向心志追求的人眼里,呈现出一种特别的美感或魅惑力——兼有文学的美感与正义道德的感召力量,亦发挥了不少正向作用。

人与小动物的相处模式；人际关系模式

先生云：理论上，或文明理想上，德国人或西方人对自己的狗是十分耐心的、温情的。我曾在深夜打球回家的路上，看到一位德国女青年牵着一条狗，在路边昏暗的草地上无声地散步，她的狗似乎颇有兴致，在草地上嗅来嗅去，有点执着地拉着女主人往这往那走，而女青年则静静地看着她，像对待一个贪玩任性的小孩一样，跟着它慢慢在草地上走，她那种身体姿态，并非无奈或不得已，在我看来，更多乃有一种宽纵、爱怜、尊重、迁就的情味在内。人与狗之间，倒不见得是主人与宠物的关系，而真的是一种平等爱惜的情意。那个德国女青年在昏暗微弱灯光下幽幽地、静静地、耐心地看着和等待小狗在草地上走来走去、探索的情景,真是令我印象深刻,难以忘怀。

这样的场景其实并不少,我都特别注意到人或主人对其饲养的狗的那种迁就宽纵的关系模式,可以说是非常尊重狗自己的想法和个性。或许亦因为此种关系模式的长期熏陶,德国的小狗大狗一般性子相对都比较温和,悠闲自足,不东看西看,乱管闲事,或侵犯别人的空间……但与此同时,德国人亦十分注意管好自己养的狗,出来遛狗散步时,或有狗带,或无之,而碰到对面有人通过,必特别注意约束安抚小狗或大狗,免其侵犯他人;有时甚至特别停下来,或蹲下来,用手抚按着小狗,而又稍用身体隔开狗与行人,等行人通过后再放开。现代西方人养狗似乎更多落实在一种人与动物之间的特别情意慰藉和陪伴上面。

西方人因为讲究人己权界,所以在日常生活中讲隐私,讲分寸,讲合理距离,不随便侵入他人的生活与情感,这当然亦造就人间交往的秩序、安宁、信任和安全感,但有时我亦想,这是否亦可能导致人与人之间心灵交流契机的某种障碍呢?或曰:人与人之间本来就难有太多的心灵交流;又或曰:不是所有的人与人之间都必须有太多的心灵交流(当然应有人际间的基本尊重与温情),而基于自由爱情的一夫一妻制、核心家庭制以及新教徒家庭观念等,已经为最亲密的心灵交流提供了一些基本的可能、空间与模式(能进行这种最亲密的交流的人或对象永远不可能太多,多则滥,滥则降低心灵慰藉的深度愉悦体验);又或曰:超出此种安排之外,而仍追求所谓的心灵交流或灵魂共鸣,也许就是贪婪的、多份的、额外的、不合适的(乃至不道德的)要求了[①]——因为在这种家庭文化价值观念里,爱情与婚姻本来就是基于心灵交流与灵魂共鸣的,这应该是爱情与婚姻的前提,亦是个人幸福的前提,是个人责任(自我负责)与社会稳定的必然要求和基本保证。朋友的交往在情感情意方面毕竟是有所自我设限和分寸感的,不会僭越了丈夫或妻子本应享有的亲密情感权利。当然,这种说法也有点狭隘,毕竟,人与人之间的心灵交流是人类交流的一种常态,除了爱情和亲情,以及对于爱情和亲情的尊重,人类文明还为其他种种形式的心灵交流提供了足够的空间和形式。

话有点说远了。总之,因此,养狗,乃是在家庭中引入另一个生命,可以和所有家庭成员建立良好的情意慰藉与忠诚相与之亲密关系,又不会对家庭中的任何一种

[①] 当然,没结婚的自由人不在此例。此外还有基于兴趣的一般交往,以及人际间的基本情意来往,然而都不能亦不会僭越家庭间的那种特殊亲密关系。

人际关系模式构成僭越、威胁、侵入与冲突,并为人类的情感慰藉、寄托提供了另一个安全、有益的渠道,当然就是一个正面的事情了。猫狗不仅忠诚,亦有楚楚可怜、呆萌可爱的一面,故可得着人们的喜爱。而养宠物不是人与宠物之间的专制关系,乃是培养一种亲密的情意关系。与宠物相处的关系模式,其实与人际相处的关系模式,有异曲同工的一面。

先生云:理论上,或文明理想上,现代人或西方人的理想的关系模式之一,是讲究人己权界,不僭越,不侵犯,不妄想,不强求,不干扰,不觊觎,各人过好各人的生活,不影响干涉他人的权利与隐私,工作生活中亦讲究明确之法则、规范与界限,一切按规范、惯例和清楚明白之契约来,故没有许多牵扯不清或心机算计(打小算盘),显得清清爽爽(没有对别人的超出正常人际交往之外的过分的期待)。更亦不必对权力、权势或财主存了什么非分之想。反过来,后者亦不敢对前者存有什么非分之想,没有种种明里暗里的说不清道不明的交易、收买、人格等级、趋附压迫等。权力是公共权力,受到严格规制,不可滥用,故民众既不必羡慕谄媚利用,也不担心掌握职位权力的人利用权力来加害;你有钱是你的钱,是你自己合法赚来的,想怎么花就怎么花,只要合法就行,你也可以施舍或做慈善事业，但却没有施舍给穷人与亲朋好友的强制道德义务与压力——这些往往更多通过公共行政与政治层面的公力救济，以及制度化的慈善事业来进行普遍救济。反过来，我穷是我穷，你有钱也不能侵犯我的基本权利与人格尊严，你也不能用金钱来胁迫或收买我。并且，这种个体人权还在日常生活中体现出来，比如：行人的路权与自行车的路权、汽车的路权是平等的；任何公共场所、公共设施都不可制造人为的区隔；个体尊严、基本权利是必须得到尊重的，等等。

中西常识教育书目及图书馆建设

先生云：我有一个建议，事关常识教育或人类思想文化的常识教育，及其一些最基本的措施，比如常识教育书目的拟定。我自己这些年一直在试图拟订一本《常识教育书目》(类于张之洞的《书目答问》，但张之洞的那本书主要收录中学，但现在思想文化和学科进展巨大，所以我这本的收录范围领域也相应要宽广得多)，现已大体按学科和专业收得几十万字，然其中有关西学者多为中文译本。我亦在考虑拟订西方学术经典书目，尤其是基本思想文化经典的原版基本书目，亦有所择取收集。

（除中学原典外，）关于西学或外文原典，如果时势合适，我打算先拟订一份最基本之西学经典书目，尤其是思想史上的原创性经典作品,然后建议所有县级以上公共图书馆或普通图书馆以及大中小学图书馆,按图索骥,依次搜寻购入一套或两套[①]。首先保证有一套英文西学经典系列(包括以英文翻译的其他国家的思想原典);在此基础上,如果图书馆经费和其他条件允许,亦可购入其他语种的原版图书。

其实,我个人以为,中国大学乃至市县级公共图书馆,都应保证入藏一套这样的中学、西学原典基本书目,或我所谓的《常识教育书目》中的基本经典书籍。亦可谓是我所谓的"常识教育"或通常所谓的"通识教育"、"博雅教育"等的一部分。亦可以说是长远思想文化建设的一部分(为思想文化建设、传统文化复兴和现代思想文化创造等,在文献积累方面,打下最基本的根基)。

要读基本的思想文化原典和学术原典,然后才可谈及思想文化创造和学术创新。不读常见书,或基本书目未读,率尔进行所谓的学术研究或"科研",往往亦可能是

[①] 对于"中文常识教育书目"的处置亦复如是。然此只是涉及基本必备馆藏,至于其他各学科之书籍,尽可由各个图书馆根据自身的特色、财力和当地需求等,自行决定。但中西文文化思想经典作品,则所有普通图书馆,皆可备藏之。另外,此亦只针对公共图书馆或普通图书馆,至于某些特殊图书馆或专业图书馆,则自可突出其特色,不必拘泥此例。

拔苗助长而已。真正的思想文化建设，都要扎扎实实的来。

不过这里也仅仅是提供一种思路而已，至于润泽之，有待来日，或有俟于后之有志君子。

先生云：诗词固然也可以诵读，对于情感、文学和审美的熏陶，亦有其价值，但除此之外，还当有涉及现代义理或礼义、气节等方面的更广泛的诗歌题材。不过这些又更多体现在新经学、哲学、思想文化著作本身中，但以诗词进行现代义理或礼义熏陶仍然有其一定优点（当然，旧经学及旧经学义理本身也存在一些问题，不能简单地拿来诵读）。

书法、武术、古代音乐或礼乐，对于培养学生的威仪、谨饬修身、行为规范等，或动静结合、情意自然而合宜的表达、遵守规则而公平游戏等，都有其价值。但关键仍在于要将这些讲清楚，或在活动中能得着真正的陶冶（有些礼乐项目在今天仍可实行，比如射箭，但有些就意义不算太大，比如投壶，倒是许多现代体育项目可以通过相应现代义理、礼义、礼仪等的设计和强调，同样能够达到很好的教育目的）。

此外，家庭礼仪规范和日常生活礼仪规范等，都可以设计一套符合现代价值观念的合宜的礼仪规范系统来；包括小孩的一些日常生活技能，都可设计一些相关课程。这样可收到实效，学生有成就感，家长亦能发现其价值，则教育的功效和价值也就体现出来了。

异国的文明风景

先生云：在当代西方（欧洲）的很多市镇，市政厅（包括市政厅前或毗邻的教堂边的集市广场）、火车总站往往为市镇中心所在，集市亦处于中心位置，尤其是小城镇更是如此——现在的市政厅广场、火车站附近等，亦时为集市中心，故乃是一脉相承。这些也是城市的标志性建筑，而作为城市公共服务、公共空间等之所在。现代社会以前，则往往以宫殿、教堂、市政厅（市政厅之历史由来已久）为中心，城亦往往为城堡，兼有商业贸易与军事防御之功能；此外，又或有角斗场（古罗马）、赛马场、歌剧院等。古代中国，于农村则以宗祠为中心，于城镇则以闾门为中心，而另有文庙、寺庙、戏台、关帝庙等之类；现代似仍以人民政府机关大楼和人民广场为中心，人民政府大楼为城市之公共政治和公共行政之中心，而人民广场或中心广场，则为公共空间，或市民活动空间。在当代中国城乡，自有适合各种功能之现代建筑样式，而中国传统建筑式样则或稍见用于祭祀与民居，较少涉及公共政治参与或全体市民议事（乡村宗祠则有村民议事厅，即同时把宗祠厅堂作为村民议事厅）、体育娱乐等方面，加上中国古代建筑多用木质材料结构，少用石材，故在建筑形式上亦与西方颇有差别，此亦可见古代中西不同之文化基因、文化性格……

先生云：或曰：当代西方发达国家，因为很早进入发达富裕社会，市政建设的时间长，资金投入也相对充裕，所以，经过这么多年的建设和积累，使得西欧的有些城镇别具特色，尤其是某些风景名城，一路走去，感觉哪里都是风景，哪里都美如画。又因为大城小镇并无太大经济、美学层面之落差，所以不同地区之间无有因画风突变而陡然而来的突兀感或尴尬感。其市容镇容审美与富裕的分布呈现出平铺扩展的特色。此亦和西方社会较为重视地方自治、平等公共服务等因素有关。作为中国人，如果在西方发达国家到处拍照赞叹，虽确实发自内心地赞叹其国之文化、艺术、国民素质与文明风景，但同时总感觉另有些微妙的心理活动，就像偶然瞥见一位正和情郎愉快交谈的美丽姑娘脸上流露出来的美丽灿烂动人的表情，总觉得这不是自己有资格看的，而很快将眼睛挪开一样。那样的城镇风景，那样展现出来的情意的美，是属于别人的，不应该或并不真正属于自己。质言之，上述情意的风景是由伊的情郎和伊一起展现魅力而因应创造出来的，城镇的风景或文明的风景则是由其国其民其文化所创造展现出来，"你"作为路人，于此并无贡献，故亦没有资格享受那种动人心魄的美与风景——当然，这样说更多只是为了表达一种情绪和态度，并非是一个法学意义上的权利判断，因为旅游者本来就是来看各种风景的。是的，我爱这样那样的情意的风景和文明的风景，也欣赏赞叹祝福这样的风景，可是我也更需要和喜欢自己创造的风景，大而言之，就是希望把自己的国家也建设得更加美好，给国人和世人展现中国的各种情意的风景和文明的风景。

先生云：西方发达国家的秩序、富裕、安适、审美、文明素质，已经成为生活的一部分，人们安然享用，生活质量与生活幸福指数自然亦高。其实生活其中久了，也并无特别的大惊小怪，但即使没有那种一惊一乍，生活质量仍在此习焉不察的环境中，已可处于相当高之水平。贫富悬殊的地方,永远是惊心动魄,每天都可以见闻、听闻到种种拍案惊诧、匪夷所思乃至悲惨邪恶的故事,或所谓的"传奇"……

先生云:看自然的风景,至少比看人造的风景要心安理得些。

先生云:其实我还是更喜欢看浩阔雄壮的自然风景,另外又喜欢运动的、跳跃的、飞扬的、攀登的、征服的、生气勃勃的感觉,而对于所谓的小资情调,基本没什么特别感觉。我喜欢中国的山水画,细腻的地方我也能感觉欣赏,但对于浓艳的、太过精细雕琢的东西却并无特别兴趣,而仍然喜欢壮阔的,有内在力量的。西方油画的光影明暗我也颇能欣赏,有的作品简直让我赞叹不已,但对那些精细而呆板的写实头像、静物之类,却实在没兴趣。毕加索的素笔画也很见生机和力量的,简直和有些劲节爽利、挥洒天成的中国画笔画一样,奔放、恣肆、生机勃勃……我总喜欢这样的。

先生云:从地理(学)上看,澳洲大概原本是从西亚即现在的阿拉伯海乃至东非附近分裂漂移出去的;美洲原本是和欧洲非洲联为一体的(北美与欧洲相联,南美与非洲相联),后来却从欧洲、非洲那里被震荡、裂开或漂移出去了;美洲的西部则和整个亚洲(东部、南部)乃至非洲的东部整个儿联结在一起。其实,地球在其发展的童年时代,只有整个一块大陆——即使有海洋的话,也只先有现在的太平洋,然后才慢慢有了大西洋等。而且,那时的地球,"身体体积"大概并没有今天的地球这么大——正如人类的童年一样——而只有今日地球体积的三分之一乃至四分之一、五分之一大小。大概后来地球不断地成长(发育)和膨胀,于是最初紧紧而密密实实地包裹着地球表面的地表,就被拉伸、挤压、破裂、分离和漂移开来了,仿佛长身体的小孩将原来的衣服撑破,或小鸡撑破蛋壳一样,于是美洲和亚洲首先就在地理上分裂了,然后美洲又与欧洲大陆分裂了——当然,这两者的分裂可能发生在同一时期。这可以说是地球膨胀说或地球成长说[①]。另有漂移说、地壳运动说(挤压)等。当然,也可能,是地球遭到巨大的撞击,故地表四分五裂,而有五洲四海了。然而到底是撞击了哪一部分,却似乎难以判断。北非、中亚一直到中国的戈壁滩,再到美国的加州沙漠(以及原本在中亚的澳洲),皆处于同一条线上,其沙漠化或为自然原因,或为人为原因——即人类乃至生物的最早的适合出现与繁衍的气候环境条件,只在此一带上。我对此并

---

① 其间又有许多变数,星云、熔浆、冷却、陆海分化等。

无专门研究，只是看看地图，发些大胆的设想而已。其实，科学研究也没有那么神秘，或和普通人相距万里，只要有兴趣，根据常识，单是看看世界地理图，也很难不有一些猜想的，然后据此去查阅相关资料，进行研究，说不准就能独立获得其他科学家早已发现的知识，甚至也可能获得一些新的发现。关键在于好奇心、兴趣——当然，以及随后的科学的研究方法和扎实的科学研究本身。

德国宪法基本法

1. 近日读《德国宪法基本法》,稍做扎记;又可比较阅读其他各国之宪法及各国宪法之变迁。

2. 政教分离原则乃从西方历史文化进程中产生。以中国人之古代儒家人文主义(文化)教育和当代之无神论之理性主义、人文主义教育之视角思路观之,以前吾每以为政教分离原则亦必须体现于教育领域,今观乎各国事实,乃知亦有误解处。其实,至少从战国以来,古代中国一直实行的都是人文主义政治(虽或有专制主义之嫌或之实),宗教从来没有真正渗入到政治层面,所以根本没有强调政教分离的必要(而本来就是一种不言自明的事实),于是也就没有明白提出所谓的政教分离原则。中国历史上的佛教礼仪之争,亦不过是佛教以严守自身界限的方式,求得对于世俗政治权力的消极自由和相对独立地位而已,并无试图干预乃至替代世俗政治的打算或野心。

至于历代,打着民间宗教的幌子进行政治动员的情形(汉末张鲁的五斗米道①、张角的太平道及黄巾军起义,唐宋以来的白莲教宗教结社及元明清时期的白莲教起义②,洪秀全的拜上帝会与太平天国等),皆是刚露头便遭打击;而稍借助宗教组织或民间信仰资源的农民起义,一旦其取得胜利,亦马上抛开宗教政治的外衣,而直接转换为儒家或法家或黄老思想③或相互结合的专制主义+人

---

① 亦称天师道、正一道,东汉末年张陵所创,其子孙张衡(子)、张鲁(孙)、张盛等光大之,其中张盛将天师道道场从四川青城山移至江西龙虎山。张角则受《太平经》影响,创立太平道,并利用此一宗教组织发动黄巾军起义,试图以此谋取政权。实则张鲁亦利用宗教组织而成为割据一方(汉中)的军阀。由此亦可见宗教组织的组织实力与政治潜力,乃是"退可为教主,进可图霸业",难怪中国历代政权都会对其特别警惕,而在西方尤造成宗教和世俗政权的长期缠斗。

② 此皆与明教有关。明教亦曰摩尼教,发源于古代波斯萨珊王朝,后结合弥勒教与白莲社而发展成白莲教。明教主张光明与黑暗、善与恶的争斗,而光明终将战胜黑暗。此一教义亦往往能够鼓励人们起而反抗各种压迫剥削和黑暗邪恶。

③ 注意:只是借用其思想学说而已,而不是袭用其宗教组织架构或宗教本身。

文主义统治,转换为世俗政权,而将宗教组织架构乃至宗教本身自觉区分开,同样从来未曾实行政教合一之统治——除了洪秀全的太平天国运动,这是中国历史上唯一的一次稍有规模与型态的政教合一统治的尝试①。

中国的佛教、道教等本土或本土化宗教没有太大的政治野心,亦无政教合一的政治实践及其历史资源。在政治层面,中国自古便是世俗人文主义思想流派争衡(儒、法、墨、道、农、名、阴阳等),(中国文化的)世俗主义、人文主义和理性主义的气息浓厚,宗教的气氛淡,这是中国本土文化历史的特色。但在中国历史发展过程中,亦从异域不断传入各种宗教,而影响到中国的宗教状况。

3. 唐宋以后之中国古代之政治录用制度乃是科举考试制度,即便皇帝通过象征性地掌握吏部而实际掌握政治录用权力(任命与委派),亦仍然有程序化的科举考试制度的前提之制约,以此相当程度而有效地制约了皇帝

---

① 组织资源只是一种中性的东西,既可以用来反抗强权、邪恶、专制独裁与压迫等情形,以及建立更好的社会,但亦可能被利用来作恶,所以,我们在谈论组织形式与组织资源时,也一定要兼顾思考之,不能一味谈论组织资源和组织权利,而忘却组织形式和组织资源应该被用来行善和促进全人类福祉的正向目的。

或吏部僭越制度化的政治录用机制而根据私意随意任命、委派（所谓"自己人"）的自由裁量权——其实这本来就是皇帝有意选择的一种自我约束（机制），避免自己的私人偏好或私心，或避免自己的人治权力的不必要的过大扩张，另一方面亦有效避免了吏部或吏部大员等扩充私人党羽、侵蚀皇权的可能性——，以此来从广泛社会层面获得真正的人才，扩宽政治支持的基础，并获得更大的统治正当性，反而更有效地维护了皇帝的权力或中央权力、国家权力，而避免某些部门、阶层、群体或权臣对于皇权、中央权力或国家权力以及统治合法性的侵蚀。吏部或权臣等的结党营私、任人唯亲，只能在科举考试制度及制度化士官选任的正式制度的基础上，或之外，来寻得其空间，而不是完全的无法无天——并且历代皇帝也会特别注意打击可能出现的权臣或朋党政治纷争。也就是说，在正式官员选拔任命上，仍有非人格化的基本程序、标准与机制。如果不考虑政府亦大力打击的科场舞弊等情形，则政治权力的人事腐败主要发生在通过科举考试制度取得士官资格之后，因为此时因缺乏相对更为非人格化的制度化的任免黜陟的正式机制；另外则发生在作为非正式命官的胥吏层面，胥吏层面虽然更加直接影响更广大之基层治理，但由于诸如非人格化的科举考试选任制度的基础和保证,以及文官对胥吏的节制权力等诸种政治安排和制度安排,却使得胥吏至少无法撼动正式的制度化的政治体制和权力体制。如果缺乏类似于古代科举制度的第一道亦是颇为重要的非人格化把关程序,则权力腐败、人事腐败、政治腐败的后果便势必将尤为严重。但如果仅仅停留在第一道把关程序上,不建立后续的有效监督制约机制,包括增加有关官员陟黜的非人格化的程序,仍然可能导致十分严重的政治弊端或国家治理的障碍,比如侵蚀国家权力和政治正当性等。现代西方则采取民主选举制。

4. 或曰:作为政治录用制度的考选制度不能保证挑选好人、义人[①],只能就选拔专业人才进行把关,提供最基本的资格标准。通过考试来选拔官员的制度,比如古代科举考试制度与现代公务员考试制度,只能保证初级政治录用之程序化、制度化、非人格化,未涉及其后之政治录用(陟黜升降),亦未涉及其后之权力监督与问责等方面,即不能保证权力行使或行政的公正性——此则为另

---

① 按照现代有些政治哲学的观念,这种考选制度也不应承担起挑选好人、义人的功能,这当然是受现代西方的政治观念的影响,未必就正确。并且,即使考选制度或不能承担拔好人、义人的功能,但教育则应该在培养好人、义人方面发挥其应有功用。

一事，须另行安排设置相关法治机制予以制衡和保证，非考试制度所可有效承担。中国古代之政治于初级政治录用方面，甚有法度、程序乃至法治（考试之法治），于二级录用和监督问责方面，则缺少制度化、程序化之先进制度创设，每以人格主义、人治主义乃至专制主义之方式，而非理性主义、逻辑主义之程序化、制度化、法治化方式来应对，故每多政治之黑暗、黑幕、腐败腐朽。

阅读《德国宪法基本法》时，以下这些或让我有点吃惊，或觉得有意思、有启发，或和我思考与关注的某些论题相合相关：

1. 德国宪法中提及神（上帝）——颇为颠覆了我起初对于西方"政教分离"原则的想象。

2. 德国宪法指出父母对子女教育拥有"自然权利"。

3. 在德国，政教分离并不必然和世俗化挂钩，尤其是在教育领域，比如公立学校亦有宗教课（每周两节）——中国难道不能每周用两节课讲授经得起推敲的优秀传统文化或新经学吗？并且州政府还会和特定宗教社团或 cooperation 一起为宗教教育提供财政等方面之帮助。

4. 德国对申请开设天主教和其他宗教的宗教课的条

件的规定,让人颇觉有启发：A. 一定人数及登记在册；B. 成员之代表性(懂得教义并能体现之)；C. 已存续超过三十年以上①。由此亦引发一些思考：进行国家治理和社会治理,乃是一项理性的智力活动和逻辑思维活动,不是阴谋活动,当理正言顺、光明正大、从长计议、精密审慎运筹编程,而不是偷偷摸摸、诡辩哄骗、弄奸使诈、出尔反尔。官员须有智慧与智力,又须有正直光明正大之人格,不是做贼般的密谋或阴谋。

5. 德国以此种方式主动开设温和伊斯兰教中心或相关课程,并培养相关师资,来抵御伊斯兰极端主义的渗透(整个欧洲都在以此方式应对伊斯兰极端主义),此点与古代中国的伊斯兰教义本土化有一定类似之处。当代中国政府亦特别强调宗教的中国化和本土化的发展大方向。

先生云：不讲理、不讲逻辑、不讲规则的任何个人与群体都是流氓无赖……蛮不讲理的人,你跟伊,或伊跟你,去讲道德,有意义不?! 讲道德的第一条就是要讲理,讲逻辑,讲规则,说话算话……自己立的规则,必须遵守,

---

① 此文乃参考一篇德文材料,但当时未及时保存或记录来源,导致一时不能注明出处,特此说明,而并非有意掠美或违反学术规范。希望将来能够找出原始出处而补充注释之。

自己说的话,必须算话,而不是一纸空文、出尔反尔、朝令夕改、矛盾扞格、漏洞百出、文过饰非……人之立身处世,各类经济、政治、社会群体、组织之自存与取信于他人与社会,皆当讲理。

义气、团结与人权界限

先生云:诚和自由、自由意志的关系(先儒似未曾论及)。没有自由,不尊重自由意志,乃至人己权利界线不清晰,都会导致"诚"出问题,或变成基于外在舆论压力或道德规范压力下的耻感文化,比如内外不一致,人前人后不一样(有人看着与无人看着不一样);外在高压或监管下的虚假因应,躲避监管,背地里则大搞台面下交易;其他诸如阴谋、诡诈、黑幕、行贿受贿等,皆与此有关,而不是基于自由意志、理性认知与决断的"诚"(心口如一与心口不一)。古代儒家文化强调行己有耻,强调"慎独"、"不自欺",则亦是强调内化之诚;然另有一种论调认为,许多中国人的道德都是"管"出来的,管出来的道德,在没人管或无外在压力的时候,便会失效,而造成种种人格问题(虚伪)。

先生云:只讲理但不讲逻辑,也不行。理变来变去,有人乃以此出尔反尔,横说竖说,偷换概念,置换话题与情境,等等,使得其似乎都占着这样那样的理,永远可以文过饰非,永远立于不败之地。但如果同时讲逻辑的话,许多孤立看上去振振有词的说理,都是诡辩,比如东拉西扯,这句话和下句话根本连不上来,所讲之理经不起推敲,语言文字或言说缺乏太多必要逻辑中间环节或逻辑论证。以讲逻辑的方式去讲理,而不是以讲理的方式去拒绝逻辑。如果缺乏逻辑自洽,就是混乱的思想乃至有意的欺骗。仅讲理不足以构成"理"的充分正当性,必须将讲理与讲逻辑结合起来,或者,讲理本来就是同时讲逻辑。在法理学上,实质正义亦当建立在程序正义之上,建立在逻辑自洽之上(反之亦如是)。

先生云:有基本权利与自由,才能有真正的人格(独立的人格);有基本权利与自由,才能有真正的个性。没有基本权利与自由的时代,极多奴才、奸佞与奴隶,哪里有什么独立人格。于彼时艰苦卓绝之时期,而仍能表现出真正之独立人格者、文化英雄,可谓寥若晨星,而命运多舛,且遭到奴隶主、奴才乃至奴隶们一致的敌视、孤立与迫害。

先生云：新时代里，如果仍讲义气的话，则所谓的义气，便须有一番新的内容与标准，而不是过去的以文乱法（违法）、以武犯禁（犯罪）、以私败公、公私不分。一个人正直、公正、仁善、守法地待人待事，就是一个人基本的讲义气（现代义气）。古道热肠、仗义执言、据理力争公义、私人钱财情感的无私扶助等，才是真正的讲义气。公私分明、秉公依法办事，就是官员与公职人员的基本的义气。货真价实、公平交易、诚信待人就是商人的基本义气。最不济的流氓间的义气，也应该是公平交易，说话算话，但这种江湖义气因为常常僭越公私界限、侵犯基本权利、私人（或私力）救济、违法犯罪而为时代所不允许，乃是落后的民间灰色伦理，适足造成种种纷争与不稳定。

江湖义气不能承担其成为一个国家和民族的根本伦理秩序原则与稳定的现代道德资源这样重大的任务，相反，是其最主要的障碍之一。换言之，江湖义气不是一级层面的根本原则——即使从次级层面来看，在一定层面和情境下，尤其是在常态的一级秩序破裂失效的"非常时期"，江湖义气似乎能维持暂时的局部的稳定和秩序，或承担起组织社会的一定功能。但在度过"非常时期"后，却不能再任由这样的经不起推敲的二级伦理原则来组织社会,而应该有更好的伦理原则和道德资源来组织更好的社会和现代国家①。质言之,一切有违道德和法律、僭越公私界限、有侵犯他人基本权利与自由意志的所谓义气,都是假义与戾气,先失了其合法性。好的义气一定应是文明的、正义的、正直的、仁善的。

先生云:人们常说中国人喜欢抱团,奉行集体主义文化观念,又说中国人不团结,喜欢窝里斗或内斗内讧,此种表述亦是皮相之论。换一种表述或描述分析的框架,其实不过是(权利)界限不清(距离感)和缺乏对他人基本权利的尊重而已。所谓世态炎凉亦复如是。因为界限不清,权利关系不明,才给人与人之间的刺探、利用和入侵,提供了许多机会和口实,好则一团和气,不好则欺凌压迫。"恃强凌弱"的说法亦有问题,人皆有自然权利(人权),则人与人哪有什么强弱之分,不过是一方蛮横无礼、粗暴恶毒、无所不用其极而已,完全没有底线(基本权利、尊严)与分寸(法律)。如果基本权利确定,界限清楚,法治有力,则哪里可能形成那样的"混乱的亲密关系",哪里

---

① 有些人常常在这里犯错误,在建构国家伦理和公共伦理时往往出现问题,并且往往还不能意识到,形成某种民族的集体无意识,而每每自认好人,自认做得没错,而觉得特别委屈。

会有人群之"窝"与"内",则哪里会有窝里斗与内讧?!人皆自成一体,自有基本权利,互有界限距离,在此基础上谈合作与亲密关系,不则分开远离,斗啥讧啥呢?完全没有斗与讧的标的物。人际的物质利益方面的这些标的物,完全由民法、物权法等管着,而人际之精神、心理、人格、尊严、自由等精神标的物,又有宪法、人权法案等条文及法治制度、现代文明原则等管着,任何人都没有机会和空间去内斗和内讧此等事物。说到底,就是基本权利不明、界限不清、法治不彰、文明未臻而已,哪里是什么国民性或国民劣根性。另外,孤立地谈论抱团或集体主义文化观念并无意义,关键在于将其用作什么目的,用于何处,如何使用之,而后乃有不同褒贬评价。

某君言:我一躺下,大脑就给我一个信号或提示:思考的时间到了。于是天马行空,各种关注的论题和思考接踵而来,翩翩登场。其实我坐着、站着、走路时,也都在思考。

先生云:自由、基本权利、不受干预的自由个性发展,都是创新、创造能力(创意、思想、观念、文化创造等)的重要前提,否则,动辄横加干涉、打压,以及直接的侵凌,和由此所导致的个体的退缩性格、想象力萎缩等,就会使一个人、一个社会乃至一个民族、一个国家的创造力萎缩和枯死。如欲让人们创新和创造,就应尊重他们的个性,相信、激发和开发所有人的聪明才智和创造才能,并通过创设合理的外部环境,包括上述的自由、人权保护机制,以及外部教育、科技、研发、创新推广比如市场机制、商业经营等的一系列制度机制,来保障这种创造力的发挥与实现。不然,明明没有侵犯任何他人的自由与权利的个性化的行动,在有的社会,却动不动就被人横加干涉、批判和打压,视为异类,孤立惩罚之,千方百计逼其就范,逼其下降到平庸的群体层次……那么,在这样的环境和社会里,就不可能有很高的创造水平。当然,对于发展中国家或欠发达国家来说,就其科技和经济发展战略上,则可以有不同路径选择,比如初期的有选择的重点领域与行业的优先发展战略,乃至集众研究攻关,以及其后的相应调整等。

先生云:对我来说,易北河边的这条小道,比世界上所有繁华的街道或景点都要优美、迷人,因为伊就在我的身边。幽静(行人无多)、寂寥(无人打扰)、空气清新、江水阔远、视野悠远、风景多样,我可以骑着车十分放松地徜徉其间,安静地思考问题,和天马行空地想象,整个人都消融在这一片江风春绿、细雨霁明之中了。如果有高山峻岭，当然更好，但即使没有，这一江边小道已经让我足够满足、足够幸福的了。没人能见证我骑着车，甚至双手背于身后，轻快地穿越江边的小树林，脸上洋溢着轻松、昂扬的神情，真是有点小小的遗憾呢！因为在嘈杂、拥挤或鱼龙混杂的环境下，我是难得展现这样的神情的。如果能带父母来此呼吸新鲜空气，而他们又喜欢的话，就更好了。我回去后，怕是会想念这里的吧。如果回去也能找到同样幽静的林中路就好了。不过，即使没有，我也会找到其他的特别风景。并且，让中国亦到处呈现出这样的秩序与风景，亦是自己的理想之一。这样的幽静而不受他人随意干涉打扰的环境下，漫游与沉思（这部分说明了德国哲学家辈出的原因所在，另可对照歌德的作品《迈斯特的漫游时代》），我也许会做出比康德更好的哲学反思，而中国也会出现更多真正的哲学大家罢。

先生云：易北河边的林中小道，就是我的思想者小道。并且，由于我平时不必上班，或者，由于思想者或人文学者的工作的特殊性，而有时亦能在周中享受到尤其难得的清幽静谧，除了偶尔几个散步或骑车的退休的老年人或老年夫妻之外。

先生云：自治的效果与自我设限。自治就是发挥每个地区、每个人的自我管理的能力，以及全体民众的才智,建设好自己的家园①。因为机制合理,则某一地方的全体民智可合而治理地方与家园,这与基于全局在胸、综合考量、统一规划等的宏观治理,或可谓各有千秋,但当然比千里之外的几个官员来无差别、无针对性地进行治理,乃至遥控指挥,效果要好得多。德国教授再三强调德国没有全国性的共同课程,另一教授则表示只知道汉堡地区这一片的教育情形,不清楚德国全国的情形,正是这一情形之生动写照。自治在一定程度上就是自己管好自己的事,不管别人的事……但大一统天下和平或统一市场亦有其巨大之优势,不可厚此薄彼,或削足适履。当然需要时刻力图创设和改进更好的配套制度以发挥各自的最大优势。

先生云:偏激者或曰:在这个时代,你如果正直的话,怎么能得到人们或大多数人的喜欢呢!于此则可自问:但你正直是为了得到别人的喜欢吗?不是。你正直首先是要让自己喜欢自己,让自己心安。在这个时代,你若想得到大多数人的喜欢,那就去巧舌如簧、机巧善变、

---

① 当然,自治与国家统一或大一统并不矛盾,比如通过合理的宪制和其他政治机制安排,以及内部的自由的人员迁移流动、民族融合、人民融合、文化融合和文化共识,而保证国家统一和国家主权。

应酬虚伪、趋炎附势、装腔作势、花言巧语、口蜜腹剑……但那样的话,你会喜欢自己吗?会尊敬自己吗?其实别人也不会真正尊敬这样的人。另外,你得时刻自我反思:你真的是正直公正的人吗?

先生云:人情社会中,中国人喜欢讲情(意)与情义,但人情社会中的情与情义,内涵与外延界限都十分模糊、暧昧,往往是妙用存乎一心,又每多随意僭越侵扰,比如对于基本权利界线的僭越侵扰等。现代西方讲独立,讲基本权利、讲自由、讲平等,故每个人首先就应有一种不随便麻烦、打扰、骚扰别人的自觉意识,尤其不会将请求别人帮忙和扰烦别人当作理所当然的事情(这在一般中国人看来却是显得生分的表现),或当成别人必须予以配合和合作的义务——尤其是经常性的如此。虽然在一般情形和许多情形下,人们偶尔相请求时,人们也都会友好地帮助。但这不是个体所可表现出来的常态,亦即:个体的自觉常态,应该是尽量不去麻烦别人,别人也没有任何义务来回应你的麻烦请求,这是常态,亦是"偶尔或普遍的社会友好状态"的基础与本色。设若大家都动辄去打扰别人,打扰麻烦别人成为常态,那也就违反现代西方人所服膺的基本权利、自由或群己权界等基本原则,并且会因此造成他人的反感与拒绝了。在西方社会,乞讨都只能安安静静地，不能去纠缠打扰别人；邻里之间或有热情友好的打招呼，却鲜有"闯人"对方家庭和私人生活者，都是以家庭为单位独立活动，互不干涉影响，鲜有缺乏分寸和越界的热情。没有家长里短，尊重各人的隐私，没有私人调解或私力救济，有问题则由公力或法律等介入而已。中国人则更喜欢热闹，对熟人亦有一种特别的热情，当愈加熟悉之后，就慢慢变得不分彼此了，并以此作为关系好的证明，故而"麻烦"他人（熟人朋友等）时丝毫不客气，对熟人朋友"关心"起来也是"无微不至"，问长问短，许多做法在西方人看来简直是随意僭越权界，侵入别人隐私生活领域，而中国人却毫不在意，或毫无此种意识，当他人反感或不予配合的话，这边还要有怨言，觉得自己受了伤害和委屈。当然，换一种角度，如果有合理界限和分寸的话，这未尝不是中国人社会生活的某种优点，即人与人之间的热情与亲密情意，或亲社会性；但在现代社会生活中，那种界限模糊不清、随意僭越的过分的"亲密"关系与人情社会（公私不分），有时却可能会让人尴尬，或可能造成更多的问题，得不偿失。

先生云：人际温情、热情与热闹，是中国社会生活的优点。但缺乏规则（意识）和权界，是中国许多问题的根源之一。

先生云：如果"无赖居高位，英俊沉下流"，就会导致那些本来可能拥有更高天赋的人才，因为得不到相应的资源和机会，而无法淬炼出更好的才华。然而，即便如此，仍是民间出真正人才，而这种人才，真只能是天资绝佳和付出极大努力、意志和毅力的人，因为伊要面对种种极端的困难条件和阻碍与打压，才能脱颖而出。当然，即便仍能从此夹缝中出一些人才，但从民族或国家的整体利益来看，仍是损失极大，因为如果在一个更为合理优良的机制里，优秀人才可以更快更大量地涌现，而淘汰那些劣庸之才（在不合理的制度里，这些劣庸之才往往凭借世袭与垄断，或巧佞的长袖善舞，占据高位和资源等，阻碍真正的人才的成长，及其上升的机会与空间），而为民族、国家和人类做出更大贡献。所以合理制度的创设非常重要。

先生云：现代在中国历史上或日常生活中，许多江湖混世魔王的恬不知耻，简直是匪夷所思。最看不下去的是各个"层次"的流氓无赖的振振有词与"理歪气壮"的诡辩耍赖，不就事论事，不正面说理，不正面回应，而是东拉西扯，阴阳怪气，弄奸使诈（所谓盘外招）、旁敲侧击、打击构陷、阴谋诡计……比如犯错，错了就是错了，老老实实地认错和道歉就是，即使一时羞于启口，至少也可以保持沉默,而不是振振有词地狡辩。

先生云:在中国古代的某些人事中,因为缺乏独立人格意识,有些人谄媚恶人、权力、权势……,以权贵之好恶为好恶,以权贵之是非为是非,而游移无定,而不问是非,完全跟着权贵之观点走……那种情形下,可以说是民族的沦陷、集体的沦陷、文化的沦陷,以及良知与人性的沦陷。

先生云:语言有其局限性,可能你说的是这样一种景象,人们理解的却是那样一种景象,有人又解读为完全违背你原意和初衷的另一种景象。

先生云:自由是人生幸福的首要前提。

宗教与宗族；政教关系；应酬与义气

先生云：西方社会大体上皆早已打破宗族或大家族社会结构（如果宗族更多是中国或东亚社会的特色的话），其社会个体主要是依靠宗教与兴趣（麦克法兰）而得以维系社会连带关系，同时依靠民主政府或契约政府以及法治体系以保障个体的自由与基本权利，又以基于社会分工、社会化上的法治化的市场体系，来解决社会个体的生活需求（以前则靠家族或社会互动互助来完成此种社会需求或社会功能）。换言之，现代西方国家已经是由自由个体基于契约而有机组成的现代国家。

先生云：宗族或家族（部落），民族或种族，宗教与商业城邦（自由民）民主，这是人类社会最常见的四种维系社会连带关系的方式。在现代西方社会,甚至民族与种族也看似日渐退隐到一个次要位置——至少表面上或在表面的意识形态表现上似乎是这样(被削弱其重要性)——事实上,自由、人权、平等、民主等个体主义、自由主义价值观,及其基本自由个体等,本身就必然具有某种瓦解家族或宗族、民族或种族乃至宗教教派等非普世性社会结构的倾向或力量,或者,两者相反相成。

但就事实或现状而言,目前西方的整体社会结构,或国家结构(形式),仍然建立在民族与宗教的基础之上,在主体民族及主体信仰的形势下,获得民族国家的稳定性、正当性与合法性(比如,有些国家仍然奉取"国教"概念与相应宗教政策;许多国家虽曰政教分离,但在宪法之中仍有"在上帝面前"等句子,同时在此基础上强调宗教自由、宗教宽容与宗教平等;有些国家会谈国家利益与宽泛的民族利益,同时特别强调普遍公民权利——后者都具有一定程度上限制乃至在非常状态下对抗前者的作用),与此同时,又在政治意识形态上极力淡化民族与宗教因素(所谓政治正确),对其他人口、民族、移民、社群、个体、公民以及教派等,采取一视同仁的态度,维持内部的自由、和平、和谐状态。

当代西方世界有民族主义乃至民粹主义回潮或"显

形"的趋势,这其实是和西方二十世纪中期以来(二战以后)的"表层"政治发展方向背道而驰的,也是和当代西方或当代人类文明的"应然"方向背道而驰的。从世界范围看,世俗化、人文主义一变而为民族主义和民族国家,其极端形式乃进一步发展为帝国主义、殖民主义、纳粹主义、种族主义,其后一变而或可为自由民主世界主义。美国作为移民国家,二战以后的历史发展进程中,一直在"表层"意识形态、政治和制度上,努力打击各种形式的种族歧视言行……尤其是在欧洲,亦淡化民族国家和民族区分(欧盟),在宪法和法律上保障所有人(欧洲人或欧洲公民)的人权。但在"深层"政治结构中,却仍然可能存在着许多暗流,乃至某些根本统治结构的历史延续,对此,持有进步主义观念的知识分子态度警惕。

但现在西方文明又一次走到十字路口……一般的说法,认为西方的民主制度有强大的纠错能力,但如果缺乏世界范围内的保障人类平等、自由、博爱、人权等的宪法的基本制约,西方文明仍可能退化到民族主义、种族主义、民粹主义乃至更为危险的境地。

先生云:西方的宗教在强大的世俗主义、人文主义、政教分离原则的压力下,被成功地抑制其可能的宗教原教旨主义的狂热冲动(宗教歧视、纷争与宗教平等、宽容),以及通过政治进行强行传教或宗教扩张的可能性(政教合一与宗教压迫),或和民族主义、民粹主义结合起来进行民族或种族纷争与迫害的可能性。所以宗教亦适应自由、人权、平等、民主等的世俗人文主义特色(在宪法的保护和制约之下),转而接受宗教宽容原则,或转为普世主义的自由宗教,即其传教不再基于民族主义、种族主义乃至教派执着(不宽容),而表现出自由主义的世界主义的特色(以前则直接将异教徒视为魔鬼,必欲除之而后快)。换言之,在宗教自由、自由人权的前提下,只能进行非强迫性的传教或宗教交流活动。

故当代西方社会的主要宗教之一即基督教及其各教派,已大体具有普世主义的特点,即只要是共同信仰,便视为教友和兄弟姐妹,不将任何民族、种族、国家、地区之人视为异端异类异族,而有效——至少在表面上和暂时情状下——消弭了种族、民族的歧视与压迫,故具有发展成为世界性的宗教的可能或资质。当然,这里所谓的"世界性的宗教",乃是指其可以接纳世界范围的不同种族、民族、国家、地区的人成为其宗教信徒或宗教信仰者,不作种族、民族等的区分,而并非意味着某种宗教一统独尊,而是仍然持宗教宽容之原则,而可同时存在着各种宗教形式。其实,即使有世界宗教一统的情形,那么,世界宗教一统之后，在一种宗教信仰之下，不同民族、种族，即使是在自由人权和宪政制约之下，是否仍会有种族、民族冲突，也是未知的事，虽然人类希望不必如此。

　　与之相比，古代中国的儒家或儒教，尤其是中国人或中国读书人的民族观念或国家观念，仍然极为强烈（古代虽有天下观念，和华夷观念之并行，而爱国主义亦十分强烈），加上近一百多年中国历史所形成的中国人的悲情意识，尚未得到根本有效化解，故现代中国人的民族主义精神便十分强大，而其基于惨痛的历史经验和历史记忆而来的对于西方（帝国主义、殖民主义历史）的疑虑与提防，亦始终未曾完全消除。中国儒家读书人的国族观念强，宗教观念弱，所以很难想象当代有些西方人的那种不分民族、种族、国家、疆域的传教乃至殉教的热诚。中国士人或儒家读书人离了中国、天下与国族，似乎很难找到安身立命的基点。中国儒士的天下主义、推己及人亦往往是以华夷秩序为中心的本位主义的推与扩展——有时，我仔细一想，这和普通中国人的家族观念、亲疏远近观念，并无本质的不同，换言之，中国人的天下主义、世界主义、淑世主义等，于真正的平等的普世主义或世界主义之质素方面，仍然稍有微妙差异——但却基于推己及人的仁义扩展，而不是近代西方兴起时的武力征服和扩张。

这个想法让我甚为吃惊,仿佛找到了中国文化、中国儒士的文化潜在情意结一样。

骄傲的古代中国人和中国儒家士人,很难完全丢弃基于华夷秩序或中华本位的普遍主义与天下主义(其实中华天下主义亦有衔接上——或基于——平等、自由、人权的可能的发展方向的一面,但始终存在着中华中心主义的某种潜在意识——"中国"的字面含义就是天下之中心之国——,这同西欧/欧洲/西方文化包括西欧/欧洲/西方宗教文化的西欧/欧洲/西方中心主义亦有相似之处,即使两者皆有普世主义的一面),而去拥抱另一个宣称平等、自由、人权的西方式普世主义(包括宗教)——其实无论是就其理想还是目前的国际事实现状而言,仍然只是具有内在矛盾的西方中心主义的普世主义而已。中国儒士的世界主义情怀或普世主义传道情怀,如果不是稍有欠缺,至少也是和西方颇有差异的,比如并不咄咄逼人,并不强力扩张,而是和平的怀柔远人与人文化成、交互融合等,这些与中国儒家或儒教文化本身的内在特点亦有关系。质言之,如果现代新儒家乃至新儒教[①]想要在

[①] 这里所谓的"现代新儒家"或"现代新儒教"并不指称任何一个现存的具体的儒学流派,而只是表达作者的一个态度或观念,即传统儒学需要更生进化。但并不意味着贸然赞同任何一种既有的新的儒学观念。

世界范围内发挥其更大的普世主义作用,那么儒家或儒教就必须进一步发掘、发挥、整合其内部或外部的普世主义的文化内容或资源,让中国民族之外的人或信奉者亦可在儒家或儒教世界里感受到更多的接纳、尊重、慰藉以及由此而来的主动的身份认同、融合和文化向心力,才有可能具有在世界范围扩展和发挥其正向文化影响力的功能,而成为世界主义、普世主义、天下主义或天下大同理想的人类共同文化资源,或世界主义之文化资源、路径之一种。这是对中国儒家或儒教文化的高标准要求。

近一百年来,因为时势的刺激和要求,儒家与儒教相对更为内向收缩,更为强调国族重建、维系、内聚力等,而一时忽略或无法顾及其在历史发展过程中一再展现出来的鲜明的天下主义、普世主义的一面,隐然成为一种地方性的、国族性的文化体系或教义系统……当国族整合完成,儒家或儒教或可在继续发展其内含的普遍主义、天下主义的一面,发挥更大作用。(中国的道教和佛教皆太过出世——道教在近现代以来,在组织性方面也比较内敛——,难以承担成为世俗主义、人文主义之世界主义、普世主义之文化资源的要求)。

先生云:工作就是工作,情意相与就是情意相与,何必另增面目暧昧不清的"应酬"之一事或一说? 因此,在某种意义上和相当程度上,在当代中国,几乎所有的所谓的应酬都是不怀好意的,(比如钻制度空子等),这甚至不必区分所谓功利性的应酬与情感取向的应酬,因为许多的所谓应酬皆是功利性应酬,或是挂羊头卖狗肉,打着情感取向旗号而实际上却仍然是功利性应酬——真正的情意相与是不需要使用"应酬"这个在当代已经变得疑窦丛生的词语的。从某种意义上,甚至也可以进一步发挥引申而批评说,几乎大部分热衷应酬的人,其初衷都有问题,经不起推敲,因为许多人的所谓的应酬的目的,在很多时候,就是试图违反或绕过公共规则和正式规则,就是试图以灰色的、不正当的乃至非法的方式,从国家、人民、社会(公)乃至他人(私)那里获得不正当、不合理、灰色、额外之利益(额外收益)。应酬观念与应酬现象之盛行,既是道德观念暧昧不明之生动写照(表征),亦是道德观念暧昧不明之原因与结果,亦是人性堕落与腐蚀的表征。从某种意义上讲,对于这样的应酬,谁应酬越多,就越是社会的阻碍力量,即使其看上去获得很大的社会成功与地位。

如果以上的断言有点绝对化的话,那或许可将某些纯粹商业性的应酬、私人情意、利益的应酬(不涉及公权力)排除在外,因为商业交易既是功利性的,亦排除情意的掺杂,是事所必至的——质言之,商业应酬或许是唯一能够自证正当性的应酬形式。而在政治层面与公事或工作层面,只应当有依照合法程序和工作程序而进行的工作,何来什么应酬?!社会层面的经济来往与情意相与亦当分得清清楚楚,同样何来应酬?!人际间的往来,一般应是各做各的事,互不相扰,其他则是兴趣相同、情意相与而已。

应酬乃从古汉语之酬酢而来。所谓酬酢,在先秦时期,兼有士(仕)相见礼与乡饮酒礼等形式,即兼有"政治性"与社会(情意)性。但那时的社会情意或情感取向仍不同于今日之纯粹情感取向意义上的人际来往,而是在既有的社会礼仪规范下的社会情意表达乃至政治礼仪表达。今天的应酬,简直失去了"回应、酬酢"的义涵,而变成了"应付、敷衍、逢迎、逢场作戏、酬报、投机、钻空子、拉关系走后门"等。古代的酬酢之礼即或有一定等级制的因素(先秦颇多对等制,与等级制又不同),但终究权界清晰,且有一定的对等性的因素或特点,故犹可借鉴而成为一种民间的积极的礼俗文化或社会情意连带活动之载体。今日之中国人情社会,因为封建等级制纲常伦理的因袭遗留,以及其他一些因政治经济生活而产生的新的问题,人际权界关系颇为混乱,社会礼俗颇无章法,在现代礼俗生活、文化生活和社会生活的建构方面还不完善,故仍然未完全建构起更其积极、正面、有益的社会礼俗文化和社会情意连带活动形式。并因为各种群己权界关系的不明和暧昧,尤其是人际权界关系和公私关系的暧昧不明,导致许多打着情意旗号的社会应酬或人情活动,往往就甚多纷扰争斗,让人身心俱疲,避之不及①。

先生云:如果孟子所言属实,然后纯以其理论或理想状态来分析之,则西周初期之政治经济制度,乃是一种开明剥削制度与开明贵族专制制度。因为其时地广人稀,故人均土地面积大,在三十税一或十五税一、十一税的法定赋税制度下,足以保证庶民之日常生活达到一定水平;加上初期贵族统治群体人口基数小,亦即庶民所要负担的"养官"赋税成本亦相应较小,故亦不会给庶民带来太大负担。但此一制度只适合西周初期的国情(地广人稀,统治者群体人口基数小),其后百姓庶民人口增加,土地减少,统治群体人口基数和比例也相应增加,便导致种种问题。而由农业文明时代进入到工业文明乃至信息文明时代,此种制度当然日益失去其存在的地基,但其立意或

---

① 当然,以上论述,首先涉及对"应酬"的定义或界定,应做一些更细致的分类论述,不然亦有简单化之嫌。以上仅仅提出一种思路。作为本书整理者的笔者,正在研究"人情社会学"这一论题,并有对"应酬"的更为严格的定义和学术分析,有兴趣的读者亦可关注之。

命意,如"为民制产"、"取于民有制"等,仍有一定借鉴意义或现代意义。(工业文明时代,生产力水平大为提高,工业生产之产出极大,生产资料的形式、占有情形和生产过程亦和农业文明时代迥乎不同,等等诸如此类,一切都发生了根本的变化,故经济制度与政治制度当然要进行相应调整……)

先生云:耻感文化、罪感文化、法治文化 vs 诚意生命文化或生命信仰文化。

某君言:有些中国人喜欢江湖,或有江湖气,觉得江湖义气蛮有吸引力的。其实江湖也有区分,礼失求诸野,故或有奉持正义的江湖;世风日下,天下尽多黑乌鸦,故又有邪恶的江湖。邪恶的江湖哪有什么义气,就是大鱼吃小鱼、弱肉强食、党同伐异、尔虞我诈、纵横捭阖、"以文乱法,以武犯禁"、啸聚作乱、为害一方百姓罢了。反正我对这样的江湖气并无好感,这种江湖气的背后,都有凶悍狠毒狡诈残酷邪僻的一面。江湖和丛林(法则),同是一事。不过,中国文字亦具有奇妙的多义性,江湖和丛林,都可作多义解读,比如,江湖往往又和庙堂对举,而成为自由逍遥的象征;丛林又可作为出世的佛教修炼场所的称号,山林更带有浓郁优雅的道家隐逸韵致,而成为与自由、心安、静谧、散淡、潇洒相联的极美的词句与人生理想了。江湖义气亦是如此,其间亦混杂一些儒家伦理道德,乃至一些普遍道义规范,所以不同的情形下也有不同表现,比如李白歌赞的侠客的"三杯吐然诺,五岳倒为轻"或其他封建纲常道德中的忠义之情等,也是有其正面意义的。故而这里应先对其可能的江湖道义规范进行列举和分析批判,而后具体评估之;而对于具体人事,却很难一概而论。

先生云:有些江湖和酱缸里出来的人,看似手腕高明,高深莫测,其实只是不诚朴而已。我喜欢诚朴真实的人,眼神闪烁或眼珠子骨碌碌乱转的人,且远离之而已。

先生云:战国时期为何一下子冒出了那么多纵横家?原因很多,也包括下面的两点,第一,礼崩乐坏,这已经不再是一个统一的或大一统的王道天下了,或不再是一个基于王道宪章的共识的基础上的天下了;第二,天下兼并征战,君王不正,黜去仁义,以利号召,取人唯才术,不问正与不正,遂激荡引发诸多功利之徒、功利阴谋之术。

先生云:西周时是礼乐法治,礼乐乃是等级制的,但终归是有法之治,即礼乐作为一种礼俗规范,还是有着较为严格清晰的权界设置安排的;礼乐刑政中,礼乐是一种礼乐法治或礼俗法治,刑政则是刑政法治。法家不大讲礼乐,即不大讲文明教化(而是管束、控制),不大讲正当性,或在正当性上有更大的欠缺;法家之"法治",虽然有

rule by law or rule with law 的味道,但因为和帝王心术等联系在一起,便从根本上乃是一种借助法律治理的人治和独裁治理,而不是 rule of law。今日西方国家于国内治理乃是宪政法治,宪政基于国内普遍平等人权与公权力制衡等。

先生云:Republic,按其现代意义而言①,翻译成"公治国"、"选代治理国家"、"民主公治国"(代议制民主)或"公选法治国"、"公选代治国"或"民选公治国"等,是否更合适些? 中国隋唐以后则部分采用"帝制人民考选公治国"或"帝制人民考选代治国"的体制,但其根本却是君主专制国(或君主专制下的精美威权治理国家),故其整体上之政治制度可表述为"(人民)考选士治君主专制国"。其本土或内部之现代转化可以遵循几种可能路径。A. 去掉专制而变成"人民考选士治君主立宪国";B. 去掉"专制"与"君主"而成"人民考选文治国"或"人民考选公治国";C. 去掉"专制"与"考选"而成"虚君公治国";D. 去掉"君主"、"专制"、"考选"而成"公治国"(及上述其他译名)或"人民公治国",等等。1912 年后之中华民国的英文译

---

① Republic 的古希腊词源甚至只有 regime 的意义,并不指某一具体的统治形式,柏拉图的《理想国》中的原词其实便是 politeia,即 republic 的古希腊语词根。

名为"China republic",直接将 republic 翻译成了"民国"或"民主共和国",然如果将 republic 翻译成"民国"或"民主共和国",则前者容易和"人民国家"、"民族国家"、"人民共和国"等混淆,故似亦不准确;后者仍然使用了"共和国"的译名,又回到本节前面对于 republic 的中译的多种可能性的讨论。可参看 Republic 的 wiki 词条。

先生云:政教合一制度都依托于唯一的宗教及其解释体系,这显然可能会导致思维僵化和思想专制,乃至政治专制。以此进行统治,也许可以暂时或相当长时间地维持稳定,但却不利于人类智识的进步与人类文明的发展。相反,理性主义、自由主义及政教分离原则,却有效解决了政教合一制度的问题,让人们的思想获得自由,允许人们自由地探索未知世界的一切,而不断扩展人类对未知世界的认识与解释,打破以往由宗教垄断的单一解释体系,因而不断地扩展人类的智识,提升人类智识水平[①];同时又不干涉宗教信仰(自由),让不同的解释体系

---

① 当然,也可能导致知识失控、智识过度和人类的贪婪、狂妄等问题,并造成相应的社会的、经济的、政治的、人性的和精神的后果,比如,导致人心不足蛇吞象,在永无餍足的贪婪心的催逼下,永难满足,永难获得心灵的平和和平静,永难获得精神和生活的幸福感。就此而言,某些宗教教义的对于信徒或人类的贪婪心理的约束,以及通过政教合一或相应政治制度来对贪婪人心的约束,未尝就没有其一定道理或价值。

和平共存(其实就长远而言,就是和平竞争,包括与世俗化智识、智慧的竞争),让人们一方面对未知世界保持一定的必要敬畏,另一方面又让一些资质各异、气质各异、心志各异的人,自由选择自己的解释体系,获得精神上的慰藉与满足,而达成一种庄子所谓的"各适"之和谐状态。没有任何人,亦没有任何宗教,能宣称或预知一种超越一切、解释一切的最先进的解释体系,或终极解释,就此而言,如果纯从理论上进行推导,则亦没有任何宗教可取得政教合一的资格;或者,退一步讲,至少没有任何宗教可以取得世界范围内的唯一独尊的政教合一的资格①。

先生云:一个文化保守主义者可以同时是一个文化革新主义者,因为其保守和革新的目标都是正面、积极、优秀、有好意的文化或文化因素,而并非保守一切愚昧、落后、狭隘、消极、腐朽的旧事物、旧制度、旧文化,或新创

---

① 正如前文所述,人类世界目前并无一个适用于全人类乃至一切众生的"超级伦理学",也没有一个适用于全人类的"超级人类宗教"和"超级政治形式",故人类大同社会仍然只是一种理想或原则。虽然人们提出了许多实现人类大同社会的路径选择,但这一整合过程仍然极为艰难,乃至多有反复倒退,虽然这并非是人类从这种美好愿望和前景前退却的理由。在世界历史上,提出过种种设想或概念,比如,天下主义或天下王道仁政,大同社会理想,人权平等统一世界,自由民主统一世界,统一在上帝的旗帜和荣耀下,以及其他种种宗教教义提出的设想等。"人类命运共同体"是当代中国提出的一个新的概念或构想。

和支持一切同样可能狭隘、消极、专制、落后、腐朽、邪恶的新事物与新制度。保守主义者并非一味保守而拒绝任何新的、好的事物的人,保守主义者同样可以既是个在某些方面的文化激进主义者,而与此同时又对传统文化中的好的事物和方面保持充分的敬意与温情,而矢志守护之。保守主义者未必仅仅着眼于稳定性与持续性,毋宁说尤其着眼于人类文化之善意、美好、正义与进步等。只有将保守主义落实在这些意义上,以保守主义来描述一种积极的文化态度和政治态度,才是更有积极意义的。在西方文化语境中,保守主义所守护的传统太过混杂,宗教、monarchy、议会政治、财产权、social hierarchy等等,未必全然适合中国的情形。在当代中国,如果着眼于上述的善意、美好、正义与进步,一个正面的保守主义者应该是怎样的呢?这便涉及对传统中国和传统文化的评估问题。

儒学与人权；教义体系与组织形式

先生云：儒家文化消化得了或装得下人权、自由、平等、法治、民主、博爱等这么多东西吗？如果没有这些，"我"喜爱儒家到底是喜欢伊什么呢？并且，没有这些的话，儒家文化是否就失去其现代意义和普世意义，而不值得简单地提倡？一种人格节义之精神，一种推仁及人、为仁行道、以天下为己任之心志情怀（淑世主义），一种傲视王侯权贵、天下为公之独立人格精神，一种经史诗词曲赋以及其他高雅精致艺术等之美感，一种人伦情意之醇美良善温情，一种家国天下之认同感，一种历史文化英雄义人之感召，等等，这些都有其意义。但理想归理想，自己所想象或择取的儒家文化部分，亦不能代表儒家文化的全部,尤其不能代表儒家文化及其流亚(包括末流)在历史上的事实存在情形与结果(亦即不能代表历史中的儒家文化及其施显的真相,虽然"真相"这个概念在后现代思想中早就疑窦丛生)……假如单在文字和理想上说一句"民本"(且这种"民本"本身,就其动机和内容而言仍然颇多问题),却未能创造出合理的配套制度来明确、因应、固着或切实实现这种理想,只寄希望于人格道义之坚持,则究竟亦有空泛无力处。

先生云:当代儒家文化一定要发掘、显明(内部)和因应、融纳人权、自由、平等、博爱、民主、公共伦理等现代思想文化(博爱与儒家等差之别爱亦可共处,即以博爱、平等人权和严明公私之分的自由公共伦理为基础的,对于亲人的更多情感责任与情感投入①)。倘一味以权力等级制(对照情意对等制)、单向忠孝伦理等相号召,所谓儒家文化复兴便是误入歧途,乃至倒行逆施。

先生云:如果缺乏相应的充分自证的正当性义理、天道的浸淫濡染,以及相应的典章制度(文制)、礼俗风情与生活审美的相和,则当当代中国人热衷于用汉字书法、太

---

① 笔者以自创的"泛仁人怦"与"人伦"这两个概念为之区分和解说,可参阅拙著《大学中庸广辞》(暂未出版)。

极、武术、国画、京剧、诗词等传统文化的某些部分或元素,来吸引和教习外国人时,其实这些东西便已经成了(当代人的)文化的花边,乃至文化的下脚料——都是外在的,与其人其心其精神其生活实在毫不相干。但这并不意味着这些传统文化艺术本身是文化的花边,放在(和事实上确实是置身于)包括正向天道义理气节精神等在内的传统文化和历史文化的整体之中,这些都是中华文化的精粹,或精粹的组成部分,或者可以说是浸润了中华文化义理精神的存在。但现在这些原本的有机组成部分却往往被从某些具有普遍意义的传统义理、天道、德化精神或整体传统文化中抽离出来,抽离了根本内涵,当然也就慢慢地沦为肤浅的文化的花边了——比如当代许多所谓的文化产业就是采取这种思路和方式的。不过,我在录入这些文字的时候忽然想到,或许,这也意味着某些传统义理方面的内容很难和现代价值观念相合,所以外国人固然没有兴趣来学习和濡染身化之,便是中国青年可能也因此而无意于此,倒未必完全是文化传承的缺失或现代教育体制未将此纳入的缘故。当然,一般当代青年暂时无意于此,并不能就此推导说这些就全都是没有价值的。

某君言:我的事都是极其微不足道的琐事和小事,没有任何人会记得,更不会流传下来,可是,对我而言,仍然是有意义的,因为那是我自己的事。我也尊重别人的小事和琐事,并不会看轻之,更不会去触犯其做小事的权利与自由,或去干扰之。即使在极其微不足道的小事上,也不要去触犯其做小事琐事的尊严。当然,人也可以有选择合法合理合情地做大事的权利与自由。一切小事琐事,对于小孩子来说,都是大事,你们看他们专注可爱的神情就知道了。千万不能干扰小孩子的小事琐事。

先生云:教义体系是一回事,组织形式又是一回事,既要审视前者,又要审视后者,还要审视两者是否相应和适配(有无违碍或出入)。任何教义体系,宗教也罢,学说体系也罢,如果缺乏人类仁善情意,不是基于自由意志与自由选择,或有任何残忍压迫、人身依附或强制等情形,都应指斥之;任何组织形式,如果有强迫、专制、暴力、人身依附或强制,以及可能的侵犯个体基本权利、多数暴政、独裁空间和对外侵略等情形,亦将抵制之,至少消极远离之,而遑论参与其中助纣为虐了。如果教义体系有好意,而组织形式却与此不相应、不适配,乃至利用此种专制压迫、等级独裁等组织形式,而行不义不正之事,则同样不可贸然与之相应。

质言之,为了实现正义或相关教义体系的正义理想,就一定要有正义(正当)、合法(法治)、合理的组织形式与之相应和适配,不然就情愿奉此正义教义体系自修。以儒家学说而论,则心性修养、修身等是自我修养,自为之即可,治国平天下则是社会性、政治性教义体系或社会理想、政治理想,而一定要关注其组织形式之适配性,亦即首先进行制度组织创制来实现这种社会理想,同时对这种社会理想和制度组织形式等进行正当性、合法性和逻辑自洽性审查。也就是说,即使是涉及社会性、政治性的正义教义体系,亦当思忖创制更正当合理的组织形式与之相应适配,以此保证正义教义体系的真正落实。

故所有经不起三重推敲(正当性、合法性、逻辑自洽性)的组织结构或组织形式,都不可贸然赞与或参与;在未知其教义体系、组织形式及两者之适配性,并进行三种或三重推敲之前,不简简单盲信其教义体系。对这三种情形(教义体系、组织形式、两者的适配性)的正当性、合法性和逻辑自洽性的审查,都有赖于人类与民众的理性与逻辑思维能力,亦有赖于人类的良知与正义感,两者相辅相成。就此而言,相信自己的理性与良心的人,比简单依从未经质疑的任何教义、组织、所谓圣贤或神灵、先知,还要相对更加靠得住一些——虽然因为自己亦可能犯错,或因种种原因一时或长时控制不住自己的心行,故亦当在理性上时时加以反思和羁勒控制之。当然，相信自己的理性与良知，并非封闭自己、妄自尊大、故步自封，而仍可，与仍当有，对外之个体间或对外之群体间的交流与交往、质疑与辩难、调整与修正（交往理性）。

先生云：儒家文化如果不能与自由、人权、平等、人格尊严、博爱等最基本的现代文明价值观相应，或挖掘和重整出儒家文化中本来就存在的这些普遍性因素，那儒家文化在今天的价值就将大打折扣，乃至没有什么真正的意义了——即使儒家文化中本自有高明的一面，但如果缺乏这些最基本的现代文明质素，其高明的一面也只是空中楼阁和镜花水月而已，得不偿失。

先生云：先秦"道术为天下裂"而有九流十家，而又有"儒分为八，墨分为三"等之说，此种情形，与古希腊文化之发衍分派，古希伯来或基督教文化之分化多派，有相似之处。然而中国自秦汉以后，儒家独尊，其他学术流派便得不到充足之发展，儒家内部虽亦稍有义理分歧，然亦终难在儒家思想体系的种种条条框框中有特别的创造性学术大发明、大发展。

先生云：中国的佛教、道教乃至所谓儒教内部，前两者看似出世安静，后者看似高雅文明，实则历史上亦有种种压迫、剥削乃至骇然听闻之事。吾曾读某近代禅师之作品，便曾见其粗粗描述出佛教组织内部，以及佛教界与俗世外界之间发生的种种惨酷之争斗压迫。中国若欲使佛教、道教乃至儒教亦发挥更多正面社会作用或纯粹之精神慰藉作用，亦须先使佛教、道教、儒家之内部管理法治化、现代化（亦重视道众、僧众之基本人权等）。其入手方法则可先系统整理各教之戒律仪则之学、寺规观规学规、礼仪体系、仪轨体系、组织形式（包括人际权界结构等）、管理形式（包括财务管理方面）等，并对其进行正当性、合法性、逻辑自洽性等的审视评估，杜绝内部专制压迫和对外侵占，或假借宗教之名而意在搭国家、世俗公民等的便车（搭便车），比如纯粹为了逃避纳税义务、不劳而获、好逸恶劳等——虽然，国家确实往往会减免或免除宗教文化慈善事业的税收，但此亦是有条件、有限制的，不可以此钻国家制度的空子，而侵害国家、社会、公民的公共利益（权责平衡）——由此而建构出成熟合理的现代宗教管理体系。

在这方面，以我了解所及，西方基督教的教会法编撰研究便相当成熟（《教会法规汇编》等），国家与宗教的法律契约关系亦十分清楚，而相对有效地实行了法治化的宗教自治。中国佛教亦有诸如《百丈清规》之类的书，当代寺庙道观之管理亦往往遵循相应惯例习俗，然或皆有不完备处，且未必全合于——或对应于、对治于——现代社会情境或现代管理的新状况、新实践,造成一些问题或管理漏洞。故当先进行文献汇编整理与系统化,复又经三重审视或审查(正当性、合法性、逻辑自洽性),而争取编辑创制出当代之法治化宗教仪轨、清规、寺规、宗教管理体系等。余教皆然。此种规矩不立,难免便可能引动一帮并无真正信仰的功利之徒、权欲之徒、蛮横之徒等,蠢蠢欲动,败坏丛林、道山、儒林,乌烟瘴气,反而将真正的信仰及其修行者排挤在外,背道而驰也。

先生云:西方早已打破家族制度,同时成功厘清政教关系界限,解放出了自由个体,故能相对有效实施本质上应当基于自由个体基础上的社会自治体系与民主政治体系。中国则存在着强大的家族伦理遗留,封建纲常伦理遗留,以及同样由封建纲常伦理或亲疏远近关系伦理所衍生出来的泛化人情关系伦理(血缘之外的地缘、学缘、业缘等)——可对照韩国民主化初期的东西对立,即全罗南道与庆尚道、湖南人与岭南人之间的对立和斗争;中国台湾的所谓本省人与外省人的对立、冲突等——,同时在某些少数民族地区又存在或逐渐出现宗教因素的影响。中国社会并没有经典民主政治理论所设想或所要求的自由个体的文化基础和社会基础,故亦无法简单适用此种经典民主政治形式或理论,而须有其他更为契合国情的因应创制。由于同样的背景原因,如果在中国简单化地套用诸如社会中间层次理论(国家、社会、个体),或简单照搬实行"典型的"自治主义或社团主义等理论构想,亦可能出现和西方社会适用同种理论的不同结果,故亦当审慎思虑筹措,不可食洋不化而贸然生搬硬套。在中国历史上,如果缺乏合理有效的制衡措施和法治化等制度安排,则地方权势或群体威权乃至个人权势对一般民众的压迫和暴虐,有时并不比封建专制国家或君主专制国家权力等对民众的压迫来的轻,甚至尤为残酷(和直接)。在古代中国,皇权要防范的是有野心的权臣,以及损害或侵蚀帝制统治合法性的基层官员胥吏的作奸犯科、侵害百姓民众利益的情形,对于百姓民众本身,除了帝制或封建专制内在具有的"税率礼定"(遵循"先王之制"确定下来的古代的"税收法定",亦可谓一种政治文化习俗,或习惯法)的赋税等的要求之外,皇帝或帝国本身却也必须外在或内在地奉持"民本"[①]、"仁民爱民"[②]的政治意识形态,所以就此而言,皇帝和百姓民众反而是站在同一条战线

[①] 《孟子·离娄上》:"得天下有道:得其民,斯得天下矣。得其民有道:得其心,斯得民矣。"

[②] 即使从现实主义的角度来分析,也有其内在理据,亦即:仁民爱民,乃所以爱我皇帝、天子一己之国家、天下也。

的,也是百姓民众所可终极依赖的,而共同反对封建或帝制官僚阶层、既得利益阶层等对皇权和民权的侵蚀,亦即对于百姓民众的实际的、直接的残酷剥削压迫。当然,这只是事情的一个方面,或支脉,而在总体上,皇权又是封建官僚集团的总代理或总后台,就此而言,皇权或帝制与封建官僚集团又是和百姓民众根本对立的。

先生云:你如果读我的书,就是对我的最好的怀念,未必要来见我,或问候我,因为我是以认真的态度来写作的,并且我的许多思想(思考与想法)都写进了书里(当然,我的思想和论述分析也未必对,而只是提供某种思路,你仍需独立思考判断之)。我本人是有趣还是无趣,都不重要。

先生云:中国传统文化博大精深,中国历史上亦多粹然渊懿、高风亮节之人事。但有时因为规则不明、不讲逻辑、神秘其事、诡秘其行,故古代中国的许多领域亦每多装神弄鬼、藏污纳垢、蒙昧哄骗之事,成其为一整体之江湖社会、黑幕社会、阴谋社会。如果正向明晰规则不立,无所制衡,则各个领域的所谓的江湖,便往往都由这些混世魔王、江湖术士、纵横权谋家等所把持,又每多小人流氓、骗子强盗(换言之,这些人更容易爬到高位,占据权津,或横霸一方),哪里有什么正大高明之气象。真正有点本事、才华、个性的,或不屑于与之为伍,或则早被挤到一边,或则寄人篱下,或则根本无由发展表见自己的才华,或则退隐山海林泉而已。民间江湖未必就比权力庙堂高明干净到哪里去,倒是山林隐逸,倒或可能有若干真有个性才华的。

先生云:在有的时世,便是所谓民间口碑,亦大多属于无稽之谈,许多不过亲近友朋之发起吹捧,余皆不明就里、不明所以而跟风起哄而已,所谓"矮人看戏何曾见,都是随人说短长",所谓"众论所同,佥自一人",如此而已。中国人讲究关系伦理,讲私人人情,对于跟自己关系密切或有利害关系的人事,有些人便每每摒弃客观公正原则,通过夸大其词、过甚其辞和谀颂等方式,而包装、塑造出一些虚假的形象或口碑;文风又往往浮伪不诚,用词与行文不客观平正,每喜套用习语(不问是否吻合)、高调夸饰;另外,又往往以权势之论调为论调,失却正直、公道、独立精神和独立判断,故其言论文辞皆不可全信,乃至根本全不可信……上文所谓"众口一词,实则佥自一人"之类的事情,也是常常发生。故对于由此而来的口碑,有点理性精神、怀疑精神、批判精神和正直精神的人,哪里会去随便相信和起哄。时时需有自己的(公道)标准和独立判断,不可失却基本原则、判断和常识。

社会文化建设；宽容

先生云：宽容与共识（基本共识、基本权利、主导文化、主体文化、核心共识……）；基本共识与多元化。

先生云：古代中国既注重政治意识形态建设，又注重社会文化建设。儒家文化逐渐被充实或改造为兼顾这两重任务的学术体系，忠君是政治意识形态与政治伦理的核心，孝道是社会文化建设或社会伦理的核心，而又将两者巧妙地勾连起来，家天下与宗法制社会无缝衔接。在一定意义和程度上，以孝道为核心的社会文化和伦理规范，亦是政治意识形态的一部分，乃至重要部分。但与此同时，与纯粹权力和政治领域里的作为政治或统治意识形态的忠君观念不同，孝道又具有一定的内在合理性——如果去掉其中所可能蕴含的过度的父权制或等级专制因素而转向纯粹情感或情意取向的话——与文化独立性,并不全是政治意识形态的附属品或衍生产品,而内在地与某些人类本性因素相通,可以激发人性中的某种良善情意。而政治意识形态层面的人格化的忠君伦理,虽在历史上未必全无某种真诚之君臣情意(于今则只需纳入朋友伦理或道义相与伦理即可),然终究在根本上纯粹是政治统治、权力专制形势下的此一时彼一时的权术,或权力统御之专制规范,乃是旨在,并建立在,权力压迫、控制的初衷与目的之上,缺乏人类间之普遍良善情意,于今"人格平等、人权意识觉醒"、"自由、平等、民主、人权等现代思想学说大兴"之时代,已失去其历史合理性与合法性,而当黜去之。

社会和家庭文化伦理层面的"孝",虽然同样有政治专制性的成分,以及限度或界限不合理即过度的一面,却终究有与人类、人间及亲人之间之内在良善情意相合相通的一面,故可通过重新调整"孝道"的界限和作用方式,而继续配合和激扬人心中的此种良善情意,同时避免其专制性、过度等级性、人身依附性、人格压迫性等的一面。此种孝,既包括家庭或家族内部的基于血缘的孝,亦包括社会层面的长幼齿序、尊老(爱幼)之孝(当然,同样是重新调整界限后的新孝道,此则可为中华文化之特色——实则世界范围内许多文化体系亦皆共享之——,又不必悖忤于现代平等自由人权之思想文化)。家天下、私人权力背景下作为政治伦理的人格化的忠君观念,今天当然必须罢去之,但作为社会伦理的忠诚、忠信观念,却仍然有其人类普遍价值——这同样有待于剥除其旧有的人身依附、私人伦理与公共伦理不分、"私人救济"、包庇党伐、人格等级、愚忠愚孝愚信等的一面,而赋予新时代的基于"公义私义分明"、人权平等、自由等基础上的忠诚与忠信,乃是一种对等的甚至类于情感契约式的忠诚与忠信(比如婚姻中的相与忠贞)……

先生云:与此相应,古代中国的统治,既有包括政治意识形态建设在内的政治建设,亦特别注重社会文化建设,我们甚至可以将后者看成是中国文化或中国政治文化的特色之一,即政治统治或天下国家治理特别重视和强调制礼作乐、人文化成、兴学教育(移风易俗)、敦厚风俗、守望相助、礼仪庆典、睦邻和族(孝悌忠信)等的一系列社会文化建设。这种社会文化建设就其主体而言,则为地方文官、作为文教精英的地方乡绅(秀才等文化精英与致仕归田之绅士)和宗族耆老族长等;就其文化建设之内容而言,亦有儒家一整套之礼义义理系统、礼仪系统

(家族伦理与社会伦理)。或可粗疏别为三大系统：社会文化建设系统：兴学敦俗、乡村风俗文化等；社会事业建设系统：水利、鳏寡孤独之救济、慈善（义塾义仓）、道路桥梁等之建设；政治文化建设系统：政简刑措（无刑无讼）、均徭役、薄税敛、海晏河清等，皆有一整套惯例、习俗或成规可循。

而作为地方文化建设主体的脱胎于儒家士人的地方文官和地方乡绅等，久经儒家文化观念与知识体系之长期熏陶，有的又有行政方面的经历和经验，两相结合，而可谓是进行地方或乡村文化建设的专家（文化精英），在资格能力上正当其任，得心应手（质言之，地方文官与地方乡绅有地方或乡村文化建设的意识、知识、能力与资格，懂得如何进行文化建设，倘若不然，如果缺乏此种意识、知识、眼光和能力，那么一者他们根本不会想到去做此种文化建设工作，没有这种意识，即使去做亦力不从心或画虎类犬，蛮干一气；二者即使去做亦难服众，且未必有正向效果，欲益反损，弄得一团糟糕）。加上宗族耆老族长等对地方具有天然深厚感情、具有威望和熟悉地方情状，能得地方宗族族众之拥戴协助，而往往能配合地方文官的主导和地方乡绅的积极参与支持，而取得一定效果。虽则与此同时，也毋庸讳言此事的另一面，即在事实上,亦往往可能造成某些土豪劣绅武断乡曲、横行霸道、鱼肉乡里等情形,但这主要是缺乏制度化正式权力监管制衡制度等所导致,亦即整体政治制度和权力制度的根本问题,不能因此而否定这些群体在乡村文化建设中的主体资格、能力、知识储备或知识技能体系等方面的优势,及其在当时的实际乡村文化建设中的独特价值。

当下中国之乡村建设则与古代不同,表现出了不同的特色。当代中国缺乏传统中国的那种经过儒家人文主义长期熏陶教化而筛选出来的古代士大夫文官群体,以及相应的地方儒家文化精英即乡绅群体;另外,传统宗法社会结构根本瓦解,宗族的力量亦大为弱化,早就没有了所谓的传统乡绅和乡贤群体。当代中国的乡村文化建设主要是由地方政府官员来进行主导,并鼓励和发动时下颇多倡导的所谓"新乡贤"以及各种资本力量积极参与。其中,由地方政府官员来主导地方乡村文化建设的优势,在于其应该能够将上级政府机关乃至中央政府制定的乡村文化建设的总体思路和政策——这些思路和政策也是经由中央政府主导并经过召开相关文化专家和学者进行群策群力地进行决策论证而得出的——,很好地进行贯彻实施,但在实际过程中,也存在着一些问题,比如今日之乡村地方官员,重政治意识形态,即或有一定专业知识人才，亦是学术分科，未必真正懂文化与文化建设。而如果相对缺乏现代人文通识、人文主义或传统文化之熏陶教养，则便难以承担得起乡村文化建设的任务。故即或有投资设厂之事，亦只是注重经济，文化建设本身始终相对缺位，或相对缺乏创造性的文化建设思路和眼光——当然，商人也会咨询或雇佣一些所谓的文化专家，并利用商人本身见多识广的视野、见识和某些先进技术、管理经验、雄厚资本等，来进行乡村文化建设，亦有其一定优势。但同样导致一些问题，亦须予以对治（比如商人与资本的逐利性与投机性）。

现代乡村文化建设的内容体系与路径方案、方法等，亦有待于真正得以规划确立，而不可有时病急乱投医地、简单化地搬出农业文明时代乃至封建时代的那一套来生搬硬套，却完全缺乏相应的外部条件，或不符合新的时代形势，则未免可能造成许多混乱，难得好的成效。此外，乡村文化建设（乃至城市文化建设），或许亦可有现代社会的"制礼作乐"，此当然可借鉴传统中国之经验（但显然并非要恢复科举制度及其背景下的乡绅群体，亦并非是简单回复到宗法制社会），又可借鉴欧洲之乡村建设之经验；商人与资本以合适的方式参与其中亦未尝不可，然一定要有预先的规制……

先生云：或曰：现代西方文明与西方社会的成功还表现在"宽容"上。宽容和自由是相生相成的关系，即宽容建立在言论自由、思想自由、信仰自由、宗教自由、个性自由、出版自由等的基础之上，而此种种自由必然要求和促成宽容意识。但宽容和自由又建立在平等基本人权和基本社会共识（社会责任与社会义务）的基础之上，质言之，宽容亦有基本共识和基本前提，那就是对（他）人的生命、人格尊严、自由等基本权利的尊重，不侵犯、不干涉任何人的自由与基本权利。其实，宽容本来就是自由（主义）的题中应有之义。西方教派众多，倘无宽容思想，必将纷争不断。宽容恰恰是在遵守基本社会共识的前提下，为解决宗教冲突和思想冲突而发明出来的一个处理办法。当代西欧社会的和平与秩序，部分地乃是宽容的结果（西欧社会教派众多）。但现在亦遭遇到一些严重的挑战，比如，如何面对正在大量流入西欧社会或欧美社会的伊斯兰教徒（伊斯兰教从很早就开始进入西欧了，甚至可以说是欧洲文化的一部分。基督教与伊斯兰教的历史关系是欧洲社会和历史的一个很大的论题），尤其是如何应对可能的不宽容的极端的或原教旨主义的伊斯兰教徒，及某些可能的恐怖主义活动的冲击等，后者以及其他种种国际国内因素，也激起了西方社会的民粹主义因应，比如美国的特朗普、法国的勒庞、德国的内政部长和人民选择党,以及意大利前总理马泰奥·伦齐的黯然去职①等;而希拉里、默克尔、马克龙等则代表了另一种应对思路。

或许,这里还存在着一个"对于不宽容的人或群体,如何适用宽容原则"的重要理论命题……

先生云:"宽容的限度"亦是一个重要命题。据说,提倡宗教宽容乃至宗教多元化的洛克后来亦主张国教,最近又听说德国内政部长发言主张所谓之"主导文化"(Thomas de Maizière: Leitkultul für Deutschland-Was ist das eigentlich?),亦可深思(哈贝马斯对比提出批评,认为有违德国宪法精神)。吾以前亦思考过相似命题,即宽容与基本社会共识、平等基本人权、核心价值观或价值观共识、主体民族与少数民族、主导文化与多元文化、同化于文明、身份认同、不相通约之善等论题的复杂关系,俟暇将深论之。

---

① 2016年12日4日,意大利修宪公投失败,2016年12月7日,总理马泰奥·伦齐宣布辞职。此后是保罗·真蒂洛尼担任总理。2018年6月1日,法学教授朱塞佩·康特(Giuseppe Conte),得到了意大利反精英民主的五星运动党首迪马约和极右翼联盟党党首萨尔维尼推举,成为总理,没几天即辞职,经济学家科塔雷利被提名为总理,亦没多久即辞职,朱塞佩·康特再度被提名为总理。此间亦颇可管窥西方政治运行之特点。

日常生活中的德国文化

（一）德国社会之"自助文化"与自我负责等。德国社会之"自助文化"与自我负责，比如体育俱乐部场地之多功能组合；用完后自助各归原位；公共设施（包括公共空间）之考虑周到，比如民居少高层，房屋之间间距充分，民居围成的空间乃是开放性公共空间，而布置有婴幼儿活动场所、小型体育活动场所等，而各各因地制宜、精心设计、功能多元，类于中国俗语所谓的"螺蛳壳里摆道场"；以及居民之文明素质，比如居民皆较有公共意识，并无挤占公共空间、乱搭乱建乱放乃至据为私有、破坏偷盗之现象，也很少有在窗台晾衣服的现象（这在某种意义上只是一种文化习俗，另外亦和相应生活方式有关）；即使偶有街道所谓摊贩,亦每皆以可自由移动收纳之汽车为载体,且不占据道路、妨碍公共通行等,或在某时间段内,集中于某段无车辆通行功能的道路上,形成一个暂时之小集市,时间到则立即各自收拾好而散去……。政府有好意及基于好意之上的规划,居民亦有遵守规则之义务,相互尊重配合,方好,而不是简单地或和稀泥式的毫无原则地偏袒某一方。

以道路规划为例,居民区的道路间距本来较宽,政府又在道路两旁辟有停车处,既不收费,亦非专用式,德国似乎亦不存在占车位之说,因为停车的地方本来充足。有时还能看到市政机构方面重修马路,或对原有马路进行重新规划而辟出停车位——当然,亦建设有停放自行车的公共设施,并非忽略骑车人的权利,正如有便捷的自行车道和公共交通一样——至于税收方面,是否通过合理税制设置,而对这些排放废气的汽车拥有者亦有相应较高社会责任要求,即让其承担相应社会责任,则暂未了解之。

(二)德国社会之"预约文化"。预约文化体现了对时间管理的重视,便于进行时间管理和提高时间利用效率,亦创造出秩序感;且含有尊重规则、尊重他人时间(这个"他人"也包括公司或机构之类的法人或商业机构等,故据说德国人在上班时间非常认真,少有敷衍偷懒的[1])、学会订立计划、时间管理意识、生活工作行事严谨有序等的精神和文化层面的内涵。

(三)德国人之"握手文化"。(曾经关注到德国内政部长有关"主体文化"的文章,谈及德国主体文化的十个表现,其中之一便为熟人见面时全体或挨个互相握手[2]。)以前在课堂上和球场上亦注意到德国人的这一习惯,当时以为仅仅是个人的文明修养,今日才知道乃是一种普遍习俗,亦和以前谈到的德国公民教育材料上介绍的德国注重社会团结这一条相吻合,亦觉得是一种好习俗。有趣的是,傍晚散步至居民区体育活动场域时,便观察到五六个中学生握手打招呼的场景,乃是新来到者挨个上前与已在场上的几个熟人朋友握手(新来者主动走上前,已在者不必走动上迎),而这个小伙子带来的女朋友却不必与场上的人握手,也许女孩子并不认识另外几个人。

(四)现代政治学出于对权力的不信任、对于权力监

---

[1] 当然,据说,只要下班时间一到,那也是会马上下班,而几乎不会耽误一分一秒。这同样体现了类似时间观念。

[2] Thomas de Maizière: Leitkultul für Deutschland-Was ist das eigentlich?

守自盗以及公权力滥用或公权力专制压迫人权的警惕，特别强调对政府与权力的监督和制衡。这当然是必要的，然而，也别忘了事情的另一面，人民之所以同意通过民主选举组成一个政府，让渡个人的某些权利而赋予政府和公权力，本身亦是抱了对其发挥更大更好的正面、积极、仁善作用的期待和初衷的，比如保障人权、伸张正义、维护社会公平，提供更好的法律秩序、社会秩序和公共服务等。民众可以对政府和公权力保持必要的警惕和监督态度，政府和公权力本身却不可从一开始就抱了与民众捉迷藏、打马虎眼的态度和动机，一味以躲避或规避民众的监督、指责为行动指南，而忘记了政府与公权力的本职与初衷，乃是主动积极地为民众精心思筹长远规划和谋福祉。所以，规避犯错不过是政府的消极标准，而正面保护人民权益与为民谋福祉乃是积极标准。一个廉洁的政府也许是一个没有犯错的政府，但却未必是一个好政府，好政府理应有更高的标准——当然，一个不廉洁的政府肯定不是一个好政府，也不是一个守法的政府；一个廉洁且精简高效、善于规划运筹、考虑周全（包括预见长远利益与后果的能力）而主动为民众谋取到大的福祉的政府，才是好政府。

……德国（政府）或汉堡（政府），一般不在城市建筑高层民居和过多高层建筑(以政府立法的方式),居民区往往布局较为疏朗合理,留有充分公共空间,配套设施齐全,等等,以便以此有预见性地避免人口过于拥挤、人均公共资源稀少不均、交通堵塞等严重城市问题或城市病,建设真正宜居城市。政府和民众亦都在其中发挥相应作用,一方面,政府有好意,充分考虑民众之需求与福祉;另一方面,民众亦有规划意识与公共意识,不肆意破坏规则,侵占公共利益,如此才能真正建设宜居城市乡村与和谐家园社会……反之,则可能政府与居民两无好意,掣肘争斗不休,所谓纷纷各自"秀下限",则双输也。此则与社会文化共识、现代社会常识水平和社会治理水平等因素密切相关。

如果以中国的某些地方的情形作为对比,则德国的城市不像城市,农村不像农村,但都非常宜居,有家园的感觉。

先生云:中国(人)因为深厚的大一统历史文化的影响,又因为近一百多年多灾多难、受尽欺凌侮辱的近代史,缺乏安全感,故始终对大一统有更大的需求和好感。

先生云:西方的公民教育,主要是从中小学就开始进行的,可以说等到高中毕业或义务教育结束,便已基本完成了公民教育(当然,中小学也一直在持续进行不同程度形式的人文主义教育和理性主义教育)。大学虽然仍有人文主义教育与通识教育之安排,且在大学基本生活学习事务中亦体现了公民文化或公民训练因素,但却不再将公民教育作为重点(因为业已通过中小学的公民教育得以切实施行,学生亦大体形成和习得对于公民文化的认知与行动实践的习惯与技能,不必重复),或不再进行细致专门的公民教育。小学、中学、高中皆亦有一定人文教育的基础,乃至宗教教育的长期熏陶;大学在专业教育之外,继续进行相对更高深的、专业化的人文教育和通识教育。

不同的国家和大学有不同的通识教育体制,有的采取严格的核心课程或必修课课程体系的形式,有的则采取相对松散的通识选修课或学分制形式,后者虽曰增加了学生的自主性,适合基于兴趣与禀赋的个人发展,但亦有不少学生纯粹出于混学分或图轻松简单等的考虑(即:哪种课程容易、简单、好玩,就选哪种课程),而尽选一些并无深度的课程,亦未必能达到通识教育和人文教育的较高的程度。

或有人问:不知西方大学中的理科课程体系如何?其通识教育、人文教育乃和文科学生一般无二? 其实,通识教育本来就是针对全体学生,许多大学的通识课中,本来就包括一些理工科等科学方面的课程,故无论文科还是理科等专业的学生,双方都很公平,不用担心对方"侵入"自己的专业领域,或将各自学科领域视为自家之"禁脔",一有其他专业的人在自己这个学科领域做出了重要成绩就大惊小怪。学生基于个人兴趣和才华而在不同专业之间转来转去,是很正常的事情,谁也不能说理科生不能写小说或写哲学、神学论文,谁也不能规定文科生不能转而去研究或谈论天体物理学……

中国留学生来西方念本科,如果有着广泛的兴趣而认真对待各种通识课程,同样能获得更好的人文通识视野。而如果其过于功利化,唯以专业学习为务,或唯以找到一份薪水高的工作为目的,固然亦无可厚非,然则亦未必就能获得多元高深的通识与人文思想观念。如此而学,则至少亦不必过于高估或整体性高估,虽然特异秀颖者或许亦总应该是不少的。

先生云:看到、经验(体验)到相关现象或事实是一回事,对其解释又是一回事。许多中国留学生亦来西方发达国家学习乃至工作多年,亦程度不一地体验到西方社会的方方面面乃至种种先进处(经验与现象等),以及问题。然而,在对其进行解释时,有些人却往往只停留在表面现象,或者将思考等同于对表面现象的描述,或者仅仅进行想当然的简单归因,比如将西方社会的秩序与西方人的友好有礼,归因于道德水平高,等等,而不知道或无法寻绎其深层次原因与机理,甚至以惯有的现阶段中国人之思维方式、文化模式、语言表达方式,来进行先入为主的误读式解释,于是既不能真正深入理解西方,也不能根本意识到中国文化社会自身的特点或问题所在;不能真正知彼,则学习西方也就停留于皮相或表面的层次,或者像一百年来的某些中国人一样,只是简单化地想象西方和西方文化,而不能看到其日常生活方式、生活现象背后的机制、制度、文化等深层次的关键作用因素。

有些年轻人乃将西餐、酒吧、西方服饰时尚、节日仪式装束等最表层的生活方式奉为圭臬,或者对西方文化进行任性的、一味迎合自身的"自由"与"权利"的选择性接受(而有意无意地忽略不谈西方文化中同样强调重视的责任、义务、社会共识、社会团结、宽容、遵守规则和秩序等方面),而对作为西方社会之根基的人权、平等、自由、宽容、民主、法治等,无所深入体察、真正浸染和缕分归纳,对相关之知识文化、经典著述、典章制度等无所关注、了解与研讨,在根本思维方式上和深层次实际日常生活方式上,仍完全是中国式的①,乃至有时还沾染了一些从古代中国社会中因袭而来的人治性、等级性乃至权谋、厚黑、心术之类的一套,则哪里可以算得上"知西派"或"喝过洋墨水"的呢?说几句外语和穿上洋装,以及过上最表面的西式生活方式,却对西方的思想文化、思维方式和深层次生活方式等并不了然,则完全不能代表其对西方文化有真正的领会或体会②。当然,如果其对中国文化、历史、传统和现实同样无所深入了解的话,就很容易在对中国文化和西方文化的态度理解上固执己见,听不进任何理性的意见探讨。虽然我从未主张要完全西化,中国文化亦有高明渊粹博大的方面,但至少要关注乃至学习西方文化社会中的有价值的部分——此亦为留学初衷之一——,而选择继承发扬中华文化中的积极、正面的

---

① 当然,对所谓的"中国式"这个概念本身,亦需有所区分说明,这其中包括并无高下褒贬意义而纯为不同文化差异或生活方式差异的成分,也包括中国文化、中国思想的优秀的部分,但与此同时也包括某些有问题的方面。

② 其实,一个中国人可以继续穿着中国的传统衣饰、吃着中国的饭菜、喝着中国的茶酒,以及保留其他许多中国式样的生活方式和情感表达方式,却同样可以在价值观念和行为方式上有着符合现代价值观念的良好表现,没有必要以外在的表象化的东西来表达自己的进步与文明,或西洋化。如此才是真正的自信与文明,无关外在的标签化的、符号化的、刻板印象化的东西。

东西,而非正好相反。

先生云:生事堪不易,内忧与外急。天性分好恶,争斗何处避?万年犹如此,丛林事未已。且问人类史,平世(太平)有几时?(或:百年无战乱,人类史几回?)

先生云:人类就算互相争斗厮杀得只剩下最后一个人(最后一个强人),伊也会自己欺凌自己以取乐?

后记

这是近年来我最为挂念的书稿之一。此非仅仅因为其内容或思想,或书中所蕴含之家国、人文关怀等,尤亦在于一份情谊感念,对我的德国导师 Tilman 教授和松江先生等友人的感念。

其实,近年来,对于我那些尚未出版的书稿,每一本我都很牵挂,而各有各的缘由。比如,书里有学、有问(疑问、追问、天问)、有理、有道、有思、有悟、有心(热心热肠,所谓"叹息肠内热")、有灵(心灵)、有我、有情……又比如,藏书于人世而后乃能心无挂碍……

与此同时,对于每本书,我一面觉得都有其价值,或希冀有所利益于世人或邦国天下,另一面又总觉得尚不完满圆通，或多所纰漏偏颇，这在时隔几年重读或编辑修订旧稿时，尤多此感。当初的思考和写作本身固然是严肃务真的，然亦每多思想之激情或淑济之热心，发而作文为言，故或有不甚冷静乃至偏激处。

本书亦犹如此。我通常是在书稿行将付梓时撰写后记，但因此书之出版颇费辗转周折，耗时甚长，故一直拖至今日才来动笔。暌隔经年，书的内容都有点不记得了，故乃找出电子稿稍作浏览温习，便觉文风颇为纵横风发，一些论述也有些随意，似不够严谨周全，心中稍有讶异而小愧——实则此版本之前迭经三四次修订，业已将一些稍嫌跌宕跳脱、意气风发之辞句论述删削之，犹且如此。然而同时竟也隐隐有点高兴，庆幸其仍能保留一点相对灵动飞扬的文风气势，就自己所关心的广泛议题发一些从心所欲的不羁议言或开放性论述，乃至表达某种热心慷慨、忧心悄悄、针砭愤激之情，蕴涵思想的温度与情绪，读来或亦稍多一点风力或文采，故亦或可谓瑕瑜互见吧。

然而，距离当初写作该书稿时，忽忽已过去了五年，很多事情都有所变化，比如，之前有所针砭的方面，或有所改进，所期待的方面，或初步成形；而各种新的问题和期待也都同时涌现，挑战与机遇并存。此外，在这五年中，我自己也一如既往地继续扩展自己的阅读范围，增加思考的深广度，对许多事情或论题也有了一些新的认识，或相对更为周全通达的思考，所以书稿中的论述或观点未必能反映我当下乃至将来的思想认识。饶是如此，其分析角度、思路或论述本身，仍可自成一体，故皆维持原貌，以作为一种思想的记录或见证。质言之，不重在其结论，而重在关注其论题和分析思路。事实上，书中所涉及之议题甚广，然亦或有浅尝辄止者，只是提出一种思路，提起一种注意，稍开端绪而论其大略而已，至于润泽之，则俟诸后来之有志有力之博雅学士通才也。

书名提示了本书撰写之缘起。2016 年 9 月至 2017 年 9 月，我去德国汉堡大学访学一年，学习之余，对于德国乃至欧洲文化、社会、日常生活等亦有所观察和思考；又和松江先生多有谈论请益，颇受启发，故最后乃将其形诸文字；又欲公诸同好，乃征询松江先生之意，松江先生向来闲云野鹤，无可无不可，虽曰此皆随口谈论耳，难称周全，然亦无妨抛砖引玉，故乃尽畀诸我，而梓行之。

书稿内容固然颇涉德国文化社会生活等事，乃是以一个中国人的眼光来观察和思考的。不过，我毕竟只在德国汉堡生活了一年，对德国文化、社会的体验难称深刻全面，所以许多观察恐或流于浮光掠影，分析也未必精到。与此同时，书稿其实尤多心系和论及中国和中国文化、历史,乃至各种人类公共文化议题,颇涉文化互参、印证和交流,盖亦所谓"它山之石,可以攻玉"之心意也。所以,本书既有中国人眼中的德国或德国文化,又有一个中国人在德国短暂访问居住时心中念兹在兹的中国或中国文化,论述的主题和中心既涉及德国和德国文化,更涉及中国和中国文化。就前者而言,"士人客居他邦,不议其政,不非其官民",就后者而言,则一者有吾优秀传统文化本位和文化自信,又每或爱之深而责之切。故即或偶有针砭指斥,乃基于爱国淑世之心,而绝非崇洋媚外,亦非对中国的成就、国情和特色视而不见、存而不论,而是对中国存有更高的期待,希望中国变得更好。

质言之,在信息、知识层面虽或有所缺失,在言论态度上却很诚实,力图客观公正地思考言说,而并无主观上的恶意。所以如果书稿里面的文字论述不意然或有冒犯之处,或论述有所缺失,也都希望读者朋友们能提醒我,或帮我指出可能的思考盲点或问题,我都会非常高兴,并愿意虚心调整我的思路,改正那些可能的错误。

亦希望以此书作为中德民间文化交流和友好交往的一个小小的见证。当然,我也希望以后仍有机会更深入地学习、观察、体验和谈论德国文化,以及欧洲文化和西方文化,乃至世界文化。事实上,笔者另一本有关"欧游"

或"欧洲文艺游览记"的书稿,我也希望能尽早整理撰写。

而情谊尤其难忘。在德国访学时,我的德国导师Tilman教授在学习和生活上给予了我许多真诚无私的帮助、启发、鼓励和关爱,让我颇多收获,甚觉温暖和感动,也成为我人生中最美好的经历和记忆之一。冥顽鲁钝如我,在求学问道之路途上,曾幸运地遇到过很多给予我热情鼓励和帮助的老师,而Tilman教授则是给予我最多真诚鼓励和帮助的外国老师,也让我本已有之的、欲在世界文化学术的大天地里有所作为乃至成学名世的信心更为坚定。当然,此外还有和松江先生一直以来的不羁畅谈——起初是与松江先生和WY君打电话聊天,其后WY君又陪松江先生一起来欧洲盘桓,乃可当面谈天雕龙。WY君又自告奋勇将谈天内容草草速记之。犹记在易北河边,夕阳西下,我们三四人随意或坐或躺于河边短墙、石板或草地上,各持味道稍甜柔的Radler类啤酒,边饮边谈,而彤红霞光照在我们的脸上,颇为柔和温煦,如画如诗,令人怦然心动,乐何如之!此时此刻,亦是深秋,一如当年初来德国时,而窗外秋叶正红,璀璨明丽,让我想起了那些难忘的日子和情谊,遥念友人,一时思绪翩然……

最后且将成书情形稍作说明:书稿写于2016年9月

至2017年8月间,2018年10月6日录入完毕,此后多次修订并提交出版社,颇有辗转之事,不赘述。感谢本书责任编辑张静乔女士对此书的接纳和编辑工作,使得此书最终得以面世。当然,一切文责由笔者自负。限于题旨,以上只谈与此书相关之事,余则不论。是为记。

2022年11月17日

图书在版编目(CIP)数据

德国笔记：松江先生西行论衡/罗云锋著. —上海：上海三联书店，2023.10
ISBN 978-7-5426-8169-0

Ⅰ.①德… Ⅱ.①罗… Ⅲ.①游记-作品集-中国-当代 Ⅳ.①I267.4

中国国家版本馆CIP数据核字(2023)第131145号

德国笔记：松江先生西行论衡

著　者 / 罗云锋

责任编辑 / 张静乔
装帧设计 / 徐　徐
监　制 / 姚　军
责任校对 / 王凌霄

出版发行 / 上海三联书店
　　　　　(200030)中国上海市漕溪北路331号A座6楼
邮　箱 / sdxsanlian@sina.com
邮购电话 / 021-22895540
印　刷 / 上海惠敦印务科技有限公司

版　次 / 2023年10月第1版
印　次 / 2023年10月第1次印刷
开　本 / 787mm×1092mm　1/32
字　数 / 290千字
印　张 / 18.5
书　号 / ISBN 978-7-5426-8169-0/I·1818
定　价 / 89.00元

敬启读者,如发现本书有印装质量问题,请与印刷厂联系 021-63779028